图书在版编目（CIP）数据

十日终焉·迷城 / 杀虫队队员著. -- 南京：江苏凤凰文艺出版社，2024.3（2025.5重印）
ISBN 978-7-5594-8170-2

Ⅰ.①十… Ⅱ.①杀… Ⅲ.①长篇小说－中国－当代 Ⅳ.① I247.5

中国国家版本馆CIP数据核字（2024）第003007号

十日终焉·迷城
杀虫队队员 著

责任编辑	周颖若
特约编辑	子 川
责任印制	杨 丹
出版发行	江苏凤凰文艺出版社
	南京市中央路165号，邮编：210009
网 址	http://www.jswenyi.com
印 刷	上海中华印刷有限公司
开 本	880毫米×1230毫米 1/32
印 张	10.5
字 数	333千字
版 次	2024年3月第1版
印 次	2025年5月第10次印刷
书 号	ISBN 978-7-5594-8170-2
定 价	46.80元

江苏凤凰文艺版图书凡印刷、装订错误，可向出版社调换，联系电话025－83280257

我听到了

破万法的回响——

CONTENTS

尾声
天行健·破万法
>>> 315

第9关
地虎·狭路相逢
>>> 285

第8关
极道·天堂口
>>> 253

第7关
地鸡·兵器牌
>>> 217

第6关
童姨·迎新会
>>> 173

第5关
人龙·跷跷板
>>> 141

囚笼篇
前情提要
>>> 001

第 1 关
重启·对赌合同
>>> 003

第 2 关
天堂口·楚天秋
>>> 031

第 3 关
天堂口·闯入者
>>> 059

第 4 关
人猴·箱中道
>>> 087

中场休息
我叫乔家劲
>>> 117

我绝时不能
让齐夏获得回响。

我一定要让齐夏
获得回响。

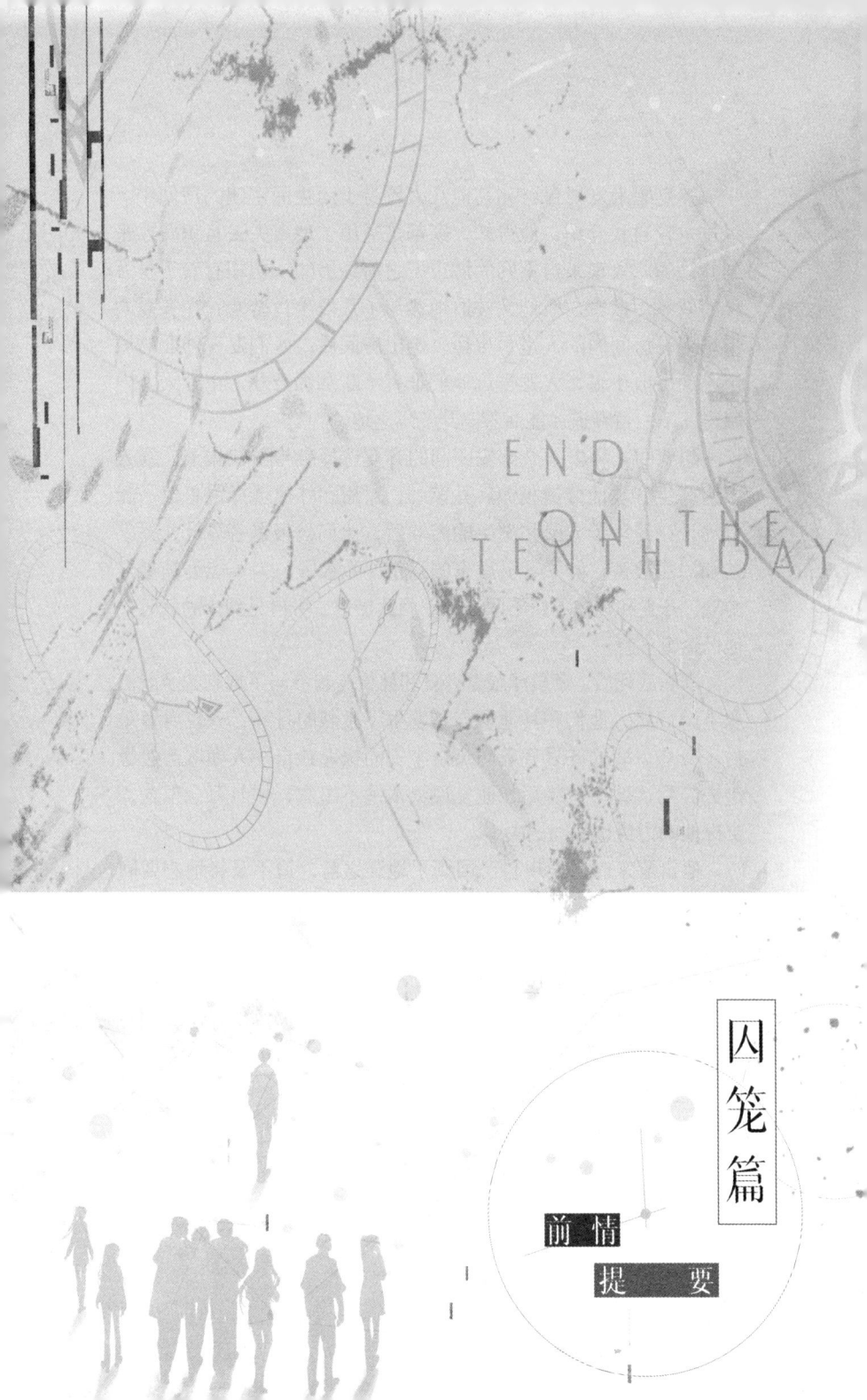

齐夏醒来发现自己和其他几人置身于陌生而密闭的房间中。经过一轮自我介绍,他得知大家都是经历了地震失去意识后才来到此处的。大家来自不同的城市,之前经历的一切却有着千丝万缕的联系。接着,他们又被迫地参与了几场生肖游戏,在齐夏的带领下,房间内的人全员生还。走出房间后,他们发现外面的城市已经破败不堪,人龙告诉他们唯有不断参加游戏,在十天之内赢得三千六百颗道才能活着离开终焉之地。

想要回去和妻子余念安团圆的齐夏选择参与游戏集道。众人因为产生分歧而分道扬镳。乔家劲、甜甜和林檎选择跟着他一起行动。在经历了人鼠和地牛的游戏后,他们被极道者算计,乔家劲和甜甜被害,好不容易赢来的道也尽数被毁。为了能继续参与游戏,齐夏和林檎不得不回去找李尚武借道。可再见到李尚武时,他已奄奄一息。

李尚武死后,章晨泽跟着齐夏和林檎一起参与了地狗的游戏。赢下游戏后,他们和其他参与者发生了激烈的打斗,齐夏身负重伤。身心俱疲的齐夏凭着想见余念安的执念独自一人朝城市边缘走去。到达城市边缘后,他发现根本逃不出去,顿时万念俱灰,支撑他的力量也瞬间消失了。

他再醒来时,发现自己回到了地震之前,迫不及待地想要回去见妻子余念安。回去的路上,地震再次来临,他回到家中,可家中并没有余念安生活过的痕迹,唯有他衣服上的小羊补丁能够证明余念安存在过。

房屋轰然倒塌,齐夏被废墟掩埋,等他再次醒来,他却回到了最开始的房间,不仅仅是他,其他人也一并回来了……

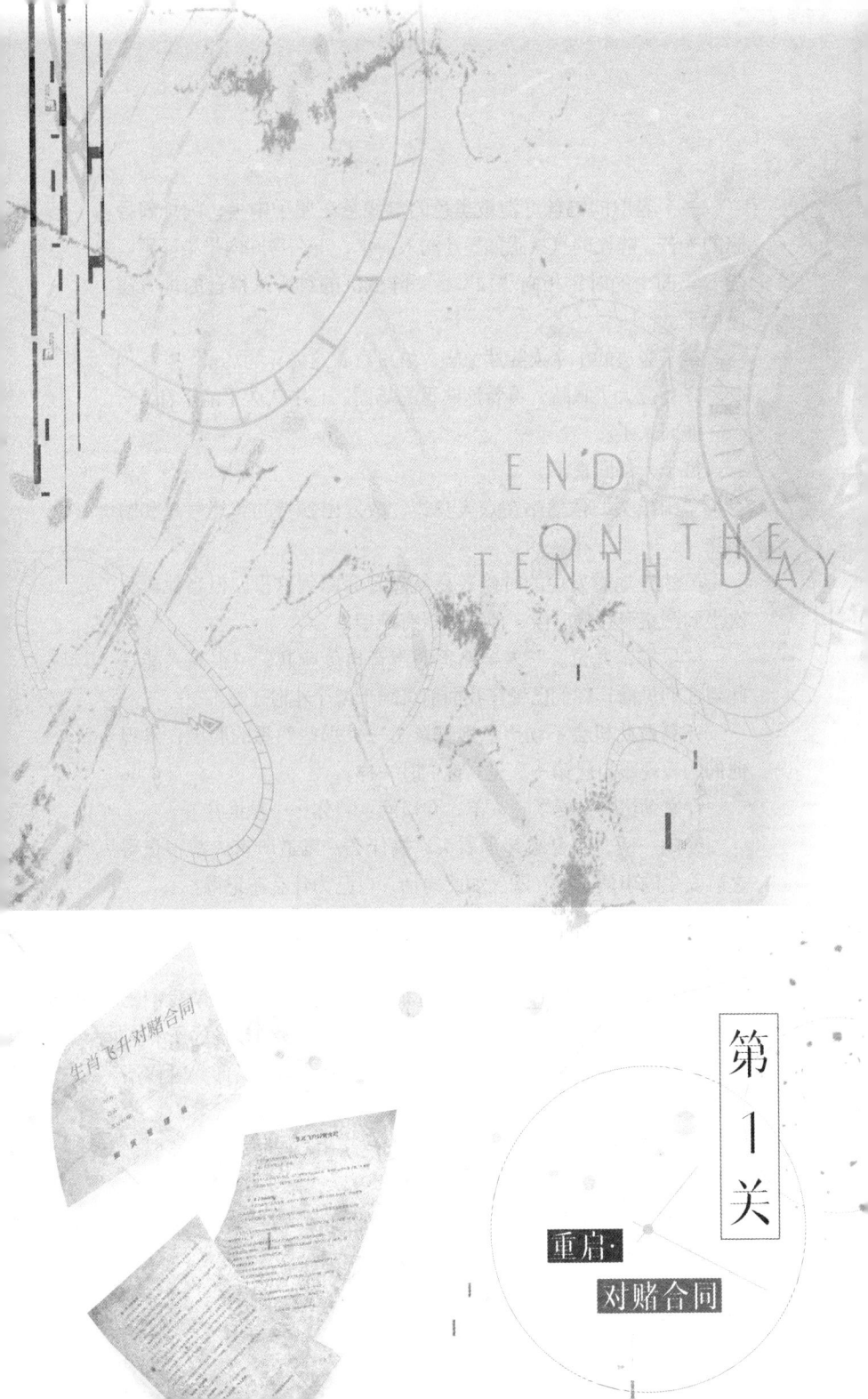

一个老旧的钨丝灯泡被黑色的电线悬在屋子中央，闪烁着昏暗的光芒。静谧的气氛犹如墨汁滴入清水，正在房间内晕染蔓延。随着桌面上的时钟指向"12"，一阵低沉的钟声从很远的地方震荡而来。

桌子旁边的十个人陡然惊醒，纷纷看着这诡异的场景。

齐夏瞪大了眼睛，看着这熟悉的场面，心中久久不能平息。

他回来了。

每个人都回来了。

"山羊头"依然站在众人身边，散发出独特的腐烂气息和膻腥味。

虽然在地震发生的时候齐夏就想到会回到这里，但当他再一次坐到圆桌旁边的时候，他心中只有绝望。

"早安，九位。"人羊熟悉的声音再度响起，"很高兴能在此与你们见面，你们已经在我面前沉睡十二个小时了。"

齐夏趁此机会不动声色地打量了一下那些熟悉的脸庞，发现他们的表现跟自己第一次见到他们时一样。

乔家劲愣愣地看了看人羊，开口问："你……是谁？"

经此一问，齐夏皱起了眉头。搞什么？难道所有人都不记得之前发生的事情了吗？既然如此的话，自己为什么还记得？

"既然你们都有这个疑问，那我就跟九位介绍一下……"

人羊刚要挥舞双手慷慨陈词的时候，章律师开口说："不必跟我们介绍了，我劝你早点停止你的行为，我怀疑你拘禁我们已经超过了二十四个小时，构成了非法拘禁罪，我们在场的所有人都是证人，你现在所说的每一句话都会被记录下来，形成对你不利的证词。"

齐夏茫然地看了看章律师，又看向赵医生，按照之前的发展，现在该他提出质疑了。

果然，赵医生开口了："等等，我们都才醒过来，你怎么知道我们被囚禁了二十四个小时？"

"到底怎么回事？"齐夏嘴唇微动，这些人都跟不认识对方一样,他们说着和上一次同样的话,做着和上一次同样的动作,一切仿佛什么都没有改变,只是重新来过一次。

章律师趾高气扬地和赵医生解释了一番,引起了众人的侧目。

在齐夏的印象里,章律师一开始的表现非常可疑。她在利用一切机会宣扬自己的强势,这恐怕是她冷静外表下的保护色。

在她解释完之后,众人随之陷入了沉默。

沉默足足持续了十几秒。齐夏感觉有点奇怪,上一次,似乎有谁在这个时刻说了些什么,可这次他没有说,所以后面的一系列事情都没有发生。这种现实与记忆产生的割裂感让他甚是疑惑。

"各位可能也发现了,这屋里明明有十个人,我却称呼你们为九位。"

"冚家铲[1]……我不管这里有几个人,粉肠[2],我劝你识相点!"乔家劲恶狠狠地说,"你可能不知道惹了我会有多么严重的后果,我真的会要了你的命!"

齐夏猛然想到了什么,扭头看向自己右手边的年轻人,那是一张既熟悉又陌生的面孔,也是齐夏只见过一面的、屋子里的第十个参与者。他依然带着一脸诡异的笑容看着齐夏,由于已经在这里走了一遭,齐夏大概明白了,脸上挂着这种笑容的几乎都是原住民。

难道这第十个参与者仅仅是人羊找来凑数的吗?

人羊走到年轻人身边,将手放在了他的后脑勺上。

齐夏一惊,赶忙将脸不动声色地扭到另一边。上一次这个年轻人的某些脑组织迸溅到了他的脸上,他无论如何都不想再体验一次那种感觉了。

只听砰的一声闷响,事件重演了一遍。

同一时刻,远处传来了一阵钟声,而也就是这一阵钟声,让齐夏陡然想到了什么。

这个刚刚死去的男人或许并不是原住民,而是一个回响者!可他的表现为何如此呆滞?他的作用为何如此荒唐?

---

[1] 粤语中语气较为强烈的粗口。
[2] 粤语,意为傻瓜、白痴。

"之所以准备了十个人,是为了用其中一个人让你们安静下来。"人羊说。

林檎瞬间发出了尖叫声,和上次的时间分秒不差。

齐夏早该想到的,他们醒来的瞬间听到了钟声,说明此时至少有一个人获得了回响,当年轻人死掉的时候钟声再度响起,回响结束。只发生一次的事情可以视为巧合,可年轻人接连两次死亡都响起了钟声,他定然是回响者!

随着林檎的尖叫声戛然而止,人羊怪笑几声:"很好,九位,看来你们都安静下来了。下面请容许我自我介绍一下,我是人羊,而你们是参与者。今天把你们聚在一起,是为了参与一个游戏,最终创造一个'万相'。"

这一次,齐夏没有因为死人而受到惊吓,所以注意力全都集中在人羊的讲解上面。可此时众人又陷入了沉默。齐夏忘了当时谁说过话,只记得有人问人羊什么是"万相"?可那个人为什么不开口?

"你们不好奇我们要创造一个什么'万相'吗?"人羊愣愣地看了看众人。

"你爱说不说!"乔家劲咬着牙冷哼一声,"你以为这样我就会服你吗?"

"罢了……"人羊摇摇头,说,"我们要创造一个像女娲一样的'万相',他能实现我们的一切想法!有一个伟大的任务正等着'万相'去做!"

看了看沉默不语的众人,人羊无奈地叹了口气:"你们好无趣啊,都没有问题吗?"

几个女生明显是被吓坏了,齐夏又看了看男人们。

李警官面色严肃地盯着人羊,和上次没有什么不同。赵医生跟韩一墨也在见到有人被杀之后脸上露出几分害怕的神情。乔家劲则一脸不屑,露出属于他的独特表情。

见到没人说话,乔家劲无名火起,别人都害怕人羊,他可不怕。

"丑家铲,封神榜是吧?我们和你做游戏赢了,你就给我们封个官做做?若我们赢不了呢?"

"赢不了……"人羊看了看自己手上的鲜血,语气有些失落地说,"赢不了就太可惜了……"

"替谁可惜?"齐夏冷不防地开口问。

人羊回过头看着齐夏,眼神冰冷至极,他说:"替这个世界可惜。"

"替这个世界?"齐夏一愣,好像明白了什么,可脑海中的疑问更多了。

也就是说若不能创造出"万相",损失最大的就是终焉之地?

"可是这里——"齐夏还想问些什么,人羊却忽然把一只手放在了他的肩膀上。他浑身一颤,把到嘴边的话生生咽了下去。

上一次人羊从来没有触碰过他。这只手代表着什么?

齐夏只感觉那只手微微用了一下力,好像在跟他暗示什么。他抬头看了一眼人羊,却发现对方并没有看自己。

"下面我给大家介绍游戏规则。"人羊离开齐夏身边,开口说,"接下来,我要你们每个人讲述一段来到这里之前最后发生的故事。但要注意,在所有讲故事的人当中有一个人说谎了,当所有人都讲述完毕时……"

跟上次一模一样的规则,所有人中有且只有一个说谎者,需要大家投票选取,这个游戏险些让当时初入此地的众人当场丧命。

人羊将手中的白纸分给在座的九个人。

齐夏拿着白纸,脑海中有一道微光闪过,好像又有一种怪异感在心中陡然浮现。

对了……此时此刻不是应该有个人问人羊可不可以商讨战术吗?可那个人为什么不说话了?

齐夏的瞳孔忽然放大了一些。是了,原来是他!他在这一次的经历中忽然变得寡言少语了。

先前每一次齐夏感到怪异,都是因为这个人在应该开口的时候没有开口,原先要问的那些问题,那个人这一次一个都没有问——他为什么没有疑问了?

齐夏知道答案只有一个,那个人不需要再问那些问题了,因为他也存有上一次的记忆!

齐夏将头转过去,面带疑惑地盯着那个健硕的男人——李警官!

只见李警官面色严肃地用手指敲打着桌子,仿佛对任何事情都漠不关心。

"既然各位没有疑问了,下面就开始分发身份牌。"人羊从口袋中掏出一沓扑克牌大小的卡片,走到了每个人身边。

"提前声明,若是抽到'说谎者',则必须要说谎。"

众人都从人羊的手中领过自己的卡片,每个人的面色都不太好看,齐夏则在这期间有意无意地看向李警官。

是的,他变了,他甚至都没有着急查看他的身份。齐夏也用手掌扣着自己的身份牌,脑海中一直在思索着什么。

现在情况比较棘手,他清楚,若是贸然跟众人说出这一切是第二次了,估计没有人会相信他说的话,反而会让自己在此时成为众矢之的。毕竟九个人中不是每个人都有过人的智慧,只要有人把节奏带偏,他被投票出局的可能性就会很高,所以这里不是表明自己身份的最佳场合。

既然要不引起任何人的怀疑,齐夏就必须像以前一样带领众人渡过这些难关。他抬起头看了看四处的墙壁和地面,如同上一次一样,它们被一些线条整整齐齐地分割成了很多个正方形。

游戏场地没变,游戏规则没变。

"那个……要不我说两句吧。"赵医生没有请示人羊,自顾自地开口了。

众人此刻都面带怀疑地扭头看向他。

"咱们都是第一次见面,我也不知道你们都是谁,但我建议说谎者还是提前自己站出来吧。"赵医生严肃地说,"为了你一个人,而导致剩下的八个人钩心斗角,实在是太残忍了。"

"是啊!"肖冉忽然附和道,"你们谁要是抽到了'说谎者'就直接承认吧,为什么要让这么多人陪着你一起玩命啊?"

齐夏苦笑一声,无奈地摇了摇头。

这二人的格局和李警官有着很大的不同。他们手上的牌明明是"说谎者",此刻却忽然站在了道德的制高点开始发话。两人这么做并不是想让说谎者站出来,而是急于向大家传递一个错误信息——他们不是说谎者。毕竟在正常人的思维里面,说谎者可不会让说谎者站出来。

而反观李警官当时的发言,从始至终都希望所有人团结起来,不要说谎。

齐夏本以为在场的众人根本不可能理会这俩人，可没想到乔家劲却面带犹豫——他拿起他的卡牌看了半天，仿佛一直都在下什么决心。

齐夏一愣，瞬间感觉不太妙。

乔家劲是这种人，他太天真了，会被这俩人蛊惑的。他不知道所有人的手牌都是"说谎者"，他只知道为了遵从道义，没必要拖累大家，所以有可能在此时自暴身份。

他长叹了一口气，刚要开口的时候，齐夏赶忙抢话："喂，快讲故事吧，从谁开始讲？"

乔家劲被吓了一跳，话到嘴边没有说出，此时又重新犹豫了起来。人类就是这样的，若是下了很久的决心忽然被打断，那就要重新下一次决心。

"既然大家没有异议，那本次游戏正式开始，你第一个讲述。"人羊伸手指了指甜甜。

"啊？我？好……好吧。"甜甜嘟了一下嘴，随后缓缓道来了她的故事，"我叫甜甜，是个……'技术工作者'……"

甜甜的整段讲述和之前的没有任何不同，在她讲述完毕之后，乔家劲也自然地发出了疑问，他指责甜甜说的是假名字，理应视作说谎，二人甚至还为这件事大吵了一架。

接下来便是众人一个接一个地讲故事，齐夏被逼无奈，只能装模作样地认真听着，尽管这些故事他已经听过一次。

听故事之余，他又看了看他面前的那张身份牌，上面写着"女娲游戏"四个字。他忽然发现他从刚才开始就没有看过自己的身份，若是有人注意到了这一点很有可能把矛头指向他。

想到这里，齐夏面无表情地翻开身份牌扫了一眼。见到卡片上的字，他略微一愣，又把卡牌拿得近了一些。下一秒，他只感觉浑身一颤，整个人呆住了。

那卡牌上根本没有写"说谎者"三个字，反而是一句莫名其妙的话——"不要告诉任何人你还记得"。

齐夏认真地默念了几遍这句话，又抬起头来看了一眼人羊，可人羊并未理他。

"不要告诉任何人我还记得……"

齐夏低下头,揉了揉眼睛,那张卡牌上面的字又悄然变化了,变成了"说谎者"。

齐夏茫然地抬起头,目前讲故事的人已经变成了李警官。

"我叫李尚武,内蒙古人,我是一名刑警。"李警官淡然地说,"来这里之前,我正在蹲守一名诈骗犯。可是我失手了,明明等到了那个人,却和他在地震时扭打了起来。我被他打晕了,来到了这里。"

原先冗长的故事此刻仅仅变成了几句话。

所有人讲述的故事和上一次相比都没有什么不同,但此刻李警官表现得十分反常,好在只有齐夏记得曾经的事情。

"刑警?"肖冉此刻惊呼一声,"你是警察,为什么不想办法救我们啊?"

"因为我……"李警官略微愣了一下,"说实话,我不知道要怎么带大家出去,如果有那种机会的话,我一定会尽力而为。"

"这是什么狗屁不通的道理?"肖冉不解地问,"你是警察,你就应该自己去调查、去想办法!难道每次有凶杀案,你都说我不知道凶手是谁就可以结案了吗?"

"这不一样……"李警官摇摇头,"我现在能做的事情太有限了,我只能尽力保住大家的性命……"

肖冉越说越激动,直接伸手指着一旁的人羊:"这不就是凶手吗?你直接抓他啊!"

"够了。"齐夏实在看不下去了,出言打断道,"一直大呼小叫的,烦不烦?"

乔家劲也点点头:"条子[①] 就不是人吗?我们现在都动不了,生杀大权全在羊头人手中,你让条子拿什么抓他?"

"你们——"肖冉还想争吵两句,却忽然看到齐夏那冰冷的眼神,又瞟到了乔家劲健壮的花臂,瞬间知道这两个人绝非善类。

她明白能露出这种眼神的人跟警察可不一样。她可以对警察大呼小叫,警察因为职业素养不会对她出言不逊,可眼前这两个男人她不能惹。

[①] 黑话,通常是反派人物对警察的一种蔑称。现实生活中请勿模仿使用!

"我……我只是太害怕了。"肖冉露出一脸委屈,摇摇头说,"唉,我只是觉得现在这种情况只有警察能帮助我们。"

"阴阳怪气,欺善怕恶。"齐夏冷哼一声,"你该不会是挑拨离间的说谎者吧?"

"怎么可能啊?!"肖冉大叫一声,"我怎么可能是说谎者?你不要血口喷人啊!"

"哦?"齐夏点点头,"既然你不是说谎者,那你的卡牌上写的什么字?"

"写的是……"肖冉刚要脱口而出,却瞬间愣住了。

羊头人从头到尾都没有说过除了"说谎者"以外的身份牌是什么,他只说过若是抽到"说谎者"则必须说谎。她想要洗清嫌疑的话,必须当众说出她的身份才可以。

可除了"说谎者"之外的另一个身份写的是什么?实话者?普通人?抑或是参与者?还是空白卡片?

肖冉只感觉身上的血都凉了,整个人害怕到不能自已。

齐夏仅仅一句话就把她逼入了进退两难的境地。有几个人此刻也都愣愣地看向肖冉,面上带着疑惑。

是的,若是他们开始怀疑肖冉是说谎者,那情况就有点复杂了。在已知的规则里,现场有且只有一个说谎者,而每个人都以为那个人就是自己,所以理论上不可能出现其他的说谎者的。所以他们现在开始犹豫,都在思考是否会存在多个说谎者的情况。

"我……我为什么要告诉你?"肖冉见状不妙,只能破罐破摔,开口狡辩道,"万一你才是说谎者,只是想从我这里套取答案怎么办?"

齐夏点了点头:"你说的也有道理,既然如此,我和你赌一把。"

"赌一把?"

"没错,我喊三二一,你和我同时喊出自己卡牌上的字,让现场的众人判断一下谁的身份是编的。"齐夏准备在这里好好治一治肖冉,害群之马没有什么留下的必要。

"这……"肖冉明显犹豫了。

齐夏心中冷笑一声,若这真的是有且只有一个说谎者的游戏,她必死无疑。因为在场的众人没有任何人知道另一个身份是什么,只要齐夏信誓旦旦地说出一个身份,就已经赢了。

"三。"

"二。"

齐夏一脸冷峻地倒数起来,"一"字就要脱口而出的时候,赵医生忽然出来打圆场了:"哎,算了算了……"

齐夏扭头看向他。

"兄弟,咱不能为难女人啊,我看你俩都不像说谎者,真要投票的话还是等到大家都讲完了故事再说吧。"赵医生说。

齐夏当然不可能在这里将肖冉定为说谎者,毕竟真正的答案有待揭晓。后面雨后春笋的游戏也需要九个人共同努力。肖冉还不能死,所以他答应了赵医生的请求。

"行吧。"齐夏点点头,"只要那个女人不再对其他人指指点点,我没什么意见。"

"我哪有指指点点?"肖冉嘟起了嘴,露出一副惹人怜爱的表情,"我只是太害怕了。"

"别怕,我相信你。"赵医生在一旁笑着说。

李警官讲述完故事,接下来便是林檎。她讲述了她在二十六楼的高层中遭遇地震的故事。

最后是齐夏,他也将自己的故事和盘托出。当他讲完的时候,不由得感慨时间真的是个很奇妙的东西。虽然他知道曾经发生的一切事情,可当他第二次讲述这个故事的时候,依然和第一次有不小的区别,包括各种语法、措辞、叙事顺序。可再看看其他人,除了李警官之外,他们明明不知道之前发生的事情,却跟上一次的讲述一字不差。

这样来说的话,谁是正确的?谁又是错误的?

当齐夏也讲完故事之后,人羊宣布众人进入二十分钟的自由讨论时间。

齐夏问人羊要来了另一张空白的纸,将之前已经写过一次的公式一字不差地写了下来。

接下来的事情几乎顺理成章,齐夏带领众人将矛头指向了人羊,而人羊也在众人的一脸诧异之下,再度开枪自尽了。

如果有可能的话,齐夏很想跟人羊问个明白,为什么他拿到的卡片上会写着那样一句话?

但是人羊若是活下来,这场游戏参与者就输了,也就是说他无论如何都不可能搞清楚人羊的想法,他也不知道李警官是不是领到了一样的卡片。

当所有人都为了自己能重新站起身来而激动不已的时候,齐夏却始终在关注另一个问题:人羊传递的到底是什么重要的信息?

等等,人羊是会说谎的,他有没有可能传递出了一个错误的信息?

齐夏始终都搞不清楚该不该相信人羊。现在说谎者的游戏结束了,若是让其他人知道自己拥有接下来的游戏攻略会出现什么问题吗?保险起见,齐夏决定暂时遵从人羊的意思,毕竟这对他来说没有任何损失。他就算隐瞒了一切,依然可以带众人逃出这间屋子。

齐夏让自己像上次一样,带领众人发现了人羊面具下的文字,但这一次,他还要尽量收集上一次错过的线索。

在众人查看人羊面具的时候,他和李警官同时来到了人羊身边。

李警官意味深长地看了齐夏一眼,张了张嘴,却没有说话。齐夏也没有说话,二人仿佛有什么默契一般,开始同时搜索人羊的遗体。

上次他们只看了人羊的面具,没有搜索人羊的身体,让齐夏始料未及的是,人羊身上居然连一颗道都没有。搜索人羊身体的过程中,齐夏更确信身旁的李警官记得一切了,因为人羊自尽用的手枪明明放在一旁,李警官却连看都未看一眼。

"这是什么?"李警官从人羊的口袋中搜出了一张纸,大体扫了一眼,直接递给了齐夏。

齐夏很自然地接了过来,仔细读了读,瞬间露出了一脸疑惑。这是一份签了字的合同。

文件的开头写着"生肖飞升对赌合同"。

"这是……"

"你先收起来吧。"李警官拍了拍齐夏的手,"出去再看。"

齐夏也知道这里不是说话的地方,于是将那份合同叠好,放进了自己的口袋中。看来这一次真的是收获了不得了的东西,这个生肖人身上有这份合同却没有,说明他和其他的生肖人有本质上的区别。

当鱼叉来临的时候,屋子里的一切东西都会被损坏。上一次齐夏只顾着考虑如何逃脱,却忽略了这些线索。

"雨后春笋是什么意思?"

"向家乡的方向转一百圈又是什么啊?"

远处的众人七嘴八舌地问。

对于齐夏来说,现在需要精湛的演技,让他可以像上次一样不动声色地带领众人逃脱。

"你要是太辛苦了,接下来的游戏我可以替你说出答案。"李警官低声说。

"我不是不相信你,可你搞不定那些道德高手。"齐夏小声回答,"我没有包袱,更好对付他们。"

齐夏走向桌子,缓缓地站到了乔家劲身边。

"乔爷,我需要你的帮助。"齐夏说。

"乔爷?"乔家劲一愣,瞬间露出了一脸自豪的笑容,"你这靓仔说话很中听啊,以后我护你了,你需要什么帮助?"

听到他这么说,齐夏莫名安心:"待会儿你铆足了劲带大家活下去吧。"

"哦?"

众人此时发现四周的墙壁如同橡皮泥一般变化起来,露出一排排孔洞。众人刚要上前查看,却被齐夏制止了。

他转身对众人说:"各位,先不要管墙壁,我找到答案了,向家乡转动一百圈就是找个东西向右侧转动一百圈。"

"右侧?"众人听到齐夏说话,纷纷侧目看向他,"为什么是右侧?"

齐夏拿起一张白纸,简单地画了个草图,然后跟众人耐心地解释了一番。

"原来如此,你好聪明。"林檎点点头,"可是我们要把什么东西转动一百圈?"

"会不会是我们自己?"甜甜眨了眨眼睛问道,"我们自己向右侧转一百圈吗?"

齐夏摇摇头,说:"大家找一下这个屋子里除了自己,有什么东西是可以转动的吧。"

韩一墨率先发现了眼前的桌面居然可以转动,赶忙把这个消息告诉了众人。在齐夏的带领下,大家开始有序地向右转动桌面,目前看起来一切情况都在掌控之中。

这一次乔家劲格外卖力,喊着口号带领大家转动着桌子。

当一百圈转完之后,桌面再度被激光分成了十块,这一次大家拿到桌板的时间比上一次早了将近五分钟。

齐夏让众人拿着桌板,然后解释如何才能组成一个锥形。这一次他有了经验,提前告诉众人无论发生什么事情,都不要让桌板之间出现间隙。可他还是有些担心,毕竟上一次的鱼叉直接导致了韩一墨的死亡,若是有可能的话,他想尽量保下这个人的性命。

众人在赞叹齐夏聪慧的同时,也不免有些怀疑。眼前这个人为什么会这么有条理?他不仅破解了游戏,更提前预知了即将会发生的事情,看起来这个游戏简直像他亲自设计的一样。

"我们把桌板摆成这样是为了什么?"乔家劲问道,"一会儿真的要下雨吗?"

"那倒不是,一会儿我们摆好了桌板,就——"

话还没说完,齐夏不经意间看了一眼韩一墨,发现他的额头上渗出了不少虚汗,身体也在控制不住地发抖。

"韩一墨,你……没事吧?"

韩一墨笑着摇了摇头:"我没事……我只是有些害怕。"

齐夏眉头一皱,问:"你怕什么?"

"我——"

韩一墨话还没说完,远处便响起了一阵的钟声。

铛!

齐夏瞬间瞪大了眼睛,这一切的经历都太熟悉了。

韩一墨的回响发动了。

他一把抓住韩一墨的肩膀,压抑着声音一脸着急地问他:"韩一墨,我都已经把所有的情况都提前跟众人说明了,你到底在怕什么?"

"我……我……"

"你说啊!"齐夏确实有些着急了,他有一股非常不祥的预感。

"我害怕那些鱼叉……"韩一墨看起来真的非常恐惧,他额头上的冷汗不停地滑落,"我感觉那些鱼叉一定会射穿我……"

听到这句话,齐夏的面色渐渐冷峻了下来。

"韩一墨……我什么时候说过那些孔洞里面射出来的东西是鱼叉?"

"啊……"韩一墨逐渐恐慌起来,"那些孔洞里不是鱼叉吗?"

听到韩一墨的话,乔家劲果断放下桌板,走到墙边向那些孔洞里看去。

不看不要紧,一看吓一跳。

"我丢①!"他大喝一声,连忙倒退了几步,"确实是鱼叉啊!洞里面全都是正在后退的鱼叉!"

众人慌乱不已,而齐夏却始终面色复杂地看着韩一墨。

"你早就知道里面是鱼叉了?"齐夏问道。

"不是……我只是刚才无意间看到了……"韩一墨的眼神一直在躲闪,明显是在撒谎。

"难道你也……"齐夏愣愣地看着韩一墨,可还是把到嘴边的话咽了下去。

韩一墨也记得,可他隐瞒了这个事实。所以,他之前的卡片上应该也有那句话。

因为齐夏并不知道暴露记忆会发生什么事情,所以只能选择不戳穿他。

"没必要害怕。"齐夏话锋一转,一脸认真地看着韩一墨,低声说,"这次鱼叉不会贯穿你的。"

"可……可是齐夏……"韩一墨似乎也有话想说,可始终不知道怎么开口。

若齐夏猜得不错,韩一墨想说的是,他上一次就被贯穿了。

"这次我们调整位置,你站在我跟李警官之间。"齐夏看向众人的方向,"若是你的身边不露出空隙,鱼叉是没有理由贯穿你的。"

韩一墨略带感激地看了一眼齐夏,茫然地点了点头。

---

① 粤语中比较常见的口头禅,可以表示骂人、惊讶或感叹等。

众人冷静下来之后，齐夏重新安排了队伍的站位，尽量让每个女生的身边都有男人，接着又把韩一墨保护了起来。不管怎么说韩一墨也是一名回响者，保住他的性命不会有错。

"另外我还要再安排一个应急方案，请大家过来一下。"齐夏指挥众人说，"若是一会儿有人的桌板出现难以稳定的情况……"

齐夏安排好一切，便让众人提前站好阵型，将所有的桌板靠在一起，组成了一个牢不可破的尖锥。半蹲在尖锥中的众人背靠背，看不到一丝光亮。

齐夏能感觉到身边的韩一墨正在不停地发抖，似乎这个阵型对他来说根本没有安全感。

"不好意思……"韩一墨好像知道他很惹人注意，只能小声道歉，"我一直都有幽闭恐惧症，从小就很害怕封闭的空间和漆黑的环境。"

一句话出口，齐夏忽然想到了什么。

韩一墨在漆黑的锥体之中被鱼叉射中，又在漆黑的黎明被巨剑刺穿，难道这都跟他的幽闭恐惧症有关吗？

忽然之间，锥体四周响起了破风之声。

"要来了！"齐夏一声令下，众人开始轻移重心，牢牢地顶住桌板。

鱼叉开始如暴风骤雨般落在在锥体上，众人只感觉手掌被震得生疼，可好在这一次的九人有了心理准备，锥体坚固得让人难以置信。

"砰！"

随着一声巨响，肖冉手中的桌板瞬间被打歪了，一道扎眼的光亮从裂隙之中穿了进来。齐夏顿感不妙，毕竟肖冉的身后就是韩一墨，这个裂隙射进鱼叉的话，百分之百会要了韩一墨的命。

"转！"齐夏大喝一声。

众人纷纷拿着桌板向右侧转去，整个锥体如同在暴雨之中旋转的陀螺，此时不仅以斜面接触鱼叉，自身更是旋转不止，一些想要进入裂隙的鱼叉纷纷被拒之门外。

两圈之后，一旁的赵医生替肖冉扶稳了桌板。

"停！"齐夏再次大喝一声，众人又一次将桌板稳住，雨中的春笋落地生根。

随着桌板附近的碰撞声逐渐减小,鱼叉的攻势变得缓慢,又过了半分钟,他们完全听不到撞击声了。

"结束了吗?"不知是谁小声问了一句。

"再等一分钟。"齐夏非常谨慎地说。

众人自然没有反驳,在这极度安静的锥体之中又静静地等待了一分钟。

齐夏将桌板小心翼翼地拿开,看了看已经安全的房间,伸出手拍了拍韩一墨的肩膀,说:"你看,我们没事了。"

韩一墨依然在发抖,可还是面带感激地点了点头:"没事了吗?可我总感觉……"

其余几人也纷纷拿开桌板,却被眼前的场景惊得说不出话来。地上的两具尸体此时犹如刺猬一般被扎满了鱼叉,俨然是一副地狱般的景象。

"哦?这是什么?"李警官捡起了地上的一根鱼叉,演技浮夸地说,"这上面好像有字。"

齐夏无奈地摇摇头,让李警官做这种事还真是难为他了。

趁着李警官带领众人查看鱼叉的时候,齐夏又确认了一下韩一墨的情况——他看起来虽然还是很害怕,但状态比刚才好多了。

"韩一墨,我说过这次会没事的。"

韩一墨听后苦笑了一下,说:"齐夏,谢谢你……但不知道为什么,我总感觉那些鱼叉一定会射中我。"

齐夏刚要说点什么,忽然感觉不太对。这个房间的某个地方依然能够听见隐隐的链条碰撞的声音。难道还有鱼叉?

乔家劲此刻好像也发现了什么,抬头一看,一根绳子此时绷得笔直,横在半空中。

"这搞什么啊?"乔家劲看了看这根绳子,发现它的两端都在孔洞中,与地面上那些拴着鱼叉的绳索很不一样。

齐夏也有些疑惑,为什么绳子的两端都在孔洞中?鱼叉呢?

乔家劲走上前去摸了一下绳子,发现它正在微微抖动,嘀咕道:"好奇怪啊……"

他试着拉了拉绳子,发现绳子居然可以被抽离。

齐夏略微一愣，瞬间想明白了，那根本不是悬在半空中的绳子，而是有一根鱼叉阴错阳差射入了墙上的一个孔洞中，这根鱼叉卡住了另一根鱼叉。

"乔家劲，别碰它！"

乔家劲听后立刻缩回了手，可他刚刚触摸时给绳子加入的一丁点力量，已经足够打破这个诡异的平衡了。

只见某一侧的孔洞中发出链条抖动的声音，连带着绳子一起颤抖不已。

齐夏立刻从地上拿起一块桌板，大喝一声："韩一墨，来我身后！"

韩一墨听后赶忙跑到了齐夏身后躲了起来。他抓着齐夏的衣服，看起来非常紧张。

"墨菲定律吗？"

齐夏拿着桌板向远离孔洞的一侧移动，韩一墨也在他身后挪动着。

按理来说齐夏与孔洞已经不是垂直关系，里面射出的鱼叉也绝不可能飞向他们，更不可能伤到他身后的韩一墨，可齐夏就是感觉不安。

站在孔洞旁边的乔家劲看到齐夏的表现甚是不解。他看了看绳子，又看了看齐夏，疑惑地问："骗人仔，你搞什么？"

"乔家劲，离那里远点，还有一根鱼叉，小心受伤！"齐夏严肃地回答道。

话音刚落，孔洞当中忽然传出一阵巨响，两根鱼叉同时射出。

一切都发生在一秒之内。第一根鱼叉射出孔洞之后直接飞到一旁，插到了地面上，而第二根鱼叉却铆足了力气，朝远离齐夏的另一侧陡然飞去。

见到鱼叉的飞行方向并不是自己这边，齐夏刚刚觉得有些安心，却忽然见到那根鱼叉准确无误地射在了座钟之上。这台座钟在之前是众人用来获知时间的重要工具，可没想到此时却成了地狱使者的跳板。

一声金属与金属碰撞的声音炸开，座钟四周顿时火花四溅。不知那座钟是什么材料打造的，被鱼叉猛烈撞击之后依然屹立不倒，可鱼叉也因为这次撞击而改变了方向，如同一条忽然发现猎物的毒蛇，猛然转头，冲着齐夏和韩一墨飞去。

鱼叉几乎贴地飞行，齐夏见状立刻将韩一墨向后一推，自己拿着桌板迎了上去。

按照鱼叉现在的飞行方向来看，它一定会在射中韩一墨之前撞到桌板。就在鱼叉和桌板近在咫尺的时候，贴地飞行的鱼叉撞到了地面，反弹力让它瞬间改变方向，直接飞越了齐夏，朝他身后的韩一墨飞去。

在所有人的眼中，这根鱼叉就像是被什么力量牵引了一般，绕开一切障碍物之后飞向了目标。

正如韩一墨所说，他一定会被鱼叉射中。眼前这根鱼叉的一切行动轨迹都是那么诡异，它的目标从始至终都是韩一墨。

齐夏自知根本不可能在这电光石火之间挪动桌板挡住鱼叉，表情已经略显绝望。现在没有任何人能够救韩一墨了，唯一能救他的只有他自己，可看他那紧张发抖的样子，估计连一步都难以挪动，这一次他还是得死。

就在鱼叉距离韩一墨不到五厘米的时候，站在旁边的乔家劲忽然伸手抓住了孔洞内喷射而出的绳子，然后猛然往后一扯。绳子扯动着鱼叉，牵一发而动全身。他的出手速度非常快，让高速移动的鱼叉像是被狂风吹过的花朵一样瞬间失去了平衡。那根鱼叉也终于停止了前进，在空中摆动了几下后便掉在了地上。

这一幕太过惊心动魄，让众人全都忘记了呼吸。

半晌之后，韩一墨一屁股坐到地上，汗水已经把他的衣服全都打湿了。

乔家劲看了看手中的绳子，骂骂咧咧地说：“这根鱼叉来蹦迪吗？在屋子里像条蛇一样乱窜！”

齐夏放下桌板，来到韩一墨身边，将惊魂未定的他扶起来，问：“你怎么样？"

"我没事……现在真的没事了……你救了我的命，太感谢你了……"

扶着韩一墨的手一顿，齐夏发现他已经不再发抖了。

"原来是这样……"齐夏点了点头，大概率已经猜到"招灾"的真正含义了，"接下来……你还会怕吗？"齐夏问。

"有点……但是没有特别害怕。"韩一墨挤出一丝苦笑,"知道接下来的游戏有你在,我比较安心……"

听到这句话,齐夏感觉把韩一墨救下来真的是个再正确不过的决定了。

虽然"招灾"的全部能力尚不清楚,但目前看来韩一墨可以预知到接下来要发生的危险。若是齐夏跟那些生肖对决的时候带着韩一墨,就可以通过韩一墨的恐惧程度来判断游戏的危险程度,若是再顺利一些,还能够得知是否可以跟生肖赌命。

当然这一切都只是美好的假设,当务之急是带领韩一墨活下去。从这一刻开始,齐夏没有必要再救那些不重要的人,接下来的游戏,就算只有少数人能过关也无所谓。

"李警官。"齐夏喊道,"你刚才说鱼叉怎么了?"

"哦……"李警官反应了过来,然后赶忙配合道,"这个鱼叉上有字啊,你们来看看!"

齐夏装模作样地看了看鱼叉之后,开口说:"原来如此,那我明白了,各位,这次的出题人又变成了人羊,可是人羊是会说谎的……"

他把自己的推断一五一十地告诉了众人,然后径直走到了房间中央的孔洞下面。他知道地面会在几分钟后上升然后粉碎,而那时只要把桌板卡在天花板的洞中就能救他们一命。

齐夏说出他的推断,本意只是想救下其中的部分人,可没想到众人纷纷信服了他的话。当他站到孔洞下面的时候,第一个站到他身旁的人就是肖冉。

此时的肖冉露出了一脸仰慕的表情,几乎是无条件相信他说的话。或许是因为他的几次表现全都堪称完美,让肖冉产生了其他感情。

"齐哥,不知道为什么,我特别相信你!"肖冉谄媚地说。

"哼。"齐夏冷笑一声,"那我还真是谢谢你了。"

在齐夏的带领下,第三个游戏他们也没出意外地平安通过。众人吊挂在天花板上,静静地等待人蛇到来。

"久违了,各位。"人蛇终于现身,开始与众人攀谈,"我是人蛇。"

乔家劲大喝一声:"羊、狗之后是蛇?你信不信我现在就宰了你？"

"请不要激动。"人蛇的声音很平稳，他抬头望了一下众人，而后说，"你们正在进行最后一轮考验。我的手边有一根拉杆，只要我拉动它，你们就能缓缓降落，谁都不会受伤。"

"那你会拉下它吗？"肖冉问。

"我……"人蛇淡然一笑，"我和你们玩一个游戏，能不能活下来就看你们自己了。"

齐夏听后扭头看向众人，开口说："待会儿谁都不要说话，交给我。"

人蛇饶有兴趣地看了半空中的齐夏一眼，走上前说："我有一个有趣的问题，谁能在三次之内说中答案，我便拉动拉杆放你们下来。"

"有趣的……问题？"齐夏略微一愣，他感觉之前人蛇好像不是这样说的。

"听好了，各位，若是你们身患重病且流落荒岛，手里有两种外表一模一样的特效药各十片。已知这两种药只有每天各吃一片才能活命，可你们不小心将药混在一起，分辨不出了。假设救援会在十天之后到来，那么这十天之内你们要如何服药活下来？"

齐夏皱了皱眉头，感觉有些奇怪。人羊和人狗设计的游戏与上次完全相同，人蛇却忽然改变了问题。

"请……请问药片的颜色有差别吗？"肖冉开口问。

人蛇冷冷地看了她一眼，说："还剩两次机会。"

"喂！靓女？！"乔家劲大叫一声，"一共三次机会，你不要乱搞啊！"

"我……"肖冉为难地低下头，表情非常难过。

此时齐夏对她的了解又加深了一分，她不仅自以为是，甚至还不听劝。

"齐夏……这是什么情况？"李警官看向他，小声问道，"为什么问题变了？"

"我不知道。"齐夏摇摇头，"上一次我就感觉这个人蛇怪怪的……"

"哪里怪？"李警官问。

"上一次我们赢了，人蛇却没死。"齐夏一针见血地说，"人羊输给我们之后死了，可人蛇没有，这显然很矛盾。"

"你这样一说……确实是……"李警官摇了摇头，知道现在不是纠结这个问题的时候，改口问，"那你现在有答案了吗？"

"有。"这个问题和之前的问题一样，是一个寻常的逻辑问题。

齐夏怀疑蛇类游戏是逻辑类或是智力类的问题，也算是比较符合蛇类狡诈的特性。

见到众人都在盯着齐夏，人蛇也向他投去了目光，开口问："你知道破解方法了吗？"

"是。"齐夏点点头，"答案就是把所有的药片捣碎成粉末后搅拌均匀，再尽可能地平分成十份，每天服下一份。"

"哦？！"人蛇露出兴奋的目光，然后不动声色地从怀中掏出一个小本子，看了一眼之后说，"原来是这样。"

他自言自语的声音很小，不仔细听的话根本听不清他在说些什么。

齐夏总感觉人蛇的表现很奇怪，仿佛连他自己都不知道答案。

几秒之后，人蛇忽然露出一阵大笑："哈哈哈！你可真有意思！"

"有意思？"

齐夏眼神一冷，忽然想起人蛇在上一次的游戏中，当他破解了问题的答案时，人蛇笑得前仰后合，也说出了这句话。

"等着，我现在就把你们放下来。"

人蛇拉动把手，众人缓缓落地。

"各位，恭喜你们在面试中活了下来，推开这扇门，一个新世界在等着你们。"人蛇将手背在身后，站到木门的旁边。

"扑街仔^①……"

乔家劲恶狠狠地走了上去，似乎想要把所有对人羊和人狗的不满都发泄到眼前的人蛇身上。

人蛇冷眼转过身，看着气势汹汹的乔家劲却毫不动弹。

"你们一个个都有病吗？！"乔家劲大喝一声，上前抓住了人蛇的衣领，"戴着这些奇怪的面罩，一次次想置我们于死地，现在终于让我逮到了！"

---

① 粤语中骂人的话，也可以用于自嘲。"扑街"意指人扑倒在街上，含倒霉的意思。

人蛇冷笑一下，低声说："趁你还活着，劝你早点放手。"

"你说什么？！"

乔家劲举起拳头，眼看拳头就要飞到蛇头人的脸上，李警官却突然拉住他的手臂。

"乔家劲，算了。"李警官说，"这些人是疯子，别理他们。"

众人没有人再跟人蛇说话，乔家劲也不甘心地缩回了手，大家在李警官的带领之下走出了屋子。

齐夏站在队伍最后，刚要出门的时候，人蛇却忽然开口说："齐夏，期待下次再和你玩啊。"

齐夏一怔，愣在了原地。他扭过头来看向人蛇，咬着牙问："你们也都记得一切，是吧？"

"嘿嘿嘿……"人蛇晃动着散发着腐烂气味的蛇头慢慢凑近齐夏，"为什么会不记得呢？这里的一切是多么美妙啊？以后的日子里，我们会像老朋友一样定期见面，而你会解答我的各种疑问。"

听到人蛇这么说，齐夏忽然感到了深深的绝望。

接下来的日子里，他会和人蛇定期见面，终焉之地会在他们到来的第十天毁灭，如果他们能活到那天，也会随之死亡。在这里死亡之后会暂时回到现实，等待一天后经历那场波及全国的地震，而后又会来到终焉之地。

不论是终焉之地还是现实世界，齐夏都像进入了一个诡异的轮回，永远都逃不出去。

他的人生最短是一天，最长是十天，只要这个诡异的地方还在，他就永远无法回归正常的生活。这些疯子不仅把齐夏永远困在了这里，还把余念安从他的生命中抹去了。

"人蛇，你们这样戏耍我，一定会后悔的。"齐夏冷冷地说。

"后悔？"

齐夏没再理他，走出门去跟上了队伍。一出门，那熟悉的令人心情沉重的味道扑面而来，让齐夏感觉有些恶心。

"齐哥，你怎么才出来？"肖冉站在门旁笑着问，看起来她一直都在等齐夏。

齐夏没理她，冲着不远处的众人走去。

"哎，齐哥，你等等我啊！"

走廊两侧的房门缓缓打开，许多生肖人浑身是血地走了出来，他们跟人蛇一样，一动不动地站在门边。

李警官见到齐夏跟了上来，低声问道："你准备怎么办？"

"我不知道，你呢？"

李警官神色复杂地思索了一会儿，说："我现在内心很动摇，完全没有方向。"

"动摇？"林檎有些好奇地看着窃窃私语的二人，然后往前一步来到了二人身边。

她轻轻捂着口鼻开口问："奇怪，你们在来这里之前就认识吗？"

"不认识。"齐夏摇摇头。

林檎盯着齐夏看了半天，居然分辨不出他是不是在说谎。李警官没回答，仍然目视前方向前走着。

走了许久，众人才渐渐地看到了远处的亮光。

人龙戴着一张极度丑陋的面具，直直地站在外面。

"你们好，我是人龙。"他的样子将那些失去记忆的人吓了一跳。

"诸位不要紧张，你们的考验已经告一段落，我也不会给你们带来新的游戏，只是给你们一点建议。"

乔家劲非常不耐烦地看了他一眼，问："什么建议？"

"十天，你们有十天的时间改变这一切。"人龙缓缓地说，"若十天之内你们得不到三千六百颗道，那你们所在的世界就会毁灭。你们目之所及的一切也都会一起陪葬。而现在你们经过了四个考验，说谎者、雨后春笋、天降死亡、两种药丸，这是你们的奖励，也是你们的筹码。"

他从怀中掏出四颗闪闪发光的金色小球，递给站在最前面的李警官。

"这是什么东西？"肖冉问道，"看起来好奇怪……"

她伸手拿过一颗道，发现这颗小球外圈是白色的，内圈是金色的，造型像个立体的荷包蛋，捏起来还有股弹性。

"这就是道！"人龙挥舞着双手高兴地说，"只需要三千六百颗道，你们就可以逃出去了！"

赵医生听后微微思索了一下，问："我们该怎么获得那么多道？"

"去参与游戏！"人龙说，"这个城市中有着遍地的游戏，只要你们足够强大就一定能获得道。"

"你是说我们要主动参加这些要命的游戏？"赵医生很不能理解，"你们到底是什么疯子？"

"我们不是疯子，只是想努力活下去罢了。"人龙忽然有些失落，低声说，"难道你们不想活下去吗？"

听到他的问题，众人又沉默下来。

齐夏往前一步，开口问："人龙，我们若是集齐了三千六百颗道，之后要怎么办？"

"之后？"人龙似乎从来没想到有人会问这个问题，一时有些语塞。

"是的，我们要把三千六百颗道交给某人吗？"齐夏又问，"还是说需要把它们带到某个地方？"

"这……"人龙思索了半天，开口说，"如果我没猜错的话，当你们集齐三千六百颗道，自然会有人出来找你们。"

"什么叫你没猜错的话？"齐夏感觉有些不可思议，"换句话说你也不知道集齐之后要怎么办？"

"是的，我不知道。"人龙如实回答道，"我只知道你们在这里的一切行动都会被监视，所以集齐之后自然会见分晓。"

齐夏皱了下眉头，看着眼前这似人非龙的怪物，知道他虽然是龙，可他的等级毕竟是人，他不可能知道所有的事情。

"你们有很多问题，这样很好……"人龙的语气听起来依然失落，"有问题说明你们还很清醒，希望你们可以永远都这么清醒……"

"我们走吧。"齐夏不再理会人龙，回头对众人说。

众人点点头，绕过人龙先后走出了走廊。

齐夏记得上一次众人出门之后，身后的建筑物诡异地消失了，于是这一次他特意在出门之后立刻回头看，李警官也意识到了什么，同时回过头。

二人看到了一扇孤零零的门。

他们依然站在空旷的广场上，那扇诡异的门就那么突兀地立在那里，通向了另一个空间。人龙站在那个空间之中幽怨地看着二人，似乎有千言万语压在喉咙之中。

接着，那道门在齐夏的注视下慢慢缩小，仅仅几秒之后就消失不见了。

"咦？"甜甜也发现了异样，回头惊叫一声，"我们出来的门呢？"

众人听后纷纷回头，眼前的一幕实在是太难理解了。

他们此时站在四通八达的中央广场上，背后是一个电子显示屏和巨型铜钟，那屏幕上写着一句话：我听到了"招灾"的回响。

可众人此时完全不知道该做些什么，也不知道该去哪里。

"我要去收集道。"齐夏直截了当地说，"需要几个队友。"

"啊？"赵医生一惊，"不是吧……你真的要去参加那些游戏啊？咱们现在出来了，肯定要先想办法逃命啊。"

"没关系，你去逃命就行。"齐夏说，"有人愿意和我一起吗？"

乔家劲听后扶着下巴微微思索了一会儿，说："我加入。你有头脑，我有力气，我们合作吧？"

"好。"齐夏点点头，"还有吗？"

甜甜见乔家劲加入了，看了看身旁的律师、警察、教师、医生，又看了看乔家劲和齐夏，开口说："那……我也加入吧。"

齐夏见到这熟悉的一幕，不知道怎么规劝，只能点了点头。

林檎思索了半天，也缓缓地走了过来，问："我也可以加入吗？"

齐夏此时有些为难，没想到这一次的分队和上一次一模一样。他虽然相信林檎和甜甜，但从利益最大化的角度来说，他更希望这一次加入队伍的是李警官和韩一墨，这样一来队伍中有四个男人，并且每个人都有各自擅长的能力，赢下游戏的概率会更大一些。尤其是考虑到极道的存在，甜甜和林檎跟着他，极有可能会遇到情况之外的危险。

还不等他说些什么，队伍中的肖冉忽然走了出来，开口说："齐哥，你那么厉害，能不能也带我一起走啊？"

"不能。"齐夏回答道。

肖冉听后表情略微一怔，随即恢复笑容，走上前来贴着齐夏，开始用身体蹭齐夏的手臂。

"齐哥，你那么聪明，一定能带我们出去的吧？你就带带我嘛。"

甜甜面色无奈地打量着眼前的姑娘，感觉这姑娘的状态比她的同事们还要专业。不……说白了她和她的同事们没有谁真正喜欢这份职业，全部都是因为生活而被逼无奈，所以任谁都不会露出这种谄媚的表情。

"我们合不来。"齐夏冷冷地看向肖冉，"你换个队伍吧。"

肖冉的眼神之中闪过一丝阴冷，可很快又恢复如初。通过刚才几个游戏的表现，她知道齐夏是个极其聪明的人，若是不跟着他，她绝对没有活下去的可能。

"齐哥……"肖冉委屈地嘟起了嘴，"你就那么不喜欢我啊？"

"是，我非常不喜欢你。"齐夏再度点点头，甩开了肖冉，远离了她，"还有人要跟我一起走吗？没有的话我们就此别过了。"

他的目光盯着韩一墨和李警官，带着一丝期待。

齐夏希望这二人能够自愿参加游戏，这样他们才可以蜕变成值得他信赖的队友。

"齐夏。"李警官忽然开口叫道。

"怎么了？"

李警官嘴唇微动，仿佛在组织语言，过了一会儿他才问："你觉得我……出得去吗？"

齐夏听后缓缓地低下了头，眼睛看向地面。这个问题一语双关，很难回答。若是李警官能够回到现实世界，那他就成了一个名副其实的杀人犯，就算运气好，能够让李警官回到杀人的前一天，那他也是个违背了职业操守的警察。这种两难的处境像是两把尖刀，分别抵住了他的喉咙和心脏，让他前进不了分毫。

难怪李警官至今都一脸犹豫，他根本没有出去的理由。

齐夏思索了一会儿，郑重其事地问："你有牵挂吗？"

"牵挂……"

一张胖乎乎的可爱笑脸浮现在李警官的眼前，那是萱萱。

"我当然有牵挂……可我该如何面对她？"

"我会帮你。"齐夏打断李警官的话，"不管是你想出去还是担心出去后的处境，我都会帮你。"

李警官一愣，有些不可置信地看向齐夏，瞬间明白了对方的意思。可由于双方都有顾忌，谁都没有在此把话说开。

难道齐夏已经有办法对付张华南了？李警官仔细想了想，齐夏和张华南的水平甚至不在一个维度，若他愿意给自己出谋划策，自己一定可以摆脱那个人渣。对于张华南，寻常的道理已经不管用了，现在只能以恶制恶。

"好，我相信你。"李警官说，"我也加入。"

齐夏点了点头，又看向了韩一墨。可他什么都没说，仅仅给了对方一个眼神。

这一次相比于上一次来说，唯一的变数就是韩一墨。李警官目前还未回响，韩一墨就成了队伍当中唯一的回响者。这样看来……双方都有回响者的情况下，他们是不是有希望对抗极道？

"我……可不可以拒绝？"韩一墨回答道。

"可以。"齐夏点点头，"但我想知道原因。"

"我……"韩一墨一脸为难地抬起头，"齐夏，虽然你刚才救了我，我很想报答你，但以我的心理素质完全承受不了这些游戏，我会崩溃的……"

他给出了一个非常诚实的理由，诚实到齐夏都不知该如何反驳。

韩一墨最大的问题就是胆小，并且据他自己所说，他患有很严重的幽闭恐惧症，许多游戏对他来说都是致命的。可齐夏转念一想，按照江若雪的说法，越是极端情绪下的人就越容易听到回响，这恐怕也是韩一墨率先觉醒出这个能力的原因。

"若是不需要你参加游戏呢？"齐夏问。

"不需要参加游戏？"韩一墨有点没听懂，"那我岂不是更没理由加入你们的队伍了？"

齐夏也觉得这个要求有些牵强，可为了拉韩一墨入伙，实在是没有更好的办法了。

"没关系，你跟着来就是，帮我们出谋划策就可以。"齐夏说，"如果真的能够赢得道，我会分给你。"

韩一墨听后略加思索了一会儿，也加入了队伍。

见到众人积极分队，在一旁看了许久的章律师有些不理解，开口问:"在对情报一无所知的情况下,你们都这么有信心吗?"

肖冉站到齐夏身边,很自然地挽起了他的手:"有齐哥在,我们还需要什么情报?"

"放手。"齐夏喝止了肖冉的动作。

章律师说的不无道理,齐夏做的一切都太可疑了。现在除了章律师和赵医生之外,几乎所有的人都站到了齐夏这边,这让双方的队伍人数变成了七比二,极其不平衡。

赵医生看了看现在的分队情况,也往前走了一步,说:"我说两句吧……既然大家都站到了警官那边,其实我感觉我们也没什么必要分队了。大家干脆一起行动,这样不是更安全吗?"

"对对对!"肖冉也赶忙说,"大家一起走才安全啊。"

事情渐渐地往一个奇怪的方向发展,齐夏很想出言制止,可他没有理由。在此处强行让众人分成两队,反而更加让人怀疑,原本能够团结的队友也会变得不再团结。

李警官见状也点了点头:"如此看来也确实不用分队了,大家一起走吧。"

齐夏知道,上一次见到并且记得肖冉真实面目的人只有他自己。李警官算是跟肖冉有小摩擦,可也算不上敌对。韩一墨更是在第一晚就死了,完全不知道后面发生的事情。只有齐夏明白这个女人有可能从内部瓦解掉整个团队,可现在要怎么找一个名正言顺的理由把她踢出去呢?

"各位……虽然我不是很想打断你们……"一旁的林檎忽然开口说,"但有件事我一直很在意……"

"怎么了?"乔家劲扭头问。

林檎伸出一根手指指向远方,那里正站着一个少年。

"从刚才开始,好像一直有个人在盯着我们。"

少年见到众人注意到了自己,也毫不避讳地冲着人群缓缓走了过来。

END ON THE TENTH DAY

第 2 关

天堂口·
楚天秋

见到少年的样貌,齐夏不由得一愣。

只见那个扎着辫子的少年来到众人面前,象征性地鞠了个躬,然后说:"各位,之前见到你们一直都在交谈,所以我没有插话那样,现在你们聊完了吗?"①

少年的口音和语法都很奇怪,让众人有些好奇。

齐夏仔细地思索着眼前的情况,这个少年明显是天堂口的人,可他为什么会出现在这里呢?

"你是……?"李警官问。

"哥,我叫金元勋。"少年俊朗的脸庞上露出一丝笑容。他冲李警官再度鞠了个躬,然后抬起头来问,"请问哪位哥叫齐夏?"

众人纷纷扭头看向齐夏。

齐夏只能无奈地走上前去,说:"我是。"

"太好了,哥,我已经在这里等你很久了。"

"等我?"

"是。"金元勋点点头,"我想问你一个问题。"

在场的除了齐夏之外谁都没有见过金元勋,不由得一脸疑惑。

肖冉此时往后慢慢退了一步,一脸谨慎地问:"齐哥,为什么你在这里会有熟人啊?"

齐夏没理肖冉,反而在考虑金元勋的动机,于是问他:"你一直在这里等我,就是为了问我一个问题?"

他似乎知道对方要问什么了。

"就是这样。"金元勋点点头,"哥,能借一步说话吗?"

齐夏点点头,跟着金元勋来到了几步之外。

"哥,有个人让我问你,你是哪一天来到这里的?"

听到这个问题,齐夏略微思索了一会儿,似乎在盘算着什么。

天堂口这个组织,他可以相信吗?若他们还跟上次一样,像无头苍蝇一样地在终焉之地乱窜,估计结局也不会太好,既然如此,不如相信楚天秋一次。

---

① 为保留人物的特色,少年金元勋说话的语法问题不做修改。

齐夏小声回答道:"我的肉身来这里第十一天了,我的精神仅仅四天。"

"西巴[①]……"金元勋惊叹一声,"楚哥真的是神那样的男人……"

"你说什么?"齐夏一愣,看向眼前的少年。

"哥,实话说吧,我们明明都是第一天来到这里,可我今天按照楚哥的吩咐问了好几个人这个问题,居然没有一个人回答'第一天'那样……你说楚哥是不是知道些什么?"

楚天秋当然知道些什么,若齐夏猜得不错,他也保留了上一次的记忆。

可让齐夏在意的还有第二件事,为什么楚天秋上一次就问出了这个问题?他在上一次就已经保留记忆了吗?难道……他们比自己来这里更早?

齐夏经历了两次,楚天秋经历的次数更多?楚天秋每一次都可以保留记忆,所以他按照记忆来挑选队友?这样说来,天堂口的强大应该超乎齐夏的想象。

肖冉见到二人一直在窃窃私语,非常不合时宜地走了过来,假装漫不经心地问:"你们在聊什么?"

金元勋微微一笑,说:"哥,咱们过去吧,接下来的话需要告诉你们所有人。"

金元勋再次来到了众人面前,开口问:"各位,我们正在集结一批厉害人物,成立一个组织来一起攻破游戏,现在齐夏哥已经通过了首领的问题,被准许加入,你们有那样的一个兴趣吗?"

"你说的组织……是做什么的?"李警官小心翼翼地问。

"呀,就是一起参与游戏的攻略组那样子,哥。"金元勋说,"游戏分为很多个种类,我们可以让某些人有针对性地参加某些游戏那样。"

李警官仔细地盯着金元勋看了半天,然后问:"你是朝鲜族吗?"

[①] 朝鲜语音译,表示惊奇、震惊、愤怒等,为发泄情感的感叹词。

"是的，哥。"金元勋点点头，"我在延边生活的区域那里大家很少说汉族语那样，所以我也不是很擅长，如果说得不明白请见谅。"

李警官点点头，他所在的城市也有很多蒙古族。

"是谁让你来找我们的？"乔家劲问道。

"是和我一起走出房间的哥，叫楚天秋。"金元勋一脸认真地回答道，"他是个非常聪明的人，我正在执行他的一个命令那样。"

齐夏伸手摸了摸下巴，仔细地思索了一下这件事。

说实话他并不了解楚天秋，他对此人的一切了解，仅限于他有一份可以逃脱此处的笔记。

"金元勋，楚天秋只邀请了我一个人吗？"齐夏问。

"是，但不完全是。"金元勋耐心地解释说，"楚哥这样邀请了你，但你可以随意带上你的人。刚刚来了一个叫张山的大哥，他也带了自己的人那样。"

"张山……"听到这个名字，齐夏的脑海中忽然浮现出了老吕和"小眼镜"的脸。

他现在有些明白为什么张山会带着这两个人一起加入了，他们二人的确值得信赖。

齐夏回头看了看自己身边的八个人，忽然有了主意。带着这八个人贸然前去参与游戏会有许多变数，既然人数已经如此庞大了，不如直接带着他们一起加入天堂口。这样一来既可以甩掉拖油瓶，又可以想办法获取笔记。毕竟，要让一滴墨水消失，最好的办法就是把它滴到大海里。

"那我们九个人可以一起加入吗？"齐夏又问。

"可以，楚哥说过，只要你答应加入，你提的要求我们都会尽量满足。"

这一下众人都开始犹豫了。他们愿意加入齐夏的队伍，是因为亲眼见识过齐夏的手段，可是这个至今都没有现身过的楚天秋，他们能够信任吗？

"各位，我要加入楚天秋的组织。"齐夏不等众人思考明白便开口说，"你们若是同意可以跟来，不同意的话也可以自己行动。"

众人听后都露出了犹豫的神情。

"哦，对了。"金元勋开口补充道，"根据楚哥所说，你们在接下来的日子里很难获得食物和水源，可我们的组织会尽量保证每个人的食物分配。"

"这么好？"乔家劲依然有些怀疑，"你们供我们吃喝，目的是什么啊？"

金元勋听后环视了一下众人，开口说："我们的目标是攻破所有游戏那样，组织里不养闲人，所以全体成员必须听从楚哥的指挥，他会带领我们出去的。"

"所有游戏……"众人愣了一下，难道不是集齐三千六百颗道就能出去吗？为何要攻破所有游戏？

"道怎么分配呢？"肖冉问。

"多劳多得。"金元勋回答，"楚哥并不是很在意道那样，所以你们不必担心。"

齐夏发现楚天秋似乎在走一条很怪异的路，这一切恐怕都跟他手上的那份笔记有关，难道笔记里记载的离开这里的方法并不是收集道，而是攻破所有游戏？

"齐夏哥，你怎么说？"金元勋最后确认了一遍齐夏的心意。

"不用说了，我加入。"齐夏说。

虽然众人各怀心思，但最终还是决定一起加入天堂口。毕竟大多数人都对这个世界一无所知，现在有个人站出来信誓旦旦地告诉他们能够出去，任谁都会想去看看的。

金元勋带着众人刚要离开，齐夏却一眼瞥到了广场旁边的小路，这条小路他曾经去过一次，通向终焉之地最安全的游戏——一颗道，换一颗道，全程没有任何危险，就像是旅游观光。

如果有可能的话，齐夏想去见一见人鼠，跟那个孩子说一声抱歉。

"各位，你们先跟金元勋去吧，我随后就到。"齐夏默默地退到队伍最后，跟众人说。

金元勋听后有些不解："哥，你随后到？你知道我们组织在哪里吗？"

齐夏自知失言，改口说："是我忘了问，你给我画张地图吧。"

金元勋点了点头，从怀中掏出一张早就准备好的地图，递给了齐夏:"我们组织在一座学校那样,这是我之前画好的地图。"

乔家劲面带思索地看了一眼齐夏:"骗人仔,你去做什么?"

"只是去附近转悠一下。"齐夏回答道,"不会耽误太久的。"

"我和你一起吧。"乔家劲有些谨慎地环视了一下四周,"我总感觉这里怪怪的。"

"和我一起?"齐夏疑惑地看了乔家劲一眼。

"是啊,咱们不是合作了吗?"乔家劲开朗地笑了一声,"你可是我的大脑,你要是走丢了的话,我就回不去了。"

齐夏听后安心地点了点头,尽管乔家劲不记得以前发生过的事,可他依然是他。

"既然如此……"金元勋走到二人面前,"两位哥,我会带着剩余的人前往组织,你们要注意安全。"

…………

"骗人仔,咱们要去哪里逛逛?"乔家劲伸了个懒腰问。

"跟我来吧。"齐夏面色冷静地回答着,将乔家劲引向了小路。

二人在小道中穿梭半天,齐夏按照记忆一直在寻找人鼠的小仓库。那个仓库虽然很小,却承载了人鼠的全部希望。她应该是从很多地方收集了各种各样的杂物,然后精心设计了这个游戏。

可这一切都被齐夏给毁了。

齐夏想,如果这次能够见到她,不妨给她提几个改进游戏的合理建议,让她多赚点道,全当赔罪了。

"奇怪……"齐夏在街上大体环视了一圈,并没有发现哪个建筑物的门前有人,他喃喃自语道,"是我记错路了?"

"你在寻找什么东西吗?"乔家劲疑惑地问。

"我……"齐夏话到嘴边却没有出口,他虽然信任乔家劲,但依然没有暴露自己的记忆,"没有,我只是在随便看看。"

二人转过街角,正要继续走的时候,却看到不远处一个黑黑的东西横在了路中央。

齐夏一愣,心中有了一股不妙的预感。他正要朝那边走去,却被乔家劲拉住了。

"我丢……骗人仔,等下。"乔家劲将齐夏挡在身后,缓缓地走上前去。

地上是一具已经发黑的瘦小尸体,面容青黑丑陋,皮肤溃烂溶解,地上还流了许多恶臭的尸液,尸体的小腹处有一个洞。

"怎么会这样?"齐夏不可置信地看着这具瘦小的尸体,脑海之中满是惊恐。

这具尸体分明就是人鼠,她为什么死在了这里?

乔家劲蹲下身来,捂住鼻子大体看了看,说:"尸体已经过了肿胀期,开始高度腐烂发黑,少说死了有十天了。"

"十天……"齐夏心头一惊,"你说她死了十天了?"

"也有可能超过十天。"乔家劲站起身,捂着口鼻往后退了一步,"我一来到这里就感觉很奇怪,空气中的臭味非常不寻常,说不定这个城市里死了很多人。"

齐夏缓缓走上前去,感觉脑海之中有什么东西在隐隐作痛。

为什么所有人都复活了……人鼠却没有?难道这孩子没有复活的权利吗?

可齐夏转念一想,明明人羊也复活了,同为生肖的人鼠为什么没有?

"骗人仔,你认识这个人吗?"

认识?齐夏不知怎么回答。他根本不知道这个孩子叫什么名字,二人也只是慌乱地见了一面。可如果自己不出现的话,她根本不会躺在这里。

他走到一旁,从路边摘下了一朵暗红色的小花,回身放在了人鼠的胸口上。

如果这个孩子有选择的话,她可能会选择从来没有见过自己。

"我不认识她,只是看到一个这么小的孩子死在这里,有点惋惜。"齐夏对乔家劲说,"走吧。"

乔家劲虽说不理解齐夏的行为,但也只能跟着"大脑"走了。

齐夏走出三步之后,忽然想到了什么,停在了原地。

"怎么了?"乔家劲问。

齐夏疑惑地回过头,看了看人鼠的尸体,总感觉有一些奇怪。他又看了看人鼠的身边,除了流洒一地的尸液之外,居然空无一物。

面具呢?

齐夏皱了皱眉头,为什么面具不见了?是有人偷了,还是朱

037

雀收走了？

虽然齐夏已经保留记忆回到了终焉之地，但他对这里依然了解得不多，要想搞明白这里的事情，只能去见一见楚天秋了。

"没事，我们快点去跟别人会合吧。"

二人离开了小巷，回到了之前的广场，这里已经空无一人了。

齐夏抬头再度望了一眼屏幕，上面依然写着：我听到了"招灾"的回响。

他曾见过的回响者从来不会持续回响这么久，看来韩一墨的能力确实很特殊。盯着屏幕看了一会儿，他忽然发现显示屏下面的立柱上好像刻着什么字，走近一看，竟然是数字8和7。

他轻轻地摸着这两个数字，这些数字似乎遍布了城市的各个角落，到底代表着什么呢？

"我现在有太多问题想问楚天秋了。"

齐夏转过身，他的面前忽然出现一张枯槁、微笑的老脸，那人踮起脚尖，整个身体像是一棵枯死的老树，在用他那布满皱纹的脸庞贴近齐夏。

"我……"齐夏猛然后退一步，却发现这一幕似曾相识。

"我丢！"乔家劲也吓了一大跳。二人明明才来到这里不足一分钟，这个老头是从哪里冒出来的？

他为什么会悄无声息地站在齐夏背后？

"小伙子，天龙真的不能招惹啊！"老人露出仅剩的一颗牙齿，伸出枯瘦的手臂抓向齐夏，"赌命……就算赌命都不一定能行啊……"

乔家劲刚要上前阻拦，齐夏却把他拉了回来。

"慢着，我想跟他聊聊。"他将乔家劲拉到一旁，也伸手抓住了老人。二人如同两个许久都未曾见面的朋友一样扶着对方的手臂。

"老人家，你认识我吗？"齐夏问。

老人听后微微一愣，差一点老泪纵横。他抓住齐夏的手不断地用力，抓得齐夏生疼。

"你愿意和我说话了……太好了……我能等……"老人颤颤巍巍地说，"就算一切重新来过，我都可以等……你马上就可以毁掉这个鬼地方，解放我们所有的人……"

老人看起来疯得比较厉害，齐夏只能顺着他的话往下问。

"解放所有人？"齐夏问道，"解放是什么意思？"

"我们被困在这里了！"老人哀号道，"有人撒了谎……有人撒了天大的谎！他把所有的人都耍了！"

"老人家，你先冷静一点。"齐夏放开了老人的手，抓住了他的肩膀，试图让他的情绪稳定下来，"谁把我们耍了？他撒了什么谎？"

"是——"老人刚要说话，天上忽然响起了一阵闷雷。

齐夏第一次在这里听到雷鸣。他猛然抬起头，却发现天上连一片云都没有。既然没有云，那何来的雷鸣？

"我不能说……"老人惊恐地低下头，声音变得非常小，"说出来我会死的……"

会死？

"好，那我们换个问题。"齐夏继续问道，"你说我们被困在这里了，那是什么意思？"

老人抬起头来，面色恐惧、语气认真地说："小伙子，谁都出不去啊……死了也出不去……生了死，死了生……"

"为什么都出不去？"齐夏问，"就算我们收集了足够的道，也依然出不去吗？"

"道？"老人一愣，然后疑惑地抬起头盯着齐夏，问，"道是什么东西？"

道是什么东西？

齐夏从未想过老人会问出这个问题。他口口声声喊着让齐夏赌命，结果却不知道道是什么东西？

"道就是……"齐夏一摸口袋，发现自己身上没有道，之前人龙给的四颗道全都在李警官身上。

于是他只能描述了一下道的外形，开口说："就是一个黄白色的小球，核桃大小，闪闪发光。那东西是我们参加游戏的筹码，据说集了三千六百颗就能出去。"

"三千……六百颗道？"老人的眼神逐渐充满疑惑，"原来如此……就算这个地方已经变成了这副不堪的样子，他依然记得主人说的话……"

"主人？"齐夏一愣，"主人是谁？"

"我不能说。"老人斩钉截铁地回答道，"你在这里问我的问题会害死我的。"

齐夏感觉眼前的老人身份非同一般，他绝对留有之前的记忆，他的记忆可能比任何人的都要长，说不定能在关键时刻帮上大忙。

"老人家，你要不要跟我一起走？"齐夏又问，"我们那里有东西吃，你饿吗？"

老人看起来骨瘦如柴，脸上的皮肤也如同老死的枯树皮一样布满开裂的纹路。他应该很久都没吃过东西了。

"吃东西……别傻了，我根本不需要吃东西。"老人面色一暗，整个人看起来非常失望，"你居然邀请我吃东西……真是天大的笑话……"

"不需要吃东西？"

齐夏仔细想想，知道老人说的话不无道理，他们就算在终焉之地饿死了都没关系，自然不需要吃饭。

乔家劲在一旁看了老人半天，无奈地叹了口气，说："骗人仔，他明明是个疯子，你还能聊这么久？"

齐夏还未回话，老人看向了乔家劲，然后一步一步地靠近乔家劲，逼得乔家劲连连后退。

"喂喂喂……"乔家劲明显有些慌乱了，"我不打老幼和女人的啊，你别乱来……"

老人没有理会乔家劲，一把扼住了他的手腕。

"你……"乔家劲想把手往回抽，却根本动不了分毫，"我丢……你这是什么力道？练家子吗？"

"乔家劲……"老人抓着他的手缓缓地说，"你为什么不记得我？齐夏都记得，你却不认识我？"

齐夏慢慢地眯起眼睛，这个老人果然认识他们。

"哎！"乔家劲一愣，他这辈子从来没跟疯子打过交道，看起来非常紧张，"我点解要识你？你系边个呀？[①]"

[①] 粤语，意为"我为什么要认识你？你是谁啊？"。

老人没说话，抓着乔家劲的手腕沉默了半晌，若有所思地点了点头："原来如此……上一次你死在回响之前……"

"回响什么啊回响……"乔家劲有些不客气地说，"你现在搞得我脑袋嗡嗡响，再不松手的话我真的要打人了！"

老人猛地把手松开，乔家劲也忽然失力，后退了一步。

"你要保护好齐夏。"老人缓缓地说，"想要解放所有人，我们还需要依靠你的力量。"

老人说完后，慢慢地低下头若有所思。

齐夏向前一步，问："老人家，你真的不跟我们回去吗？我还有很多事想要问你。"

"不了。"老人点点头，"你不需要找我，只需要等我来找你就可以了。"

"这……"齐夏有些为难地看了看他。这个老人心中似乎隐藏着什么大秘密，这个秘密让他看起来痛苦不已。

"好吧，我可以知道你的名字吗？"

老人向后退了几步，开口说："我没有名字，但是在这里，他们都叫我白虎。"

话音一落，老人的身体陡然浮起，然后在空中倏地消失了。

"我丢！"乔家劲瞬间张大了嘴巴，手指颤抖着指着刚才老人消失的地方，"骗人仔你看到了吗？终结者啊！"

"白虎？"齐夏微微念叨着这个名字，感觉十分怪异。

他心想，这个白虎……难道是和朱雀有着相同地位的那个白虎？看他在空中消失的样子，明显不是寻常人类，极有可能是和朱雀一样管理者，可他看起来为什么如此疯癫？而且，他明明身为管理者，却似乎在帮着他们逃脱这里。

齐夏正在思索着，乔家劲忽然大力拍了拍他的肩膀："骗人仔！你不会被吓傻了吧？"

"嗯？"齐夏一愣，"吓傻了？"

"你怎么不惊讶啊？"乔家劲看起来既害怕又兴奋，"一个活生生的终结者老头啊！看起来就很厉害……"

"打住。"齐夏摆了摆手，"咱们赶快去学校吧。"

乔家劲意犹未尽地点点头，又看了看老头刚才消失的方向，小声嘟囔着:"难道是在拍电影?"

二人照着金元勋给的地图朝着学校走去,上一次齐夏拖着受伤的身体,走了整整四个小时才来到学校,现在不到两个小时就到了。

门口站着两个陌生的男人,正在警惕地观察着四周。

齐夏走了上去。

"良人?"一个中年男子开口问。

"是。"齐夏点点头,"我们两个都是良人,被楚天秋邀请过来的。"

另一个年轻人略微思索了一下,问:"你们二人当中有人叫齐夏吗?"

"我就是。"齐夏点头。

年轻人听到这个答案,扭头看向中年人,二人交换了一个眼神,这个细节被齐夏清清楚楚地看在眼里。

"原来如此,二位请跟我来吧。"年轻人露出一丝笑容,然后身子一转,冲二人招了招手。

齐夏与乔家劲也对视一眼,跟着年轻人走进了校园。

那年轻人故意加快了脚步,与齐夏和乔家劲保持着不远不近的距离,中年男人则在三人走后,马上朝另一个方向离开了。

"这是什么贵族学校?"乔家劲踩了踩脚下的塑胶篮球场地,露出一脸不可思议的表情,"我丢,这地面是用橡皮做的吗?比沙子地贵多了吧?"

齐夏抬头看了看教学楼,几扇窗户前似乎有人在看他们,可当齐夏抬头的瞬间,上面的人又全都装作忙碌的样子,纷纷离开了。

"有点不对劲。"齐夏小声说,"乔家劲,当心点。"

"当心?"刚刚还吊儿郎当的乔家劲听到这句话后面色忽然一冷,露出了一副打手特有的狠辣表情,小声问,"有情况?"

"我不知道,总之很奇怪。"齐夏回想着刚才的几处细节,总感觉天堂口不像在欢迎新成员,反而像在瓮中捉鳖。

二人跟着年轻人走进了教学楼。他们的身后远远地跟着几个人,那几个人不靠近也不远离,一直保持着安全距离。

乔家劲敏锐地察觉到了这一点,然后不动声色地活动了一下脖子。

"真有你的，骗人仔，这都能提前看出来。"他活动完脖子之后又扭了扭手腕，"咱们被包围了。"

"看清楚有几个人了吗？"齐夏问。

"九个。"乔家劲回答，"身后四个，面前一个，左右两侧各两个。"

齐夏面色一沉，狠狠地皱了一下眉头。

这是怎么回事？天堂口的目的是杀人吗？既然如此，为什么要大费周章地把人带到这所学校里来？

齐夏又转念一想，还是觉得有些不对。李警官、韩一墨、赵医生他们呢？如果对方真的要杀人，警校毕业的李警官绝对不是一般人能对付的。在这个地方，面对李警官，或许只有张山有一战之力。可齐夏见过张山，他并不是滥杀无辜的人，根本没有理由对众人出手。

既然如此，这个诡异的包围圈是怎么回事？

齐夏心中的疑问非常多，可现在也找不到人给自己解答。

"骗人仔，你打架水平怎么样？"乔家劲问。

"不怎么样。"齐夏摇摇头，"可我读过兵法。"

"兵法？那让你对付九个人还真是屈才了。"乔家劲笑了一下，"你待着别动，我给你露一手。"

话音一落，乔家劲渐渐加快了脚步，直接走到了身前的年轻人身边，伸手搂住了对方的肩膀。年轻人似乎没想到这个情况，神色稍微愣了一下。

"靓仔，你们这里蛮大嘛。"乔家劲笑嘻嘻地跟对方攀谈着。

"是……是吗？"年轻人挤出了一丝笑容，"这里原来是个学校，当然很大了。"

"你知道吗？"乔家劲一脸认真地看着年轻人，"想要围堵的话，最好是在空旷的场地，这里的地形太复杂了，围堵很容易失败。"

"啊？"年轻人眼神飘忽了一下，"你在说什么？我有点不明白……"

"你看啊……"乔家劲伸手指了指地面上废弃的桌椅板凳，

"这地上随处都是障碍物，不仅能够阻拦围堵者，还能让我捞起来当武器，你觉得在这种场合下，九个人拦得住我吗？"

年轻人渐渐发觉事情不太妙，想要挣脱乔家劲的胳膊，可乔家劲的力气非常大，他根本动弹不了分毫。

"靓仔，为什么堵我们？"乔家劲面容渐渐阴冷下来，"我们的队友呢？"

年轻人再次尝试挣脱，却被乔家劲死死地按住，最终也只能放弃了。

"你看起来好像真的很厉害……"年轻人挤出了一丝苦笑，"可你们算错了一点，围堵你们的不是九个人，而是十个人。"

话音刚落，二人身旁的一扇房门忽然被撞开了，竟然是一个壮汉撞破门冲了出来。他如同一头野牛，狠狠地撞向乔家劲。此人正是张山。

还不等乔家劲反应，那个坚硬如山的男人便狠狠地撞在他的小腹上，然后双手抱住他，将他向后推去。

乔家劲终于回过神来，伸出一条腿向后一蹬，正好蹬在墙面上，稳住了身体。紧接着他伸出双拳，不管三七二十一地敲在了对方的后背上，几拳下去，他忽然发现这个大汉似乎专门锻炼过，后背的肌肉非常坚硬。

他临时改变对策，直接用手肘向下砸去。砸了几下，见到大汉还是毫无反应，他又用他的膝盖狠狠地顶向大汉的面庞。大汉立刻抬起右脚，阻截了这次攻击。

此时的大汉也有些疑惑，本以为这人身材看着普通，应当三两下就能放倒，没想到对方的一招一式明显就是练过的。

"干！你们看什么呢？！快来给老子按住他！"大汉怒吼一声。

四周的人见状赶忙跑了上来。

齐夏惊呼不妙，立刻审视周围的环境，在这种情况下他最多能够撂倒两人，可剩下的人怎么办？就算那些人都被撂倒了，张山怎么办？

他为什么忽然之间攻击乔家劲？

见到有人朝乔家劲跑去，齐夏立刻跑向距离自己最近的桌椅，把桌椅往走廊上一推，形成了一个屏障，然后顺手从地上抄起了另一把椅子。

齐夏面前的两个人被阻挡，但其他方向仍有人跑动，他只能一咬牙，朝着另一个方向狠狠地丢出了椅子，再次拦住了两个人。

"这个叫齐夏的也有问题吗？"一个人怒吼一声。

"别管他！先按住那个花臂男！"

几个人直接绕开了齐夏，朝乔家劲和张山的方向跑去。

齐夏一皱眉头，感觉甚是奇怪。他们的目标仅仅是乔家劲？

"放开他！"齐夏冲着众人冲去，沿途还踢倒了一人。可双拳难敌四手，齐夏没有经受过格斗训练，面对这种以少敌多的局面几乎不可能靠头脑化解。

"我拦着齐夏，你们赶快去抓他！"一个男人忽然抱住了齐夏，对剩余的人喊道。

齐夏一咬牙，直接揪住那人的耳朵往死里拧。

"哎哟！"男人痛得哇哇乱叫，"你放开！放开！放开！"

齐夏见到男人被自己控制住，直接甩起胳膊用力地撞在了对方的喉咙上，那男人立刻干咳一声，倒地不起，不断做出干呕的动作。

"你们到底想干什么？！"齐夏咬着牙，恶狠狠地看着四周的人，"想当着我的面杀我的队友？"

齐夏发疯了一般，用胳膊肘撞碎了身旁的窗户，取下了一块细长的玻璃碎片。

他面目狰狞，满腔愤怒，宛如恶魔附体，几个人见他这副模样纷纷向后退去，都不敢靠近。

齐夏不再理会这些喽啰，直接转身走向了张山。

现在的张山和乔家劲抱在一起，正当齐夏要对张山出手时，一个肥胖的身影不知从哪里钻了出来，一下子抱住了齐夏的腰。

"你他娘的拿玻璃碴儿干什么？！要杀人吗？！"那个肥胖身影大叫一声，"张山！快跑啊！"

齐夏面容阴冷至极，将细长玻璃反手一握，朝着胖子刺去。可距离对方还剩三厘米的时候，齐夏看清了那人的样貌，随后浑身一怔，愣在了原地。

是老吕。

他刚才要刺下去的位置，正是之前光头男刺死老吕的位置。之前的老吕为了救下他，也是这么莽撞地抱住了光头男，可这次，他似乎成了那个恶人。此时此刻的处境，和上次在宾馆的走廊上时又有什么区别？

看到老吕的脸，齐夏犹豫了，也终于理解当时的"小眼镜"为什么面对一头杀人不眨眼的黑熊时仍要执意救下老吕了。

当时"小眼镜"说："老吕救过我的命，我不能不管他。"

现在的齐夏也一样，老吕救过他的命，他不能杀老吕。

见到老吕咬着牙抱住自己，齐夏也没了办法。他一身的力气都没有用武之地，呆愣了片刻，手中的玻璃也慢慢地掉到了地上。

众人趁机一拥而上，拿出一根绳子将乔家劲五花大绑。

"我丢……"乔家劲没见过这场面，"你们到底要干什么啊？有本事和我接着打啊！找个莽夫一直抱着我算什么啊？"

张山见到乔家劲终于被制服，也面带痛苦地扭了扭腰："楚天秋还真没说错，如果不下杀手的话，你这小子没有七八个人根本按不住。"

"喂！大只佬[①]！看你挺能打的，结果人多欺负人少？"乔家劲扭动着身体，高声叫骂道，"搞骗术，搞偷袭，搞围堵，你还算个男人？有本事放开我单挑！生死各安天命！"

"我……"张山的脸上浮现出一丝尴尬神色，"我又不是来和你比武的，谁和你单挑？！楚天秋说要绑住你，我就绑住你，就这么简单。"

"那就让楚天秋和我单挑！"乔家劲明显被惹怒了。

他脸上似乎写着六个字——"士可杀不可辱"。他宁可被人打倒在地，也不想被一根绳子绑住。

见到那个疯狗一样的男人被绑住，老吕慢慢地松开了手，有些后怕地看了看掉在地上的玻璃，然后拍了拍齐夏。

齐夏扭过头看着他，不明所以。

"小伙子……你刚才……是不是停手了？"老吕问。

[①] 粤语，意为大块头。

"我……"齐夏根本不知道要怎么回答,语塞了。

"真是吓人啊……你明明可以杀了我的……"老吕摸了摸的额头上的虚汗。

"我只是还个人情。"齐夏摇了摇头,"大叔,以后你别这样抱住别人了,浑身都是破绽,下次能不能换个安全点的动作?"

"还个人情?"老吕明显没听明白。

齐夏无奈地摇了摇头。眼前这个中年男人胆小、贪婪、爱说谎、爱冲动、易上头,几乎聚集了所有缺点于一身,可齐夏就是无法讨厌他。齐夏不再与他交谈这个问题,径直走向了张山。

这些人似乎一直都不对自己出手,情况有些怪异。

"为什么绑住我的队友?"齐夏问。

张山活动了一下自己被打痛的后背,说:"我不是说了吗?这是楚天秋的意思啊,你小子刚才下手也挺狠,楚天秋居然没让我把你绑起来……"

"如果楚天秋给不出正当理由,我下手只会比这更狠。"齐夏的语气很严肃,一点都不像在虚张声势。

"干,你不会好好聊天吗?不过也无所谓了,楚天秋本来就要见你。"张山冲着不远处挥挥手,"小眼镜"就跑了过来,齐夏也再次见到了熟悉的面容。

"张山,你没事吧?""小眼镜"问。

"我没事,你带这个人去见楚天秋吧。"张山挥了挥手,然后活动了一下后背,扶起被齐夏打倒在地的年轻人,带着乔家劲走了。

"小眼镜"打量了一下齐夏,然后说:"齐先生是吧?请跟我来。"

齐夏面色谨慎地点头,跟了上去。

二人来到了最南边的一间教室门口。"小眼镜"伸手轻轻地敲了敲门,说:"楚先生,云小姐,我把人带来了。"

"让他进来吧。"一个男人的声音从屋内传来。

不等"小眼镜"说话,齐夏就推门走进了教室。

云瑶正坐在一张课桌前涂着指甲油,而一个斯文的陌生男子此刻正在黑板上写着什么。

听到动静，二人纷纷转头望向他。

"呀！落魄的帅哥！"云瑶指着齐夏高兴地叫道，"你答应做我的绯闻男友了吗？"

齐夏没有理会云瑶，反而盯着那个陌生男人看。

"齐夏？"陌生男人笑了笑，将粉笔放在了黑板的凹槽中，然后拍了拍手上的灰尘，"久仰，我是楚天秋。"

齐夏点了点头，走了上去，身后的"小眼镜"识趣地关上了门。

云瑶站起身，向齐夏走了过来。她的身上带着一股沁人心脾的香味："齐夏，你来了可太好啦！"

楚天秋也走向了齐夏，脸上一直带着一抹儒雅的笑容："很抱歉以这样的方式和你见面，希望你能见谅。"

"楚天秋，告诉我你这么做的理由。"齐夏开门见山地说。

"你是说……我控制住你的队友？"楚天秋微笑一下，"我该怎么和你说呢？这里毕竟是我们的地盘，其实我没必要和你解释。"

"我和你确认一下……"齐夏微微一皱眉，"你把我们骗到这里，然后控制了我的队友，还不准备跟我说明原因？"

"是又怎么样呢？"楚天秋推了一下鼻梁上的眼镜，"齐夏，你第一次来到天堂口，或许不知道这里的规矩。"

"那么，这里有什么规矩？"齐夏问。

"我就是规矩。"楚天秋再次露出微笑，这个笑让齐夏很不舒服，"只要大家听我的，我早晚会带所有人出去的。"

齐夏冷眼看着楚天秋，不知在盘算着什么，空气中弥漫着一股异样的气氛。

"哎呀……你俩这是在聊什么呢？"云瑶走上前来打圆场，"明明是第一次见面，怎么搞得这么严肃？以后大家要当队友的。"

见到二人都没回话，云瑶想起楚天秋之前说过的王不见王。或许这两个人的确不适合当队友，可他们二人毕竟都很有头脑，是不可或缺的力量，不论谁走了都是天堂口的损失。

"能不能给爱豆① 个面子？"云瑶笑着拉起齐夏的手，又拉起楚天秋的手，"你们二人当着我的面握握手，以后大家都是好朋友。"

---

① 英文"idol"的音译，意为偶像。

"不必了。"齐夏抽回自己的手。

"没错。"楚天秋也收回了手,"云瑶,别担心,齐夏是个聪明人,看来他也明白这个地方的规矩了。"

"我最后再和你确认一下。"齐夏微微皱了一下眉,"你把自己当成一个土皇帝,所以加入天堂口的人都要无条件受你指使、听你差遣,并且不能提出疑问,是吧?"

"虽然有些偏颇,但大体意思差不多。"楚天秋推了一下眼镜,"当然,我并不是什么土皇帝,只是这个地方的首领。你也知道,若是群龙无首的话,这么多人就会像一盘散沙,最后谁都出不去。"

云瑶无奈地摇了摇头:"齐夏,你别见怪,楚天秋的目的是带领我们出去,所以需要大家配合。"

齐夏再次点了点头,看了看身前的两人,忽然扭头对云瑶说:"你能往后退一退吗?"

"退后?"云瑶一愣,随即笑着问,"怎么?我身上的味道不好闻吗?"

"不,很好闻。"齐夏说,"但我希望你往后退一退。"

云瑶思索了一下,点了点头,退到了两步之外:"我懂了,你是想打量一下我的身材吗?"

云瑶说完,自顾自地转了个圈。

"不,我只是怕伤到你。"齐夏说。

"伤到我?"

不等云瑶和楚天秋反应,齐夏忽然一个跨步上前,学着记忆里乔家劲击打黑熊的样子,肩随腰动,右臂像一根绳子一样甩出,拳头在空中旋转一百八十度。本来他瞄准的是楚天秋的下巴,可这一拳却飞到了楚天秋的嘴上,看来他的格斗技术真的需要多加练习。

砰!

楚天秋根本来不及反应,结结实实地挨了这一拳,整个人哀号一声,然后像一棵被砍倒的大树一样直挺挺地倒在了地上。

云瑶吓得用双手捂住了嘴巴,她不知道为什么事情会如此发展。

齐夏甩了甩有些胀痛的右手,走向了楚天秋。

楚天秋的嘴里全是血，整个人躺在地上露出了痛苦的表情。齐夏缓缓地在他身旁蹲了下来，盯着他的眼睛一字一顿地问："楚天秋，你在跟我装什么？"

"装？"楚天秋努力地挤出一丝微笑，"你说我在装？"

"我不管你是天堂口的首领还是什么，你既然招惹了我就该做好心理准备！"齐夏冷冷地说。

"我……"楚天秋的表情明显有点异样，他无论怎么想都想不到齐夏居然是这样的性格，"我哪里招惹你了？"

"上次我来找你，你故弄玄虚地耽误了我半个小时，你知道当时的半个小时对我来说多么重要吗？有话直接说出来不好吗？"齐夏扭过头，抓起一块砖头大小的石头，"这一次我相信了你，带着众人过来，你又二话不说绑了我的队友。楚天秋，这还不算招惹我吗？"

齐夏在手中掂量了一下这块石头，感觉足够让他的脑袋开花了。

"你……你等等……"楚天秋确实有些害怕了，赶忙挥了挥手，"你听我说，我这么做都是有原因的！"

"只可惜你没有提前告诉我原因。"齐夏面无表情地说，"我最讨厌的事，就是超出我预料的事。你可能觉得这样故作神秘会让你显得很强大，可在我看来十分幼稚。接下来不管你说出多么让人震惊的真相，我都准备打破你的脑袋。"

"齐……齐夏……你等等！"云瑶赶忙跑过来拉住了齐夏的手，"你要做什么啊？你不能在这里杀楚天秋啊！"

"那么我在哪里可以杀？"齐夏问道，"需要特意把他搬到走廊去吗？"

"你……"云瑶的脸上阴晴不定，看起来十分慌张，"齐夏，我替楚天秋道个歉……但如果你现在杀了他，我们就没有出去的希望了……"

"没关系，反正我们死了都能活。"齐夏冷笑一声，"这一次我打烂你的脑袋，让你长个记性，下次别再招惹我。"

"别……"楚天秋瞬间瞪大了眼睛，"我现在还不能死……"

齐夏的眼神冰冷无比，看起来绝对不是在虚张声势。

在楚天秋和云瑶一脸惊慌之下,齐夏将石头高高举起,然后狠狠地砸了下去。石头与地面碰撞的声音陡然炸开,地面霎时间尘土飞扬。云瑶赶忙闭上眼睛,将头转到一旁。

那颗石头落在了楚天秋一旁的地面上。

看着楚天秋慌乱的神情,齐夏缓缓地问:"我说的话你都记住了吗?"

"记……记住了……"楚天秋结结巴巴地回答。

"记得什么了?"

"不……不能招惹你……"

"很好。"齐夏拍了拍手,站起身来,然后找到了张椅子坐下,问,"为什么绑走乔家劲?"

惊魂未定的云瑶赶忙扶起楚天秋。

楚天秋尴尬地笑了一下,捡起地上刚才被打飞的眼镜戴上。

"你果然是个厉害人物……"楚天秋难堪地笑道,"本以为今天能给你个下马威,可我却差点被你打死。"

"楚天秋,如果你想让我成为一个可靠的队友,那就收起你的套路,和我真心换真心。"齐夏冷冷地回道,"我不是寻常人,若你一直跟我耍小心思,只会激怒我。"

"是了,我现在深深体会到了。"楚天秋往地上吐了一口血水,也找了个座位坐了下来,看起来老实了不少,"刚才看你的眼神,我以为你真的会杀了我……"

"可我是个骗子。"齐夏说,"我说的话你只能信一半。"

三个人分三个方向坐着,气氛有些沉默。

"你还没回答我。"齐夏说,"为什么要绑走乔家劲?其他人呢?"

"齐夏,你的处境很危险。"楚天秋定了定神,抬起头来说,"你的队伍出现了很严重的问题。"

"严重的问题?"齐夏皱了皱眉头,"你指哪方面?"

"人数不对。"楚天秋一针见血地说,"走出你们房间的男女比例有问题。"

"哦?"齐夏看向眼前这个斯文的男人,"男女比例有问题?"

"没错。"楚天秋严肃地点点头,"实话告诉你,从你们房间里走出来的人,应该是六男三女,可现在却是五男四女。"

"嗯。"齐夏点了点头,说,"我知道了,然后呢?"

"然……然后?"楚天秋一愣,"齐夏,你不明白我的意思吗?你的队伍里面极有可能混入了极道者,我不确定闯入者究竟有几人,所以将所有人都控制起来了。"

"我说我知道了。"齐夏开口说,"还有其他的理由吗?"

"我……"楚天秋完全没预料到齐夏会是这个态度,瞬间瞪大了眼睛,"原来如此……你这个人简直太可怕了……难道你早就知道这件事了?"

齐夏默默地点了点头:"楚天秋,我现在有些怀疑。"

"怀疑?"

"你如此大惊小怪的,真的是个聪明人吗?"齐夏缓缓站起身,那双深不可测的眼里充满了疑惑,"如果你发现我们队伍当中有一个人是极道者,难道不应该低调地拔出这根刺吗?可你却大张旗鼓地打草惊蛇,这不像是聪明人的作为。"

"你……"楚天秋意味深长地看了齐夏一眼,"是我失策了,我没有想到你早就知道这件事。"

"我早就知道我的队伍里大概率有极道者,可这个人很奇怪。"齐夏说,"她既没有伤害我,也没有抢夺道,所以我一直都在考虑要不要花几天的时间来处理这个问题。"

整支队伍里,齐夏最怀疑的就是肖冉,纵观她的表现,就差把"可疑"两个字直接刻在脸上了,极道真的会安排一个如此愚蠢的人卧底到队伍中吗?

"既然根本没有人图谋不轨,那你怎么知道队伍里有极道者的?"一旁的云瑶问。

"这是很简单也很诡异的道理。"齐夏挠了挠头,说,"若我没猜错,你们一开始的面试房间里,都是九个人吧?"

"是的。"云瑶在一旁点点头,"难道你们不是九个人吗?"

"不是,我们的房间里有十个人。"

齐夏的一番话让二人纷纷愣一下。

"十个人?!"

"没错,十个人。"

云瑶和楚天秋纷纷沉默了一会儿。

楚天秋忽然抬起头问道："既然你所在的房间里是十个人，你又怎么推断出我们的房间里是九个人的？"

"因为当我们九个人走出房间的时候，人龙居然说我们房间里的人是全员存活。"齐夏冷笑一声，"真是奇怪，若是全员存活的话，我们不应该走出来十个人吗？"

楚天秋默默地点了一下头。

"可是九个人在某些程度上来说又显得很合理，毕竟房间中的逃生装置全部都是九人份。"齐夏继续说，"如果房间之中真的有十个人，游戏资源根本难以分配。也就是说我们的游戏本来就是给九个人准备的，只要房间里走出九个人，那么就被视为全员存活。"齐夏面容严肃地看了看窗外，低声问道，"既然如此，房间里为什么会有十个人？"

见到二人没有回答，齐夏继续说："所以我大胆地推断，我们的房间中多了一个人。这个人或者发动了某种特殊的能力，也或者直接简单暴力地买通了人羊，总之人羊杀死了一个真正的参与者，为的就是保下她的身份。"

楚天秋眨了眨眼睛，问："你就通过这点蛛丝马迹，推断出了这么准确的答案？"

"不能算是准确，因为见到你之前，我也不确定对方是男是女。"齐夏说，"接下来换我来问问你了。"

"好。"楚天秋点点头，"你想知道什么？"

"你为什么会知道我们房间的人员配置？"齐夏问道，"难道每个房间的男女比例都是一样的？"

楚天秋缓缓地舔舐了一下有些发干的嘴唇，说："这个问题我不能回答，它几乎是天堂口的核心秘密。"

齐夏扭头看了楚天秋一眼，再一次露出怀疑的表情。天堂口的核心秘密不就是那本笔记吗？也就是说这是笔记上记载的内容？

"那我换个问题。"齐夏问道，"保存记忆的原理是什么？为什么只有少数的人可以保有记忆？"

"你应该猜到了吧？"楚天秋说，"齐夏，答案就是回响，只要是在十天内听到回响的人,下一次循环就可以保留记忆。"

"你说只有回响者可以保留记忆?"齐夏曾经也往这个方向考虑过,可他还是感觉很疑惑,韩一墨跟李警官确实是回响者,他们保留记忆是正常的。可自己为什么也记得一切呢?

自己难道回响了?

齐夏思索了半天,感觉答案只有一个。若自己真的是回响者,那他回响的时间应该在自己死前的一小段时间,毕竟那里距离广场很远,理论上听不到钟声。

可是自己若是真的回响了,那获得的能力又是什么呢?

云瑶微笑了一下,说:"齐夏……看你的表情,似乎不知道自己回响了?"

这女人一语道破了齐夏的窘境,让齐夏对她另眼相看,看来能够加入天堂口的人果然都不是泛泛之辈。

"我确实没有印象。"齐夏如实回答道,"当时我离巨钟很远,有可能错过了这个信息。"

"很远?"云瑶沉思了一下,"城市东南西北四个角落都有巨钟,应该不会听不到的。"

齐夏一皱眉头,心说原来如此。巨钟不止一座,反而有四座。可是这四座都在城市中,难道自己没有听到钟声是因为到达了城市边缘?

"齐夏,若真如你所说,你根本不知道自己什么时候回响的话,事情就会有些棘手了。"楚天秋严肃地说。

"棘手?"

"没错。"楚天秋点点头,"你不知道上一次的经历中你是因何而回响,所以无法在这一次的经历之中复刻。换句话说,你并不能稳定获得回响,也就不能稳定保留记忆。"

齐夏摸着自己的下巴沉吟了一会儿,说:"怪不得刚才我要敲碎你的头颅时,你说你现在还不能死,那是因为你还没有来得及回响,若是现在死了,之前的记忆就都不复存在了。"

"是。"楚天秋点点头,"这点小事自然瞒不住你。可我还是要奉劝你趁早找到自己回响的原因,否则你会迷失在这里的。"

二人相对一望,齐夏又开口问道:"假如上一次……某个人在濒死之际短暂获得了回响，这一次想要复刻的话，难道也需要让他进入濒死之际吗？"

"理论上是这样没错。"楚天秋回答道。

齐夏脑海中浮现出了李警官的脸庞，这当中似乎有一个悖论。若是李警官回响的契机是濒死，那理论上他绝对不可能丢失记忆，不管他死在游戏中、死在毁灭中，还是被生肖人或是管理者杀死，他都会保留记忆。可看李警官的样子，他仅保留了一次记忆而已。

这似乎从侧面印证了一个问题，他和李警官等人极有可能很晚才来到终焉之地，他们只经历了两个循环。

"不，等一下……"齐夏谨慎地打断了自己的思路。

假设上一次李警官就已经保留了记忆，他听从了人羊的指令，隐瞒了其他人的话……这样的可能性有吗？

有，并且还不小。齐夏笃定地想，这也可以解释李警官为何一开始没有加入自己的队伍，反而选择留守，因为他知道收集三千六百颗道根本不急于一时，可他最后却为了救人而死……

这就是其中的悖论。

如果李警官真的保留了记忆，他应该知道就算章律师溺死了也没关系，反正几天之后她又会出现在房间里，又为什么要选择一个这么痛苦的方式搭上他自己的性命呢？

话又说回来，韩一墨又保留了几次记忆？他也是极其容易回响的体质，按理来说只要他来到终焉之地，就有非常大的概率保留记忆……

齐夏越来越发觉目前的情况有些细思极恐[①]。

他到底来到这里多久了？

会不会有这样一种巧合？在某一次，他们九人恰好没有任何人听到回响，所以他们同时丢失了记忆。另外，与九人曾经认识的其他参与者也恰好没有听到回响，所以他们不管在这里如何行动，都很难碰到熟人。

这个情况发生的可能性定然是有，只是可能性非常低。

"无限猴子定理。"齐夏喃喃自语。

[①] 比较常用的网络词，形容事情仔细想一想就会觉得恐怖极了。

如果让无限只猴子花费无限多的时间在键盘上随机敲打字母，那么它们当中的某一只一定可以在某一天，连续、准确地敲出莎士比亚的所有著作。尽管概率无限低，可理论上是可能发生的。

齐夏此时就是这样的处境。如果他们循环的次数足够多，那一定会在某一刻，以极小的概率发生全员失忆的情况，这会让他们都以为自己是第一次来到这里。

可是这样的话……不就太可怕了吗？那就正如白虎所说，他们被困在这里，生了死、死了生，谁都出不去。

"楚天秋，出去的方法到底是什么？"齐夏有些绝望地问，"三千六百颗道到底有没有意义？"

"齐夏，很高兴我们的谈话进入了正题，接下来要和你谈的内容，全部都是机密。"楚天秋缓缓站起身来，表情同样绝望，"获得三千六百颗道无论怎么想都是一个遥不可及的目标，我们就算能够在一次一次的循环中得到道，可这个世界毕竟存在极道，他们会想尽办法阻挠我们，我们只能在表面上收集道，背地里偷偷进行我们自己的计划。"

"是的。"云瑶也附和道，"我们的敌人非常多。"

"那你们的计划是什么呢？"齐夏又问，"天堂口的人口口声声说要攻破所有的游戏，到底是什么意思？"

"不知道你发现了没有……"楚天秋低声说，"我们可以循环，可城市中的生肖不行。"

齐夏脑海中浮现出人鼠的尸体，问："那代表了什么？"

楚天秋推了一下眼镜，严肃地说："代表只要我们花费足够多的时间，就一定可以赌死所有的生肖。"

"什么？"齐夏一愣，"原来如此……怪不得是攻破所有的游戏，而不是通关所有的游戏。"

"没错。"楚天秋点点头，"假如这座城市里的生肖全部都死亡了，游戏和道没了意义，最上面的人自然要出来见我们，那时就是我们出去的机会。"

"也就是说……天堂口的最终目的是直面举办者。"齐夏感觉这个方法非常荒唐，可心里觉得又或许可行。

"为了这个目标，我们可能会死许多次。"楚天秋说，"就像你刚才提到的无限猴子定理……只要我们坚持下去，总有一天会达成这个目标的。"

齐夏略微点了点头，现在他对天堂口的看法稍微有些改观。

"可我还有一个问题。"齐夏说，"我曾参与过两次地级游戏，根本找不到赌命的契机，在地级游戏中我们本来就会丧命，又要怎么拉生肖下水？"

楚天秋和云瑶同时沉默了，看他们的表情，他们似乎知道答案。

"与地级赌命，我们仅仅进行了一次就暂停了这个计划。"楚天秋摇了摇头，"那几乎就是必死的游戏，所以在我们找到正确的方法之前暂时不考虑与地级赌命。"

"必死？"根据齐夏对这里的了解，他不太相信会有必死的游戏。

"齐夏，人级生肖每种动物都有九到十二位，而地级生肖每种动物有两到三位，现在仅仅是和人级生肖赌命就已经让我们伤亡惨重了。"楚天秋语气开始变得深沉，"我们从市中心一直向这里进发，几乎扫平了沿途的生肖，可也仅仅是消灭了人级的一半。三个月前，我们开始在这所学校扎根，准备以这里为根据地向四周探索。"

齐夏听后似乎明白了什么。他去过市中心，那里确实很少见到生肖，大多是原住民。

原来这是天堂口的杰作。

楚天秋见齐夏不太相信自己，解释道："我们曾经有一个队友跟地马赌过命……"

"后来呢？"齐夏问。

"后来……"楚天秋的表情悲伤至极，"她输了，并且没再出现。"

"没再……回来？"齐夏一愣，"难道她……"

"她没有再出现。"楚天秋说，"输掉的那一次游戏，让她永远消失了。"

齐夏慢慢地瞪大了眼睛："你是说……她真的被淘汰了？"

"没错，她跟我来自同一个房间。"楚天秋喃喃地说，"自从她与地级生肖赌命失败之后，不管循环几次，那个座位永远都是空的。"

听到这句话,齐夏深吸了一口气。

看来加入天堂口的决定十分正确,现在齐夏不仅对这个鬼地方更加了解了,也对行动的方向更加明确了。

"能和我讲讲那次赌命吗?"齐夏问。

"可以。"楚天秋点点头,开始讲那个故事。

END ON THE TENTH DAY

第 3 关

天堂日·
闯入者

那个和地级生肖赌命的勇敢女孩叫许流年,她与楚天秋、云瑶、金元勋等人来自同一个房间,他们的面试游戏为人猪、人马、人牛。

游戏的总体难度不算很大,可是直到第三次循环时,他们才让八人活着走出房间。

那时的回响者楚天秋、云瑶、许流年已经开始崭露头角,带领众人突破难关。

许流年是个平凡的姑娘,却有一个不平凡的梦想,她想成为一名演员。

为了这个梦想,她十六岁就去了横店,在那里待了很久。可由于她的长相太过平庸,一开始只能扮演尸体,工资四十元一天,每天通常要躺八个小时,若是剧组超时拍摄,每个小时会有五元钱补贴。

那些年的横店不像这几年,就算是扮演尸体这样的工作也不是每天都有。

许流年很快就因为温饱问题而伤透脑筋,她每个月只能赚到几百元,就算天天吃泡面都不一定能攒出房租钱。后来她准备改变戏路,在网上学了一点功夫,脑子一热就跑去面试武行。

女性武行人数稀少,不论是当替身还是群演都有不错的待遇,她也成功地赚到了一笔小钱。

本以为她能像许多表演界的前辈一样,从一个群演慢慢熬成大腕,可是天不遂人愿,在一次替身演出时,她受了重伤,被一根脚手架撞到了腰部。这次经历险些伤到脊椎让她瘫痪。

从那往后,许流年的身体不允许她长期站立,所以演员的梦想破灭了。可她舍不得横店,于是在她二十四岁那年,她用自己攒下的钱在横店当地盘下了一辆出租车,成了一名出租车司机。

许流年与来到此处的众人一样,经历地震后成为终焉之地的一员,也成了楚天秋和云瑶的队友。

由于她性格很好,与大家都很合得来,自身会点散打功夫,很快就成了队伍当中的主力军,引领众人渡过了不少难关,而她身上的病痛在此处竟然渐渐减轻了。因此,那段时间许流年可以得心应手地参与牛、虎、鸡类的体力型或争斗型游戏。

可最适合许流年的,无疑是马类的竞速游戏。

武行的演员真的是个神奇的职业,无论竞速的内容是轮滑、滑板、山地车或是摩托车,许流年多少都会一些。她出色的平衡性和反应能力让她无往不利。可这也最终导致了她的失败。

地马的游戏非常凶险,规则是给每个队伍一辆自动挡的老旧汽车,用以双方竞速。而地马手中有八张卡牌,分别写着"刹车""油门""油门""方向盘""方向盘""车门""挡风玻璃""座椅"。

两支队伍轮番上前挑选自己需要的卡片,裁判会将未曾得到的零件从车上拆除。

参赛的两个人猜拳,胜者可以优先挑选卡牌,败者可以选择自己的车子摆放在内侧跑道或是外侧跑道。

在许流年赢下猜拳时,她果断提出了与地马赌命。在那一刻,游戏的规则变化了,一个叫玄武的人从天而降,成为新的裁判。参赛者也不再是两支队伍,而是许流年与地马。

当时的楚天秋竭尽自己的脑力,尽可能为许流年提供计策。他知道若是双方轮番挑选,许流年一定要拿到"刹车"和"油门"。由于比赛场地是一个类似操场跑道的圆圈,所以还要拿下"方向盘"。

"油门"和"方向盘"都有两张,拿到的概率很大,当务之急是谁能拿到"刹车"。好在许流年赢得了猜拳,可以优先挑选,她可以先手拿下"刹车",之后与对方平分"油门"和"方向盘"。至于"座椅""车门""挡风玻璃"都是可有可无的配件,在关键时刻可以舍弃。

当楚天秋的故事讲到这里时,齐夏略微皱了一下眉头,他感觉楚天秋的计策出了问题。

可当时的许流年完全相信了楚天秋,她第一个上前,果断拿下了"刹车",而地马也不出所料地拿下了"油门"。

第二回合,许流年挑选了"油门"。她本以为地马会拿下"方向盘",对方却拿下了"车门"。

这个动作让当时在场的众人都摸不着头脑。车门对于竞速来说,是个重要的零件吗?

第三回合，许流年按照定下的战术拿下了"方向盘"，此时对她来说，竞速必备的三样东西已经齐全了。可众人谁也没想到，在这一回合，地马还是没有拿"方向盘"，他拿了"座椅"。

在场的众人全都面露疑惑，根本不知道地马的计策是什么。若他始终不拿下"方向盘"，又要怎么过弯道？

楚天秋当机立断，让许流年抢下第二张"方向盘"。

这个计策在当时看来显然是绝杀，虽然许流年浪费了一次选择的机会，但让对方没有了"方向盘"。

此时的对方没有"刹车"和"方向盘"，只有"油门""座椅""车门"，以及最后剩给他的一张"挡风玻璃"。车子根本不受操控，他要如何竞速？

而反观许流年的车子，获得了"刹车""油门"以及两张"方向盘"，虽然没有"座椅"，但就算蹲着开车，在这种情况下也绝对不是问题。

两个人在裁判的监视之下，完成了对车子的改造。

许流年从地上随意捡起了一个木箱放在车上当座位，竞速正式开始。

在一个环形跑道上，地马选择将自己的车子摆放在跑道内侧，许流年的车子在外侧。一般情况下，内圈的跑道都会比外圈的短一些，这样选择无可厚非。

许流年全神贯注地目视前方，她知道对方不能过弯，现在只要过了第一个弯道，就可以宣告她胜利了。

随着玄武一声令下，二人踩下了油门。

楚天秋讲到这里，脸上流下了冷汗。

"齐夏，我错了。"他喃喃自语，"若我早知道会发生那样的事情，就应该换个策略的……"

要赢下一场竞速比赛，其实有两个方法。

第一，率先到达终点。

第二，失去一个司机。

很明显，地马从一开始就选择了第二种方法，他根本就不需要方向盘和刹车。

二人虽然在一开始的直线区域齐头并进，地马的车子也紧紧地跟着许流年，可许流年的车子是有刹车的，正常人在车子有刹车的情况下，过弯时都会选择减速。

可地马的变态程度超乎众人的想象，由于他选择的跑道内圈，所以许流年在过弯时一定会在某个瞬间经过他的面前，地马就把胜算全都赌在了那一个瞬间。

楚天秋虽然已经明白了这一点，可他毕竟距离许流年太远，自己的大喊也完全无法传到对方的耳朵中。

在许流年经过地马面前时，地马将油门踩到了底，两辆车子轰然相撞。

由于地马的车子有挡风玻璃和座椅，相撞的瞬间没有让他立刻飞出车子，反而是一头撞在了挡风玻璃上，将玻璃撞了个粉碎，他的马头也瞬间皮开肉绽。

许流年没有料到对方会直接拼了命相撞，整个人霎时间在车子内东倒西歪，同样也被撞得头破血流。可她毕竟是武行出身，很快就从混乱中回过神来，猛打方向盘。这是许流年最后的机会，只要过了这个弯道，地马就只能认输了。

可是地马的每一个选择，似乎都是深思熟虑之后做出的决定，许流年的车子没有车门，地马直接击碎了车窗，伸手去抓许流年。

许流年见状不妙，赶忙侧身闪躲，她知道对方已经癫狂了，他要在这里杀死自己。

见到无法抓住许流年，地马改了计策，不再去抓许流年，反而抓住了对方的车门门框。他放弃了驾驶汽车，坐到了车子的副驾驶上，然后死死地抓住了许流年的车子。

他强悍的肉身迸发出无穷的力量，竟然将他的车子挂到了对方的车子上。对方转弯，他便转弯；对方加速，他也加速。

这就是和地级赌命。

他们不仅要有过人的智慧，还要面对生肖身上无比强悍的力量以及他们癫狂的想法。

许流年毕竟是个普通人，她想了很多办法，根本无法让地马的手从车子上脱离，只能面带惊恐地继续向前飞驰。

此时的许流年知道她绝对不可以刹车，若是车子停了，地马就会直接扑到她的车上来把她大卸八块。

想到这里,她只能继续加速,既然正面拼不过,就只能按照原有的规则,靠速度取胜。

好在许流年车技不错,她在急速前进的同时,不断用车子撞向对方的车子。由于地马的手臂横在两辆车中间,所以很快被两辆车夹得血肉模糊。她本以为这样就可以强迫对方松手,可她低估了地马的决心。

地马从一开始就没打算留下这只手。

那条手臂被撞得稀烂,已经能看到里面的骨头,可地马的脸上却露出了诡异的笑容。他死死地抓住许流年的车,整个人从他的车子里探出来。

许流年被眼前的怪物吓得浑身发抖,却拿他毫无办法。

"居然妄想跟我们赌命,你知道我们多么想在这里活下去吗?"这是许流年听到的最后一句话。

在高速行驶的车子上,地马杀死了许流年,这场荒谬的比赛也随之落下了帷幕。其中一个司机身死,比赛结束。

听楚天秋讲到这里,云瑶露出悲伤的表情。

她缓缓地站起身来,看向窗外,说:"齐夏,你知道当我们看到小年死了,第一个反应是什么吗?"

"是什么?"齐夏问道。

"是下次要换个战术。"云瑶苦笑一声,"这个地方真的太可怕了,在一次又一次的循环中,我们完全失去了对死亡的敬畏之心。"

楚天秋也在此时开口说:"而我们的队友小年……从那天之后再也没有出现过。"

齐夏听完这个故事,头脑有些混乱。

"这就是你们所说的暂且不要跟地级赌命。"齐夏说,"你们至今为止连一个地级都没有杀死吗?"

"是的。"二人点点头。

"那么天级呢?"齐夏问,"你们的战术听起来非常不完善,地级之上还有天级,若你们连地级都杀不死,又为什么定下这个计划?"

"这……"楚天秋沉思了一会儿说,"齐夏,我们来到终焉之地，满打满算已经两年多了，这两年我们基本上转遍了城市的每个角落，却从未见过天级生肖。"

齐夏微微皱了一下眉头，说："你的意思是……这里不存在天级？"

"我不敢确定。"楚天秋说，"目前已知的情报就是如此。"

齐夏默默地点头，他现在已经大体明白了。难怪上一次在地牛的游戏中见到张山，他没有选择跟对方赌命。天堂口组织目前畏首畏尾，只能选择对抗人级生肖，他们认为若是跟地级生肖赌命失败，便会从终焉之地彻底消失。

可齐夏知道实际情况并不是这样的。

"既然你们两人愿意把机密说给我听，那么我也分享给你们一个消息。"齐夏的面色渐渐严肃起来，"这个消息可能会颠覆你们的认知，从而影响整个计划。"

"什么？"二人疑惑地看了看齐夏。

"我见过许流年。"齐夏说，"许流年根本没有被淘汰，而是即将变成原住民。"

楚天秋完全没料到这个情况，一时之间愣住了。

"变成原住民？"楚天秋怔了怔，"你是说……变成癫人？"

"哦？你们这里是这样称呼的吗……良人和癫人？"齐夏点点头，"按照你所说，确实是个癫人。只是她游离于良人和癫人之间，看起来还有救。"

云瑶一步走上前来，着急地问："小年在哪里？！我要去找她！"

楚天秋也点了点头，说："齐夏，云瑶和小年非常要好，若小年真的还留在终焉之地的话……你就告诉她吧，天堂口会报答你的。"

齐夏听后点了点头，问："有纸笔吗？我画给你们看。"

云瑶听后从包里掏出了一个散发着香味的小本子。

"那里距离此处很远。"齐夏在本子上大体画了一下，"从这里出去有一条大路，那条大路几乎贯穿了整座城市，顺着这条大路向北走二十五到三十千米，在一座破败的黑色大楼旁边有一辆老旧的出租车，许流年就在那里。可那毕竟是上一次循环的事情,我不确定她现在是否还在。"

二人不可置信地捧过齐夏画的地图看了看,表情阴晴不定。因为这个地方距离此处很远,许流年怎么会跑到那个地方去?

"天秋,你怎么说?"云瑶问道。

"不管她在不在,哪怕有一丝希望,我们都要派人去找她。"楚天秋严肃地说,"云瑶,后院的车子差不多修好了,你带着'小眼镜'和金元勋一起去吧,就算小年是个癫人,也一定要想办法把她带回来。"

"好!"云瑶一改往日的神态,拿着自己的包着急地出了门。

见到云瑶走出屋子,齐夏又看向楚天秋,问:"我的队友能放了吗?"

"可是你们队伍中那个极道……"

"我会处理。"

楚天秋点点头:"本来还准备了一个迎新会,现在估计要暂时往后放一放了。"

他走到教室门口,将门打开,张山正站在门外不远处。

"你们谈完了?"张山一愣,盯着楚天秋的面庞,"你咋受伤了?"

"不碍事。"楚天秋摆摆手,"张山,刚才都是一场误会,把齐夏的队友都放了吧。"

齐夏跟着张山前往学校的二楼,在走廊尽头处的器材室里找到了自己的队友。

楚天秋做事也算谨慎,他并没有把几人锁起来,只是准备了一些罐头和瓶装水,然后安排了一个大婶拉着他们聊天。

那大婶脖子上既戴着佛牌又戴着十字架,看起来信仰颇为复杂。她此时正拉着李警官,和他讲村子里神仙帮助警察办案的例子,看起来精神不大正常。

"齐夏,你来了?"李警官见到齐夏,像看到了救命稻草一样率先站起身来。

"你们没事吧?"齐夏问。

"我们能有什么事?"李警官疑惑地看了齐夏一眼,"倒是你,怎么现在才来？"

"我去见楚天秋了。"齐夏环视了一下众人，问，"乔家劲没来吗？"

"那个混混不是和你在一起吗？"李警官反问他。

站在二人身后的张山此时无奈地摇了摇头："那个疯狗在另一个房间。我早就告诉他如果不动手就给他吃的和喝的，可他死活不听。"

在他的带领下，齐夏又找到了乔家劲，他看起来一切都好，就是气得不轻。

"喂！骗人仔！"乔家劲虽然被五花大绑，但气势依然非常强硬，"赶快来把我放开，今天我要打哭这个大只佬！"

张山也有些被说烦了："你这花胳膊是不是真的把我当成纸老虎了？我不用真功夫，你是不是真觉得自己能撂倒我？"

"不试试怎么知道？"乔家劲冷哼一声，"骗人仔，你怎么站到敌军那边去了？是不是对方给你威逼利诱了？"

"那倒没有。"齐夏摇摇头，"乔家劲，这些人本来是准备要放了你的，可是你的状态非常狂躁，他们一时之间不知道该怎么办。"

"狂躁？！你说我狂躁？！"乔家劲大喝一声，"他们把我绑了起来，还不许我狂躁？！"

"乔家劲，你也动手打人了。"齐夏说，"要不你跟他们道个歉，他们也不用绑你绑得这么辛苦了。他们准备了吃的跟喝的，可是现在没法给你。"

张山听后觉得有些难以理解，乔家劲连正常沟通都费劲，又怎么可能道歉？

"对不起。"乔家劲忽然之间低头说，"我给大家诚挚地道歉，麻烦给我松绑吧。"

"哎？！"张山一愣，伸出一根手指指向乔家劲，"我还以为你这小子很有原则啊！怎么一瞬间就道歉了？"

"听说我道歉就能给我松绑，我瞬间觉得之前的事都是我的错。"乔家劲憨笑了一下，"我这个人就是这样，向来能屈能伸。"

在乔家劲也回归队伍之后，众人根据张山的指引，来到了一

067

楼最北边的房间。

楚天秋给了他们分配了一间教室，教室内已经提前摆放了许多生活必需品，有几床老旧但还算干净的被子，有少量的瓶装水和罐头，还有两个打火机和一个手电筒。

这一层似乎住了很多人，大家以队伍为单位，住在各自的教室中。

此时天将入夜，许多人坐在教室里聊天。

这里的生活跟齐夏上一次荒野求生般的生活比起来简直是云泥之别。

他们率先铺好床铺，乔家劲用一个废旧的铁盆在教室中央点起了篝火，李警官拿来几份罐头给众人打开，放在铁盆旁边加热。九个人围坐在一起，静静地等待着，气氛有些沉默。

齐夏抬起头看了看身边的几个男人，乔家劲、韩一墨、李警官、赵医生，心中也在自顾自地盘算着什么。

"还习惯吗？"张山从门外走了进来，看向屋内的九人，"我们的位置也比较有限，只能让你们九个人待在一起委屈委屈了。"

"山哥，谢谢你。"肖冉站起身来，冲着张山微笑。

李警官站起身，友善地冲张山点点头，说："哥们儿，安排得很好，费心了……有烟吗？"

"烟？"张山听后沉默了一下，从口袋中掏出小半盒香烟，表情有些不舍，"我就这些了……"

"没事没事。"李警官很自然地接过了那小半包烟，"谢了啊。"

张山见到自己的精神食粮被拿走，顿时有些慌乱："不是……兄弟，你好歹给我留一根啊！"

"我实在是憋得太久了。"李警官抽出一根香烟叼在嘴上，点燃了。

"那行吧。"张山摇了摇头，"你们今晚好好休息，明天应该就要去进行游戏了。"

张山走后，肖冉冷眼看了一下李警官。

"怎么了？"李警官疑惑地问。

"能不能别在这里抽烟？"肖冉说。

"哦，好，我这就出去。"李警官点点头，又转头看向了齐夏，问:"要抽烟吗?"

齐夏微微思索了一下,接过了一根香烟。他明明告诉过李警官自己很久不抽烟了。

"韩一墨,你抽吗?"李警官又看向韩一墨。

"啊?"韩一墨没明白李警官的意思,笑了一下说,"我不会抽啊……"

"我教你。"李警官将一根烟直接塞到韩一墨的嘴里,"这东西不难,一睁眼一闭眼就会了。"

说完他又看了看剩下的几人,说:"走,咱们到外面抽去,毕竟这里还有不抽烟的,跟我来吧。"

齐夏此时明白了李警官的意思,于是搭住韩一墨的肩膀,跟着李警官一起来到了走廊上。

三个人谁都没有说话,一直盯着四周,谨慎地向前走着。

他们接下来要谈论的事情太过敏感,为了提防隔墙有耳的情况,一定要找一个安全的地方才可以。可这偌大的学校中到底哪里才是绝对安全的地方?

"齐夏,去天台的话会不会安全一些?"李警官问,"或者地下室?"

"不。"齐夏摇摇头,"操场中央最安全。"

三个人来到了操场中央,李警官给自己和齐夏点燃了香烟。

韩一墨尴尬地笑了一下,然后将香烟叼在嘴中,问:"这东西要怎么学?"

李警官伸手直接将他嘴中的香烟拿了下来,装回了烟盒:"学个屁,你知道我现在多么羡慕不抽烟的人吗?这东西百害而无一利,不会最好,千万别学!"

"嗯?"韩一墨有些听不明白了,"李警官,可你刚才还说……"

齐夏摆了摆手,打断了韩一墨的话,然后问:"韩一墨,什么是七黑剑?"

"啊?"韩一墨的面色一顿。

若是齐夏不提,他差点忘记了那次诡异的遭遇。他在上一次的循环中,被七黑剑刺穿了肚皮。

韩一墨来回踱步,犹豫着要不要回答这个问题,经过一番思想挣扎，最后才抬起头对二人说："六十年前，江湖之中有一位名震天下的罚恶使，唤作初七。他使得一把沉重的巨剑，配上他那神出鬼没的轻功，在江湖之中依照自己的喜好赏善罚恶。被他认定为善之人，赏赐纹银一两七钱；被他裁定恶之人，定被巨剑刺穿丹田。一时之间搞得天下人心惶惶，纷纷不知自己是善是恶。而他挥舞的巨剑，因其剑身、剑尖、剑脊、剑刃、剑柄、剑穗、剑鞘七处全部都是漆黑颜色，故名七黑剑。"

李警官听得一愣一愣的，他往前走了一步，伸手敲了一下韩一墨的头。

"哎！"韩一墨被吓了一大跳，"李警官你干什么啊？我正在回忆呢……"

"你小子是不是以为我第一次审问别人？"李警官无奈地撇着嘴，"看你的眼神我就知道这些东西都是你编的，给我说实话。"

"这些东西本来就是我编的啊！"韩一墨有些着急地说，"为了编这些东西，我可是费了好大的力气呢……"

"这是你的小说？"齐夏忽然开口问他。

"是啊。"韩一墨点了点头，"在我的笔下，这个名叫初七的侠客被奸人所害，本以为江湖能回归平静，可未承想那把七黑剑并未在江湖绝迹，它仍在神出鬼没地赏善罚恶，只不过再也见不到使剑之人，仿佛这把剑自己有了生命，总会在黎明时分刺穿人的丹田……"

李警官努力让自己接受这个设定，然后问："这和你被杀有什么关系？"

"要怪就怪我的想象力太丰富了……"韩一墨有些尴尬地低下头，"你们有过这样的感觉吗？就是想象力无处安放的感觉。"

齐夏听后摇摇头："有点抽象。"

"简单来说，就是我脑海中的东西太多了。"韩一墨指了指自己的眉心，"我总感觉……若不能找到一个宣泄口，将我脑海之中的东西疏导出来，我就会憋死。我试过很多途径，一开始是画画，可是我毕竟没有经历过系统的训练，我的画笔不能承载我的想象，于是我选择了写作。"

李警官深吸了一口烟，笑了一下说："我听说很多人耗费自己的一切来成为作家都没有成功,你却是被逼无奈?"

"差不多。"韩一墨点点头,"我的大脑中有一个世界,随时都在等待倾泻而出,这也是为什么我不能待在封闭的环境之中,因为我的大脑会不受控制地胡思乱想。"

齐夏似乎抓到了什么重点,开口问道:"你是说……这把剑是你的胡思乱想吗?"

"是的。"韩一墨回过头来,非常严肃地说,"在那个漆黑的黎明,我一直都在瑟瑟发抖,我很害怕漆黑的环境,我担心自己会死在这里,后来我的思绪飞跃,居然开始担心那把七黑剑会像故事中那样刺破我的丹田。"

齐夏微微一愣,这个情况似曾相识。

在面试房间中的时候,韩一墨也担心过鱼叉会贯穿他的身体,当时若不是乔家劲出手阻拦,现在他也已经噩梦成真了。

"结果我真的被刺穿了……"韩一墨苦笑一下,"这个地方真不错,我建议所有的作家都过来走一遭,只要待过一天,绝对不会灵感枯竭。"

"不……不是这个问题吧?"李警官仔细思索了一下,才发现这件事有多么不合理,"照你这么说……七黑剑根本不应该存在于世上,这只是你想象出来的东西,可为什么它会刺穿你?"

"我不知道。"韩一墨摇摇头,"那种感觉真的很奇妙……我看到七黑剑时,既有些开心,又有些害怕。每一个作家都希望自己笔下的世界变成真的,可当你真的看到书中的东西成为现实,任谁都会害怕的吧。"

是的,这种感觉非常诡异。

齐夏摸了摸自己的下巴,开始梳理其中的逻辑。

韩一墨预感到鱼叉会刺穿他,所以会发抖、会害怕,这种情况尚在可以理解的范围之内。可七黑剑是怎么回事?难道他是因为提前预感到了七黑剑会刺穿他,所以才会整晚都在害怕吗?

可是这把剑理论上是不会出现的,他在怕什么?

"招灾"……齐夏的眼睛慢慢瞪大了。如果韩一墨能够提前预知危险,那这个回响根本不应该叫作"招灾",而应该叫作"避险"或者"预知"之类的名字……为什么是"招灾"?!

齐夏瞬间犹如五雷轰顶，他之前的推断方向全部都反了。鱼叉根本不会刺穿韩一墨！七黑剑也根本不会杀死他！这一切都是因为韩一墨的呼唤！他认为鱼叉会刺穿他，于是那根鱼叉排除万难都要刺穿他。他认为他会死在七黑剑之下，于是七黑剑凭空产生刺穿了他的丹田。

只要韩一墨相信这个灾难会发生，那么它就一定会发生。

这才是所谓的"招灾"！

齐夏慢慢地往后退了一步，眼前的年轻作家让他感觉极度危险。齐夏本以为将他带在身边可以规避灾难，可他的存在即是一个活脱脱的灾难！

可是现在要把这个结论告诉他吗？齐夏想了想，觉得这并不是个好主意，人类最难控制的就是自己的思想。韩一墨的情绪看起来还算稳定，如果此时将这个结论说出来，难免影响他的思绪。

"韩一墨，你现在感觉害怕吗？"齐夏小心翼翼地问他。

"倒是不怕。"韩一墨淡定地摇摇头，"这里灯火通明，而且看起来也没有什么危险。"

"那……那就好……"

李警官发现齐夏居然有些慌乱了。

"可是谁也不知道意外和明天哪个先来啊……"韩一墨怅然地望着天空，"齐夏，你说我们会不会永远都出不——"

"别！"齐夏上前捂住了韩一墨的嘴，额头上流下一丝冷汗，"韩一墨，你冷静点，我们一定会从这里出去的。"

韩一墨听后微微点了点头，齐夏这才松开了手。

"齐夏，不知道为什么，我很相信你。"韩一墨说，"你就像我笔下的一个人物，在故事的大结局，他突破了根本不可能破解的难关。"

"你能这么说那就最好了……"齐夏努力挤出一丝苦笑，"有我在，你不用担心。"

看着齐夏的表情，李警官也似乎想到了什么。难道"招灾"就是乌鸦嘴吗？

"对……韩一墨你可千万别胡思乱想……"李警官后知后觉地说，"我和齐夏会带大家出去的。"

韩一墨感觉眼前的二人有些奇怪，问："你俩怎么了？"

"我……"李警官和齐夏对视了一眼，话都卡在了喉咙里，"没……没什么。"

当务之急是想办法关闭韩一墨的回响，否则以他这惊人的想象力，火车有可能会开到操场里，甚至天空中会下起陨石雨……

"你俩真的好怪……"韩一墨叹了口气，"半夜把我叫到操场中央，结果话又不说清楚。"

齐夏感觉自己的大脑有些混乱。

目前已知的回响者看起来根本不像是寻常的超能力，他们不能飞天遁地，而是朝着一个诡异的方向发展。

韩一墨可以召唤灾难来临，江若雪可以强行为两件不相干的事情建立逻辑关系，而李警官又可以凭空拿出不存在的东西，至于那个名叫潇潇的女人，神不知鬼不觉便让大家全都倒地不起。

齐夏记得她的回响叫作"嫁祸"。既然如此，他完全可以大胆推测一下，潇潇确实是下了毒，只是她根本不需要将毒药下在别人的碗中，只需要把毒药下在她自己的碗里，等毒发之时发动回响嫁祸他人，便可以神不知鬼不觉地完成谋杀。

齐夏露出了一丝苦笑，若是在现实世界中，提出这种推理的人必然是个疯子，可在终焉之地，这种推断莫名地合理。

"我有点困了。"韩一墨伸了个懒腰，"你们不回去睡觉吗？"

"我们再抽支烟，你先去吧。"李警官说。

"那好吧。"韩一墨点了点头，"我先去了，你们也早点休息。"

话罢，他转身走向灯火通明的教学楼，在途中他似乎遇到了张山，二人聊着天消失在远方。

现在只剩齐夏与李警官，已经没有什么该隐瞒的东西了。

齐夏转过身，开门见山地问："李警官，你还记得你的回响吗？"

"我的……回响？"他皱了皱眉头，似乎在回忆着什么，"我上一次回响了吗？我只记得自己抽了根烟就没了意识。"

"问题就出在那根烟上。"齐夏说，"你从老旧的烟盒中掏出了一根干净的冬虫夏草[①]，你还记得吗？"

[①] 此处的"冬虫夏草"为一种香烟的品牌名。

齐夏自知这个问题有些为难李警官了，他当时的情况非常糟糕，不仅失血过多，甚至还伴随着剧烈疼痛，意识也十分模糊。

"我似乎有点印象……"李警官点点头，"我们内蒙古有一种特色烟的品牌名叫'冬虫夏草'，一包要一百块钱呢。我隐约记得自己在死之前好像抽到了冬虫夏草，可我根本不知道它是怎么来的。"

"那打火机呢？"齐夏摸了摸自己的口袋，发现打火机早就不在了，于是只能伸手比画道，"一个用了很久的打火机，看起来是比较寻常的款式。"

李警官一愣："你怎么知道这个打火机的？那是萱萱用她的压岁钱给我买的礼物……我平常一直带在身上。"

齐夏点了点头："那我明白了。李警官，我怀疑你的回响非常强大，可以凭空变出你想要的任何东西。"

"你说啥？！"李警官的眼睛瞬间瞪大了，"你是说我不仅回响了，甚至还变出了萱萱送我的打火机？"

"是的，我、林檎、章律师曾经亲眼见到了你的回响，只不过现在除了我之外，没有其他的证人了。"

李警官低下头，表情十分复杂。

"你怎么了？"齐夏问。

"齐夏，只有回响者才能保留记忆吗？"

"我听说是这样的。"

"而我……会在濒死时听到回响？"

"是。"齐夏再次点点头。

李警官慢慢抬起头来，说："齐夏，我似乎找到了一个逃出这里的方法……"

"什么？"齐夏扭头看了李警官一眼，"是什么办法？"

"想办法让我死。"李警官抬起头来认真地说，"让我进入濒死状态。"

齐夏眉头一皱："你疯了？"

"不，我没疯。"

李警官的眼神闪烁，他似乎一直在脑海中判断这个计划的可行性。半晌之后，他开口说："我会在濒临死亡的时候，想办法掏出三千六百颗道,这样你们就都能出去了!虽然我不知道这个能力具体要怎么发动,但我在濒死的时候一定会有所感知的!"

他的表情非常严肃,丝毫不像是在开玩笑。

"一颗道有核桃大小,正常人怎么可能在身上装三千六百颗?"齐夏感觉这个计划太冒险了,"我觉得不太靠谱,还是思考一下别的方案吧。"

"一次不行就两次,两次不行就三次。"李警官一脸认真地说,"我会让所有人都活下来的。"

"够了。"齐夏打断了李警官的发言,"李警官,你凭什么要救所有的人?为了那些萍水相逢的陌生人,你宁可让自己一次一次死去吗?"

李警官微微一笑,拿出一根烟又点上了。

"这话说得就不对了。"他摇了摇头说,"我是刑警,怎么可以只帮助自己认识的人?这世界上的受害者对我来说都是萍水相逢,可基于我的职业,我必须拼上性命保护他们。"

"总之我不同意。"齐夏说,"你的回响能力只是我的猜测,具体能不能随心所欲地变出物品根本不得而知,如果你只能变出打火机和烟又要怎么办?"

"那我们也没有损失。"李警官回答道,"试一试也未尝不可。说不定你的猜测是正确的,我真的能够毫不费力地带大家出去呢?"

"可如果你用自己的生命换来三千六百颗道,我们出去了,那你怎么办?"齐夏皱着眉头说,"按照这个逻辑来看,你在集齐三千六百颗道的瞬间死亡了,根本没有出去的权利!"

"那不是正好吗?"李警官爽朗地笑了一下,"齐夏,我最好的结局就是为了拯救众人而死在这里。"

"别说这么晦气的话。"齐夏有些担心地回答道,"在我们没有弄清楚情况之前,你不可以断定自己的结局。"

他能理解李警官的意思,死在这里对他来说或许是最好的归宿。

"可是张华南……"李警官喃喃自语,"有他在,我没法回去。"

"李警官,你来自二〇一〇年,对吧?"齐夏问。

"是的。"

"我给你个联系方式,你回到现实之后联系当时的我。"齐夏说，"我会帮你对付张华南。"

"联系当时的你？"李警官略微眨了眨眼，"齐夏，你来自哪一年？今年多少岁？"

"我来自二〇二二年，今年二十六岁。"

李警官低头沉思片刻，抬起头来说："你二〇一〇年只有十四岁，你知道张华南是什么样的人物吗？"

"没关系。"齐夏摇摇头，"他斗不过十四岁的我。"

"你……"李警官发现他根本看不透眼前的男人，一个十四岁的少年，难道真的能斗得过穷凶极恶的骗子吗？

这时，他忽然想到齐夏也是一名骗子，可齐夏的眼神与他见到的所有罪犯都不同，那眼里没有恶，只有绝望。

"齐夏，你真的是个骗子吗？"李警官淡淡地问，"你骗了几次？骗了谁？"

"这和我们逃出这里没有关系。"齐夏扭头说，"总之我不会伤害无辜的人。"

"也就是说……在第一个故事中你也说了谎？"李警官问。

"那不重要，你只要记得我会帮你，作为交换，你得答应我不要轻易为了别人而断送自己的性命。"

李警官仔细思索了一下齐夏说的话，找不到任何反驳的理由。

"我答应你。"李警官点头说，"可若是我在某一次游戏中死于意外，那我无论如何也要试一试这个能力。"

"行吧。"

虽然李警官还是不放弃，但这次他提出的方案比之前的要好一些。

"齐夏，你的回响是什么？"李警官忽然问。

齐夏听后挠了挠头，说："我不知道。"

"不知道？"李警官一顿，"这情况可就难办了……也就是说下一次你不一定会保留记忆吗？"

"是的。"齐夏点点头，"可你不一样，李警官，除非被一枪打爆头颅，否则你一定会保留记忆的，可以说我们逃出去的希望都聚集在你身上。"

"可只有我一个人的话又能做什么？"李警官为难地说，"若你们都忘掉了这一切,我又怎么可能成功?"

齐夏知道这件事确实很棘手,若真的想要逃出这个诡异的地方,理论上保留记忆的人越多越好。随着游戏的不断进行,一次接一次地循环,回响者的数量也应该越来越多。也就是说……保留记忆这件事是瞒不住的,既然如此,人羊的那一句警示有什么蹊跷吗?

该小心的人是谁?是生肖?是极道?还是其他的参与者吗?

齐夏表情严肃地思索了一会儿,对李警官说:"李警官,若下次我忘了这一切,你就跟我说一句话。"

"一句话?"

"嗯。"齐夏点点头,"你只要告诉我'余念安说"咚咚咚"',我就会明白一切。这是只有我和她才知道的秘密。"

与余念安待在一起的时候,齐夏总会陷入沉思,此时余念安就会说"咚咚咚"。听到这三个字,齐夏就会回过神来,笑着问:"门外是谁?"

"原来齐夏在家啊。"余念安总会调皮地回答,"半天不理我,我还以为齐夏不在家呢。"

这样傻兮兮的游戏二人做了不下几十次,成了齐夏印象中余念安的独特标志。

"这样就可以了?"李警官点点头,"你会相信我吗?"

"都到了这种鬼地方,还有什么是不能相信的吗?"齐夏一脸惆怅地说,"我必须要从这里回去,可在那之前,我要问终焉之地要回属于我的东西。"

"属于你的东西?"李警官眨了眨眼,明显没听明白。

齐夏没有纠结于这个问题,反而又想起另一件事。他从怀中掏出一张皱巴巴的纸,这是在人羊身上搜出来的《生肖飞升对赌合同》,之前一直都有外人,齐夏没有机会阅读这篇诡异的合同。

如果这个地方还有什么不为人知的秘密的话,从这份合同之中定然能够窥到端倪。

李警官见状也凑了上来。二人一人拿着一侧,借助四周教学楼昏暗的光,将这份合同通体阅读了一遍。

李警官读完之后露出一脸复杂的表情,感觉自己要疯了。

一个正常人,能够写得出这种东西吗?

077

生肖飞升对赌合同

甲方：幽冥管理局委托代理人，天龙。

乙方：生肖代号人羊，张强。

鉴于：

甲方为乙方提供飞升机会，乙方为甲方选拔面试者。故双方本着平等互惠、互相信赖、生死无悔的原则，友好协商，自愿签订本合同。

第一条 合同标的物

1.1 本合同适用于人级生肖，在签订本合同时，乙方确认自身已没有道，并自愿进入面试房间，成为房间主理人。

1.2 自合同签订之日起，乙方甘愿堕入无限循环，直至合同到期或主理房间内无参与者。

1.3 若乙方主理的房间出现连续三次空房的情况，请乙方立即自裁，甲方会第一时间履行甲方义务。

1.4 乙方在完成合同规定之义务后晋升为地级生肖，并离开面试房间。

1.5 若在合同生效期间，乙方思维紊乱，或出现其他无法沟通（包括但不限于癫狂、智力缺失、蝼蚁化）等情况，本合同自动作废。

第二条 双方权利及义务

2.1 甲方应保证乙方在签署该合同之后得到肉体强化，强化标准应大于最强参与者十倍。甲方承诺该强化不会随着乙方离开面试房间而消失。

2.2 甲方保证乙方会在每次死亡后保留记忆并顺利复活，直至合同规定之内容完成、合同到期或乙方违约。

2.3 乙方承诺签署此合同时本人不存在回响特性，否则给甲方造成的损失，由乙方一力承担。

2.4 乙方承诺会给参与者建立正确的世界观，并保证能够正确引导参与者进行游戏，其间乙方不得滥杀无辜、公报私仇。

2.5 甲乙双方在签订本合同时，承诺双方神志清醒，思维正常，能够进行简单交流，否则本合同作废。

第三条 注意事项

3.1 所有参与者皆为人类或人形生物，若在参与者中见到生肖或非人类生物，不要试图与对方交流，请马上自裁。

3.2 面试房间为全封闭式房间，若在面试房间中见到璀璨星空，乙方请确保自身神志清醒，若清醒则立即紧闭双眼，马上自裁。

3.3 面试开始时全员都不可行动，若乙方见到有人走动，请立即远离走动之人，确保自身安全之后，请马上自裁。

3.4 甲方绝不会主动出现在乙方面前，若有人声称自己为甲方成员，请乙方将其击杀，并马上自裁。

3.5 若出现上述情况时，乙方自裁失败，请尽可能破坏自己的双眼以及听觉，在面试房间之中安静等待救援，甲方将派出专人让乙方进入下一个循环。

3.6 每次参与者人数应小于或等于九人，若发现参与者多于九人的情况，乙方请先确认自身神志是否清醒，若清醒，设法清理多余人员，并在游戏结束后自裁。

3.7 本合同规定内容到第四条"合同期限"为止，若乙方发现合同内容超出规定范围，请确保自身神志清醒，若清醒，则立刻撕毁合同，并马上自裁。

第四条 合同期限

自合同签订之日起十年，十年后无论对赌是否成功，本合同自动作废。

第五条 合同期限

自合同签订之日起永恒，本合同永不作废。

第六条 请无视第五条内容，马上自裁。

第七条 请马上自裁。

第八条 请马上自裁。

第九条 请马上自裁。

第十条 请马上自裁。

本合同一式两份，甲乙双方各持一份，甲方拥有最终解释权。

甲方：幽冥管理局委托代理人，天龙。

乙方：生肖代号人羊，张强。

看完这份合同，不必说李警官，连齐夏都感觉自己好像是疯了，满脑子除了"请马上自裁"之外根本不记得其他的内容。很难想象人羊在那个昏暗的房间之中，每天都靠这份合同支撑着自己。

他还清醒吗？

"齐夏，你……你怎么想？"李警官问。

"我……"齐夏根本不知道怎么回答。

这份合同确实包含了很多内容，可同样也让人费解不已。按照字面意思来理解，天龙作为这份合同的发起人，也就是合同中的甲方，似乎许给了人羊飞升的权利。只要人羊让面试房间之中的人全部消失，并且保持三次循环，那么他就成功了。

合同规定的任务完成后，他就可以离开面试房间，成为地羊。

再结合楚天秋的说法，若要让房间之中的人消失，那就需要参与者和地级生肖赌命时，生肖赢过参与者。换句话说，生肖的目的其实和天堂口一样，双方形成了一种诡异的对峙局面，他们都要在一次一次的循环中赢过对方。

只有某一方成功了，这里的循环才能被打破。

齐夏的脑海中忽然有了一个大胆的想法——若是天堂口的计划不牢靠，那么成为生肖是不是可行的呢？

人猪曾经说过，他想从这里光明正大地走出去，所以才成了猪。

可以再大胆推断一下，道对于这些生肖来说并不是必不可缺的物品，因为合同中提到签订合同时乙方身上不能有道。他们的目的是让那些参与者死在游戏里。只有死在游戏中的人够多，他们才有权利获得《生肖飞升对赌合同》。

也就是说，面试房间既是参与者的面试，也是生肖的面试。

当通过了面试，生肖就可以摇身一变，从人级生肖成为地级生肖。

"难怪如此……"

齐夏默默地点点头，难怪人鼠和人猪看起来更接近人，他们有人类的感情，并且没有显示出强悍的力量，原来只有签下了《生肖飞升对赌合同》才能够获得像人羊、地牛那般的力量。

也就是从这个时刻起，生肖开始渐渐脱离人的范畴，他们的外貌和力量将更趋近于怪物。

齐夏感觉终焉之地似乎就是一条大型的流水线，似乎在生产着什么东西。这里不需要其他的外力参与就可以形成一个体系。可是这个体系产生的原因是什么？

齐夏摸了摸合同上的甲方姓名。

幽冥管理局委托代理人，天龙。

幽冥管理局是个什么东西？它为什么要委托天龙来代理这件事？

齐夏沉吟片刻，将他的推断告诉了李警官，本来有些蒙的李警官听完之后，大脑彻底死机了。

想要推断出这种诡异的现象，首先要把自己变成一个疯子，然后再用疯子的视角，重新审视这个世界。

只可惜李警官完全做不到。

"好处是我们知道了生肖的动机。"齐夏说，"这算不算拿住了对方的软肋？"

"这……"李警官面色为难地摇了摇头，"如果这份合同都是真的，那么确实有可能。"

"什么意思？"

李警官指了指这份合同的第五条到第十条，说："合同里写着，这份合同'到第四条"合同期限"为止'，说明这几条内容应该不存在于合同中，难道说这份合同是被改过的？"

"确实如此。"齐夏点点头说，"可这并不奇怪吧……你都能凭空变出香烟，那么我也能理解合同上凭空出现文字。"

"你的理解包容性也太强了。"李警官无奈地叹了口气，"我怎么就理解不了呢？"

"按照合同上的内容来说，若是人羊看到了超过规定范围的内容，那么就证明他的神志不清了。"齐夏思索了一会儿，又说，"但看情况，我们也能看到后面的内容，所以这和神志是否清醒无关，不排除是天龙在用这一招除掉人羊。"

"可是人羊有些怀疑……所以他没有把合同撕毁，反而一直留在身上？"李警官问。

齐夏转过身，嘴角一扬："我说李警官，你的理解包容性也很强。"

"你就别取笑我了。"李警官摇摇头，"我学的是正经刑侦，那些询问、勘验、检查、搜查、扣押一类的技巧，在这里很难派得上用场。"

"总之这份合同的事咱们先不要告诉别人……直到出现下一个我们能够信任的回响者。"齐夏将合同折起来，放进自己的口袋中。

李警官点点头，只能暂且把这件事埋进心里。

"对了。"李警官从口袋中掏出四颗道，"齐夏，这东西给你吧。"

"给我?"齐夏没有伸手去接，反而摇了摇头，"李警官，我们现在是天堂口的人了，他们想让我们给他们卖命，参与游戏的筹码就得让他们出，这四个留在身上吧，关键时刻我们会用得上的。"

"那也留在你身上比较合适。"李警官说，"你比我更会运用它，它们在你手里能翻倍，在我手里纯属浪费。"

"嗯……"齐夏沉吟了一会儿，伸手拿过了一颗道，"这样吧，如果我全拿走，定然会引起队伍里某些人的不满，上次我给了你一个，这次我拿回来一个，就当扯平了。"

李警官只能无奈地叹了口气，答应了这个方案，二人随即转身回到教学楼。

在这座灯火通明的教学楼里，齐夏感觉莫名安心，因为这里终于有一种与人住在一起的感觉了。

回到房间时，大多数人都已经睡下了。

李警官和齐夏对视一眼后便找了个地方躺下，不一会儿，他的鼾声便响了起来。

齐夏确认了一下韩一墨的状况，回身关上教室门，又从旁边拿来一个塑料打火机放在门把手上。做完了这一切，他来到角落里，拿起之前加热的罐头简单吃了几口，然后找了一张椅子坐下了。

自从来到这个鬼地方后，这是他第一次能安稳地睡个好觉。在半梦半醒之间，他闭上了双眼。

不知过了多久，一声难以察觉的声音响起，齐夏立刻睁开了双眼。

打火机掉落在水泥地上的声音甚至还不如屋外的虫鸣响亮，可因为齐夏很少让自己进入深度睡眠的状态，所以一有风吹草动就会醒来。篝火已经完全熄灭了，整个屋内漆黑一片，齐夏用了几秒钟才大体看清四周的环境。

黑暗之中，似乎有什么人开门进来了。齐夏数了数黑夜之中躺着的黑影，除了他之外，屋内躺着八个人，还有一个人站着。

站着的人是谁？

齐夏感觉情况有些不妙，他保持着安静，然后摸了摸口袋，发现根本没有可以防身的武器。只见那个黑影慢慢地走到一个躺着的人身边，低下头看了看她。

若没记错，躺在那里的是林檎。

难道有人图谋不轨？齐夏缓缓地站起身来，小心翼翼地挪动着脚步。

对方有些大意了，估计也是没料到竟然有人整晚都坐着睡觉。他伸手抚摸了一下林檎的头发，然后低下头嗅了嗅林檎身上的香气，又转身走向另一个人。

齐夏慢慢停下脚步，静观其变。

那人又来到了韩一墨身边，这一次他没有动，只是静静地在韩一墨身边站了一会儿。

正在齐夏一脸疑惑之际，那人又朝另一个人走去，看方向应该是李警官，李警官鼾声阵阵，睡得很沉。

黑影似乎愣了几秒，紧接着又挪动脚步，似乎在房间之中寻找着什么。

齐夏一直站立在他身后，隔着安全的距离，跟着他的脚步一起挪动，始终避开他的视线。

黑影查看着屋内的情况，齐夏便一直在对方身后五步远的位置。

只见黑影在屋内环视了一圈之后，摸了摸下巴，接着又伸出指头，数了数躺在地上的人。片刻之后，他愣在了原地。

齐夏微微皱了下眉头，感觉事情不太妙。

若对方很了解他们的话，此时应该察觉到少了一个人。想到这里，齐夏立刻回身去关闭房门。同一时刻，那个黑影扭头就跑。

二人几乎是同时奔向了教室门，齐夏自知关门已经来不及了，立即伸手去抓对方，可对方竟然一个转身躲了过去。

齐夏立即大喊一声："站住！"

一声大吼，惊动了整栋教学楼。

黑影顺着走廊一溜烟地跑了，齐夏紧随其后，刚要伸手抓住对方，却看到黑影在平地上跳了一下。还不等齐夏反应过来什么意思，他感觉脚下猛然一绊，立刻飞身摔了出去。

对方竟然在地上提前布置了绳索!

见到对方一溜烟消失在走廊尽头,齐夏感觉情况不对。略微思索了一下之后,他转身跑回教室,此时众人都醒了,一头雾水地面面相觑。

"齐夏,发生什么了?"林檎有些担忧地问。

"有人闯入!"齐夏拉开教室的窗子,直接翻身跳到院子中。乔家劲听后也眉头一锁,赶忙跟了上去。

"喂!骗人仔!"乔家劲在身后着急地问,"谁闯入了?"

"我不知道。"

"这破地方还有贼吗?"

乔家劲没穿上衣,露出了一身刀疤。借着天光,齐夏这才发现他不仅有一双花臂,整个背部也都是文身。不过让齐夏有些疑惑的是他小腹的伤口,那道伤口很新,难道这是他来终焉之地之前造成的?他来到这里之前到底经历了什么?

"估计不是贼那么简单。"齐夏回过神来说,"我们先去看看。"

说罢,他带着乔家劲直接前往校园的大门处。此时仍然有人在站岗,只不过那个大汉看起来摇摇晃晃,已经要睡着了。

"张山?"齐夏认出了站岗之人,可并未叫醒对方,只是在校门不远处藏着。

"骗人仔……你来这里做什么?"乔家劲问。

"我想抓住那个鬼。"齐夏说。

此时教学楼的各个房间中已经升起了火焰,看来很多人都醒了。一时间众人吵吵闹闹,都在纷纷议论着刚才的骚动。

齐夏找了个隐蔽的地方藏了起来,认真地盯着校园出口,他绕了近路,明显可以比那个黑影更快来到校门口。若没有人从出入口逃离,只能说明那个黑影来自天堂口内部了。

"骗人仔,你看那个大只佬。"乔家劲朝张山的方向努了努嘴,"他看起来快睡着了,我要去踹他一脚。"

"等……等一下……"齐夏拉住了乔家劲,"踹他一脚是什么意思?"

"什么意思?"乔家劲眨了眨眼,认真地解释道,"所谓踹一脚,就是我会抬起我的腿,用大腿发力,然后膝盖带动小腿,随后用脚掌接触他的臀部，给他造成一些伤害。"

"我……"齐夏也有点听蒙了，每次跟乔家劲聊天总有一种秀才遇上兵的感觉，"我不是问你这个，你为什么要去踹他？"

"下战书啊。"乔家劲说，"我现在踹他一脚，他就会发火；他发火，就会和我单挑；单挑，我就会揍他，这就是我的全部计划。"

"你这也能称得上计划？"齐夏摇摇头，说，"你和那个人打起来事情就麻烦了，你俩估计都得受重伤。"

"是吗？"乔家劲疑惑地看了看齐夏，"你说那个大只佬有两下子？"

"是，他不仅有两下子，而且人还不错，我建议你们找机会结识一下。"齐夏说，"你俩若是能联手，估计能无伤打死一头熊。"

"打死熊？"乔家劲露出了一副看傻子的表情，"骗人仔，看起来你确实没打过架，你知道熊是什么级别的对手吗？"

"哦？"齐夏饶有兴趣地盯着乔家劲，"熊是什么级别？"

"就这么说吧。"乔家劲伸手比画了一下，"虽然我乔爷打遍天下无敌手，但假设现在有一头熊站在我面前要和我单挑，我绝对绝对不可能动它一根汗毛，只会立刻恭恭敬敬地给它跪下认输然后拔腿就跑，慢一秒都是我不识抬举。"

齐夏听后挠了挠头，一脸无奈地说："绝对绝对不可能动它一根汗毛？我认识的大部分人都是平常嘴很硬，可行动起来就怕了。"

"这叫识时务者为俊杰，"乔家劲说，"做人就是要能屈能伸。"

二人有一搭没一搭地聊着，足足等了半个小时，可直到天大亮都未曾见到有人从校园里出去。教学楼的人几乎全都醒了，不太可能藏匿一个陌生人，若那个黑影没有选择逃跑，只能说明他来自天堂口内部。

可他的目的是什么？

这个人的心思非常缜密，甚至在进门之前就安排好了逃脱的路线甚至还布置好了绳索，不太像个临时起意的色狼，更像是在有计划地探查着什么。

"看来极道早就渗入了天堂口。"齐夏严肃地道，"可我真的搞不懂这些人的目的是什么……"

齐夏站起身来，活动了一下蹲麻了的大腿，对乔家劲说："不必等了,咱们走吧。"

乔家劲点了点头,站起身跟着齐夏回到教学楼。

"骗人仔,我们是不是得让这个地方的扛把子[1]替我们主持一下公道?"乔家劲摸了摸他的胳膊,看来清晨的凉风让他有些微寒,"这小贼都闯进咱们的地盘来了,是不是有点目中无人?"

"扛把子……"齐夏无奈地叹了口气,"楚天秋是这里的首领,不是扛把子,况且这件事也不能让他处理。"

"为什么啊?"

"因为我们还不能完全相信他。"齐夏低声说,"闯进咱们房间的,也有概率是楚天秋的人。"

二人说话间已经来到了教学楼门口,楚天秋正披着一件衣服走出来。"齐夏?楼上怎么都乱成一团了?"楚天秋疑惑地推了一下眼镜,"你们俩怎么从外面进来?"

"没事,我可能看错了,追个黑影追了半天。"齐夏伸了个懒腰,"把大家都惊动了,抱歉。"

楚天秋听后略微沉思了一下,说:"这个地方的夜里确实会有许多诡异的东西出没,不过那些东西应该不会伤人的。"

齐夏点了点头,他知道楚天秋说的是那些人虫,索性也没有再解释,改口问道:"怎么就你自己?云瑶呢?"

"还没回来。"楚天秋的脸上露出一丝担忧的神色,他将披着的衣服再次裹了裹,说,"昨晚他们开车去找小年,到现在还没回来。"

"是吗?"齐夏听后面色也有些沉重,自己画的地图并没有什么问题,若他们找不到那个叫许流年的女人,只能说明对方换了一个位置。

难道在城市边缘?难道上一次齐夏搭着她的车前往城市边缘之后,她就留在了那里?

齐夏正准备将这个消息告诉楚天秋,却忽然听到了身后引擎的轰鸣声。

---

[1] 黑话,指某个团体或地方的老大。

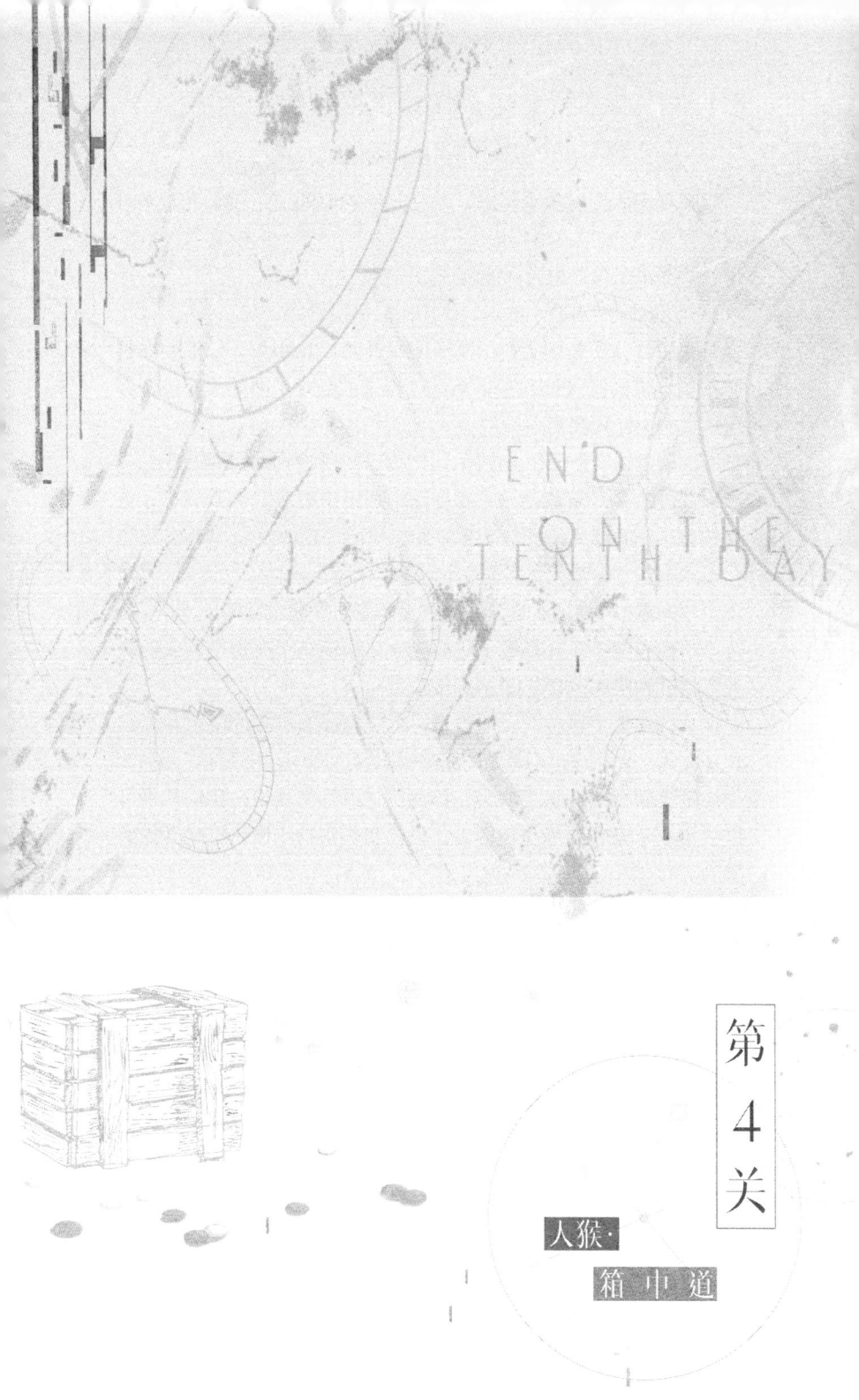

END
ON THE
TENTH DAY

第 4 关

人猴·
箱中道

齐夏三人同时放眼望去，只见一辆老旧的白色轿车亮着车灯缓缓驶来。

"回来了！"楚天秋神色一动，赶忙迎了上去。

楚天秋纵然有些小缺点，好在他似乎很看重队友。

张山打开了校园大门，车子缓缓开到广场中央。云瑶率先打开车门，慌慌张张地跑了下来："要死了要死了要死了……全都是蝼蚁……吓死我了……"

"云瑶！"楚天秋上前问，"怎么样？找到小年了吗？"

"没有。"云瑶说，"齐夏说的那辆出租车我们找到了，上面挂着小年的照片，可小年不在那里。"

"不在？"楚天秋愣了一下。

"齐夏……你真的在那里见到小年了？"楚天秋问。

"你说呢？"齐夏皱了皱眉头，"那辆车上有那个女人的从业资格证和照片，难道我会胡诌吗？"

"确实很奇怪。"云瑶点点头，"为什么小年的出租车会出现在终焉之地？这也不是她的回响啊。"

楚天秋低头沉思了一会儿，说："不管怎么说，我们几乎可以确定小年还在终焉之地活着，只要我们坚持不懈，早晚会找到她的。"

金元勋和"小眼镜"也下了车，两人看起来都累坏了。

"你们辛苦了。"楚天秋微笑着说，"今天你们休息吧。"

"那怎么行啊？"云瑶果断摇了摇头，"今天可是我跟齐夏第一次并肩作战的日子，就算我再困都要坚持。"

"什么？"齐夏一愣，"和我并肩作战？"

"是呀。"云瑶点点头，"这是天堂口的规矩，由我带你们去参与游戏，考察一下你们的本事。"

楚天秋此时凑到齐夏身边，小声说："我先声明，以前没有这规矩。"

齐夏听后一脸无奈，问："那我的队友呢？他们怎么安排？"

"你想亲自安排的话也可以。"楚天秋回答，"若没什么特殊的要求，我会让他们去参与一些人级的游戏，有一些已经有了完整攻略，可以进行赌命了。"

"我可以亲自安排？"齐夏意味深长地点点头，"队伍当中有个女人叫肖冉，她心思缜密、温柔有礼。还有一个男人叫作赵海博，他智力超群、大公无私。我希望能安排这两个人去参与一个人兔的逃脱类游戏，我把地图画给你。"

"没问题。"楚天秋点点头，"你比我更加了解你的队员，我会听从你的建议安排他们过去的。"

齐夏又问云瑶借来了纸笔，画了一张大体的草图，递给了楚天秋。

"其他人呢？"楚天秋接过地图之后问，"还有需要特别关照的吗？"

"应该没了，请务必保证其他人的安全。"

"好。"楚天秋答应道。

"那我们呢？"齐夏问，"我们以天堂口的身份参与游戏，有什么需要注意的吗？"

"没有。"楚天秋笑道，"按照你自己的想法行动就可以，不过天堂口有一条不成文的规定，那就是如果游戏过程中有同伴死亡，请务必将同伴的尸体带回学校，统一安葬。我不允许我的伙伴曝尸荒野。"

"好，知道了。"这是个非常沉重的话题，齐夏没有反对。

楚天秋点点头，从怀中掏出一张纸给了云瑶，说："云瑶，这是今天你的游戏安排，顺路做了吧。"

"好，我会和齐夏一起加油的。"云瑶说。

齐夏想了想，又说："要出去行动的话，我要带着旁边这个没穿衣服的家伙。"

乔家劲尴尬地双手环抱，冲大家一笑："所以我能先去穿个衣服吗？"

见到乔家劲慌张地跑走，云瑶笑了笑："那个人好可爱啊。"

齐夏看了云瑶一眼，问道："你要带谁？就咱们三个人行动吗？"

"我能带谁啊？"云瑶委屈巴巴地看向身边的几个男人，"'小眼镜'和金元勋不爱搭理我,楚天秋又要在这里坐镇,你说我好端端一个爱豆,怎么混成这样了?"

"呀!姐,我什么时候不搭理了那样?"金元勋吓了一跳。

"你看看。"云瑶指着金元勋对齐夏说,"听到这个人叫我什么了吗?他叫我姐,还不如不搭理我呢。"

"我……"金元勋直接愣住了,本就不善言谈的他根本对付不了伶牙俐齿的云瑶。

"小眼镜"此刻也在一旁赔笑着说:"云小姐,我也不是不搭理你,只是咱们俩确实没有什么共同话题。"

"你听。"云瑶拍了拍齐夏的肩膀,"'云小姐'三个字多么响亮,我得有二十年没听过这个称呼了。"

齐夏无奈地叹了口气:"听起来似乎是你不想搭理他们,而不是他们不搭理你。"

"都一样。"云瑶掏出一支唇膏在嘴上抹了抹,"反正我和他们俩互不搭理。"

两个老实巴交的男人被云瑶说得如坐针毡,搞得楚天秋也不知如何是好。

齐夏此时忽然想到一个问题——云瑶凭什么可以成为天堂口的二号人物?她比这里大部分人都要强吗?

不一会儿的工夫,乔家劲穿好衣服下了楼,让齐夏疑惑的是他身后还跟了一个人,甜甜。

"什么情况?"齐夏低声问道。

"这个……让她自己和你说吧。"乔家劲挠了挠头,有口难言。

"你们俩要出去参与游戏吗?"甜甜问道。

"是。"

"带上我吧。"甜甜面色为难地说,"我没法留在这里,这里容不下我。"

"这……"齐夏瞬间明白了甜甜的意思,可没有马上答应。

甜甜始终认为这里没有人会看得起她,她会下意识地向齐夏和乔家劲靠拢。这个可怜的女人并没有什么求生的欲望,她极有可能会死在游戏中。

虽然二人之间交情不深,但齐夏希望她能好好活着,她的人生已经很不易了，没必要继续折磨自己。

"不方便也没关系。"甜甜似乎发现了齐夏的窘境，改口说，"我自己出去转转，说不定能给大家把道带回来呢。"

说完之后她摸了摸口袋，然后又看向齐夏："能借我一颗道吗？"

齐夏身上仅有一颗道，他也不想给甜甜，因为他知道这颗道大概率会害了她。

"算了……你和我们一起吧。"齐夏摇摇头说，"如果获得道，我会分给你一份。"

"是吗？"听到这句话甜甜并没有很开心，她并不想要道，只是想找个名正言顺的理由加入队伍，"既然如此，那我得先和你说好了，我和你们一起行动，只是为了道，你们可以不用相信我……"

"好，我知道了。"齐夏点点头，然后又看向云瑶，"爱豆，我们三个身上可是穷得叮当响，你确定要和我们一起吗？"

"齐夏，今天我就让你感受一下被富婆包养是什么感觉。"云瑶拍了拍她那可爱的包，"今天的门票我请了，你只需要提供大脑就行。"

四个人组成了一个临时队伍，开始向城市中心出发。

这支队伍看起来确实有些诡异，云瑶和甜甜两个八竿子打不着的人竟然会成为队友。

"小姐姐，你来这里以前是做什么的？"云瑶漫不经心地问。

"我……我是……"见到云瑶光鲜亮丽的外表，甜甜一时之间语塞了，她的脸上写满了"自卑"二字。

"她正在家待业呢。"乔家劲此时忽然开口说，"你没看她穿得这么少吗？那是睡衣。"

"哦？原来是这样。"云瑶点点头，"自我介绍一下，我叫云瑶，是个偶像组合的主唱，小姐姐你长得也很漂亮，如果没有工作的话要不要考虑成为爱豆？"

"爱……豆？"甜甜明显没听过这个词。

"你不追星吗？"云瑶耐心地解释道，"爱豆就是'idol'的音译，也就是偶像艺人的意思啦。"

"我都这个年纪了……"甜甜苦笑了一下,"而且我也不配成为偶像。"

"不配?小姐姐,你看起来非常难过。"云瑶忽然严肃起来,盯着甜甜问,"以前有人欺负过你吗?"

"我……"

乔家劲此时拍了拍云瑶,说:"靓女,你看起来很喜欢聊天啊,要不咱俩聊?你别骚扰她了。"

"哦?"云瑶被乔家劲吸引了注意力,"那你又是做什么的?"

"我丢……"乔家劲尴尬地笑了笑,"被你这么一问,我好像也没正经工作。"

"搞什么啊?"云瑶疑惑地看了看眼前的二人,"你们的面试房间是失业专场吗?"

说完她似乎又想起了什么,看向齐夏:"齐夏,你呢?你那么聪明,应该会有一个很好的工作吧?"

三个问题问蒙了三个人。

"你要不要换个话题?"齐夏说。

他现在终于知道为什么"小眼镜"和金元勋应付不了这个女人了,照这个聊天方式,估计也就乔家劲能跟她对两招。

"换话题?"云瑶思索了一会儿,又问,"你们都擅长什么?"

"我没什么特别擅长的。"齐夏说,"只是比别人多看了点书。"

"这我看得出来。"云瑶一脸崇拜地点点头,"我就喜欢博学的男人。"

"我也没什么擅长的。"乔家劲耸了耸肩,"只会打架。"

"打架?"云瑶一愣,"我第一次听到这个特长。"

"嗯……"乔家劲不知道怎么回答,只能干笑两声,"那你擅长什么呢?"

"我嘛……"云瑶忽然停下脚步,转头对三个人说,"我的运气非常好。"

运气非常好?齐夏和乔家劲面面相觑。

"你这个特长听起来比打架还不靠谱。"齐夏说,"你准备用你的运气带领我们赢得游戏吗?"

"有何不可?"云瑶笑了一下,"我从小运气就特别好,这就是我的特长。"

"盲目自信和特长还是有区别的。"齐夏说，"运气不管怎么说也是个不可控的东西，难道你……"

话说到这里，齐夏略微一愣，扭头看向云瑶，眼神之中闪着一丝不可置信的光芒。

"没错，就是你想的那样。"云瑶笑着点点头，"你果然很聪明，它的名字叫作'强运'。"

齐夏宁可自己没有猜中。云瑶的回响居然是"强运"？这样说来……世上岂不是没有东西可以难倒她了？

"我丢……你们到底在聊什么啊？"乔家劲明显一头雾水，"'强运'是什么东西啊？谁的名字叫'强运'？"

齐夏没有回答，只是越想越后怕，跟这些人比起来，自己简直是太莽撞了。这些拥有超能力的回响者都谨慎地组成团体进行游戏，可自己居然一直以一己之力与生肖赌命。

"所以你可以百战百胜吗？"齐夏问。

"百战百胜？"云瑶疑惑地看了一眼齐夏，"哦，我差点忘了，你还不了解回响，所以你可能不知道……想要百战百胜是绝对不可能的。"

"不可能？"齐夏显然没听明白，他低声问，"如果你的超能力就是'强运'，你又怎么可能会输？哪怕你面对的是一头黑熊，黑熊也有可能突发疾病而死吧？"

云瑶听后略微思忖了一下，面色严肃地回答："齐夏，谁告诉你回响就是超能力了？"

"难道不是吗？"齐夏说，"回响者做的事情，他们所发挥的力量，都是寻常人所不具备的，这还不算超能力吗？"

云瑶听后略微点了点头，说："难怪你会这么想……可实际情况却有点差别，齐夏，回响不是一种超能力，而是一种信念。"

"信念？"

这个词比超能力要抽象得多。

齐夏忽然想到江若雪曾经的解释，她也说过回响是个很抽象的东西。

"我很难解释这种感觉。"云瑶伸出手看了看，又说，"总之我的回响并不会百分之百成功,甚至……失败的概率还不低。"

"这……"齐夏眨了眨眼,"也就是说,你有可能会发动'强运',也有可能失败?"

"嗯,就是这个意思。"云瑶见到齐夏明白了这个原理,高兴地点了点头。

看到云瑶开心的表情,齐夏一点都笑不出来。

他觉得云瑶疯了。这是什么狗屁回响?有时可以"强运",有时则不能。要按这个说法,自己又何尝不是间歇性的"强运"?

可是云瑶确确实实保留了记忆,她的确是个回响者。很难想象她会凭借这么鸡肋的能力大摇大摆地生存至今。

齐夏不再考虑这个诡异的回响,继续问她:"我们去参与什么游戏?"

"随意。"云瑶笑了一下,"我感觉我们这支队伍很强的,遇到谁都可以碰一碰。"

"可以。"乔家劲也点了点头,"骗人仔,上次我被绑住了,没发挥出来,这次给你露一手。"

甜甜此时也开口道:"如果有什么比较危险的项目,我想第一个去试试。"

齐夏慢慢地捂住了额头,他感觉这支队伍到处都是问题。

云瑶最终选择了一个猴类游戏。

那门口的生肖戴着的面具根本不是猴子,更像是腐烂的大狒狒。

"怎么样?齐夏,敢试试吗?"云瑶站在门口问。

"我试试?"齐夏望了一眼狒狒,又看了一眼云瑶,"我倒是挺想知道'强运'的意思,要不然你给我展示一下?"

"你是不是搞错了。"云瑶无奈低摇了摇头,"我早就说过,这次的组队目的是探查你们的实力,方便接下来的游戏类型分配,怎么成了你们考验我了?"

齐夏三个人有些不知如何应对她,看来这个爱豆还有些任性。

"也就是说你完全不插手?"齐夏问。

"人猴而已,大多是智力类或者灵巧类游戏,这还能难得倒你吗？"云瑶笑着问，"如果你愿意的话，也可以直接跟对方赌命。"

"赌命？"乔家劲一愣，"这里还能赌命？"

齐夏自知现在跟对方赌命绝对不是个好主意，他不清楚猴的套路，自己也没有回响，此时赌命若是失败了，不仅会葬送自己的性命，还会失去已知的全部信息。

想到这里，齐夏无奈地叹了口气，走到了大狒狒身边，问："人猴是吗？"

"没错。"人猴点了点头，"要参加我的游戏吗？"

"什么规则？"齐夏问。

"我们轮流从箱子中往外拿道，拿到最后一颗道的人赢，赢的人可以获得台面上的所有道。"人猴听起来年纪不大，像个少年。他非常清晰地说明了规则。

齐夏轻轻地抚摸了一下下巴，问："门票呢？"

"门票即是箱中道，看你想出多少个，我比你出的只多不少。"

"呀……这是随机门票的游戏啊。"云瑶看起来很开心，"若是能赢，我们就真的赚到了。"

"我的天，豪赌啊！"乔家劲大叫一声，回头兴奋地对云瑶喊道，"靓女！快拿一千八百颗道出来！骗人仔这次赢了我们就直接回家！"

"我哪有那么多？"云瑶没好气地说，"我浑身上下就一个小包，去哪儿给你变出一千八百颗道？"

"这个鬼地方不可能有人带着一千八百颗道还不被极道发现……"齐夏嘟囔了一句，又抬头看向人猴，"猴子，你一共还剩多少？"

"我……"人猴微微一顿，"这我不能说。"

"你怕我跟你赌全部家当吗？"齐夏说。

"不管你是什么意图，我都不会透露自己的道。"

"有意思。"齐夏点了点头，"那我们开始吧。"

四个人纷纷进了屋，可这毕竟是人级小游戏，参与者只有齐夏一人。

一进屋齐夏就发现自己似乎上当了，屋内有一张桌子，桌子上分明摆了两个箱子。

"我的游戏叫作箱中道,我们将各自的道分别放入这两个箱子中。"人猴拍了拍桌面上的两个箱子,又说,"我放入的道只会比你放的多,游戏开始后,我们轮流从任意的箱子中取出任意数量的道,但要注意,谁取完之后两个箱子都空了,谁就赢了,换句话说,拿到最后一颗道的人胜利。"

齐夏听后又陷入了沉思。他打量了一下两个密封的箱子,发现它们的洞口很小,只能勉强伸进一只手。

如果想要定制一个策略的话,很明显牵扯到先手和后手的问题。

"那么谁先取?"齐夏问。

"猜拳决定。"人猴耐心地解释,"赢了的人可以指定谁先从箱子中取道,输了的人指定取道的箱子,唯独不能指定取道的数量。"

"原来如此……"齐夏点点头。

云瑶在一旁看了半天,问:"齐夏,你想赌几颗?"

"十颗。"齐夏说。

"十颗?!"云瑶一愣,"你有把握吗?"

"差不多。"

若是从同一个箱子中取道,齐夏倒是有赢下的把握。可现在人猴准备了两个箱子,让游戏的变数更大了一些。

从任意的箱子当中拿走任意数量的道,这个游戏跟人猪的概率游戏不同,完全看参与者的策略。

"云瑶,开局的猜拳非常重要。"齐夏低声对云瑶说,"你能用你的'强运'帮我吗?"

"这……"云瑶为难地低下头,说,"对不起,我没有把握。"

"好吧。"齐夏料到了这个答案,于是说,"那我就自己来。"

云瑶愧疚地点点头,开始从她的包中取道:"齐夏,你帮我一下。"

她先拿出了四颗道塞到齐夏手中,齐夏一只手握不住,只能双手捧作碗状。

没一会儿的工夫,云瑶又掏出两颗道,然后接着翻找,她的包里看起来东西非常多,不仅有着各种老旧的化妆品,甚至还有包装纸、擦过嘴的纸巾和用过的卸妆棉。

"你的包该整理了一下了。"齐夏说。

"爱豆的包你别管。"云瑶没好气地说了一句,接着又掏出来三颗道,"几颗了?"

"九颗了。"齐夏无奈地回答。

"好了好了找到了。"云瑶掏出最后一颗道,放入齐夏手中。

齐夏捧着这一堆道来到人猴面前,举起双手晃了晃,说:"十颗,我放进去了。"

人猴点了点头,然后掏出了十二颗道,在众人面前清点之后,投入了另一个箱子中。

"猴子,来猜拳吧。"齐夏说。

齐夏有些害怕这种一局定胜负的猜拳,他可以在连续多次的猜拳中通过判断对方的性格、出拳逻辑来保证猜拳的结果,可若真的要一局定胜负,就成了纯粹的运气游戏了。

"猴子,你出什么?"齐夏问。

"这招对我没用,我不会回答的。"人猴说,"开始吧。"

齐夏无奈地叹了口气,只能将一切都交给运气了。

二人一局定胜负,却同时出了布,紧接着第二回合,二人又都出了石头。

见到这一幕,齐夏感觉这次猜拳非比寻常,对方竟然使用了跟自己完全相同的策略。

第三回合,齐夏出了石头,而对方依然是布。

"你果然花了心思,自始至终都不肯出剪刀……"齐夏喃喃自语道。

"承让了。"人猴说,"我猜拳向来很强。"

"是吗?"齐夏瞳孔微动,眼神意味深长。

正如规则所说,人猴是猜拳的胜利者,他可以指定谁做先手。

"我自己先手。"人猴说,"你来指定箱子。"

齐夏低头思索了一下,说:"十颗道的箱子。"

人猴听后面色一沉,瞳孔竟然抖动了一下,他感觉自己的场地似乎来了个不得了的人物。眼前这个男人究竟是早就找到了破解之法……还是无意而为?

在思索了片刻之后，人猴站到了十颗道的箱子面前，从中取出了一颗道。

现在两个箱子中分别有十二颗道和九颗道。

看到人猴只拿出了一颗道，齐夏面色也略微一动。

"一颗？你也不是个蠢人啊。"

二人的思想博弈已然刀光剑影，可表情却依然平静。

乔家劲像模像样地看了半天，小声问云瑶："这游戏有那么难吗？"

"你觉得很简单吗？"云瑶双手环抱，轻声说，"齐夏现在的每一步走得都很妙，包括他故意输下猜拳，为的就是指定箱子。"

"咩①？"乔家劲一愣，"骗人仔故意的？可就算猜拳输了，游戏就能赢吗？"

"我们不妨来模拟一下。"云瑶说，"此时一个箱子里有九颗道，另一个箱子里有十二颗道，你会选哪个箱子，又会拿几颗？"

"嗯……"乔家劲想了想，"我可能会把十二颗全都拿走。"

"那么我就会把另一个箱子的九颗都拿走，我赢了。"云瑶笑着说。

"那我在箱子里留下一颗，只拿十一颗呢？"乔家劲又问。

"那我也在箱子中留下一颗，只拿八颗，下一回合我还是赢了。"

乔家劲倒吸一口气，发现自己怎么都赢不了："这么说来，下一个拿道的人不是必输吗？"

"不，齐夏不会像你这样决策的。"云瑶说，"我喜欢的人可不是傻子。"

"说得也是……"乔家劲刚要答应，却忽然想起了什么，"我丢，你是在说我是傻子吗？"

只见齐夏走到十二颗道的箱子面前，思索了几秒之后，伸手从里面掏出了三颗道。

此时的两个箱子里都是九颗道了。

人猴的眼神犹如一潭死水，仿佛正在盘算着什么。

---

① 粤语，表疑问。

"猴子，这样可以了吗？"齐夏问，"现在认输的话我会给你留几颗道。"

经过上一次人猪的赌局之后，现在的齐夏格外小心，他担心对方会在输尽道之后破釜沉舟地选择赌命。

人猴没有说话，只是默默地从面前的箱子中掏出一颗道。齐夏摇摇头，也掏出一颗道。

看来规则不允许认输，否则人猴也没有必要坚持了。

人猴又从箱子中拿出了两颗道，齐夏也拿出了两颗道。

接下来就很简单了，无论人猴从箱子中拿出多少颗道，齐夏都只会拿出一样数量的道，如此做法，可以保证他拿到最后一颗道，就算箱子中是一万颗道，齐夏也绝对不可能输。

开局几次简单的博弈，让他渐渐立于了不败之地。

"我丢……我好像明白了。"乔家劲眼睛睁大了，"这不就直接赢了吗？"

"嗯。"云瑶点点头，"在两个箱子中剩下相同数量的道时，后手必胜。"

"你确实很厉害……"人猴喃喃自语地说，"可是你疏忽了……"

"疏忽？"齐夏眉头一皱，不由得有些疑惑。在这几乎是必赢的游戏里，人猴难道还留有后手？

齐夏看了看双方面前的道，人猴眼前是五颗，自己眼前是六颗，数目已经如此明显了，难道还——等一下，齐夏浑身一怔。

人猴眼前为什么是五颗？他总共从箱子中取了三次，分别是一颗、一颗、两颗。

齐夏清清楚楚看到的，怎么会变成了五颗？这是什么时候的事？

现在人猴面前的箱子里剩余五颗道，齐夏面前的箱子里剩余六颗道，而此时轮到人猴选取了。

他来到了齐夏面前，从六颗道的箱子中拿出了一颗。

齐夏直皱眉头，短短一瞬间，战局居然被扭转了。

现在两个箱子中都剩五颗道，接下来无论齐夏从哪个箱子中取多少颗，人猴也只会取出跟他一样的数量，这样的话人猴稳赢。

正如云瑶所说，当箱子中的道数量相同时，后手必胜。

"喂，出老千①要砍小指的啊。"乔家劲看出了端倪，上前恶狠狠地说，"你个臭猴子是不是偷球了？"

"是。"人猴直言不讳地承认，"我作弊了，你能怎么样？"

"我……"乔家劲没想到对方会承认得这么干脆，还一副有恃无恐的样子，一时之间没了脾气。

人猴看着几人阴晴不定的表情，手慢慢地伸向桌子上的道。只见他用两根手指夹住一颗道，轻轻一拿，桌子上立刻少了两颗道。

他翻过手来给众人展示，这才发现他的掌心捏着另一颗道。

"这叫掌心藏法，魔术中最基本的手段。"人猴微笑着说，"你是不是该庆幸没有和我赌命？"

齐夏露出了一丝苦笑。是啊，谁说不能作弊呢？人猴在某一次取道的时候看似取了一颗，实则取出了两颗。

"这么致命的动作你却没有注意。"人猴玩弄着手里的两颗小球，"看来你轻敌了。"

"是，我确实轻敌了。"齐夏一脸无奈地点点头，"我们让游戏结束吧。"

接下来，齐夏一口气掏出了五颗道扔在桌子上，一旁的云瑶露出了复杂的表情。

齐夏居然破罐破摔了，难道他一直都是这样的性格吗？

人猴微微一笑，也从箱子中掏出了五颗道。游戏结束了。

甜甜和乔家劲无奈地看了对方一眼，表情复杂。对他们来说，十颗道是什么概念？

众人经历了四轮死亡游戏也才获得了四颗道，现在一口气就输掉了十颗。

人猴把桌面上的所有道都拢到了自己的面前。

"没想到今天一早就有人送这么多道，真是感激不尽。"人猴笑着说。

"我也没想到有人会提前帮我归拢好，同样感激不尽。"齐夏说。

"是啊，你……"人猴微微一愣，"什么？"

---

① 作弊。

齐夏伸出手,略微晃动了一下他面前的箱子,结果箱子里却传来清晰可闻的滚动声。

"猴子,接下来该我了吧?"齐夏问。

"你……"人猴的喉结略微动了一下,他计划好了每一步,却不知在哪里出了问题。

箱子中还有一颗道?!

他赶忙数了一下桌面上的道,确确实实是二十二颗,箱子里的那一颗是什么?

"你一开始的赌注根本就不是十颗……"人猴慢慢瞪大了眼睛,"王八蛋,你骗我?!"

齐夏伸手掏出了最后一颗道:"是的,你能够用你的魔术手法,我自然也可以用我的特长。"

说完,他将道拿出来放在桌面上,缓缓地说:"幸亏我一直把这个箱子放在自己面前,让你没有什么机会检验里面的道。"

"骗术吗?"人猴有些失神地说,"你早就知道我会作弊了?"

"那倒不是,只是给我自己加一道保险。"齐夏说,"我的箱子比你的箱子始终多一颗道,这不会影响我的胜负,只要我在最后一次将道全都取出来,一切就变得顺理成章了。你说过你的道比我的只多不少,而我是十一颗,没有破坏规则。"

"可我想知道你是什么时候做的手脚?"人猴问,"那个女人把道给你的时候,我可是清清楚楚地看到了,分明是十颗。"

"我确实没有你那般华丽的手法。"齐夏拿起一颗道,学着人猴的样子想把它不动声色地藏在手心,可惜试了好几次都失败了,"我想要加一颗道到筹码当中,只能从一开始就把它握在手里。"

人猴瞬间明白了过来。

在那个女人将道拿出来的时候,齐夏的手中就已经有一颗道了。他把手捧做碗状,接过了那女人递过来的四颗道时,就已经是五颗了。

"没想到我那么早就已经失败了。"人猴渐渐没了力气,坐到了一旁的椅子上,顿了一会儿,他抬头看向齐夏,似乎有话想说。

齐夏发现了这点,却不紧不慢地将道拿了起来,交给了云瑶。

最后他留了两颗道在桌上,推给了人猴。

"猴子，我劝你别那么做。"齐夏缓缓地说，"这两颗道给你东山再起，你好不容易才走到这一步，没必要意气用事。"

"什么……你……"人猴没想到对方竟然如此恐怖，当场看透了他的想法。

"如果你真的孤注一掷的话，我也会亮出我的底牌。"齐夏说，"我不介意拼个鱼死网破，反正我没有损失，但你绝对斗不过我。"

人猴彻底低下了头，眼神之中写满了"放弃"二字。

"很好，我们有缘再会了。"齐夏点了点头，带着身后三人快步离开。

出了门之后，齐夏才长舒一口气。

"齐夏，你怎么了？"云瑶问道，"你是在害怕人猴跟你赌命吗？"

"没错。"齐夏回头张望，生怕人猴跟出来。

"可你不是有底牌吗？"云瑶感觉齐夏很有趣，开口说，"你的聪明才智比那个人猴强多了，真要赌命的话我觉得你的胜算也很大。"

"我有个屁的底牌，快走吧。"齐夏拉着众人匆匆前进，"刚才都是骗他的，这个人猴太出乎我的意料了，居然会作弊，若真是赌命的话，我根本不知道他会使出什么作弊手段。"

"啊？骗他的？哈哈哈！"云瑶瞬间大笑起来，"你演得好像啊，你不会是个骗子吧？"

"快走吧。"齐夏无奈地说。

三个人找了个路边稍事休息，明明才一两个小时的时间，众人却感觉过了好久。

"我们把道分了吧。"齐夏说，"赚了十颗，由于你和我出了道，所以我和你分到三颗，乔家劲和甜甜每人两颗。"

"齐夏，我能和你谈恋爱吗？"云瑶冷不防地问。

"什……"齐夏差点被这句话噎住，"你搞什么？知道我们现在是什么处境吗？"

一旁的乔家劲和甜甜也张大了嘴巴，他们感觉这姑娘好像确实有点问题。

云瑶听后眨了眨眼，又对着齐夏问："你喜欢我吗？"

齐夏紧锁眉头，随后摇了摇头：“承蒙厚爱，不过我结婚了。”

"没关系。"云瑶毫不犹豫地说，"我可以只当你终焉之地的女朋友，出去之后互不联系。"

"你有病吗？"齐夏有点看不透眼前的女人，"我话都说到这个份儿上了，你听不明白？我有妻子！"

云瑶面无表情地看了看齐夏，然后挠了挠自己的头，小声嘟囔道：“还是不够吗？”

"不够？"

云瑶深呼一口气，说：“齐夏，别在乎你那妻子了，难道我比她丑吗？难道我不如她好吗？与其挂念一个遥不可及的人，不如——”

"云瑶，不要葬送我对你的好感。"齐夏的眼神瞬间冰冷无比，"我不允许有任何人用这样的语气谈论我的妻子，你应该知道我不是什么好人。"

"怎么了？你想骂我吗？"云瑶说，"或者你想打我？来，我就在这儿等着。"

乔家劲彻底看蒙了，这突如其来的火药味是他无论如何也想不到的。

"喂喂喂……你二人有话好说啊。"乔家劲赶忙过来劝道，"这突然之间是怎么了？"

空气之中有着一股压抑感。

见到齐夏似乎真的生气了，云瑶扑哧一声笑了出来。

"哎呀……好啦好啦……"云瑶摆了摆手，"刚才都是开玩笑的，对不起，齐夏，我不该那样说你的妻子。能嫁给你的姑娘，一定是个非常好的人。"

齐夏皱了皱眉头，问：“你在搞什么？”

"我想试一下自己能不能听到回响，好像失败了。"云瑶懊恼地摇了摇头，"也不知道是你骂我骂得不够狠，还是我没有那么喜欢你……总之我可能太过着急啦，齐夏你千万别生气。"

"试一下自己能不能听到回响？"齐夏似乎明白了什么，"难道你回响的契机是——"

"是求而不得。"云瑶有些不好意思地说，"从小到大，只

103

要是我喜欢的东西都会得到，当我陷入求而不得状态时，即会响起钟声。"

求而不得。这是多么可笑的契机？世上的所有人，谁又没有过求而不得的时候？

如果仅仅是想要的东西无法得到，那云瑶在这种物资极度匮乏的地方岂不是应该时时刻刻都在回响吗？

乔家劲听到这里表情有些不自然，问："骗人仔，偶像女，你们是不是有什么事情瞒着我们？"他狐疑地盯着二人看了看，"我虽然不爱动脑子，但我不傻，你们到底对这里知道些什么？"

齐夏听后表情略微有些为难，他不习惯对信任的人说谎，现在的处境让他有些被动。

"乔家劲，在回答你之前……我想再问云瑶一个问题。"

"问我？"云瑶一愣，"是什么？"

齐夏把云瑶拉到一边，小声问道："我们……若是暴露自己的记忆，会怎么样？"

"怎么样？"云瑶眨了眨眼，瞬间不知道怎么回答了，"能怎么样呢？不会怎么样。"

"嗯？"齐夏愣了一下，完全没有想到云瑶竟会给出这种答案。

"我不明白，暴露记忆怎么了？"云瑶问，"我们比别人拥有着更多的记忆，这不是好事吗？你难道一直在隐瞒这件事？"

"我……"齐夏的大脑一直盘算，云瑶说的不无道理，难道人羊真的传递了一个错误的信息？

"若你一直隐瞒不说，又怎么跟队友相认？"云瑶继续问道，"这样一来，你们每一次循环都是新的开始，根本不可能出去啊。"

是的，仔细想想，天堂口从一开始就没有遵守过这个规则。若楚天秋隐瞒记忆，又怎么可能聚集组织内的所有人？

齐夏越来越觉得这是人羊的一条计策。因为他要履行合同条约，所以他会在众人前进的路上尽可能地添绊脚石。

好在天堂口的做法与人羊完全相悖，打消了齐夏的顾虑。

"既然如此。"齐夏转过身来看着乔家劲和甜甜，"我们已经是队友了，理应把真相告诉你们，接下来我要说的话十分重要，关乎我们所有人的存亡，你们要仔细听好。"

"重要?"甜甜一愣,"那我不听了……"

说完她就往后退了几步,躲到了很远的地方。

"搞什么?"乔家劲走上前去拉住甜甜,"既然骗人仔和偶像女都知道,那说明这也不是听到了就要杀头的消息啊……"

"不了。"甜甜有些局促地摆摆手,"我本来就不是个聪明人,知道的东西自然越少越好,齐夏也说了这些消息关乎每个人的存亡,我可负担不起这个责任……"

"这……"乔家劲不知该怎么劝说,向齐夏投去了一个求助的目光。

"甜甜,没关系。"齐夏说,"你来一起听,反正你只是想要道,对吧?我记得你的目的,不会为难你的。"

"我……"

齐夏花了差不多二十分钟的时间,将一切跟二人娓娓道来,其间乔家劲听得津津有味,好多次都露出了异样的表情,而甜甜一开始完全不感兴趣,可听了几句之后也渐渐地被吸引了——毕竟齐夏所讲述的事情太过匪夷所思了。

什么叫他们会一直在十天之内循环?什么叫回响者会保留记忆?

"我丢啊……"乔家劲听完之后目瞪口呆,"骗人仔,你说的都是真的吗?"

"这是目前我所知道的一切。"齐夏说,"乔家劲,我和你不是刚刚认识,上一次循环中,我们已经是生死相依的战友了。"

"我不是问这个……"乔家劲眨了眨眼,"我想问我真的打了一只熊吗?"

齐夏一顿,最终还是决定不理他了。

"总之,现在没有任何可以隐瞒你们的事情了。"齐夏说,"云瑶是回响者,她的能力就是'强运',而我保留了记忆,所以我也有可能是回响者,可我不清楚自己的能力是什么。"

"所以你们一直聊的回响就是这个意思?"乔家劲思索了一下问,"就是特异功能呗,搓牌、透视、听骰子这种。"

云瑶听后立刻给出了否定的答案:"我不是说了吗?回响是一种信念,它是潜在的。"

"行吧……"乔家劲无奈地摇了摇头,"潜在就潜在。"

当云瑶提到"潜在"这个词时,齐夏好像明白了什么。也就是说回响其实是一种特性,它不会牵扯到发功问题,只要听到了回响,这个能力就会一直存在——甚至你不想要它时,它也会一直存在。韩一墨就是最好的例子,他根本摆脱不掉这个回响。

四个人一边聊着一边前进,竟然来到了齐夏等人先前降临的场地。

屏幕上依然写着那句瘆人的话:我听到了"招灾"的回响。

韩一墨的"招灾"已经持续一天了。

"招灾。"云瑶抬头看了看,"我第二次见到这个回响了,只是不知道谁是这个幸运儿呢?"

幸运儿?

齐夏无奈地叹了口气,他不知道韩一墨到底是幸运还是不幸。

"所以你知道很多回响的种类吗?"齐夏问。

"我确实知道一些种类,因为上一次循环时没有人跟我组队,楚天秋就派我驻守最西边的那个显示屏,我负责每天向他汇报显示屏上的文字,一连守了三天。"

"什么?"齐夏瞬间瞪大了眼睛,"你是说……上一次你在显示屏前面待了三天?"

"对。"云瑶点点头,"前三天有些热闹,回响声此起彼伏。"

"告诉我。"齐夏着急地说,"你都看到了什么回响?"

云瑶听后摸了摸自己的下巴,说:"你对这个很在意吗?"

"我非常在意。"

齐夏知道回响的名字很重要,大多能通过名字来判断对方的能力。

云瑶点点头,然后缓缓道来:"首先是第一天,一连触发了两次回响,第一个名为'替罪'。"

"替罪?"齐夏疑惑地看了云瑶一眼。

难道不是"招灾"吗?等一下……齐夏默默地低下了头。第一个回响的人并不是韩一墨,而是那个面露古怪笑容的"第十人"!

可"替罪"是什么意思?

"第二个,就是屏幕上写的'招灾'了。"云瑶继续解释道,

"我很少见到第一天就触发两次回响的情况,纵然是回响者,大多数人也会选择在后面几天才开始发动能力。"

"后来好像是……'嫁祸'?"云瑶回忆了一下,"这个回响出现的时间很短,我也有可能看错了。"

齐夏听后面色沉重地点了点头,那是潇潇的手段。

"紧接着是'激发',然后是……"

"等等!"齐夏赶忙喊住了云瑶。

"激发?"按照先后顺序推断,齐夏猜测这一次回响的人是李警官。可"激发"是什么意思?想了很久,齐夏都想不到"激发"和凭空变出物品的联系。

"你接着说,后来呢?"齐夏问。

"再后来的回响比较有意思……隐约记得是个成语的前半句。"云瑶抬起头思索着,"是什么来着……?"

"啊!我想起来了!"云瑶笑着说,"是'探囊'啊!"

"探囊?"

"没错。"云瑶点点头,"就是探囊取物的'探囊'。"

齐夏默默地重复了几遍这两个字,心中慢慢浮起一丝不妙的感觉。这才是李警官的回响。可为什么不是"创造"?难道李警官的能力根本不是凭空创造出物品,而是将原有的物品取出?

这确实很抽象。换句话说,李警官只能拿出东西,而不是变出东西。他从终焉之地掏出金属打火机的时候,现实世界的打火机就会消失,此谓"探囊"。所以他在死前无论如何也不可能掏出三千六百颗道……除非他真的有这么多。

"看来得找个机会把这个消息告诉他……"齐夏喃喃自语地说,"要不然那个男人一定会不停地寻死。"

话又说回来……李警官和潇潇之间,为什么多了一个"激发"?这又是谁的回响?

齐夏感觉颇为疑惑,当初他刚刚来到终焉之地,对每一次钟声响起的时机都很在意。他记得潇潇的钟声之后紧接着就是李警官的。

"不对……"齐夏皱起了眉头。

在潇潇连续杀了乔家劲和甜甜之后,他曾因过度的头痛而晕厥了一小段时间,如果真的有一个回响者现身的话,只能在这一小段时间里。

可那是谁？齐夏略微思索了一下，随即摇了摇头。这城市中有数不清的人在各自进行着游戏，谁都有可能听到回响，不一定是他认识的人。

"最后一次就是我的熟人了。"云瑶抚摸了一下自己的脸颊，说，"是极道的人，其回响名为'因果'。"

"因果……"齐夏默默地点了点头，这就是江若雪口口声声挂在嘴边的逻辑关系。

纵观她的能力，似乎可以先确定一件事情的结果，然后创造一个符合逻辑关系的成因。她在修改铁盒中的密码时，也说过类似的话。因为铁盒当中的信就是开门密码，信是极道万岁，所以极道万岁就是开门密码。也就是说无论原先的密码是什么，只要江若雪发动了回响，那么箱子中无论写的是什么，都会无条件地成为密码。

这些回响听起来一个比一个诡异，但好在江若雪似乎有个缺点，若她无法想到两件事之间的逻辑关系，便不能使因果成立，最直观的一点就是她当时有心救齐夏，却亲口说她做不到，因为人受了重伤就会死，所以她也无法强行改变其中的逻辑。

"我以前可从来没有遇到过回响如此密集的开场。"云瑶笑了笑，"让我一度以为天堂口和极道提前进入全面战争了呢。"

"你们两个组织以前有过战争吗？"齐夏问。

"应该没有吧。"云瑶思索了一下说，"我不清楚，因为我曾经也丢失过记忆，毕竟大伙儿不可能百分之百在一个循环中获得回响，所以天堂口的人除了楚天秋之外，或多或少都失忆过。比如张山……他上一次几乎是猝死在了第二天的夜里，根本没有机会获得回响，但也没有关系，只要有一个人还记得之前发生的事，天堂口就不会倒下。"

虽然云瑶在笑，但齐夏从这句话中听出了一丝悲伤。

说起来天堂口应当是整个终焉之地最悲伤的地方，因为这里的人大多数存有记忆，他们清清楚楚地知道他们根本出不去。不知道他们经历了多久的思想挣扎，才最终愿意站在一起，慷慨赴死。

而那些没有回响的普通人则不同，每一次的经历对他们来说都是新鲜的,他们会认为自己刚刚来到这里,天真地以为一定有办法逃离。

或许这就是天堂口选址在学校的原因,因为他们要把记忆代代相传。

"那楚天秋的回响是什么?"齐夏又问。

"我不知道。"云瑶回答。

齐夏感觉自己听错了,又问道:"你说什么?"

"我说我不知道。"云瑶又重复了一遍。

"你不知道?"齐夏感觉这是一个非常诡异的回答。

"不仅我不知道,连楚天秋自己都不知道。"云瑶笑着说,"他回响的契机非常独特,只可惜每次回响之后必死,所以连他自己都不清楚他的回响是什么。"

"哦?"齐夏忽然想到了什么,开口问道,"难道楚天秋回响的契机也是濒死?"

"当然没有那么简单。"云瑶苦笑一声,"齐夏,楚天秋回响的契机是见证终焉。"

"见证终焉……"

如此说来,楚天秋的回响契机即苛刻又稳定。

他必须足够隐忍,在十天之内尽量不去参与任何游戏,一直等到终焉之日来临,在这期间,无论他有多少同伴死亡,他都只能置若罔闻。同时,他还要逃避极道的追捕,想尽一切办法让自己活下去。

"昨天你真的吓死我了。"云瑶说,"你那一砖头拍下去的话,几乎葬送了终焉之地所有良人逃脱的希望。"

"是这样吗?"齐夏还是感觉很疑惑。

如果楚天秋真如云瑶所说,那他绝对是个厉害人物。他来到这里两年,在七百三十天的时间里他至少经历了七十三次循环,每一次都活到了最后并保留了记忆。如此城府和手段,为什么会在昨天暴露出那么明显的破绽?

齐夏如果是极道的话,楚天秋已经死了。

"我还是小看了你……"齐夏自言自语地说。

几人在路边稍事休整了一会儿,随即前往下一个游戏场地。

"不好意思……我能不能去上个厕所？"乔家劲说，"憋好久了……"

"嗯……"齐夏扭头看了他一眼，面露尴尬地说，"那你换个地方吧，这里有女生。"

"当然、当然。"乔家劲点点头，随即钻入了一旁的小巷，剩下的三人只能原地等待。

正当齐夏心中盘算着如何才能完美复刻上一轮的经历，从而再次获得回响时，他看到了三个男人——"绿毛""金毛"和光头男。江若雪没有跟他们在一起，不知道在何处扮演什么角色。

在那三个人迎面走来的时候，齐夏的脸色变了。一看到光头男的脸，他就梦回老吕被杀的时刻，身上好几个位置都隐隐作痛。这个人不仅心狠手辣地杀死了老吕，还重伤了他。

云瑶见到齐夏的状态不太对劲，开口问："怎么了？你认识那些人吗？"

"我……"

光头男也在不远处用胳膊肘捅了捅"绿毛"："阿目，有人了。"

阿目微微一笑，径直走到了三人面前，开口说："朋友们！朋友们！"

"朋友？"云瑶笑着问，"你是谁？"

"我只是个苦命的路人。"阿目无奈地摇了摇头，"实在抱歉，你们身上有道吗？我们刚才不小心输掉了所有的道……"

趁二人说话之际，齐夏不动声色地环视四周。这里太空旷了，他们手边没有武器，附近更是没有可以借用的道具，既然如此又要怎么撂倒眼前的三个男人？

这可真是龙战于野，其道穷也。

"别紧张，我们不是什么坏人。"阿目说，"两位小姐姐看起来非常漂亮，我们可以一起坐下聊聊，我们的据点离这里很近的。"

他一步一步走上前来，一把就抓住了云瑶软嫩的手："美女，我阿目是出了名的专一，你不介意的话我们可以认识一下。"

光头男此时也摸了一下甜甜的胳膊。甜甜见惯了这种情况，甚至都没有躲避。

"可以啊,我可以借给你们几颗道。"云瑶将手抽了回来,点点头,转身去掏背包,"我们在这种地方活下去本就不容易,应该互相帮助的。"

甜甜听后有些不解,一脸疑惑地盯着云瑶。

正在齐夏思索之际,云瑶从包中掏出一瓶防狼喷雾,直接喷到了阿目脸上。

"啊——"

阿目根本没想到眼前这个长相甜美的姑娘会忽然出手,一不小心吸了一口那刺激性的喷雾,只感觉鼻腔中犹如着了火,一时之间眼泪喷嚏不停。

"你当我三岁小孩啊!"云瑶甩起背包抡在了对方的头上,紧接着又补了一脚,大叫道,"你自己输了道凭什么我给你买单?还大言不惭地要认识我,你知道我是谁吗?!"

甜甜呆呆地望着这一幕,一时间竟不知所措。

齐夏当机立断,一脚将阿目踢倒,紧接着拉着云瑶和甜甜,说:"不能纠缠,先走!"

他知道对方身上都揣着刀,真要拼起命来大家肯定会受伤。

"往哪走?!""金毛"顿时反应过来,从兜里掏出折叠刀。

光头男一个跨步上前,来到了众人身后,堵住了去路。

齐夏伸出手将云瑶和甜甜挡在身后,用余光扫视着左右两人。

甜甜紧张地从地上捡起一块小石头握在手中。

当下最麻烦的地方在于他们不可以受任何伤,因为在这里伤口得不到很好的处理,之后的处境会更艰难。

"你包里还有利器吗?"齐夏小声问云瑶。

"没了,剩下挖耳勺、指甲刀……"云瑶说,"这些能行吗?"

"挖耳勺可以。"齐夏说,"足够废掉一只眼。"

云瑶听后点点头,赶忙从身后将一根小挖耳勺塞到了齐夏手中。接过挖耳勺之后,齐夏感觉自己还是太乐观了。废掉对方的眼睛确实不难,可挖耳勺的攻击距离非常有限,当他把挖耳勺插入对方眼睛的同时,对方也一定可以将匕首刺入他的身体。

"'拳头'……你迷路了吗?!"齐夏咬着牙道。

"打残之后先拿道！"阿目捂着眼睛叫了一声，"挑断手筋脚筋让他们自己等死就行！"

说完，他睁开红肿的眼睛，也从口袋中掏出一把折叠刀。可他刚要上前，一只文着花臂的手却握住了他的手腕。

"靓仔，等下等下。"乔家劲说，"先听我说。"

阿目吓了一跳，立刻回过头来："你又是谁？！"

"别紧张，放轻松，我就是个'小拳头'。"男人微微一笑，然后抬起头来对另外二人招了招手，"都把刀放下啊，先听我说。"

阿目感觉不太妙，他分明从对方的笑容之中感受到了一股极度恐怖的气息。

阿目赶忙用力，想要甩开这男人的手，却发现自己的腕关节被非常巧妙地扣住，一动就痛。他咽了下口水，抬起头略带恭敬地问："你……你要说什么？"

"听我说，打架就好好打架，不要抄刀子。"

"是那个女人先动手的！"阿目恶狠狠地说，"我们好端端地过来问个话，她直接就动手了！这不给她点教训怎么能行？！"

此时的"金毛"和光头男也注意到了阿目的神色不太自然，便不再盯着齐夏三人，朝着乔家劲走去。

"你说那个靓女揍你了？"乔家劲点点头，"这还真是稀奇，她怎么没揍我呢？"

"你……你想找碴儿吗？"阿目咬着牙说，"你要真想动手的话我们也不怕你！"

光头男和"金毛"眼神一冷，举着刀子又往前走了一步。

"那可太好了，我正愁找不到理由动手呢。"

乔家劲伸出左手抓住了阿目的衣领，紧接着右手捏住对方的手腕用力一握，阿目便惨叫一声，刀子也脱手了。

光头男一个箭步冲上来，乔家劲一运力，竟然将阿目整个人提了起来，在空中甩了半圈之后，狠狠地扔向光头男。

光头男自知根本无法接住阿目，只能闪身躲避。阿目随即摔在了地上，后背完全着地，整个人摔得七荤八素。

光头男闪躲之后赶忙冲上去，拿着刀子横向一划。大多数人见到这种攻击都会后仰躲避，虽说可以避开致命一击，但也会露出很大的破绽。可乔家劲偏偏没躲，在光头男出手的瞬间他也向前一步，几乎钻到了光头男的怀中。

下一秒，乔家劲用左手的手肘撞向对方的右手小臂。阻挡了对方的攻击后，他紧接着又伸出右手手肘挥向对方的下巴。这种超近距离的格斗，手肘要比拳头好用得多。

光头男结结实实地挨了一肘，整个人刚要向后倒去。乔家劲又伸手抓住了他的衣领，把他拉了回来。

"我要杀——"光头男回过神来刚要大叫一声，乔家劲立刻化拳为掌，从下而上地拍在了光头男的下巴上。

光头男张开的嘴巴直接被强行关闭了，上牙和下牙撞在一起，霎时间发出巨响，这下他彻底没了动静，一仰头倒了下去。

乔家劲并未放松警惕，一个侧身，躲开了身后刺过来的尖刀，随后把对方的整个手臂夹在腋下，右手在下，左手在上，直接锁住了对方的胳膊。

"金毛"此时忽然意识到了什么，大叫一声："别……"

可他慢了一步，还不等他说完，乔家劲轻轻一撅，对方的手臂就脱臼了。

一声凄厉的叫声传了出来，"金毛"手中的刀子也掉落了。

乔家劲回过神，同样抓住了"金毛"的衣领，然后一个扫堂腿放倒了对方。

刚才还嚣张跋扈的三个人三十秒之内就全都躺在了地上，发出痛苦的闷哼。

"呀！你真的好厉害啊！"云瑶高兴地上前拉住了乔家劲的胳膊，"你是武术家吗？"

乔家劲不好意思地摸了摸鼻子，又回头看向齐夏："怎么样，骗人仔？我没骗你吧，我真的有一手。"

"是，我早就知道了。"齐夏点点头，"但跟我印象里有点差别，你怎么一直去抓对方的衣领？这是什么武功路数？"

"嘿……"乔家劲面露一丝尴尬的微笑，"哪有什么武功路数？我刚才方便的时候不小心弄到手上了……"

云瑶听后一顿，赶忙放开了拉住乔家劲的手。

……………

"绿毛"、光头男和"金毛"低头哈腰地站在齐夏等人的面前。除了光头男之外,那二人脸上都是谦逊的笑容。

"哎……其实是一场误会……"阿目笑着说,"原来是劲哥啊?我们居然跟劲哥动手了,真是有眼不识泰山啊……"

乔家劲一巴掌抽在了对方脸上,说:"好好道歉。"

"是是是!"阿目被抽了一巴掌,反而笑得更灿烂了,"各位大哥大姐,我们真的错了,要早知道劲哥有这身手,我们说什么也不敢找麻烦……"

啪!又是一巴掌。

"怎么?我没有这身手你就可以找麻烦了?"

"不不不……"阿目摆了摆手,"我们以后谁的麻烦都不找了,从此改过自新,绝对不再惹事了!"

啪!

"哎!"阿目被打蒙了,"不是……劲哥,我刚才说的话也没问题啊。"

"是,你没问题了,你的两个马仔呢?他们为什么不说话?"乔家劲问。

阿目捂着自己的脸,面露委屈:"他们不说话你打我干什么啊?"

啪!连续几个巴掌下来,阿目的两边脸颊都肿了。

"我错了错了!"阿目赶忙回头抽了光头男一个嘴巴子,"你们俩也给我道歉啊!"

"我不道歉!"光头男大喝一声,"刚才被打倒只是我的疏忽,阿目,我们为什么要怕他?这根本不像你的作风!"

"你小子!"阿目急得龇牙咧嘴,他知道刚刚乔家劲展露出来的身手十分了得——乔家劲面不改色心不跳,对付三个拿刀的敌人游刃有余,说明真实实力不止于此。

乔家劲看了光头男一眼,问:"你想怎么样?"

"单挑!"

"单挑?好。"乔家劲点了点头,然后来到了一处空地,活动了一下脖子,随后指着光头男说,"你,出来。"

光头男咬着牙看着乔家劲:"你以为你每次都会那么好运吗?!"

"出来。"乔家劲没回答,只是招了招手。

光头男也来了脾气,立刻脱下自己的上衣摔到地上,露出一身雪白、强健的肌肉。他看起来在健身房中下过不少功夫。

乔家劲微微一笑,也脱下了自己的上衣。光头男见状,缓缓咽了一下口水,感觉对方和自己并不在一个层次上。

虽说乔家劲的肌肉不如光头男的发达,但那栩栩如生的文身映衬着满身骇人的刀疤,让他显得格外骇人。他左边文着过肩龙,右边文着下山虎,后背文着一只龙鲤,正在汹涌的海浪之中辗转腾挪。龙鲤边,一行草书龙飞凤舞地由上而下排列——天地本宽,而鄙者自隘![1]

"光头佬,既然决定单挑,那就不是点到为止的事情了。"

---

[1] 出自明朝洪应明语录集《菜根谭》。

END
ON THE
TENTH DAY

中场休息

我叫
乔家劲

我叫乔家劲。

我说谎了。

我并不生活在广东,只是来找人而已,但对于我来说,在哪里都一样,毕竟在我替荣爷蹲完四年苦窑之后,砵兰街已经变成了我不认识的样子。

那天接我出狱的只有一个滚友①,帮里的兄弟一个都没有现身,荣爷也没有。这四年里只有九仔来过几次,但我也很久没见到他了。

"劲哥!这里!"滚友见到我出来,站在马路对面热情地跟我招手。

"你是?"我有点忘了在哪里见过他。

"滚友亮啊,劲哥。"

滚友亮,这种烂大街的名字我不知道听过多少,实在对不上号。四年前我就有一百多个小弟,小弟还有小弟,哪里记得这么多?

我只能假装认出了那人:"你怎么来了?"

"劲哥,我来接你。"他把我拉到了旁边一辆老旧的皮卡②旁边,"快上车,苦窑辛苦!我带你去嗨皮③呀。"

那一刻我不知心里是什么滋味。我替荣爷顶了罪,可四年来他未曾探望过我一眼。

可要问我后悔吗?我不后悔。

十一岁那年我和九仔拿着小刀捅死了一个地头蛇。要不是荣爷从九龙城寨④将我和九仔带出来,让我学打拳,给我们差事做,我们早就横尸街头了。四年的时间并不足以让我报恩。

荣爷和九仔应当很忙,我只能去帮里见他们了。

车子一直开往旺角,却并未进入砵兰街,反而在山东街转了

---

① 粤语,意为不务正业的人。
② Pick up 音译,是一种采用轿车车头和驾驶室,同时带有敞开式货车车厢的客货两用车型。
③ Happy 音译,自此处意为找乐子。
④ 中国香港特别行政区在殖民地时代位于今九龙城区的一座围城,于1993年被拆除。

半天，最终停在了一家面馆的门口。这是一间很小的面馆，我不太清楚来这里的目的。

滚友亮拉住手刹，回头对我笑着说："劲哥！你肚子饿了没啊？先吃点东西？"

"我不饿，带我去见荣爷。"

滚友亮打开车门走了下来，对我说："见荣爷也要吃得饱饱的，难道要让荣爷管饭呀？"

我拗不过他，只能下车走进面馆，这里空无一人，店家是个老汉。

"吃什么？"老汉没好气地问。

"随便来！"滚友亮笑道，"来招牌！"

我坐了下来，不禁感叹时代变化飞快，旺角的样子和四年前天差地别，不知道这条山东街是谁在管，还是烂牙仔吗？

店家老汉将两碗杂碎面端了过来，非常不客气地扔在桌面上，一时间汤水飞溅。我拿起筷子尝了一口——好吃，比苦窑里的东西好吃太多了。

我几乎全程都未咀嚼，将那些滚烫的汤面一股脑吞下了肚，这一刻我才感觉我真的活着。

将汤碗放下，我看到屋内有了其他客人，那几个人叼着牙签，始终在看我们。见到我吃完，那一桌四个人站了起来，来到了我们面前。

滚友亮感觉不对，立刻站起身来："呀……几位大哥……什么指教？"

"吃完啦？"领头的人笑着说，"在这里吃面要交吃面费，每人一百块。"

我抬头看了一眼老店家，他嘴中骂骂咧咧："整天就知道来，收收收，收了给你老妈上坟！"

虽然嘴上骂得厉害，但店家依然自顾自地洗碗，看来对这种情况已经司空见惯了。

"老不死的你说话当心点啊！"一个喽啰指着老汉说。

"怎样啊？！"老汉将手里的碗一摔，顺手抄起一把菜刀来，"搞我啊！"

"好了好了……"领头的人摆摆手，"我们已经收了保护费，按照规矩不能找他麻烦,今天就只收个吃面费。"

我确实有些不理解。时代是变了,变得我看不懂了。收店家保护费我尚能理解,可是保护呢?这些人如今不仅不保护,甚至还准备问食客要钱。

"你们跟谁的?"我问道。

"怎样啊?要找我大哥?"喽啰拍了一下桌子,"你算老几啊?你又是混哪里的?"

"我混哪里的?"

听到这句话我真的坐不住了,旺角是荣爷的地盘,这里居然有人不识得我吗?

见到我要起身,滚友亮赶忙拦住我:"别别别……劲哥,交给我,我能处理!"

只见他从口袋里掏出一把零钱,数出二百块,交给了对方,赔笑着说:"各位大哥见谅,我们吃完就走啦!"

那人收了钱,笑眯眯地拍了拍滚友亮的脸:"识相啊!"

我自知出来不足三个小时,还是不要惹事的好,况且强龙不压地头蛇,所以并未阻拦滚友亮,只能由他去吧。

可谁知那人收了钱并未走,又开口说:"饮汤费呢?你们不仅吃了面,还饮了汤,饮汤费每人五百块。"

"啊?"滚友亮赔笑道,"大哥,我们哪有那么多钱啊?能不能给个面子啊……下次收?"

我将筷子放下,缓缓站起身来,眼下的情况已经不是滚友亮能处理的了。

"劲哥劲哥!"滚友亮走过来拉住我,"我能处理……"

"做什么?要动手?"那人将滚友亮推到一边,对我说,"看你的眼神像是不服啊。"

"店家,一张桌椅多少钱?"我问。

"看你怎么用了。"老汉说,"你自己撞坏的收一万块,那四个杂种撞坏的不要钱。"

"那你可能要亏了。"

我根本没有料到放倒这几个人竟然只用了十秒,不,确切来说是八秒半。他们看起来像是从未经历过几十个人厮杀的实战。

难道这个时代只需要唬人就可以赚钱吗?

"大哥……别打了……"他们哀号着向我求饶,"我错了……你到底是哪条道上的?"

"我不管你们是谁的人,告诉你们大哥,砵兰街阿劲回来了,有什么问题让他亲自跟我谈,我照单全收。"

我看到滚友亮听到这句话后立刻露出慌乱的表情,我脑子不聪明,不知道他在想什么。

"阿劲……"老友听后愣了半天,"你是赌鬼荣手下的那个四二六红棍①?"

他露出了意味深长的表情,随即一句话未说,和其余几人站起来跑了。

"劲哥……惨了……"滚友亮着急地看了看那几人跑走的方向,回头对我说,"你回来的消息瞒不住了,快去大陆避一避吧!"

"避?"我十分不理解,"我有什么可避的?带我去见荣爷。"

难道我替荣爷蹲苦窑,蹲出罪过来了?我太笨了,根本想不通其中的缘由。

"你见不了荣爷了!"滚友亮着急地说,"劲哥,荣爷拿了帮里的钱,和九哥一起跑路了!"

"什么?"这句话像晴天霹雳一般钻入我的脑海,"荣爷偷了帮里的钱?"

"荣爷拿了两百万,现在全帮都在追杀他!"

听到这句话,我慢慢地坐了下来。鬼扯。九仔和荣爷在一起,他们怎么会做出这么傻的事情?

从我小时候起,荣爷就把一句话挂在嘴边:"阿劲,阿九,你们一人是拳头,一人是大脑,对我来说缺一不可。"

滚友亮见到我无动于衷,更是着急万分。

"劲哥!帮里已经没有你的位置了,现在话事人②是肥通,他向来和荣爷有过节,会要了你的命的!"

我从身旁拿起一瓶可乐,打开了瓶盖。

---

① 黑话,黑社会堂口的打手领班。
② 粤语,意为做决定的人。

"滚友亮，你走吧。"

"走？"

"接下来的事情是我和通爷的事，你待在这里会连累你的。"

我饮了一口可乐，常温，不好喝。

滚友亮沉默了半天，才缓缓站起身来。他给店家付了面钱，然后回身冲我鞠了个躬："劲哥，你以前帮过我，如果下辈子需要我的话，你讲一声……"

"好，走吧。"我摆了摆手。

滚友亮思忖了一会儿，从口袋里掏出一把折叠刀放在我的面前："劲哥，防身用的。"

"我打架从不抄刀子。"我摇了摇头，"拿走。"

"你拿着吧，劲哥，我没什么能帮你的了。"

看着他一步三回头地走出面馆，我的心里依然不能平静。

我真的好笨，究竟发生了什么事？

我和面馆老汉静静地待在一起，他洗碗，我饮可乐，谁都没有讲话。二十分钟过去，门口的街道上传来了车声，黑压压十几辆车停在了屋外，一大群面色严肃的人齐刷刷地冲了进来。

这些人我大多没见过，为首的男人我却认识。

冲哥，帮里的白纸扇①。他的脸上有一道从左额头到右下巴的狭长刀疤，很是显眼。他来到我的面前，缓缓地坐下，拿起另一瓶可乐。

"常温的。"我说。

"没关系。"他用牙咬开了瓶盖，咕咚咕咚地饮了好几大口。

他咬了咬嘴唇，看起来有苦难言。

"冲哥，来见我要这么大阵仗吗？"屋内挤满了几十个人，个个面无表情。

"四年前最凶狠的红棍，你一个人能够赤手空拳打翻三十七个人，不带这个阵仗怎么能行？"

"那么……是通爷有话对我讲吗？"

冲哥思忖了片刻，回头对众人说："你们去街上等着，没我

---

① 黑话，黑社会堂口的军师。

的命令不准进来。"

"是，冲哥。"

待到众人走后，冲哥深叹一口气："阿劲，你说你为什么要回来呢？"

"这里是我的家，我为什么不可以回来？"

冲哥一把抓住我的衣领，压抑着声音说："阿劲啊！我和通爷都有心放过你，可你大摇大摆地回来还打了人，你要让他怎么出面处理这件事？你可是叛徒的心腹啊！"

要说冲哥有心放过我，我尚可以理解，毕竟他以前也很照顾我，可通爷有什么理由放过我？

"荣爷不是叛徒。"我说，"这其中一定有什么误会。"

冲哥听后无奈地叹了口气，松开了手，然后从怀中掏出两样东西。左边是一张机票，右边是摩托钥匙。

"阿劲，自己选吧。去泰国，通爷有差事给你做，保证你下半辈子饿不死。要么骑上后门的摩托走，以后不要再露面了。"

冲哥好像是第一天认识我，居然让我选。

"两样东西我都不选，冲哥，我坐你的车。"我站起身来，向门外走去。

冲哥摇摇头，收起桌面上的东西，跟在了后面。

正要出门，我又想起了什么，对他说："冲哥，我没有钱，那两瓶可乐你付了吧。"

…………

帮里没什么变化，只是穿堂而过的马仔全都换成了通爷的人。我知道通爷喜怒无常，他常年和荣爷有摩擦，而我对他来说无疑是最大的眼中钉。

"通爷，阿劲来了。"冲哥敲了敲门。

"让他进。"

冲哥点了点头，站在门外打开了门，我跨步走入了房中。屋内光线昏暗，烟雾缭绕，隐约能听到佛珠的捻动声。

"通爷，阿劲啊。"我说。

"给二爷上香。"阴影处传来了通爷低沉的声音。

我点点头，来到一旁的关二爷像前，将三支香举过额头，恭恭敬敬地拜了三次。

"来。"通爷坐在暗处招了招手。

我来到通爷面前坐下，叫道："通爷。"

"嗯，阿劲啊……"通爷大腹便便地仰坐在沙发上，手中捻动着手串，"你在赌鬼荣手下做事的时候我就听过你，风头很劲的。"

"通爷抬爱了，我阿劲就是一个莽夫，只会打架。"

"瞎讲。"通爷有气无力地咳嗽了一声，"我听说赌鬼荣送你去学的都是国际上最流行的格斗技术，若不是这四年苦窑，你现在都是职业拳手了。"

"是，荣爷教我吃饭的本事，是我的恩人，阿劲永远忘不了。"

通爷听到这句话，捻动手串的指头停顿了一下，随即又说："可是阿劲啊，赌鬼荣犯了帮规，你说……这笔账要怎么算？"

我点点头，说："我不相信荣爷偷了钱，两百万可不是个小数目，他不会那么糊涂的。"

通爷听后冷哼一声，将手中的手串扔在桌面上，随后从阴暗处直起身，露出了他那臃肿的面庞。

"阿劲，不是偷钱，而是欠钱，他问我要了两百万，到了还钱的时候就跑路了。"通爷咬着牙说，"那个粉肠拿的不是帮里的钱，是我的钱啊……"

"什么？"

通爷看起来非常生气。他深呼吸了几次才慢慢平静下来，依然咬着后槽牙问："你说，该怎么算？"

"我的命能不能抵？"我问。

通爷没有说话，只是重新拿起了手串，闭着眼睛继续捻动起来。我等了几秒钟，通爷依然没有讲话，我想我明白了他的意思。

"多谢通爷成全。"

我站起身，从口袋里掏出折叠刀，退后了两步，抵在了自己的脖子上。可还不等我割下去，我的身后忽然冲出了两个人将我死死按在了桌子上。

我没料到这房间里还藏着别人。

"好小子，真有种。"通爷点点头，只见他干笑了几声之后又立刻沉下脸来，"阿劲啊……可是我取了你这条烂命有什么用？

我的钱呢？"

"通爷，我没用，拿不出两百万。"我被按在桌子上，咬着牙说，"这笔账你想怎么算？如何才能放过荣爷？"

"阿劲啊……阿劲，你可真够傻的。"通爷一伸手，旁边的人递过一支烟给他点上了，"你替赌鬼荣蹲了四年苦窑，出来之后依然要帮他挡刀，这又是何苦呢？"

"我说过了，荣爷对我有恩。"

"可他一直拿你当枪使，从来都不顾你的死活。"通爷吸了一口烟，严肃地问，"那个叫作滚友亮的粉肠既不是我的人也不是你的人，为什么偏要带你来旺角呢？"

"我……"我的脑海中想到了一些不好的念头，我居然在那个瞬间怀疑了荣爷。

"而你刚刚出来，身上又怎么会有刀呢？"通爷拿过我手中的刀，仔细端详了一下，"这刀仔仔细细地打磨过，锋利异常，足够杀人了。可是那个粉肠没想到你会这么傻，竟然想用这把刀杀自己。"

我不懂通爷的意思，只知道他说的绝对不是好话。他在冤枉荣爷。

"阿劲，我有一个办法，让我和赌鬼荣那个粉肠的账一笔勾销。"他挥了挥手，将那些按住我的人支开了。

我直起腰，活动了一下筋骨，问："什么办法？"

"你来帮我做事，我给你饭吃。"他见我没答话，又说，"我也可以让你去学拳，你有案底，成不了职业拳手，但我会推荐你去地下拳馆。赌鬼荣能给你的我都能给你，以后跟我吧。"

我略微愣了一下，说："通爷，我阿劲烂人一个，真的能抵得过两百万？"

"你可不是烂人一个。"通爷摇了摇头，"除了你，我去哪里找一个又能打又忠心的马仔？"

我好像明白了。原来之前的机票真的是通爷的意思。他不仅不杀我，居然还要收我？

"你在狱里四年，上下我都打点过了。"通爷继续抽着烟，用他那低沉的声音说，"这些年来没有任何人为难过你，是吧？"

确实如此，四年来没有人找过我的麻烦。

"通爷……"我向通爷深鞠一躬，"承蒙抬爱，但我的大佬是荣爷，只要他还在，我就不能认第二个大佬。"

通爷听后沉默了很久。他慢慢站起身来，身高只到我的肩膀，整个人却有一股迫人的气势。

"阿劲，我感觉我给足你面子了。"

"是。"我点点头，"通爷的大恩大德我没齿难忘，但我一直都把荣爷当父亲，他出了这么大的事情我不能不管不问。"

"好小子，你有种。"通爷伸出手在我脸上狠狠地拍了两下，拍得我生疼。

我和他之间隔着一个荣爷，又怎么可能认他当大佬？

只见通爷在我身边停留了一会儿，转身走到窗口，看起了风景。我始终捉摸不透这个男人的想法。

"通爷……那两百万到底是怎么回事？"

听到我的问题，通爷传来了难听的笑声："呵呵……要说现在道上的人可真是有趣，借钱的时候什么都答应，到了还钱的时候就开始哭惨了。"

通爷抽了口烟，继续用低沉地声音说："赌鬼荣骂我是魔鬼，是冷血怪。可是那个粉肠也应该换个角度想想，在他最无助、最需要钱的时候，是我伸出了援手。在所有机构都不会借钱给他的时候，是我借给了他。对他来说我并不是魔鬼，而是救世主。"

我听了他的话还是感觉不太理解，荣爷居然向通爷借钱，阿九没有拦着他吗？

"可是他怎么对待我这个救世主？他到处哭惨，说自己多么不易，借来的两百万也被骗走了，又痛斥我阿通多么冷血，想用帮中老家伙们的同情来解决他的困境。可他借钱的时候我们签了合同，所有的利息清清楚楚地告诉了他。现在他还不上，就是我的问题吗？"通爷越说越激动，整个人似乎都在发抖，"他以为我是什么人？那两百万有没有被骗走，我还不知道吗？"

听到这番话我低下了头，我不了解实际情况，更不敢妄加评判。

"通爷……我听说九仔跟荣爷一起走了，是真的吗？"

"是。"通爷点点头，"听说赌鬼荣想把阿九培养成下一个白纸扇，他可真够有野心的，手下养着一个红棍一个纸扇，真把自己当成龙头了。"

"阿九是我的兄弟。"我对通爷说，"我想去见他们，如果可能的话，我会让荣爷把钱还给你。"

通爷听到这句话明显有些生气。

"很好，你想走的话，就走走看。"通爷点了点头，之后又挥了挥手。

他身后的两个人慢慢走上前来，立在了我的面前。

"阿劲，你自诩四二六红棍，我觉得你是谦虚了。"通爷往后退了两步，坐到了沙发上。

"那通爷的意思是……"

"这两位是我手下的红棍。"通爷自顾自地又掏出一支烟点燃了，"不知道你们谁更狠？"

我微微一笑，瞬间抬起左脚踢中了其中一人的膝盖，他哀号一声跪下身，我又抬起右腿膝盖撞在了他的下巴上。电光石火之间，我又甩出右手打在另一个人的小腹上。趁他弯腰的空当，我抓住他的头发，狠狠地撞向墙面。

见到第一个人马上要起身，我放开了手，骑到了第一个人身上，使出乱拳朝他脸上打去。他终于反应了过来，开始屈起手臂护住自己的脸颊，可这对我没有用。

手臂的防御范围有限，我的攻击范围无限。他挡下巴，我便打太阳穴。他挡两侧，我就打鼻子。他一直在挡，我一直在打，拳拳到肉。

我比平时更加卖力，似乎想将这四年压抑的情绪全部发泄出来。

先前被我撞到墙上的红棍也清醒了过来，马上从身后抱住了我。可他没有立即调整好自己的架势，如果能第一时间锁住我的喉咙，说不定他还有胜利的希望。

我伸手一握他的手肘，朝反方向一扣，此时留给他的只有两个选择，要么松手，要么脱臼。可红棍毕竟是红棍，如果能屈服在力量之下，对不起这个名号。那人被我生生地脱掉了关节，却依然咬着牙，用另一只手扼住我的脖子。

我自知不能再继续用力了，否则他的手就废了。于是我放开了倒地之人，伸出手肘撞在了身后人的肋骨上，趁他走神之际，我又用后脑勺磕向他的鼻子。

他的鼻子刚刚撞在墙上，此时又被我的后脑击中，整个人痛苦不已，终于松了手。我回身一个扫堂腿，将此人撂倒，此时两个人全都倒地了。

趁他们还不能动，我将二人叠罗汉似的拽到一起，左右两侧分别露出他们的脸，然后我扑身压上去，左手一拳打左脸，右手一拳打右脸。

这世上的人好端端的，偏偏要有两张脸。你们都是人前一张脸，人后一张脸。能不能告诉我……到底哪一张才是你们真正的脸？！

荣爷，你骗了我吗？九仔，你也骗了我吗？

"够了。"通爷冷冷地说。

可我并未停手，我心中的苦闷太多了。

"我说够了。"

不知道打了多久，我才终于被人拦住。回身一看竟然是冲哥，我不知道他什么时候进来的，他此时正带着一众小弟拉着我。

我低头，发现那两个红棍已经被我打成了猪头。

"好小子，真够狠，一个人撂倒两个红棍。"通爷站起身，面容冷峻地朝我走过来。

"对不住，通爷。"我朝他低下头，面露愧疚。

通爷看着我，眼神非常深邃，我根本不知道他在想什么。他最终摆了摆手，背过身去。

"阿冲，叫他走。"

"是，通爷。"

我不明就里地来到了冲哥的办公室。

"阿劲，坐。"他抽了支烟，支开了左右的人，然后拉开抽屉，将一沓钞票扔在了桌子上。

"冲哥……你这是？"

"荣爷在广东，我给你地址，你去找他吧。"冲哥淡淡地说。

"什么？"我有点不明白，"不是说现在全帮都在追杀荣爷吗？原来你知道他的位置？"

"是。"冲哥点点头,"追杀他只是我放出去的障眼法。"

"可这是为什么?"

"阿劲,我知道通爷的心意,与其要那两百万,他更想要你这个人才,你能给他再赚一个两百万。可若我把这个消息告诉了通爷,出于江湖规矩,他必须要去杀了荣爷,到时候又要怎么收你?"

我微微皱了一下眉头,始终理解不了。

"所以这个消息只能拦在我这里。下一步该怎么做,只能等你见到通爷之后再做打算。"

"冲哥,你说通爷要收我,可我毕竟是荣爷的人……"

"阿劲,有过节的是两个大佬,你只是听命行事,通爷不可能不明白这点。"冲哥呼出一口烟,表情有些难过,"只是你让他失望了。"

我的表情忽然也有些黯然。

"冲哥,我是个笨人,认死理。荣爷一天是我的大佬,就一辈子是我的大佬。现在他跑路在外,我理应去照顾他。"

"你可能会后悔的。"冲哥咬着牙说,"有的人嘴上说得好听,背地里让你干的都是要命的差事。有的人看起来不近人情,却是真心想留下你这个人才……"

我很笨,但我不蠢。荣爷怎么可能要我的命?他让我学拳,就算手骨折了都要继续练,那是为了锻炼我。他让我一个人打三十多个人,他自己逃走,那是为了磨炼我。他让我和九仔抽签替他蹲苦窑,也只是为了测试我。

这些道理我都懂的。

"冲哥,替我谢谢通爷。"我打断他的话,站起身来,拿过了桌子上的钞票,"这笔路费我会想办法还给他的。"

见到我油盐不进,冲哥也来了脾气:"硬颈仔[①]……你去吧!你最好死在广东吧!"他坐在转椅上背过身去,怒气冲冲地挥了挥手,"赶紧滚。"

出门之前,我停下脚步,回身问道:"冲哥,通爷为什么这么认可我?"

[①] 粤语,意为固执、不听劝告的人。

我见到冲哥的背影继续吞吐着烟雾，他思索了好久，才终于淡淡地说："因为现在这个时代，很难找到你身上这么纯粹的江湖气息了。恩是恩，仇是仇，做的不是好事，可尽量当个好人。你很像我们的年轻时候。"

他从怀中掏出一条项链，头也没回地抛给了我。我接过来翻手一看，是一块小铜牌，中间刻着一个"通"字。

"若是你办完了事想回帮里的话，这东西能帮你，滚吧。"

我把铜牌揣进上衣口袋，向冲哥深深鞠了一躬。这世上对我有恩的人很多，等我报完了荣爷的恩，一定来报通爷和冲哥的恩。

第二天我就来到了广州。冲哥之前告诉我，荣爷现在住在一个还算高档的公寓里，知道他过得不错，我也能够放心了。

傍晚，我敲响了荣爷房间的门。那头隔了很久才传出动静，门缓缓打开后，我见到了他。

荣爷还是那个样子，和四年前相比毫无变化。

"阿劲？"他先是一愣，随即露出欣喜的表情，可接着又把欣喜压了下去。他短短一秒内变换了三次表情，看起来心情十分复杂。

荣爷把我让进屋子，这里的装修很简单，仅有一些必备的家具。屋内还有另一个人，我本以为是九仔，结果却是一个陌生女人。

"荣哥……这是？"女人问。

"静兰啊，阿劲。"荣爷说完之后又看了看我，说："阿劲，大嫂。"

我向那女人低了下头，叫道："大嫂。"

荣爷挥了挥手，让那女人暂且离开了。那女人走之前狐疑地打量了我一番，我也毫不示弱地盯着她。

我自小在荣爷身边长大，从不记得有这个大嫂。

"荣爷，九仔呢？"我环视了一圈，感觉这里住不下三个人。

"阿劲……"荣爷抽出一支烟，"阿九死了。"

心微微一颤，我希望是自己听错了，问："你说九仔怎么了？"

"我们逃来广东的路上，阿九被肥通的人砍死了。"荣爷深呼一口气，懊恼地低下了头。

什么？九仔被通爷的人砍死了？

我感觉自己的心头猛然跳了一下，像是丢了什么重要的东西。我的脑海之中闪过无数个片段，可那些片段就像空中炸开的花火，我想要伸手去抓住，却被烫得生疼。

记得十一岁的时候，九仔没心没肺地笑着对我说："阿劲，你有力气，我有头脑，咱们一起跟荣爷吧！"

现在"拳头"回来了，"大脑"却没有了。

荣爷和通爷给了我完全相反的说法，仅凭我自己的智慧，根本想不明白是怎么回事。

"什么时候的事？"我声音颤抖地问。

"十多天了吧。"荣爷摇摇头，"阿劲，我对不住阿九，也对不住你。你昨天出来，我没办法去见你。"

我缓缓地坐下，感觉大脑之中一片空白。

到底是怎么回事？我感觉一切都有些奇怪，可我说不出问题所在。

荣爷骗了我……还是通爷骗了我？这个时候……若换成九仔，他又会怎么做？

我实在是太笨了。

"阿劲，苦窑辛苦。"荣爷说，"你今天在我这里休息一下吧。"

"今天？"我摇了摇头，说，"不止今天，荣爷，我还想继续跟你。"

"跟我？"

我点点头。

"是，就像十多年前那样。"我说，"你是我的恩人，我还没有报答你的恩情。"

荣爷微微一顿，烟灰掉在了地上。

"阿劲，别想了，我带你下楼吃点东西。"他站起身，披上他的外衣。

我跟着他走出了屋门。

我们在街边的小店点了啤酒。荣爷很沉默，我也很沉默。

几瓶啤酒下肚，我心里有些压抑。我很想念九仔，那是我的兄弟。没想到四年苦窑过后，连他的最后一面都没有见到。

想到这里，我打开了一瓶啤酒洒在了地上，敬我的兄弟。

荣爷见到我的表情，无奈地摇了摇头，然后站起身来买了单。他似乎想要说点什么，可半天都开不了口，此时看到了一旁的录像厅的招牌。只见他思索了半天，开口说："阿劲啊，我带你看场电影散心吧。"

那是洋鬼子拍的电影，叫《终结者》。

我这辈子从来没有看过这样的电影，后来又想了想，我也没有钱看电影，但这不妨碍我喜欢《终结者》。

它太震撼了，震撼到我一度忘记了九仔的事情。一直到电影结束，开始黑屏出英文的时候，我都迟迟不愿起身离开。

若九仔能看到这个该多好？他那么聪明，一定可以告诉我这些机器人是怎么制造出来的。可惜九仔再也看不到了。

"阿劲，我想金盆洗手了。"

荣爷的声音从我一旁传来。

"什么？"我扭头看他。

"我年纪大了，不适合这样下去了。"荣爷摇摇头，"你走吧。"

"走？"我眨了眨眼睛，"荣爷，你要我去哪里？"

"别走这条道了，去哪里都行。"他苦笑了一下，说，"这天地是很大的，还记得吗？天地本宽，而鄙者自隘。"

我怎么会不记得？那是我后背的字。

"我可以不走这条道。"我回答说，"只要能跟着你，让我走哪条道都可以。"

荣爷面色一变，懊恼地说："阿劲，我不需要有人再跟我了，我的钱够我花到老死了！你是在拖累我，知不知？！"

"我……"我被荣爷的一番话说得很难受。

可能是我喝太多酒了，毕竟以前我没这么难受过。荣爷不再需要我了，九仔也不需要我了，我成了飘浮在半空的拳头，没有了身体和大脑。

我该落在哪里？又该安放在哪里？

"我知道了。"我点点头，感觉眼睛和鼻子有些难受，"荣爷，我不会给你添麻烦的，明天天亮我就走。"

回到荣爷家中，我躺在沙发上始终难以入睡。

到底怎么了呢？为什么一切都变了？那个"傻大脑"，"拳头"不在，他不会跑吗？为什么要搭上自己？平时的聪明才智都去哪儿了？

我看你根本不是"大脑"，你就是个傻子吧！

我越想越难受，夜越来越深，我却再也静不下心来了，只要一闭上眼，九仔的脸就浮现在我眼前。他曾经那些如同放屁一样的废话，此时我却记得分外清楚。

"阿劲，你要是没有我这个'大脑'，你该怎么办？"

"阿劲，你平时得多笑笑，现在看起来跟块木头一样。"

"阿劲，你记得穿上衣啊！怎么又这样出来了？"

"阿劲，保护我啊！我丢！'大脑'被打坏了，你也就变傻了！"

"阿劲，如果有一天我不在了，你就再找个'大脑'吧。"

"阿劲，若是找不到'大脑'，你就多笑笑吧，至少做个笑死鬼。"

我摸了摸自己的脸颊，竟然流下了东西，冰冰凉凉。

"我丢……"我苦笑一声，想要活在这世上真的很难。

想到这里，我翻身而起，从冰箱里拿了一瓶啤酒，轻轻打开房门，来到了天台。

"阿九，你是因为早就知道活着这么辛苦，所以才会一直笑的吗？"

我坐在天台边缘，两只脚垂在外面。看着楼下璀璨的霓虹，此时此刻我好像脚踏整座城市，心中有着说不出的自由。

我饮了一口酒，又往地上倒了一口酒。

凌晨的微风吹得我身上冰凉，我又忘记穿上衣了。

"九仔，今天我们喝个痛快。"

"哎呀！"我身后忽然传来一阵惊叫，吓得我差点跳楼。

我稳住身形回过身去，看到地上瘫坐着一个大婶。她的左手拿着一支扫把，右手拿着一沓黄纸。

她颤颤巍巍地看着我，仿佛看到了什么极度恐怖的东西。

我感觉不太妙，立刻翻身下来，前去查看她的情况："大婶，你没事吧？"

"你……你……"大婶皱了皱眉头，可表情很快冷静下来，"年轻人，你要吓死我啊？！"

"我只是坐在这里喝酒，怎么会吓到你？"

"你！"大婶气急败坏地指了指我的身后，"你的文身啊！谁让你这样文的？！"

我似乎意识到了什么，说："大婶你放心，我有文身，可我不是坏人。"

"谁说这个了？"大婶站了起来，拍了拍身上的土，"你说你文什么不好，非文一行字，我还以为见鬼了呢。"

我的大脑当中忽然之间闪过了什么。

"大婶……你还见到过其他人背上也有一行字？"

"可不是嘛……"大婶蹲下身子，在地上铺开黄纸，"之前有个小伙子背上的文身和你背上的很像，他上周在这儿跳楼了。要不是你俩长得不一样，我还真以为自己见鬼了。"

"你说什么？！"

"怎么？我大半夜的特意来骗你吗？"大婶将黄纸小心翼翼地分散开，然后从怀中掏出一个打火机，"今天是那小伙子的头七，我虽然是个扫垃圾的，但该讲的规矩还是要讲。"

只见她点燃了黄纸，双手合十，嘴中默念："我只是个扫地的，无意打扰，冒犯莫怪，冒犯莫怪……"

摇曳的火光在凌晨晃动，映衬着我犹如一潭死水般的眼神。

"大婶，别烧了。"我面无表情转过身子，将后背上的文身展示给她，"你仔细看看，确定他的文身跟我的很像吗？"

大婶不耐烦地看了我一眼，说："像啊，当然像，就是字不同嘛。你这是天地本什么东西的，他那是风啊花啊的，字数比你多一些。"

听到这句话，我的心彻底死了。

"唉，警察说那个小伙子根本就不是这楼上的住户，你说他好端端的为什么非要在这儿跳楼呢？搞得我——"说完之后大婶自知失言，拍了三下自己的嘴，"呸呸呸！讲错话了，莫怪莫怪！"

我算是明白了。

九仔七天之前在这里跳了楼。荣爷骗了我！

我扭过头，看向天台的边缘，似乎看到九仔的影子站在那里。

他赤裸上身，后背同样有一行龙飞凤舞的草书——风花雪月本闲，而扰攘者自冗。

"可你为什么会跳楼呢？"我问。

九仔的影子苦笑一声，说："阿劲，你带着我的笑容活着吧。"

我眨了眨眼，那个影子就消失了。

我不知道是我今夜喝了太多的酒，还是九仔的魂魄真的回来了，那一刻我仿佛真的见到了他。他的表情非常难过。

我了解九仔，若他被人砍死，不会露出这副难过的表情，他只会嚣张地叫我帮他报仇。

可他为什么这么难过？原因只有一个，他根本不想死。

我学着九仔的样子，露出那副没心没肺的笑容，试图站在他的角度思考。

"这一次，把你的大脑借给我。"

以前有荣爷和九仔在，根本不需要我自己动脑，可现在不同了。通爷追杀荣爷，目的是什么？是要钱——所以通爷不可能下杀手，否则人财两空，他是最大的损失者。更何况追杀这件事是交给冲哥办的，而冲哥想替通爷收了我——他就算探查到了荣爷的位置，也没有派人直接杀死荣爷。

所以……追杀这件事根本就不存在，九仔被砍死更是无稽之谈。

我抬起头来望着月亮，问道："出于道义或是其他考虑，你想让荣爷把钱还给通爷，对不对？"

天空之中安静无比。

"荣爷不仅不听，还以为你要反他，对不对？"

我再次问月亮。

"你根本就不知道荣爷要杀你，所以毫无防备地跟他来了天台，对不对？"

那月亮看起来毛茸茸的，隐藏在凌晨的薄雾中。

我坐在荣爷的床边，轻轻地拍了拍他。他慢慢地睁开眼，低声问道："阿劲？怎么了？"

"荣爷，出来一下吧。"我看了看一旁熟睡的大嫂，同样低声说，"我有事想要问你。"

走到客厅中,我刚要出门,忽然又想起了什么。天台上很冷,我要穿上我的上衣。

我明明记得上衣挂在衣架上,可我是在沙发上找到它的。

我披上上衣,来到天台等荣爷。荣爷耽搁了一会儿才上来,看起来没有睡醒。

"怎么了?阿劲,这么晚。"他裹着一件睡衣,吸了吸鼻子,"遇到什么难事了吗?"

"是,我遇到一件很难很难的事。"我咬了咬牙,问道,"荣爷,你为什么需要钱?"

荣爷顿了一会儿,说:"我说过了,我想金盆洗手,要给自己留点棺材本。"

"那你为什么要去借通爷的钱呢?你自己的积蓄应该也够养老了。"

他又沉默了一阵,说:"事到如今,我也不怕告诉你了,阿劲,我拿帮里的钱去澳门,输了八十多万。"

"是吗?"我默默低下了头。

上一次荣爷输了钱,被三十多个人砍,是我替他摆平的。这一次我不在,谁能替他摆平呢?

"在这件事暴露之前,我必须想办法填上帮里资金的缺口。"荣爷淡然地说,"我不管问谁借钱都还不上,所以只能选择跟我有过节的肥通。"

"你偷帮里的钱去赌,九仔没有拦着你吗?"我问。

"阿九……"荣爷的眼神飘忽不定,"要不是阿九……我那天在澳门早晚可以回本!都是他不让我赌!他算是个什么东西?"

我的心里狠狠一痛。

他是什么东西?他是我的兄弟!

"阿劲,阿九绝对被肥通收买了!"荣爷咬着牙说,"我借钱的时候他就一直阻拦,借到了之后又让我尽快归还,我为什么养了这么一个吃里爬外的东西?要不是我,他能活到现在吗?"

我点点头,问道:"你说九仔一直都在劝你还钱,那他是在天台劝你,还是在家里劝你?"

"家里有那个女人,这种事情我叫他不要说!所以只能在天——"他语塞了。

我的眼睛很难受,好像有东西要流出来。

"荣爷,九仔在逃亡广东的路上就被通爷砍死了,他却来这里劝你还钱。"

我捂着额头,感觉自己非常难过。

这四年之间的每一天,我都在幻想着与荣爷和九仔重逢,可我从未想过等待我的会是这样的结局。

我还未说什么,忽然感觉小腹一阵冰凉。有什么东西刺入了我的腹部。

我条件反射般地伸出右手捏住对方的喉结,左手往下一按扼住对方的手腕。

可是这里哪有别人呢?能够刺中我的只有荣爷。

荣爷的眼睛瞪得很大,看起来很愤怒。可他刺中了我,为什么会愤怒?

而我捏住他喉结的手指也在颤抖。这到底都是为什么?

荣爷缓缓地从他的口袋中掏出一条项链,那是一个铜牌,上面写了一个"通"字。

"静兰说得没错……阿劲,连你也卖我?"

我盯了那个铜牌好几秒,才终于认出那是什么东西。

"你身上带着肥通的牌子,这次来是取我人头的吗?!"

我浑身都没了力气,两只手渐渐都放开了。这条命是荣爷的,他想要,我还给他。

我慢慢地移开了荣爷握住匕首的手,然后用自己的衣服擦了擦匕首上的指纹,最后将匕首拔出来扔在了地上。

我没有再看荣爷,反而一步一步来到了天台旁边。

九仔的影子又出现了,他和我肩并肩站着。

"阿劲,你不带着我的笑容活着了吗?"他问。

"我很难受,我笑不出来。"我的眼睛里有什么东西一直都在往外流,"九仔,要是有下辈子,那时我再笑吧。"

不等我跳下去,整个天台忽然之间剧烈抖动了起来。我本想稳住身体,可仔细想想没什么必要,于是纵深一跃,向下跳去。

就在这时,荣爷跑过来抓住了我的手腕。我如同一个秋千一样的在半空之中晃动,随后茫然地抬起头,看了看荣爷。

他在哭。

"阿劲……究竟为什么……为什么你们都要卖我?!"他的眼泪落到我的脸上,让我感觉很不舒服。

我不想回答这个问题。我以为我是来报恩的,可是我太笨了,让荣爷误会了。

"荣爷,松手吧。这样我就是摔死的,和你没有关系。"

荣爷抓着我的手号啕大哭,我不知道他在想什么。

"荣爷,你的恩我报完了。"

剧烈的晃动之中,荣爷最终还是松了手。

我只感觉自己撞在了一块巨大的广告牌上,浑身的骨头都好像断了。

假如真的有下辈子,我要先找到九仔,然后回去给通爷说声谢谢。我想我误会通爷了。

如果能再选择一次,我可能不会替荣爷蹲苦窑,这样一来九仔就不会死,我也不会死。

不,如果真的能再选一次,我想回到十一岁那一年。我会抢下九仔的刀子,教他不要杀死地头蛇,这样我们就能拥有正常的人生了吧?

…………

当我再次醒来,依然理解不了眼前的状况。

这都是什么?拍电影吗?那些穿着时髦的男人女人,那个戴着面具、穿着西装的男人,他们是谁?

"早安,九位。"那个面具人说话了,"很高兴能在此与你们见面,你们已经在我面前沉睡了十二个小时了。"

如果真的是拍电影,应该跟终结者好好学一学,他的服装道具实在是有点破烂。

可是接下来我该怎么办呢?我太笨了,理解不了这个地方。他说的话我听不懂,大家的问题我也听不懂。

"阿劲,如果有一天我不在了,你就再找个'大脑'吧。"

"阿劲,若是找不到'大脑',你就多笑笑吧,至少做个笑死鬼。"

是啊，关键时刻还是听九仔的吧，他的计策从来都没有错过。为了让自己显得更加迫人，再加上通爷的那句口头禅怎么样？

"冚家铲，我不管这里有几个人……"我拍了一下桌子，指着面具男恶狠狠地说，"粉肠，我劝你识相点，你可能不知道惹了我有多么严重的后果，我真的会要了你的命。"

幸亏他们不了解我，要不然一眼就能看出破绽。我以前从来不会说"冚家铲"和"粉肠"，我也从不想杀人。在找到我的"大脑"之前，我就这样假扮下去吧。

我是乔家劲。

我要开始说谎了。

第 5 关

人龙·跷跷板

齐夏、甜甜、云瑶三个人纷纷扭过脸去。

眼前这一幕实在不忍直视，说得好听一点叫单挑，说得难听一点就是单方面的碾压。那个光头大汉在乔家劲面前就像个刚刚学会走路的孩子一样，毫无招架之力。

齐夏感觉乔家劲每次打架的时候似乎都会变成另一个人，之前第一次进入天堂口的时候就是这样，他的眼神总是会忽然冷峻下来。

"大……大哥……"阿目被吓得结结巴巴，他现在终于知道对方的实力和自己的差距有多大，"别打了吧……再打下去他真的要死了……"

乔家劲停了手，那光头大汉站在原地摇摇欲坠，脸已经肿成了猪头。

"道歉。"

光头男迷迷糊糊地伸出手，仿佛在作揖，然后用完全肿了的嘴唇说："对不起……"

阿目和"金毛"赶忙跑上前来扶住他，眼中满是惊恐。

"滚吧，以后别让我再见到你们了。"乔家劲摆了摆手。

阿目和"金毛"点点头，转身就要带着光头男离去。

"不能走。"齐夏眼神一沉，喊住了三人。他知道这些人的品性，如果走了极有可能再去杀人。

乔家劲疑惑地回过头："怎么了，骗人仔？"

"这些人是祸害。"齐夏说，"绝对不能放走。"

说完，他便从地上捡起了一把折叠刀，缓缓地走上前。

乔家劲皱了皱眉头，伸出一只手挡住了齐夏："骗人仔，把刀子放下。"

"你说什么？"

"我说把刀子放下，打架就是打架，不要动刀子。"

乔家劲自知就是因为十一岁时动刀子杀了人，他的人生才活成如此模样。

齐夏的眼中闪过一丝杀气，可他还是沉住气，扭头看向乔家劲：

"他们比你想象中的还要心狠手辣,绝对不能留。"

"你真的想好了吗?这可是在杀人。"乔家劲低声说。

"他们还会回来的。"齐夏说,"我现在杀了他们只是希望接下来的九天没有人打扰我。"

"那也不行。"乔家劲始终捏着齐夏的手腕,"骗人仔,该教训的我都教训过了,你如果觉得不解气,可以再去补上几脚,但你不能杀人。"

"你……"齐夏顿了顿,他发觉乔家劲的眼神很认真,不像是在开玩笑。

"不管他们能不能回来,你一旦开始杀人,就再也回不去了。"乔家劲从齐夏的手中缓缓地接过刀子,"'他们很危险,我要杀掉他们',这个想法本身就极度危险,我们是人,不是动物。若你习惯了这个想法,便不可能回到正常的世界去了。"

齐夏听后慢慢地闭上了眼睛。

想来也是讽刺,在上一次循环中,他还用"你觉得谋道害命可不可行"这个问题来试探乔家劲,在得知乔家劲拒绝杀人之后,才放心地和他成为队友。仅仅几天的时间,齐夏的心态已经发生翻天覆地的改变了。

正如乔家劲所说,一旦习惯了杀人这个想法,他便彻底融入了终焉之地,与那些生肖无异。倘若有朝一日能够回到现实,他也注定要背负着人命债活下去。

"乔家劲,就算我们不杀人,也总会有人杀我们。"齐夏冷冷地说,"你身上背负着道义,可并不见得所有人都背负着你这种道义,当这里所有的人都觉得杀人是一件正常行为的时候,我们又要怎么办?"

"交给我,我能处理。"乔家劲说。

"你能处理到什么时候?"齐夏表情有些黯然,"若是你死了呢?"

"我……"乔家劲叹了口气,脸上也露出了无奈的表情,"骗人仔,我不如你聪明,所以想不了那么远,我只知道现在你不能杀人,我不同意。"

事情仿佛进入了僵局。平时看起来最牢不可破的一对搭档,此时竟然有了分歧。

一旁的甜甜面带悲伤地看着这两人,她知道他们谁都没有错,只是快被这里逼疯了。在这种地方,到底要不要把自己当成人?想到这里,她缓缓走上前去,从乔家劲的手中拿过了刀子。

"我有个主意。"甜甜说。

两个人扭头望向她,不明所以。

"我去杀。"她轻柔的声音缓缓响起,"你们不需要纠结了,我去杀人就行。"

"什么?"乔家劲一愣,"靓女,这不是谁去杀的问题!你想当杀人犯吗?"

"我无所谓。"甜甜摇摇头,"这可能就是我存在的意义。毕竟我就算回到现实世界中,也依然要过暗无天日的生活,仔细想想,我最好的结果就是死在一个没有人认识我的地方,这样的话……没人会同情我,也没人会笑话我。"

齐夏眨了眨眼,感觉事情好像有点朝着不好的方向发展了。

"所以啊……"甜甜苦笑了一下,"我并不在乎自己是不是杀了人,你们让我去杀谁都没关系,只是出去的时候不要带上我。"

说完她就朝着那三个人走去了。

阿目摔伤了腰,"金毛"胳膊脱臼了,光头被打得头晕眼花,他们不知道齐夏等人在讨论什么,只看着甜甜举着匕首朝他们缓缓走来。

"阿、阿目,好像不大对啊……""金毛"开口说,"她是不是要杀我们?"

"不……不会吧?"阿目愣愣地说,"我们道了歉也挨了打……况且我们根本没伤人啊……没必要吧?"

"要不要跑啊?"

"可是……"阿目看了看乔家劲,如果他真的想要了结自己性命的话,他们拖着重伤的身体又能跑到哪儿去?

甜甜已然来到他们面前,举起了刀,她的手哆哆嗦嗦,整个人的状态看起来非常糟糕。

"大……大姐……"阿目咽了下口水,"你到底要干吗?"

"我只是想为信赖我的人做点贡献。"甜甜哽咽着说,"对不起。"

手虽然抖，可她似乎下定了决心，握着匕首朝阿目刺了过去。就在这时，齐夏一把将她拉了回来。匕首掉在了地上，阿目也紧张地摔倒在地。

"算了，甜甜……"

齐夏的心中非常纠结，他将甜甜拉到身旁，发现这个姑娘浑身都在发抖，她害怕得不得了。

是的，这可是杀人啊。对方的眼睛死死地盯着你，你却要把刀子捅入他的小腹。

"已经够了。"齐夏说，"不需要这样。"

他将甜甜扶到一边，看了看眼前吓坏了的三个男人。这三个人都受了很重的伤，接下来的几天想要闹事都不行了。

"今天算了，你们好自为之吧。"

李警官看了看身旁的金元勋和"小眼镜"，又看了看另一侧的章晨泽，心里有些打鼓。虽然他和章律师短暂地组过队，但说白了这三个人他都不太熟悉。那个叫作楚天秋的人安排他们一起参加游戏，到底是什么打算？

"李先生，听说您是警官？""小眼镜"问。

"是。"李警官点点头，"在这里遇到警官，是不是很讽刺？"

"那倒没有。""小眼镜"非常礼貌地摇摇头，"在这里我们都是一样的人。"

"那你是做什么的？"李警官问。

"我是教书育人的。""小眼镜"说，"咱们都是很辛苦的行业，所以我很理解您。"

李警官听后点点头。"小眼镜"身材精瘦，一双眼睛炯炯有神，有些看不出年纪。

"原来你是老师吗？"

"是。""小眼镜"点点头，二人随即没了话。

李警官无奈地叹了口气，要不是那个叫楚天秋的如此安排，他更想跟韩一墨一起行动。若是不能守着那个家伙的话，他有可能会害死身边的人。

章晨泽此时看了看金元勋，那个少年似乎边走路边发呆，看起来有些好笑。

"你是学生吗？"她问。

"呀……我？"金元勋尴尬地笑了一下，"姐，我确实是学生。"

章晨泽发现这个初中生大小的少年眼神里有一股成年人的深邃。

四个人非常尴尬地聊着天，很快就来到了一个游戏场地，门口站着一个戴着缝合面具的怪物。

李警官盯着面前的怪物，不由得挠了挠头。与之前见过一面的人龙一样，眼前这人的面具也是用许多动物皮肤拼合而成的，可看起来又与人龙的不太一样。之前见过的人龙面具，是用牛和鳄鱼的面部拼成的，眼前人的却是用马头和蛇皮拼成的，他身材非常瘦弱，同样在面具上粘贴了一对鹿角。

"各位好。"那人开口说话了，听声音是个女人，"要参加我的游戏吗？"

李警官上一次被人兔害死，听到女裁判的声音不由得有些忌惮。

"小眼镜"看了看眼前这人，又掏出怀中的地图看了看，面色有些犹豫。他们此行的目的地是楚天秋安排的，可为什么见到的是这么个怪物？

"金元勋啊，我们会不会走错了？""小眼镜"把地图拿到金元勋眼前，"你帮我看看。"

金元勋拿来地图看了看，感觉方向没错，可地图上的这个地点分明写着人虎，并且附了几十个字的攻略。眼前的怪物哪里像虎？

"我是人龙。"那女人说，"免费游戏，有人要玩吗？"

四个人面面相觑。她居然是人龙，只不过她的面具跟之前见过的人龙的面具并不是一个风格。

"也难怪……""小眼镜"点了点头，"楚先生说这里的游戏都是按照十二生肖分类的，所以遇到龙也没什么奇怪，毕竟都在十二生肖之内。"

剩下三个人点点头，除了李警官外，其余三人都未能保留记忆，所以只能按照楚天秋的指挥行动。

可就算是保留了记忆的李警官，也是第一次见到龙类的游戏。现在地图出了差错，他有些犹豫要不要参与游戏。

"我觉得没必要冒险。"李警官说，"地图出了差错，就说明楚天秋给的攻略也行不通了，咱们还是回去吧。"

"可道不要。"金元勋说。

"什么？"

"哥，道一个不要。"金元勋解释道，"门票那样不要，不亏的啊。"

"小眼镜"皱了皱眉头，明白了金元勋的意思。

这是免费游戏，也就是说最差的情况是不赚不赔，若是赢了，更能给组织做点贡献，毕竟楚天秋还说过，人级游戏大部分是安全的。

可龙类游戏的内容是什么？

"小眼镜"忽然想到了什么："对了，警官，楚先生说你是回响者？"

章晨泽听后一愣，跟金元勋面面相觑："回响者……那是什么？"

"我确实是回响者。"李警官点点头，"但恐怕要让你们失望了，我很早就被淘汰了，所了解的东西也非常有限，并不知道龙是什么。"

"原来是这样……""小眼镜"点点头，对三人说，"目前只有两个选择摆在我们眼前了，要么打道回府，拿上另一份地图再出发；要么在这儿赌一把，可这不是我一个人的事情，所以要和你们商议一下。"

李警官想了想，说："投票表决，有人决定回去吗？"

见到没人举手，李警官自己举起了手："我个人建议从长计议，贸然参加未知的游戏有点冒险。"又等了几秒，发现众人都没答话，他悻悻地放下了手，又问，"那么有人决定要参加这个游戏吗？"

金元勋举起了手。"小眼镜"思索了一下，也举起了手。

众人扭头看向章晨泽，她始终没表态。

"我弃权。"章晨泽说，"在没有详细的情报时，我不会贸然做出任何选择。"

"没关系,已经有结果了。"李警官点点头,"既然我们是一个队伍了,那少数服从多数,我们去人龙的游戏碰一碰,就算失败了,也争取带一份攻略回去。"

三人纷纷点了头,向人龙走去。

在他们走进那栋建筑的时候,人龙关上了门。可下一秒,整栋建筑在街道上陡然消失了。仿佛这里本来就是一片广场,什么都没有。

天堂口。

楚天秋坐在一个昏暗的房间中,四周的架子上摆满了沾染血迹的动物面具。他嘴里轻轻哼着古典音乐,拿手指打着节拍,看起来心情非常好。

没过多久,他睁开眼,看了看桌面上的国际象棋棋盘,上面摆着黑色的棋子和一些破旧的塑胶玩具。他将四枚兵卒拿起来,轻轻地放在一个怪兽玩具面前,自言自语地问:"屠龙者们,机遇已经摆在这里了,你们要选择怎么死?"

说完他笑了一声,又看了看怪兽玩具的身后,那里放着另外四枚棋子:一个王,一个后,一个马,一个象。这四枚棋子外加之前的四个兵将塑胶怪兽左右围住,形成了围剿之势。

"齐夏,你说这是为什么呢?"楚天秋闭上眼睛,"为什么棋盘上始终只有一个王呢?"

放走了那三个人,齐夏的表情依然有些凝重,他问:"我们接下来去哪里?"

云瑶听后从怀中掏出了一张地图,那是出发之前楚天秋给她的。她仔细看了看之后,说:"距离这里不远,有个虎,要一起去看看吗?"

"人虎吗?"齐夏问。

"是的。"云瑶点点头,"进入终焉之地的前几天,楚天秋很少会安排人进入地级游戏,毕竟要保存实力,后面几天才是重头戏。"

"哦？"齐夏一顿，"为什么？"

"因为经历过前期的磨炼，回响者们逐渐复苏，那时候进行地级游戏要容易得多。"

"原来如此。"齐夏点点头。

"但也有特殊情况。"云瑶说，"虽然说楚天秋并不在意道，但为了让天堂口招纳厉害人物，每次也都会有强者带队，在前期参与获得道的游戏。"

齐夏想起自己第一次见到张山的时候，他便带着老吕和"小眼镜"参与了地牛的游戏。

"既然如此，我们去人虎那里看一看吧。"齐夏点点头，"我还从未经历过虎的游戏。"

乔家劲此时也洗去了阴霾，变得开朗起来："骗人仔，虎听起来就适合我有没有？"

"是，有。"齐夏点点头，无奈地瞥了一眼乔家劲，"你厉害得不得了，但你能不能先把上衣穿上？"

乔家劲这才发现自己还光着上身，他在与光头单挑的时候把衣服摔在地上，至今都没捡起来。

"失误了。"乔家劲尴尬地笑了一下，走到一旁捡起自己的上衣穿上了。

…………

众人走了十几分钟，跟着地图拐入了一个非常隐蔽的小巷，才终于看到一个生肖。可那根本不是虎，是比虎更可怕的东西。

"是龙……"齐夏眯起眼睛，喃喃自语地说，"这是怎么回事？"

云瑶此时也有些不解。

"咦？是人龙？"她低头确认了一下自己的地图，上面分明写着"人虎"。

齐夏拿来地图看了看，地图画得虽然有些简单，但关键信息很清楚，包括应该在哪个路口转向，可众人根据这个地图找到的是人龙。

"要参加我的游戏吗？门票免费。"那个戴着缝合面具的男人说。

"不能参加，走。"齐夏冷言一声，转身就要离去。

149

"等一下啊，骗人仔……"乔家劲拉住了齐夏，问，"龙怎么了？和虎有什么区别吗？"

"我不知道。"齐夏摇摇头，"我只知道有人告诉我，第一不要对上天，第二不要招惹龙。"

乔家劲虽说有些不理解，但知道要相信"大脑"："好吧，那算了。"

二人正要离去，却发现云瑶站在原地一动未动。

"偶像，你不走吗？"乔家劲问。

"我觉得机会很难得。"云瑶说，"我们在市中心只遇到过一次龙，我想去搞清楚龙是什么类型的游戏。"

"可我感觉龙很危险。"齐夏说，"我建议你再考虑考虑吧。"

"对我们来说有什么是危险的？"云瑶苦笑了一声问道，"就算这个游戏会死，你觉得危险吗？"

"这……"

齐夏眉头一皱，感觉云瑶说的话也颇有道理。这里的游戏再难也只是让人死，可现在他知道死根本没有什么好怕的，只要不牵扯赌命。况且人龙的游戏无须门票，换句话说众人根本没有损失。

齐夏低头沉思了一会儿，发现唯一的疑点就是楚天秋了。

为什么他会给出错误的地图？难道他比自己想象中的更笨、更粗心吗？

"云瑶，你说你见过一次龙，那是什么游戏？"齐夏问。

"见过龙的不是我，是楚天秋。"云瑶轻声说，"他说龙问了他一些智力问答，他没有全部答对，所以失败了。"

"智力……问答？"齐夏的瞳孔一动，"云瑶，你在跟我开玩笑吗？"

"我骗你做什么？楚天秋就是这么说的。"

齐夏再次思索了起来。

诡异，这一切真的太诡异了。十二生肖中，龙生而为神，有莫大的法力。按照人猪的说法，龙是绝对不能招惹的，可龙的游戏居然是智力问答？

"齐夏，你们在这里等我吧。"云瑶说，"我想自己去看看。"

甜甜和乔家劲此时扭头望向齐夏，不知他是什么打算。可对于齐夏来说,他也没有别的路可走。想要知道楚天秋真正的想法,只能投身到人龙的游戏中去。

他难道想借人龙的手除掉自己?可是云瑶明明和自己在一起,若是有危险,云瑶怎么办?齐夏慢慢闭上眼睛,自言自语道:"楚天秋……你在盘算什么?"

而另一头,楚天秋哼着古典乐,不断拿手指打着节拍。

"齐夏……你会怎么选?"

二人相隔甚远,思绪却犹如刀剑般碰撞了起来。

没过多久,齐夏睁开了眼:"云瑶,我和你一起。"

"嗯?"云瑶扭过头来,"没必要啊,我自己去就行了。"

"不,我和你一起。"齐夏说,"让乔家劲和甜甜在这里等着。"

云瑶拗不过齐夏,只能无奈地耸耸肩,然后走到了人龙面前。

乔家劲和甜甜一脸无奈地对视一眼。

"我们俩想参加游戏。"云瑶对人龙说。

"不可以。"人龙摇了摇头,"最少四人参加。"

"四人?"听到这句话,乔家劲缓缓地走了上来,"骗人仔,你不带'拳头'想去哪儿?"

"乔家劲,你别乱来,我感觉这里面有古怪。"齐夏皱着眉头说,"你和甜甜在这儿等着,我们再等两个路人。"

"那不行,让甜甜在这儿等着。"乔家劲摇摇头,"要去就一起。"

"别闹了!"齐夏眉头紧皱,"我不能再让你出事!"

"再?"乔家劲一愣,"虽然我听不明白,但我也一样,我不能再失去'大脑'。"

"什么鬼东西?"齐夏也没听明白,"不是说了听我的吗?我让你在这儿待着,不要逞能。"

乔家劲完全不听,往前走了一步:"骗人仔,你知道不?一个人如果没了拳头还能活,可若没了大脑就活不了。"

"你……"

此时甜甜也走了上来,说:"也带上我吧,会有用得到我的地方的。"

齐夏有些为难。他不想看到乔家劲和甜甜出事,毕竟上一次的事情还历历在目。可如果游戏真的是智力问答的话，其实带着几个人都无所谓，毕竟毫无危险可言。

只见齐夏又思索了一会儿，抬头问人龙："人龙，你的游戏是什么类型？"

"团队合作。"人龙不假思索地说。

"团队合作？！"齐夏一愣，"你是说……我们四个人为一组，合力进行游戏？"

"没错。"

齐夏吸了一口气，感觉团队合作要比智力问答更加靠谱，他可以用自己的力量尽可能地保护乔家劲和甜甜。

"具体规则是什么？"齐夏又问。

"进入房间，知晓规则。"

齐夏看了看人龙身后的房间，那是一个面积非常小的屋子，看起来还没有公共厕所大。如此说来，在这个房间内进行的游戏定然不会太过复杂，就算往最坏的情况考虑，也顶多是个团队逃脱类的游戏。

"你这个游戏……会有奸细吗？"齐夏问。

"自然不会。"人龙摇了摇头，"只要你们四个始终一条心，劲往一处使，一定可以赢得游戏。"

"我们四个有可能会自相残杀吗？"齐夏又问。

"我答应你，绝对不会。"人龙摇了摇头。

听到这句话，齐夏觉得可以赌一把。

"既然如此，我们一起吧。"

人龙缓缓露出笑容。"好，很好。"他点点头，给齐夏等人让出了一条通道。

齐夏和云瑶对视了一眼，缓缓地走了上去，乔家劲和甜甜也紧跟其后，四个人进入了房间。此时，他们才发现房间顶多三四个平方，四面都是金属材质，脚下是铁网做成的地板。房间角落里放着一把老旧的木头矮凳，矮凳上面放着一把磨得发亮的长刀。他们左手边的墙上挂着一个用来倒计时的电子钟，时间停在十分钟的数值上。

在这个一目了然的"小厕所"里，到底要进行什么游戏？

啪。一声脆响，四个人身后的房门不出意料地关上了。

齐夏回过头去，发现身后变成了一面铁墙。

"我丢……"乔家劲暗骂一声，"那个粉肠还未说规则啊，他是不是搞忘了？"

"不会的，耐心等等看。"

话音刚落，四个人同时发现一个诡异的现象。他们脚下是铁网，可铁网下方的地面居然开始快速下降，四个人站在铁网之上，整个房间都仿佛悬空了。

云瑶有些紧张地扶着金属墙壁，仔细感受了一会儿，发现了端倪："我们的房间好像在上升……就像电梯一样。"

是的，和厕所比起来，这里确实更像电梯，毕竟四面都是金属墙壁，可脚下为什么是铁网？

四个人感觉房间正在快速移动，可他们根本看不清外面是什么，只能通过脚下的铁网看到一片漆黑。好在铁网还算结实，不用担心摔死。

"小心点。"乔家劲走到矮凳旁边，用手拿起了刀，把它收了起来，"晃得这么厉害，小心踩到刀。"

不知道过了多久，众人感觉房间一震，似乎停了下来，可情况依然不妙。他们感觉房间就像拴在一根弹力绳上，不停地上下晃动，非常不稳定。再一低头，他们的脚下十几米的地方散发出了火光，火在四人的正下方熊熊燃烧着，丝丝烟雾蔓延到了电梯之中。

"这是做什么？"乔家劲蹲在地上，顺着铁网往下看了看，"做叉烧吗？可这火离得也太远了点。"

齐夏知道人龙不可能做没有意义的事情，可火代表什么？

"各位，欢迎来到我的游戏场地。"人龙的声音忽然从四面八方响起，很是诡异。

"喂！你这个粉肠在哪里啊？"

乔家劲往前一步，可这一下让整个房间晃动得更厉害了，吓得他赶忙扶住一旁的墙壁。

"别动！"齐夏感觉不太妙，"我们好像被拴在了一个并不结实的东西上！"

众人仔细感受了一下，感觉齐夏说得没错。

人龙的笑声从四面八方传来，随即大声说："本次游戏名为跷跷板，只要未被淘汰，则每人获得十颗道，下面游戏正式开始。"

话音刚落，十分钟的倒计时开始走动了。

"什么？！"云瑶一愣，"这就开始了？规则呢？！"

"不……"齐夏略带恐慌地说，"'跷跷板'三个字恐怕就是规则……"

他慢慢地移动了几步，然后摸索了一下四周的墙壁，找到了一扇暗窗，那暗窗直径仅有五六厘米，像个网球大小。他轻轻向外一推，一个小窗口就被打开了。

齐夏咽了一下口水，顺着这个小窗口往外一看，一瞬间，身上的汗毛根根倒立，他慢慢地后退了几步。

剩下几人见到齐夏的表情，也纷纷往那个小窗口看去，可仅仅一眼，所有人的心都凉了半截。

只见小窗外面，映入眼帘的是一根几十米长的巨大金属柱子，这根巨大的金属柱子一头连接着他们的电梯，另一头连接着另一台电梯。

那台电梯里也有人发现了暗窗，此刻也往这个方向看过来。只是暗窗太小，距离又太远，双方根本看不清对方的面貌。

这根巨大的金属柱子就像一个跷跷板，中央被固定，两头挂着两个房间，此刻正在微微晃动着。

"跷跷板……"齐夏暗骂一声，"这就是你们想要的吗？"

"骗人仔……这到底是什么？"乔家劲眨着眼睛，看了看脚下远处的火焰，不由得流下了汗水。

跷跷板有着很难稳定的物理结构，用不了多久，双方一定会因为细微的重量差别而导致其中一头坠到地底。可他们的脚下是火焰，若是沉了下去，房间内的人就会直接坠入火焰中被活活烧死。

"要变轻……"齐夏喃喃自语地说，"我们的房间只有变轻，我们才能活下去……"

还不等齐夏说完，他们便感觉房间正在缓缓下坠。

他们比对方更沉。

"糟了……"

除了甜甜之外的三个人面色一惊,立刻往靠近铁柱的一侧活动。

"甜甜你也过来!"乔家劲说。

甜甜听后点了点头,赶忙站到三人身边。

按照杠杆原理来看,他们不能站在房间的最外侧,否则会导致房间的作用力大于对方。看来对方提前发现了这一点,说明他们也不是好对付的。

…………

楚天秋哼完了一段音乐,缓缓地露出了笑容。

"让我猜猜。"他睁开眼说,"你想用自己的力量保护队友,所以会答应参与人龙的游戏,是吧?"

楚天秋直起身子,看了看棋盘。

右边是四个兵,而左边是王、后、马、象,这八个棋子此时正在围剿一只怪兽。

"有时候,自作聪明也是一种绝症。"楚天秋沉思了一下,伸手将棋子中央的怪兽缓缓拿走了。

此时的阵型有些奇怪,八个棋子分左右两侧,剑拔弩张地对峙着,可他们不像在围剿怪兽,反而像在自相残杀。

楚天秋慢慢站起身,不再去看桌上的棋盘,反而走到一个餐桌前停下了。那里有他给自己准备好的精致早餐。

咚咚咚——

微弱的敲门声传来,楚天秋手里的动作顿了顿。

"怎么?"他问。

"要是死人的话,会不会很难解释?"门外说。

"这里所有人死了都没关系,只要那个自作聪明的齐夏还活着就够了。"楚天秋露出了一个诡异的笑容,"此时的他既聪明又自大,我们要把最惨痛的悔恨送给他。"

"我知道了。"门外那人在门口沉默了一会儿,随后缓缓离开了。

…………

齐夏四人紧紧地贴在墙壁上,正在紧张地做着深呼吸。

跷跷板的两头又进入了非常诡异的稳定状态。

"我们的运气太好了……"云瑶喃喃自语地说，"两个房间的重量居然恰好是一样的……"

"与其说我们运气好……不如说人龙本就是这么安排的。"齐夏咬着牙说，"现在这样僵持住是最好的情况了，若是我们能一直僵持到找到解决办法……"

话音刚落，他们的房间又开始缓缓下降。

齐夏想要僵持，可奈何对方不想。

"既然你们想死……"齐夏咬了咬牙，"别怪我。"

"我们该怎么办？"乔家劲贴着墙，脸上流下了冷汗，"到底如何才能比对方更轻？"

甜甜看了看乔家劲手中的长刀，咽了下口水，说："会不会是需要我们砍断一只手？"

"别傻了。"齐夏打断了甜甜的想法，"不管你砍下了哪只手，在这个密封的房间里都扔不出去，我们的重量始终不变。"

"这……"甜甜默默地低下了头，表情有些难过。

"靓女，你的想法也太危险了。"乔家劲把刀藏在背后，"这个想法我也给你否决了，再想想别的吧。"

云瑶来到小窗口旁边，把背包里的道拿了出来，然后像投硬币一样一颗一颗地投了出去。

"你……"

齐夏微愣一下，也知道此时没有更好的办法了，重量能减一点是一点。

"我们一起。"

众人纷纷掏出了口袋中的道，现在不是心疼道的时候，若是在这里沉下去，这次循环就要结束了。

齐夏掏出了几颗道丢了出去，为保险起见，他在口袋中留下了一颗。那是李警官给他的，齐夏用这颗道赢了人猴，这是他的幸运物，希望能够在这一次的劫难中再次为他带来好运。

可众人丢完了几乎所有的道之后，发现房间的位置并没有变化。这说明对方也正在想办法变轻。

"看来那支队伍中也有一个聪明人物。"齐夏喃喃自语地说，"还有什么能丢的？"

云瑶咬了咬嘴唇，缓缓地拿起了自己的背包，非常不舍地从里面掏出一支唇膏。

化妆品在终焉之地甚至比道还要稀有，她看起来非常心疼。犹豫了几秒之后，她便将唇膏丢了出去，紧接着是粉底、遮瑕、眼线笔、唇彩……各式各样的化妆品犹如下了一场小雨，噼里啪啦地往下落。

同为女生的甜甜见到这一幕，竟然也感觉有点心疼。

此时四个人才终于感觉房间在缓缓上升，脚下的火光也离得越来越远。

"很好……"齐夏紧张地贴着墙，远远地往下看了一眼，"就这样保持下去吧……一斤两斤的重量也足够分出胜负了。"

可他们上升了还不足一分钟，平衡又被打破了。不知道对方做了什么，他们的重量正在不断地下降。

齐夏明显感觉到房间正在下沉，两个房间中的人虽然未曾见面，但他们都在想尽办法活下去。

"道丢完了，刀呢？"乔家劲看了看手中的刀，"这把刀也有两三斤，直接丢了吧？"

"不行。"齐夏说，"乔家劲，现在有一个非常困难的任务交给你。"

"困难的任务？"乔家劲一顿，"什么事？"

"这个任务恐怕只有你能做到了。"齐夏指了指一旁的小矮凳，"把它劈碎了。"

这个小矮凳从一开始就放在房间中，想来也不是无意而为，定然有它的作用。乔家劲明白过来，拿起小矮凳掂量了一下，实木的，确实很重。

"要论力量的话，只有你能短时间内把它劈成碎片，但一定要注意，动作幅度不要太大，否则我们很难保持稳定。"

"我知道了。"

乔家劲点点头，然后深吸一口气，抡起长刀劈在了矮凳上，矮凳瞬间被劈出了一条裂缝，然后双手用力一掰，矮凳被他分成了两半。

他甩了甩手，又继续把它砍得更碎一些，因为暗窗的面积有限,只有将这个矮凳砍成非常细小的碎块,才有可能将它丢出去。他采用了劈柴的方式,将一条凳腿立在地上,猛然从上面一劈,然后用手掰成细长的木条。

"你们先拿去丢!"乔家劲说。

四个人分工明确,乔家劲砍矮凳,甜甜将木条拿起来递给齐夏,齐夏再递给云瑶,由云瑶丢出去,这样能尽可能地保证四个人的动作幅度最小。

短短两三分钟之内,四根凳子腿已经被分解完毕,全部被丢了出去,现在只剩一块木板。

"奇怪……"云瑶顺着暗窗往对面看去,"为什么我们没有上升?他们到底在用什么战术?"

下一秒,她就发现对面的暗窗里似乎也掉出了木头碎块。

"对面好像也在劈凳子……"云瑶说,"咱们得快一点了!"

乔家劲不由得加快了手上的速度。

不得不说他的力量用得非常巧妙,虽说动作幅度不大,可是每一刀都精准无误地顺着木头的纹理劈下去,剩下的木板很快就四分五裂,成为一堆碎片。

甜甜动作麻利地拿着木条递给二人,乔家劲觉得还是有些慢,便将很多细小的木条从地板上的铁网上丢下去。

墙上的倒计时还剩下四分钟,木凳碎片已经全部被丢出去了。

此刻他们的房间正在慢慢升起。

"稳住……"齐夏让众人全都聚在自己身边,尽量让房间变得更轻。

云瑶微微思索了一下,从乔家劲的手中夺过了长刀,将手里的皮包也砍成了碎片丢了出去。

齐夏趴在暗窗上向外一看,对方的房间此刻如同失去了绳索的电梯,正朝着火焰坠落。

他心中有些不是滋味,可就在对方马上要坠入火焰之中的时候,下降的速度忽然延缓了下来。他微微思索一下,马上脱下了自己的上衣,卷成了毛巾状,顺着暗窗扔了出去。

齐夏回头刚要说什么,发现乔家劲也把上衣脱掉了:"把我的也拿去丢!"说完,他就开始脱裤子。

"啊你……"云瑶尴尬地捂了一下眼睛,"你怎么忽然就……"

"别担心!我不全脱!"

"那……那我们呢?"甜甜有些尴尬地问。

"你俩就算了。"齐夏摇摇头,"你们的衣服没有多少重量,脱了也没用。"

齐夏接过乔家劲的上衣和牛仔裤,二话不说就塞了出去,紧接着他又脱下了自己和乔家劲的鞋子,切碎之后丢了出去。云瑶和甜甜也学着他们把鞋子脱下来,用刀切碎之后丢出去了。

两个大男人脱得只剩贴身短裤,贴着墙边紧张地向外看。

果然,平衡再次被打破,这一次,对方只能坠入火海了。

齐夏见到远处加速下落的房间,眉头猛然一皱。他忽然想到了什么。

"不对!"他赶忙回过头来对三人喊道,"抓稳地上的铁网!!"

"啊?"三个人一愣,马上学着齐夏的样子蹲下身子,然后紧紧地抓住地上的铁网。

他们发现从脚下的铁网正好可以看到远处下方的情况。只见远处的房间势大力沉地撞到了火焰之中,无数流火四溅而开,瞬间照亮了附近的区域。下一秒,房间又因为撞击的反作用力从火中弹起,如同真正的跷跷板一样,连接两个房间的金属柱也在此时发出震耳欲聋的声音。

齐夏几人的房间猛然上升之后又骤然下降,若不是几人提前抓住了铁网,现在应该都摔伤了。

一阵阵非常缥缈的惨叫声从远处的房间传来,他们知道,对方不是被烧伤就是被撞,虽然他们并没有一直停留在火焰中,但这突然而来的高温足够烧毁他们的衣服和头发。

齐夏咬着牙,狠狠地捶着铁网:"这到底是为什么?"

他闭上眼,不想去看也不想再听。

"喂……骗人仔……好像不太对啊……"乔家劲摇晃了一下齐夏,"你快看看!"

齐夏一睁眼,发现他们所处的房间正在缓缓下降,而对方的房间却如同一轮太阳,挂着火焰稳稳上升。

"怎么回事？"

撞击地面的反作用力虽然会让他们短暂上升，但绝对不可能持续上升……他们又有了计策？难道还有可以丢的东西，但自己没想到？

齐夏不停地环视着四周，他们的身上已经没任何的额外之物了，他喃喃自语："是什么？还有什么可以丢？"

此时，甜甜将手慢慢伸到乔家劲面前。

"做什么？"乔家劲瞪着眼问。

"我的手很瘦小，应该可以丢出去。"甜甜声音颤抖着说。

"我说了不行！"乔家劲摇头，"一定有别的办法！我们再想别的办法！"

"没有时间想别的办法了！"甜甜大叫一身，"用不了一分钟我们就会掉到火里！我宁可疼死也不想被烧死！"

"不不不……"乔家劲继续摇头，"还有骗人仔在，他会有办法的！"

"你不愿意砍，那我就自己来！"甜甜说，"把刀给我！"

"我说不行啊！"

两个人嘈杂的声音吵得齐夏大脑阵阵作痛，他定然不能让甜甜砍下自己的手，可是……除了这样做，还有其他的办法吗？

云瑶扭头看了看齐夏，他看起来非常痛苦，他眼中的绝望之情比平时更强。

"蓝斯登原则吗？不不不……灾难偏误法则……不……这不是……"齐夏抓着自己的头发喃喃自语。

房间缓缓下降，骇人的热气已经蔓延到了整个房间之内，四个人汗流浃背，此时每一秒的时间都如同一年一般漫长。

乔家劲有些不忍心地看了看齐夏，然后拿着刀子走到了房间的角落中，一言不发地朝着铁网狠狠地挥了下去。

"你做什么？"云瑶擦了擦汗，问。

"我想帮骗人仔。"乔家劲淡淡地说，"可我很笨，唯一能想到的办法就是砍掉一部分铁网。"

"砍掉……铁网？"云瑶和齐夏同时一顿。

"没错，我只能想到这个办法了。"

"是啊！"齐夏慌张地站起来，他的表情异常扭曲，"好主意啊！"

他跌跌撞撞地来到乔家劲身边，盯着他砍铁网，可是铁网分外坚硬，乔家劲用了很大的力气，连续砍了许多刀，才砍断了其中一根铁丝。

照这个速度，众人定然会坠入火海。

云瑶也蹲下身，懊恼地捂住自己的额头，一切都结束了。

可乔家劲和齐夏依然没有放弃，齐夏拿过刀放在一旁，伸手抓住了铁网的缺口，然后用力拉扯着。

铁网被他们拉起，可是根本没有断裂，他们的重量也没有任何变化。

"乔家劲，这里再砍一下！"齐夏指了指铁网的连接处。

"好！"他回身去摸刀，却发现刀不见了。

齐夏和乔家劲慢慢地转过头，发现甜甜颤颤巍巍地举着刀。

她的眼里流着泪，表情非常复杂，她看起来不想死，可也不想活。

"我……我……"甜甜嘴唇颤抖着说，"我有办法……"

"喂……"乔家劲伸出手，慢慢地站起身，"我知道你有办法，但你先把刀放下。"

齐夏也站起来，慢慢地靠近甜甜："你的办法行不通……你先听我说……"

"别过来……"甜甜往后退了一步，"对不起，我只能这样了……"

"不！"乔家劲打断道，"我刚才看过了那个窗格的尺寸，你的手就算切下来也丢不出去的！我们还需要时间把你的手切碎！可是我们没时间了！"

齐夏咽了下口水，对甜甜说："乔家劲说得对，你这么做是没用的。"

"可你们也根本砍不断铁网！"甜甜哭着大叫道，"我有更好的办法！"

"没有更好的办法！"齐夏也大喝一声，"砍铁网就是唯一的办法！"

"不……"甜甜跪倒在地,痛哭不止,"其实你早就想到了吧……齐夏……这才是唯一的办法啊……"

"那个办法不行!"齐夏又往前了一步,"我们试试别的!"

"齐夏……我不想成为一具焦炭,我肮脏了一辈子,死的时候想漂亮一些。"

"乔家劲!快把刀抢下来!"齐夏失声大叫,"快!"

还不等乔家劲上前,甜甜猛然举起了刀放在她的左侧脖子上,狠狠地割下了一刀。

刀落到地上,甜甜也扑倒在了地上。

"甜甜!!"

乔家劲和云瑶同时跑过去,按住了她脖子上的伤口,可血液根本按不住,狡猾地从二人的指缝中滑走。

云瑶急得流下了豆大的泪水。

这世上居然还有这种傻姑娘吗?

"我丢!"乔家劲两只手按着甜甜的脖子,却看到她的脸肉眼可见地变成了苍白的颜色,"靓女……你到底搞什么?"

齐夏慢慢地捂住自己的额头,那阵熟悉的痛感又来了。他跪倒在地,痛苦地捂着自己的额头。

"骗人仔!"

"齐夏!"

云瑶又赶忙来查看他的情况,却发现他痛得浑身发抖。

"这是怎么回事?"云瑶问,"齐夏患有什么疾病吗?"

"我也不知……"乔家劲说,"骗人仔,你哪里不舒服吗?"

齐夏没有回答,只是蜷缩在地上等待那阵剧痛过去。

平衡再度被打破了,房间开始上升。一个成年人身体里的血液在 5000 毫升左右,大约十斤的重量。两个房间之中的重量差异本来就很小,若是某一方可以快速丢掉几斤,则定然可以获胜。

足足半分钟过去,齐夏才面无表情地站起身来。

"你……"云瑶感觉齐夏的表情不太对,"你没事吧?"

"我看起来像有事吗?"齐夏反问一声,而后继续面无表情地说,"看着吧,我们要赢了。"

乔家劲和云瑶面面相觑,不明所以。刚刚还一脸痛苦的齐夏好像忽然之间换了个人，他既不悲伤也不恐慌，整个人如同死水一般，好像对所有人的死亡都漠不关心。

齐夏走到墙边，将刀也丢了出去。

正如齐夏所说，他们要赢了。他们的房间缓缓升高，远离了脚下的火焰。

远处的房间如同飞蛾，义无反顾地扑向烈火。惨叫声再度袭来。

齐夏漫不经心地扭过头，发现墙上的倒计时结束了。下一秒，他们的房间猛然抖动起来，似乎在急速飞行。三个人扶着墙壁稳住身形，隔了好久才感觉房间停止了抖动。

"怎么回事？"乔家劲问。

齐夏低头看了看脚下，铁网下面变成了木质地板，看起来他们又来到了一个陌生的地方。

咔！

身后一阵轻微的声响，众人发现那面墙又变成了门，此刻已经打开了。

门外是一条走廊，而正对面是另一道铁门。

齐夏率先走出房间，然后回头一看，他的背后果然是一台电梯，可是这台电梯刚刚通向了哪里？

对面的铁门是另一台电梯吗？

"恭喜。"人龙站在一旁开口说，"你们赢得了游戏。"

齐夏扭头看向他，发现他站在走廊中央，左右两侧各有一个柜子，柜子中放了一些衣物。

"我的游戏是很注重服务的，你们丢出来的东西我已经全部收好，放在了这里。"人龙笑了一声，"快穿上衣服吧，别感冒了。"

众人心里都有些不是滋味，只能默默地走过去，拿起衣服穿上。云瑶的包和鞋子已经被砍得稀巴烂，可她找回了她的化妆品。

"人龙……这样耍弄我，你会后悔的。"齐夏穿好了衣服说。

"耍弄你？"人龙面具之下的眼睛眨了眨，"我哪里耍弄你们了？"

说完他又走到另一个铁门前，伸手敲了敲门："请问还有人要出来吗？"

铁门冒着热气，无人应答。

"真是奇怪啊……我请你们玩个跷跷板，怎么还玩出人命来了？"人龙意味深长地看向齐夏，"你说这是为什么？"

"什么？"

齐夏眉头一皱，死死地盯着人龙。

人龙笑着回答说："这个游戏规则很简单的，大家都不要动，倒计时结束就可以出来了。"

"你在耍我们？！"乔家劲一把就抓住了人龙的衣领，力气非常大。

"怎么会呢？"人龙摇摇头，"我都说了这次的游戏是跷跷板，你们为什么要自相残杀啊？哈哈哈！"

乔家劲瞬间将对方扑倒，然后在他脸上狠狠地打了一拳。

"你在放什么狗屁？"乔家劲咬着牙说，"既然是跷跷板，我们怎么可能保持全程稳定？哪怕有一个人动了一步，我们的平衡都会被打破！这是一个注定有人要死亡的游戏！你明明杀了人，却还在这里说风凉话？"

人龙挨了一拳，却笑得更大声了。

"那也是他亲手杀的人啊！"人龙大笑着说，"杀人者不是我！是他啊！"

人龙一边狂笑着一边伸手指向了齐夏："他是个大骗子！他骗了你们啊！是谁第一个提出要变轻的？！哈哈哈！"

"你现在还在挑拨离间……"乔家劲恶狠狠地掐住了人龙的脖子，"你们真的要逼我杀人吗？"

人龙完全是普通人的力气，他挣扎了几下发现挣脱不开，随即又露出笑容，艰难地大叫着："哈哈……杀裁判……杀裁判……"

云瑶听到这句话赶忙上前将乔家劲拉开："乔家劲……不行！你会引来上层人物的！"

乔家劲听到这句话微微一顿："上层人物？"

"她说得没错。"齐夏面无表情地点点头，"乔家劲，放手。"

"骗人仔你……"乔家劲愣愣地看着齐夏，不知他到底做何打算。

"怎么……不杀我了？"人龙躺在地上笑着说，"再用点力……我马上就死了……"

164

齐夏面色如常地看了人龙一眼,淡淡地回头说:"我们走吧……"

"骗人仔……你在搞什么?"乔家劲问。

"没什么,只是游戏结束了,该走了。"

乔家劲看起来非常难过,他咬了咬牙,走回刚刚的房间之中,抱起了甜甜的尸体,她的脸惨白无比,身体也变得非常轻盈。

"不用怕了,靓女,我带你走。"

三个人无视了躺在地上的人龙,正要离开走廊的时候,却忽然听到另一个铁门中传出了轻微的咳嗽声。

"有人还活着?"云瑶一愣,看向那个铁门。

"我去看看。"云瑶果断走上前去,"本来就是我们把他们害成这样的,如果留在这里的话他们一定会死的。"说完,她就敲了敲门,"有人吗?"

那铁门很烫手,门内一点动静都没有。

此刻走廊的另一头传来了一阵清脆的脚步声,众人扭头一看,不由得吓了一跳。

那是另一个人龙,她走起路来体态婀娜,应当是个女人。

只见女人龙走到躺在地上的男人龙身边,伸手将他扶了起来,接着又回头对几人说:"你们要打开门吗?我可以帮你们。"

齐夏和乔家劲盯着对方,谁都没有开口说话。

印象中,这是第一次有两个同等级别的生肖站在一起,更何况他们都是龙,让人感觉非常不妙。

"把门打开。"云瑶回过神来说,"我要带他们回去。"

"呵呵……"女人龙微微一笑,"那就如你所愿。"

她轻轻一挥手,另一扇铁门也打开了。

一阵骇人的热气从中传出,紧接着便是刺鼻的焦味。

"喀喀……喀……"

咳嗽声从门内传来,让齐夏心头一惊,这个声音他仿佛在哪里听过。

"不……不会吧?"齐夏瞪大了眼睛,跌跌撞撞地跑到了房间门口。

云瑶和乔家劲也感觉不太妙,纷纷靠近了房间。

房间内，李警官的半边身体被烧得面目全非，他的左手已经被砍掉了，右手正颤抖着从口袋里掏着什么东西。

难怪在他们第一次掉入火焰之后，房间就开始缓缓上升。

李警官切掉了自己的手，他也在流血。只不过他流血的速度远远慢于甜甜。

"为……为什么？"

齐夏瞳孔颤抖着，而李警官旁边，躺着早就已经烧死的三具尸体。

他们的衣服被烧烂，与皮肤融为了一体，这加速了他们三人的死亡。而李警官之所以能活到现在，很有可能是因为他脱掉了自己的上衣。

齐夏算到了一切的事情，却未曾算到李警官在对面。

"齐……夏……"李警官的嗓子听起来已经完全沙哑了，"太好……了，你快来……"

一阵剧烈的钟声在此时响起，该来的总会来。

齐夏慢慢走到李警官身边，蹲下身。他的大脑狠狠地一痛，因为他看到李警官身旁放着三颗道。

李警官继续在口袋中摸索着。

为什么？

为什么对面的房间里是李警官？

谁和他组了队？林檎、章律师、韩一墨在这里吗？

"三颗道……你看……我已经拿出了三颗道……"李警官吃力地笑着说，"有希望的……你再等等……"

"我不着急……李警官……我不着急……"齐夏咬着嘴唇，看着地上的三颗道，表情非常绝望。

李警官本来就有三颗道。换言之，他一颗都没有变出来。

"齐夏……我会让所有人都出去的……谁都不用死……"他继续摸索着口袋，可是眼里的泪水已经开始哗哗地流下来。

那口袋是空的。

他自己比谁都清楚。

为什么口袋是空的呢？

"我相信你，李警官。"齐夏低声说，"你不要有负担……"

李警官摸索了很久，同样也哭了很久。

"我……"李警官的眼中慢慢流出鲜血，与眼泪糅杂在一起，看来他的眼睛也被烧伤了。

隔了好一会儿，这个高大的男人才终于哽咽出声："齐夏，对不起……我可能做不到了……"

李警官真的要走了。

他的双眼失了神，最后一次将手伸进了口袋里。

齐夏捂着额头，不知道该如何应对接下来的情况。他可以看着别人毫无预兆地死去，但不想见到一个好人露出绝望的表情。

只见李警官伸手胡乱一摸，随即露出了震惊的表情。

他用力挤出笑容，颤抖着将手拿了出来，翻开给齐夏一看，那手中果然有一颗道。

"你看……齐夏……你看……"他沙哑着说，"可以的……我可以的……这个办法可以……谁都不用死……"

还不等齐夏接过那颗道，李警官忽然喷了一口血，整个人剧烈地抽搐了一下，手垂到了地面上。

钟声再次响起，他走了。

齐夏表情非常复杂，他看着那颗多出来的道，久久不能平静。

难道李警官真的可以凭空摸出道吗？他下意识地摸了一下自己的口袋，露出了绝望的笑容。

先前李警官送给他的那颗道不在他的口袋中了。"探囊"毕竟是"探囊"，就算李警官的信念再强，他也不可能成为造物主。

齐夏从地上捡起几颗道，下一秒就痛得难以言表，道也滚在了地上。

"骗人仔你……"乔家劲上前扶住齐夏，一脸不解。

他根本不知道齐夏哪里出了问题，只能看到他浑身颤抖地蜷缩着。

云瑶没有理会齐夏，反而愣愣地看着李警官身旁的两具尸体。虽然他们已经面目全非，头发和衣服也都被烧毁，可那二人的身材太显眼了。一个看起来是个少年，而另一个人身材精瘦。

"不会吧……"云瑶的嘴唇微微颤动了一下，"我们刚才……一直都在和他们自相残杀吗？"

"偶像，别说了……"乔家劲小声说。

"也就是说甜甜牺牲了自己……只是为了杀死我们的同伴……"云瑶瞪着眼，心中又惊诧又难过。

"别再说了……"乔家劲看了看几乎已经失控的齐夏和云瑶，一时之间手足无措，"你们都冷静一点……"

"如果龙是这样的游戏……我们怎么才能带领全部的人出去？"云瑶眼神暗淡下来，"楚天秋从来都没有告诉过我……"

齐夏终于回过神，慢慢地站起来，脸上的表情全都消失了。

"骗人仔……你……"乔家劲看了看眼前的齐夏，总感觉自己和他相隔很远。

"乔家劲，你看到了吗？"齐夏说，"就算我们不杀人，也迟早会被杀死。"

乔家劲的眼神也变得冰冷起来，他说："骗人仔，我不懂那些大道理，我只知道你没做错，这就够了。"

"你觉得我没做错吗？"齐夏慢慢地将地上的道一颗一颗捡起来，"总有一天你会后悔的，乔家劲，你会后悔跟我站在同一个战线的。"

"不会的……"乔家劲说，"骗人仔，保持冷静，你快要被这个地方影响了。"

齐夏听后没再说话，他冷冷地推开两个人龙，出了屋子。

乔家劲只能跟上去。

云瑶思忖了半天，也跟着他们走了。

"喂，你们的奖励还没拿。"男人龙笑着扔过来一个布包，"三十颗道啊，你们还是赚了。"

齐夏伸手接过布包，感觉非常讽刺。

赚了？五条人命，还不如三十颗道值钱吗？那么三千六百颗道又价值几何？

齐夏完全没有心思了解后面的游戏，毕竟他用五条人命了解了龙。

可扪心自问，这种感觉悲伤吗？不，他只是觉得心里很空，却没有感到悲伤。

三个人带着甜甜的尸体回到天堂口。

楚天秋正站在教学楼前，看到远处走来的三人面容一惊，立刻迎了上去。

"怎么回事？"他皱着眉头问，"怎么第一天就有人死了？"

齐夏和乔家劲互相看了一眼，乔家劲点点头，将甜甜递到了齐夏怀中。甜甜的身体格外地轻，通体冰凉。

"粉肠，你出来。"乔家劲冲楚天秋挥了挥手，然后撸起了自己的袖子。

"做什么？"楚天秋慢慢后退了一步。

"我有事要问你，你出来。"

发现楚天秋依然一动未动，乔家劲只能主动走上前去。

"你们到底要做什么？"楚天秋紧张地看了看乔家劲，"是准备在这里动手吗？"

"为什么你给的地图通向人龙？"乔家劲开门见山地问，"你有什么目的？"

"什么？"楚天秋一惊，"人龙？"

齐夏严肃地盯着楚天秋的双眼，这个男人的疑点太多了。

"我给的地图是虎啊！怎么会是龙？"

看他的表情好像真的什么都不知道。

正在此时，齐夏扭头看到身后又有四个人走来，林檎、韩一墨、老吕、张山，看来他们组成了一支队伍。

由此推断，李警官身旁死去的人是章律师。

他们四人似乎也参与了游戏，此时拿着一个布包回来。

"林檎，你来得正好。"齐夏说，"来帮我测个谎。"

"测谎？"

林檎还没反应过来，一眼就看到了齐夏怀中的甜甜。她面容一惊，快步走上前来查看甜甜的情况。

"怎么回事？"

"楚天秋这个人渣又耍小聪明。"齐夏低声说，"我怀疑他早有预谋，你帮我判断一下他是否在说谎。"

"好。"林檎点了点头，来到了乔家劲身旁，与他一起面对楚天秋。

张山此刻感觉情况不太对，也大步上前来到了楚天秋身边。

"剑拔弩张的，咋了？"

"大只佬，我没工夫陪你玩。"乔家劲说，"你的大佬害死了人，我要他一个解释。"

"解释？"张山皱了下眉，冷哼一声，"天堂口的规矩就是服从楚天秋的安排，况且游戏本来就会死人，要什么解释？"

齐夏叹了口气，说："所有人去参加的游戏都是楚天秋安排的，他在这一次安排中同样害死了'小眼镜'和金元勋，这可是第一天啊，你们没有任何疑问吗？"

"什么？"楚天秋明显一愣，"'小眼镜'和金元勋死了？"

张山也有些疑惑地看向楚天秋。"小眼镜"和张山来自同一个面试房间，为人非常仗义，对谁都谦逊有礼，这么好的一个人……怎么会这么死了？

老吕听后也瞬间惊掉了下巴："啥玩意？！谁害死了'小眼镜'？！"

可再看楚天秋，他依然一脸委屈。

"你在跟我装什么？"齐夏语气冰冷地说，"我有没有跟你说过，让你收起你的如意算盘？"

"这其中肯定有什么误会啊！"楚天秋摆了摆手，"我给你们的地图都是虎，绝对不可能是龙！你仔细想想，我根本没有理由害死金元勋和'小眼镜'的。"

林檎紧紧盯着楚天秋的表情，面露疑惑。他看起来并不像在撒谎。这只说明两个可能，第一，此人完全不知情；第二，他做过相应的微表情训练。

他的眼神、嘴唇、鼻孔、手和脚的摆放位置以及眉毛的上扬幅度全都表示他没在说谎。

"齐夏，有点奇怪。"林檎说，"他没有说谎的概率更大。"

"是吗？"齐夏微微点头，楚天秋果然不是个寻常人物。

难道楚天秋给的确实是虎类地图，龙鸠占鹊巢，霸占了虎的游戏场地？

可如果这么说的话……为什么李警官和金元勋的队伍会跟自己的队伍相残杀？

齐夏思索了半天，忽然露出一副意味深长的表情，心中不由得暗道：楚天秋，你难道和我是一样的人吗？

你是一个骗子？

"我知道你始终很怀疑我。"楚天秋对齐夏说，"可我真的没有恶意，我们的目的是逃出这里，留下的人自然越多越好。金元勋和'小眼镜'都是有潜力的回响者，你仔细想想吧，在他们回响之前，我有什么理由让他们去死呢？"

这个理由不管是不是编造的，看起来还算充分。

就算楚天秋要安排一场对抗类的游戏，为了保险起见也应该让自己人率先回响。况且自己和云瑶组成队伍，如果遇到危险她肯定逃脱不掉，楚天秋又怎么会轻易地葬送组织里的二号人物？

他若是一直以这种策略行事，张山和云瑶便不可能一直追随他了。

只可惜李警官的队伍全军覆没，使得这场看似阴谋的行动死无对证。

这样一来……一切就变得很有意思了。

"我理解你的心情，齐夏。"楚天秋面带悲伤地说，"在游戏中失去队友是一件极其痛心的事情，有时候我们宁可死掉的人是自己。"

"可你根本不参加游戏，又怎么知道这种感受？"齐夏淡然地回道。

"谁说我不用参加游戏呢？"楚天秋摇了摇头，"当游戏有了详尽攻略之后，我也会带队参与的。只是偶尔会存在意外，我的队友们为了保下我的记忆，便会替我去死，那种感觉比杀了我还要难受。"

齐夏冷眼盯着楚天秋，并没有说话。

这个人真的很有趣，他自始至终都在说真话。到底要如何才能做到毫无痕迹地表演？

"学校后面有一片荒地，你们可以把队友带到那里埋葬。"楚天秋指了指教学楼后方，"这几个月来，天堂口逝去的所有成员都在那里。另外……你们告诉我'小眼镜'和金元勋的位置吧，我会派人把他们带回来的……"

齐夏盯着楚天秋的双眼看了很久，嘴角竟然微不可见地上扬了一下。

太有趣了。这才是他来到天堂口期待看到的画面。

齐夏心知肚明，只有和真正厉害的人博弈，才能继续挖掘自己的潜力。

队友死了又怎样？人龙又怎样？

当他知道楚天秋不是一个蠢人的时候，竟然有些开心。

让我看看你的手段吧，楚天秋。只有这样还是远远不够的。

齐夏心中暗道。

END ON THE TENTH DAY

第6关

童姨·迎新会

在云瑶的带领下，齐夏和乔家劲来到了这片荒地，可映入眼帘的却是一大片用破旧木头搭起来的坟墓。

坟墓密密麻麻，数量众多，甚至连云瑶本人的也屹立在角落中。那坟墓里鼓鼓的，埋着东西。

见到这个土包，齐夏忽然感觉不太对。

"云瑶……"齐夏思索了一会儿，然后指着云瑶的坟墓问，"如果你站在这里的话……那么坟墓里面是谁？"

"原来你还不知道……"云瑶悲伤地低下头，"齐夏，死了就是死了。而我们再度回来，就会变成一个新的自己。"

"什么？"齐夏一愣，感觉这句话有点超出了自己的理解范围，一旁的乔家劲更是直接不会思考了。

云瑶指了指几处不同的地方。

"这里、这里、这里，还有那里，都是我。"云瑶苦笑着说，"我明明被埋葬在里面，却又依然站在这里，所以……我还是原来的我吗？"

齐夏慢慢地睁大了眼睛。

等一下……这个情况太过诡异了。

也就是说现在乔家劲、甜甜、李警官在第一次循环时的尸体依然躺在终焉之地的某处，可他们又可以丝毫不受影响地进行第二次循环。

倘若现在能去到城市边缘，那里也一定有一具齐夏的尸体。

"一个崭新的自己……"

齐夏想到了一个新的观点。

结合这两次经历来看，每次所谓的循环其实并不准确，因为时间没有重置，人也没有重置。这里的时间的确是一天一天向前推进的，最有利的证据有两个：

一是便利店的女店员生下了孩子，若是时间一直在十天之内轮回，她如何生下孩子？若是每十天就会重来，她为什么会瘦成那般模样？

二是人鼠的死亡时间超过了十天，她的尸体呈现出了超过十天的腐烂状态，这就是最佳的证据。

可既然如此，为什么进入终焉之地的人会认为这里是一个循环？

因为每当十天过后，一批崭新的人就会被扔进来，这些人继承了尸体的记忆，认为自己在不断地循环。

可是这里真的是循环的吗？

能做到这种诡异事情的人，为什么要让众人一次一次地去死呢？

终焉之地的人类就算再厉害，也没有人会释放出魔法。

那些叫作回响的能力虽然让人惊奇，可明明是一个又一个的无用技能，难道众人要靠这些能力活到最后成为那个什么"万相"吗？

"难怪这个地方有着非常惊人的腐烂味道……"齐夏喃喃自语，"尸体的数量只增不减，这一切再一次超出了我的预料……"

"还有什么是不能理解的吗？"云瑶叹了口气，露出笑容，"有朝一日，这个世界会被我们的尸体填满。"

乔家劲慢慢地把甜甜放到平地上，从一旁拿起了一个生锈的铁锹，开始默不作声地挖土。

齐夏和云瑶所探讨的内容太过深奥，进入不了他的脑海。他只知道甜甜很可怜，她很冷，不应该让她继续这么冷。

不一会儿的工夫，一个坑挖好了，乔家劲正要把甜甜放进去，云瑶却叫住了他："等一下。"

她从口袋中掏出了一支唇彩，俯下身子给甜甜仔仔细细地涂了上去，面色惨白的甜甜看起来瞬间有了气色。她思索了一会儿，又拿出腮红轻轻地在甜甜的脸上扑了扑。

"她说过她想走得漂亮一些。"云瑶欣慰地笑了一下，"这样看起来好多了，不会有人笑话她，更不会有人看不起她。"

乔家劲点点头，把甜甜放入了土坑中，然后拿起铁锹将土扬了上去。

云瑶看着被土渐渐掩埋的甜甜，一脸严肃地说："我喜欢她，下一次，我会尽我最大的努力保护好她，任何跟她作对的人都是我的敌人。"

"其实你没必要这样。"齐夏说,"你假装自己喜欢很多人、很多东西,其实是为了寻找求而不得的契机,是吧?"

云瑶没想到自己竟会被齐夏一眼看透。

"但真心的喜欢和嘴上说的喜欢是不同的。"齐夏摇摇头,"你似乎陷入了一种很奇怪的状态里,当一个人说她喜欢面前的所有东西时,说明面前的东西她都不想要。"

"或许你是对的,但这一次不同。"云瑶摇摇头,把手放到了自己的胸口,"这个叫甜甜的女孩让我心里很难受,她明明已经过得很不如意了,却依然在为别人考虑。现实世界中我保护不了她,但在这里,我会尽我所能。"

"可是她不会记得你。"齐夏说,"她会傻傻地再次醒来,经过一番痛苦的内心挣扎之后再度寻死,到时候你要怎么保护?"

"我的机会有很多次,她总有一次会记得我的。"云瑶苦笑了一下说,"爱豆的恋情你别管,爱豆的心思你也别猜。"

乔家劲默默地从一旁摘下一朵暗红色的野花,放在了甜甜的坟墓上。

他的心也很痛。想要保护的人没有保护到,这是多么痛心的一件事!

他感觉自己的耳边总是听到奇怪的响声,像钟声。可是那钟声稍纵即逝,总是听不完整。

齐夏用废木板给甜甜简单地做了一个墓碑,刻上了"张丽娟"三个字。如果她可以选的话,应该不会想要成为甜甜。

"我们回去吧。"

三个人表情复杂地来到校园中,发现张山正在四处张望。

"搞定了?"张山向齐夏走来,"你们又有队友回来了,看起来受了一顿折磨呢,快去安慰一下吧。"

"好。"齐夏点了点头,正要走,忽然感觉不太对。

又有人回来了?哪里还有人?

甜甜、乔家劲跟自己在一起,林檎跟韩一墨之前就回来了,李警官和章律师留在了人龙的场地。

还有谁?

"不会吧……"齐夏微微皱了一下眉头,"两个人都回来了?"

"是啊,看起来遭了不少罪,可也把人兔的面具拿回来了。"张山点头说,"总算是没有白白受苦。"

"开什么玩笑?"

齐夏推开张山,快步走进教学楼,乔家劲和云瑶也紧随其后。

三人来到了齐夏队伍所居住的教室中,只见赵医生正在劝肖冉把湿透了的衣服脱下来。

"齐哥?"肖冉一瞬间就看到了齐夏,赶忙把衣服脱了下来,只留下了贴身衣物,"我正在换衣服,你怎么进来了?"

乔家劲无奈地将头扭到一边。

齐夏冷冷地看着肖冉和赵医生,心中有些疑惑。

这不是太奇怪了吗?

肖冉很明显被绑在了鱼缸中,她的衣服都湿透了,可她为什么会没事?这两个人居然能够破解人兔的游戏,并且赌死了对方。

"你们……没事?"齐夏问。

"齐哥,你担心我啊?"肖冉穿着贴身衣物走到齐夏身旁,伸手挽住了他,"怎么会没事呢?刚才我差点被吓死了。"

"那你为什么没死?"齐夏冷冷地问。

"嘻……你还说呢……"肖冉嘟起嘴巴,"刚刚赵医生死活都不救我……"

"我也是没有办法嘛……"赵医生干笑几声,"我被铐住了,动都动不了。"

"齐哥,那个人兔设计的游戏真的好弱啊。"肖冉开始摆弄她湿漉漉的头发,"她用一个巨大的鱼缸把我困住,可是鱼缸的粘合并不牢靠,当水要溢出来的时候,鱼缸的其中一面因为承受不住而被水压倒,我也就得救了。"

"是啊……"赵医生点点头,"鱼缸的一面倒了,肖冉就可以把钥匙踢出来,我解开手铐,接着就能救她了。"

"什么?"齐夏慢慢地瞪大了眼睛,心中有一万句脏话都没有说出口。

原来人兔游戏的破局关键……是见死不救?

"你们在耍我吗?"齐夏咬着牙暗骂一声。

凭什么?!

这是凭什么？

这个游戏专杀好人！

李警官之所以会死，正是因为他迫切地想要救下章晨泽。假若他的心再狠一点，一直等到水流灌满鱼缸，两个人就都会得救了。

可是谁又敢赌？就算自己会赌，李警官也肯定不会。

按照齐夏对李警官的了解，若是有人在他面前遇到危险，无论是刀山还是火海，他都一定要去救。

人兔毕竟是人啊，她的游戏应该非常简单。正如她自己所说，这是个非常简单的逃脱游戏，简单到根本不需要逃脱。

"真是好人不长命，王八活千年。"齐夏低声说。

"什么？"肖冉感觉自己听错了，"齐哥你说什么呢？"

"走开，别理我。"

齐夏来到一旁缓缓坐下，表情懊恼不已。

是啊，若是李警官和甜甜不想救人的话，他们不会落得如此下场。

可是这样的世界观真的对吗？到最后几天的时候……这里都会留下什么怪物？难道好人就理所应当地在前期被淘汰，只留下一群人渣来见证终焉吗？

肖冉明显有点生气了，她来到齐夏面前，开口说："齐哥，你这就有点过分了吧？你说谁是王八？"

齐夏微微皱了一下眉头，冷眼看向肖冉。他现在的心情非常差，这个女人难道要在这里找麻烦吗？

"你没听清楚吗？"齐夏说，"掀起你的耳朵给我听好了，我说你王八活千年。"

"你有病是吧？"肖冉怒笑了一下，双手环抱起来，"我整天给你好脸，你真以为自己是个人物了？"

齐夏从椅子上慢慢站起来，表情格外阴冷。

"喂……骗人仔……"乔家劲感觉不太对，赶忙走上来，在他耳边小声说，"虽然她很讨厌，可是打女人的话……"

"还有你！"肖冉指着乔家劲恶狠狠地说，"整天文个花臂晃晃悠悠，后背还文着恶心人的字，你以为你是个什么东西？"

乔家劲一愣，慢慢回过头来。他忽然忘记不能打女人到底是谁说的了。

　　肖冉嘴角微微一扬:"我可是听说了啊,那个出来卖的死了。"

　　"出来卖的……"

　　齐夏和乔家劲瞬间握紧了拳头。

　　肖冉冷笑着说:"能叫你一声'齐哥'我真是给足你面子了,你带着这么多人出去,不仅没赌死生肖,还死了个贱货,所以你连我都不如,到底在骄傲什么?"

　　赵医生见状赶忙上前打圆场:"哎呀……肖冉,算了算了,大家都不容易。"

　　"不容易个屁!怎么,你们两个人之前的威风去哪里了?"肖冉往前走了一步,气势汹汹地说,"就知道欺负我这个弱女子是吧?让我猜猜,你们的游戏一到关键时刻,两个男人就推那个贱货上前挡枪,对不对?"

　　"肖冉,你少说两句吧……"赵医生也明显感觉不太对。

　　"怎么了?"肖冉仰起头来瞪着双眼,"多大的本事啊?要打女人?来啊!让这栋楼里所有的人都看看齐夏打女人!大伙快来看啊!"

　　齐夏气得浑身发抖,他可没有乔家劲身上那种道义,他现在就想让这个女人彻底闭嘴。

　　肖冉一个混吃等死的人,凭什么这么说甜甜?

　　肖冉见到齐夏无动于衷,气焰更加嚣张:"自己没有本事,气全撒在女人身上了?"

　　"你找死!"

　　正当齐夏要上前撕烂肖冉的嘴时,旁边一个高挑的身影瞬间冲了上去。她拉住肖冉的头发,将她狠狠地摔倒在地,紧接着迈开长腿,直接骑在了肖冉身上,抡圆了手臂狠狠地给了肖冉一个巴掌。

　　肖冉还未反应过来是什么情况,只看到眼前的女人恶狠狠地不停地抽打她。

　　"啊!你干什么?!"

　　肖冉惊叫出声,可是那个高挑的身影并不打算放过她。

　　云瑶一连抽了她几十个巴掌,才终于缓缓停下来。

"齐夏和乔家劲不打女人,我打。"云瑶喘着粗气说,"你还有什么意见?"

"贱人……"肖冉咬着牙想要推开云瑶,却又被云瑶抓住了手臂,又赏了三个巴掌。

"你再讲啊!"云瑶吼道,"你再说甜甜试试看啊!"

肖冉被打得脸颊通红,看起来既生气又痛苦。

"赵海博!"她大叫道,"有人打我了,你看不见吗?"

赵医生此时才终于反应过来,赶忙走上前要拉住云瑶。在他马上就要触碰到云瑶的时候,两只强而有力的手按住了他。

齐夏和乔家劲一左一右,挡在了他的身前。

"赵医生。"齐夏叫道,"女生的事情让女生自己解决吧,我们别插手。"

"是啊是啊赵医生。"乔家劲笑了笑,"单挑的时候不要干扰。"

赵医生的脸上阴晴不定:"可……可是你们……"

"或者你要和我单挑吗?"乔家劲笑着问,"我现在有时间,可以接。"

"我……"赵医生为难地看了看乔家劲,又看了看地上的肖冉,一时不知如何是好。

只见云瑶又甩了十多个巴掌,打得肖冉毫无还手之力。

"姐!别打了!别打了!"肖冉哭号着叫道,"你男人厉害!你男人厉害行了吧!"

啪!

"这句话不对,再说!"云瑶生气地说。

"你厉害!你最厉害!"

啪!

"再说!"

肖冉彻底蒙了:"姐……你要我说什么?"

啪!

"说!"

啪!

"对不起!对不起!"肖冉哀号着大叫,"我不该这样说她的,我错了!我再也不敢了!"

云瑶果然没再打了,肖冉也松了口气。

"说十遍。"云瑶说。

"啊?"

啪!

"我叫你说十遍!"

在云瑶的"友好协商"之下,肖冉生生地道歉了十次。

"你给我记好,在这里说话当心一些,有人治得了你!"云瑶又狠狠地揪了揪肖冉的头发,算是警告,最后才缓缓地站起身来。

她低头看了看,自己的双手也变得通红。

"偶像,你没事吧?"乔家劲问。

"我没事,就是手有点疼。"

"哦,那我带你去冷敷一下。"齐夏扬了一下眉头说,"肿了可就不好了。"

"是的是的!"乔家劲连忙点头,二人扶着云瑶出了屋子。

赵医生一脸尴尬地将肖冉扶起来,不知该说什么好。肖冉的一双眼睛都要瞪出血来。

"贱人……她算个什么东西?!"她咬了咬牙,发现嘴里全都是血,她往地上恶狠狠地吐了一口口水,念念有词地说,"我一定要杀了你……"

齐夏用瓶装水打湿了一条毛巾,给云瑶慢慢地包在了手上。

"那个肖冉真的太可恶了……"云瑶完全没在意手上的红肿,仍然生着气说,"这世上怎么会有这么可恶的人?我真的气死了!同样都是女生,她说的话我一句都理解不了!"

齐夏点点头:"你要晚出手一秒,打她的就是我了。"

"算了吧。"云瑶叹了口气,"你要是打了她,那女人肯定闹得沸沸扬扬,一边败坏你的名声一边装成弱者,这就是癞蛤蟆跳到脚上,它不咬人,恶心人。"

"无所谓,我不在意名声。"齐夏摇摇头,又给云瑶的毛巾上倒了一些水。

"那也不行。"云瑶说,"真的遇到这种事,听众只会认为弱者有理,我曾经历过一次,所以想来想去还是我把她痛打一顿最好了。"

齐夏点点头，话锋一转说："我猜那个肖冉不会善罢甘休的，以后不要跟她组成一队，小心她背后下黑手。"

云瑶听后默默地点了点头："你说得对，我会注意的。"

三人在洗手间附近正聊着天，迎面忽然走来了一个大婶。齐夏对这个大婶有印象，她的脖子上挂了一个佛牌和一个耶稣像，今天手腕上又多了一串珠子。

"童姨？"云瑶站起身来，开心地笑了一下，"有事吗？"

"小云啊……"被称作童姨的女人慈祥地点点头，"我听说这次有很多人都没能保留记忆，所以我准备继续开课了，你要来听吗？"

"啊……我……"云瑶露出了一脸为难的表情，"要不我就不去了吧……我有记忆的……"

齐夏和乔家劲不解地看了看云瑶和大婶。

"开课？"

童姨见到齐夏感兴趣，赶忙上前来拉住了齐夏的手。

"阿弥陀佛，上帝保佑。小伙子你看起来很虔诚，要不要一起来听一听我的课？"

"我虔诚？"齐夏无奈地苦笑一下，"大婶您看人不太准，我是唯物主义者。"

童姨的脸上依然露着笑容，说："可是小伙子，若没有信仰，我们要怎么在这种地方走下去呢？"

"这……"

大婶简短的问题问住了齐夏。

她又转头看向乔家劲，从上到下打量了对方一番，说："小伙子，看起来你也没有信仰吧？"

"大婶，您看人确实不太准。"乔家劲尴尬地说，"我拜了十多年的关二爷。"

"好嘛，无所谓的嘛。"大婶摇摇头，"今天下午我在北边的教室上课，会给大家讲解终焉之地的由来，以及回响的原理，你们有空的话都可以来的嘛。"

"什么？！"齐夏一愣，"大婶您知道终焉之地的由来和回响的原理？！"

说完他就看了看云瑶，可云瑶露出了一副无奈的表情。

"是的，这都是真主的安排。"童姨点头说，"我佛向来慈悲，会让我们明白圣母的一切旨意。"

齐夏感觉眼前的大婶信的东西有点多。

短短一会儿的工夫就听到了上帝、我佛、真主、圣母，这世上的主流宗教都快被她信完了。

"要不然我也——"齐夏刚想拒绝，大婶却一把拉住了他。

"小伙子，想要在这里活下去，必须要摒除心中的余念啊。"

"余念？"

"你还有余念吧？"大婶笑着问道，"你这样如何才能得到回响？"

"我……为什么要摒除我的余念？"齐夏的眼神瞬间冰冷下来，"你到底什么意思？"

"小伙子，来听我的课吧。"大婶笑着说，"我会将众人的疑问一一解答的。"

说完，大婶先双手合十，然后一只手在胸前画了个十字，跟众人告别离去了。

云瑶无奈地摇摇头，对齐夏说："我建议你别去。"

"怎么？"

"童姨的理论天马行空，她的课会把你讲疯的。"

齐夏本就是无神论者，自然不想去。

可"摒除余念"这四个字犹如一声炸雷，掉在了他的心间。

"我们今天下午还需要参与游戏吗？"齐夏问。

"倒是不需要。"云瑶说，"你们俩的实力我已经完全认可了，接下来就是自由时间，你们可以去探查游戏、制订攻略，有空的话去赚点道。毕竟除了第一天之外，天堂口的食物和水是需要用道来换取的。"

"好，我知道了。"齐夏点点头，"既然没有别的安排，那我下午就去见一见这个大婶。"

告别了云瑶，乔家劲和齐夏回到教室中简单地吃了点罐头。

肖冉和赵医生已经不在这里了，只留下了林檎跟韩一墨，二人正在聊天。

四个人简单地打了个招呼。

"齐夏,你们今天怎么样?"林檎问。

"非常不好。"齐夏摇摇头,"甜甜、李警官、章律师都死在游戏中了。"

"啊?"韩一墨一愣,"李警官和章律师也死了……不……不是吧?"

齐夏感觉不太妙:"韩一墨,你别太担心,他们会回来的……"

韩一墨沉重地点了点头:"说得也对……可我还是有些难过……"

齐夏思索了一会儿,开口说:"今天下午你们跟我去个地方吧。"

…………

下午一点多的时候,齐夏、乔家劲、林檎、韩一墨四个人来到了北边的教室中,让齐夏未想到的是这里居然已经坐着十多个人了,他还在人群中见到了老吕和张山。

几人微微点头行礼,并未过多交谈。

四个人找到一个角落坐下,静静地等待着。

齐夏发现每个人的桌上都有纸笔,在这里听课难道还要做笔记吗?

没一会儿的工夫,童姨打开门进来了。

"人还是不少的嘛……"她慈祥地笑了一下,将一个茶杯放在了讲台上,然后回头擦起了黑板,举手投足之间真的很像一个老师。

齐夏和乔家劲面面相觑,感觉这好像是个很正式的课程。

"首先自我介绍一下,我叫童婵,你们可以叫我童姨或者童老师。"童姨慈祥地环视了一下房间内的众人,然后说,"在座的很多人,其实和我都是生死之交,今天我的课程会让你们明白这个世界的一切。"

"好!"老吕起立鼓掌,"大家给童老师一点鼓励好不好?"

众人疑惑地看了看老吕,随即稀稀拉拉地拍了两下手。

"老吕,别捣乱,坐下。"童姨挥了挥手说。

她再次环视众人,然后说:"今天上午我们损失了五个同伴,首先请大家和我一起悼念。"

说完她就将两只手握在一起，放在下巴前，缓缓念着："慈爱的母神，今天我们聚在这里，不是为了五个逝去的灵魂而悲伤，而是为了五个将要进入您的国的灵魂而高兴。"

她念完之后抬起头对众人说："请大家跟我一起念。"

十多个人中只有一两个人有气无力地跟着她念出了声。

"虽然我们心中万分悲痛，但那只是因为想念与不舍。慈爱的母神，愿他们与您同在。他们都是您属灵的孩子，一生都在您的看护之下，在此我们感谢您，也希望您宽恕他们五人所犯的罪。愿您让他们的灵魂在您的国，得以安息。慈爱的母神，愿您因信仰，赐福于他们。愿您因虔诚，赐福于他们的后代。愿他们所追求的信仰，被他们的后代所传承，直到您的国降临。"

齐夏的脸色慢慢冷峻下来："我有点受不了了。"

"怎么了？"乔家劲扭头问道，"这大婶说得多好啊，跟演戏一样。"

"这大婶是觉得有东西在保佑我们，所以我们才有了这些诡异的经历吗？"齐夏冷笑一声，"若是保佑我们的东西真的是她所说的那个母神，我真是庆幸自己从来不信这些。"

林檎在一旁听得也直皱眉："还有个奇怪的地方……"

齐夏和乔家劲同时看向她。

"这一段话如果我没记错，应该是基督教的悼词。"林檎思索了一会儿说，"可如果真是基督教……应该向天父祷告，而不是慈爱的母神。"

"所以她根本分不清玛利亚跟耶和华？"齐夏说，"这事怪我，耽误你们的时间了，咱们走吧。"

还不等几人站起身，童姨忽然慷慨激昂起来。

"伟大的创世母神！请接受我最真诚的祷告吧！"

众人听后鸦雀无声。

"创世……母神？"齐夏略微皱了皱眉头，他并未听过这个神。开天的是盘古，造人的是女娲。难道创世母神指的就是女娲？

齐夏思索了一会儿，扭头问韩一墨："你是写小说的，听过女娲的某个名号叫作创世母神吗？"

"没……"韩一墨摇摇头，"这不像是咱们的传统称呼，就算叫神母也比母神正规一些。"

在场的众人都有些如坐针毡，看来不止齐夏想走。

人群中一个穿着西装的中年男人开口问道："大姐，先别拜了，能不能告诉我们这个地方到底是怎么回事？"

童姨意味深长地笑了一下，然后回过身，在黑板上写下了一个大大的"神"字。

"神？"众人念出了声。

"不错。"童姨点点头，"能够建造终焉之地的，必定是个神，她就是母神。"

在座的各位听到这个解释都沉默了半天。

"大姐。"中年男人摇摇头说，"这就是你的课程？你想告诉我们这个地方是神话故事里的？"

"我只是个领路人。"童姨依然保持着儒雅的微笑，"母神的启示并不是凡人所能领悟的，所以你们有疑问也很正常。"

"为什么你会觉得是那个什么神把我们带来这里的？"一旁一个长相清秀的年轻人问道，"你曾见过她吗？"

"当然没有。"童姨摇摇头，"母神是看不见也摸不到的，她无处不在，我能感受到她。"

"越说越离谱了。"中年男人没好气地说，"大姐，我们是相信你才跟着过来的，你为什么要跟我们扯这些东西呢？"

"孩子，你还是悟不到。"童姨摇了摇头，"可是没关系，母神会谅解你的。"

她伸出自己的手，做出拥抱的姿势："钟震，母神会谅解你的罪。"

"你……"中年皱了皱眉头，表情依然将信将疑。

"为什么神要我们死呢？"另一个年轻人问道。

"孩子，你错了。"童姨摇摇头，"仔细想想吧，神并没有让我们死，只是我们自己本就该死。"

"我们该死？"众人还是不理解。

"你们一定记得自己来这里之前所发生的事情，我们都死了。"童姨仰起头说，"我们本就该死的，但是母神让我们复活了，她不是在杀戮我们，而是在孕育我们！无论我们死去几次，都一定会以崭新的姿态活下来！是母神赐予了我们另一种生命啊！"

齐夏只感觉后背有些发寒。

这是什么鬼逻辑？如果真有这个母神，那她为什么要让众人在这里复活，而不是在现实中复活？复活之后，为什么又要让她的子民再次死亡？

"这简直就是胡扯！"齐夏深叹一口气，"能活着来到天堂口的人都不是傻子，估计没有几个人会信她的。"

正如齐夏预料的一样，在座的众人没有任何人搭话，大家的表情都不太自然。他们不仅怀疑童姨，甚至开始怀疑天堂口这个组织。

此时一个黑瘦的女生举手问："阿姨，请问我们死后为什么不去阴曹地府，反而来到了这里？"

"那正是因为我们有罪。"童姨解释道，"虽然我不了解你们所有人的过去，但我知道你们一定有罪。我们都是来赎罪的。"

听到这句话，有的人慢慢皱起眉头。

"你是说我们犯了法？"叫钟震的中年男人问。

"不。"童姨摇摇头，"你的人生有罪，不代表你一定做了犯法的事情，可归根结底，我们所犯的都是要下地狱的罪。挑拨离间是罪、以讹传讹是罪、抛弃所爱是罪，甚至连糟蹋粮食都是罪。"

"这个大婶说的我好像看到过……"韩一墨此时小声对齐夏说，"我在写小说的时候曾经查过资料，十八层地狱中有很多层都是为了惩戒一些微不足道的小事而建立的，她刚才提到的糟蹋粮食、挑拨离间、以讹传讹都在其中。"

"是吗？"齐夏疑惑地看了看韩一墨，这个知识他倒是第一次听说。

"可是地狱不是佛教用语吗？"黑瘦女生继续问道，"阿姨您身上带着这么多东西，到底是什么信仰？母神是哪个宗教的？"

"孩子，母神怎么可能是某一个宗教里的人物？"童姨耐心地解释道，"她即是一切啊！我身上带的所有的东西、这世上的所有宗教都是母神建立的啊！我只有相信母神所建立的一切信仰，才能尽力地去理解母神的想法。"

"可是阿姨，这世上没有一个宗教是神建立的，建立宗教的都是人,这都是有历史可查的。"黑瘦女生不客气地说,"您如果愿意去查资料的话,甚至可以洞悉一个宗教的完整发展史,到时候您就不会说出这样的话来。"

"孩子,你总会懂的。"童姨继续笑着说,"若你只相信这世上的一个宗教,那你总会遇到无法理解的事情,可若你追随母神的脚步,这世上的一切就都可以解释了。"

林檎此时用胳膊轻轻地捅了捅齐夏,问:"你不觉得奇怪吗?"

"你是指哪方面?"齐夏有些疑惑,因为这个大婶的奇怪之处特别多。

"我是说为什么楚天秋会把她拉进天堂口?"林檎思索了一会儿问道,"不是说这里都是厉害人物吗?"

齐夏听后眉头一皱。林檎说得对,这个大婶到底哪里有过人之处?

难道……楚天秋认同她说的话吗?

铛!

一声钟声在远处响起。

齐夏微微眨了眨眼,回过神后看向大婶。现在他所认识的人都没有进行游戏,这个回响者八成不是自己人。

"下面是本堂课的第二个课题,何为回响。"童姨微笑着看向众人。

在座的众人只能耐着性子,姑且听听这第二个课题是什么内容。

童姨先是简单地介绍了钟声响起的时机,这跟齐夏所知道的内容相差无几,唯一的区别是童姨声称屏幕上写的"我"即是母神。

"我听到了回响"即是母神听到了回响。

不得不说她的解释目前找不到破绽。

"当我们感受到回响时,就可以暂时借用母神的力量,她会赐予我们无限可能。"

童姨见到众人并不相信自己,于是说:"你们面前都有纸笔,现在请随意写下一句话。我会向你们证明母神的存在。"

说完这句话,她便背过身去,面朝黑板。

众人窃窃私语了一会儿,还是将信将疑地在纸上写上了文字。

齐夏四人的面前也有一张纸，众人看了看，将这张纸递给了齐夏。看来他们都没有什么话想说。

齐夏的脸上露出一丝悲伤，他接过笔来思索良久，默默写下了"安，我真的好想你"。

"现在，你们可以向我随意提问。"童姨笑着说，"我会知道你们所有人纸上写的内容。"

"扯淡。"齐夏第一个举起了手，问道，"大婶，我写了什么？"

童姨听后微微思索了一下，说："你写的内容无非是心中重要之人，若我没猜错的话，是'安，我想见你'。"

"呵。"齐夏冷笑一声，"意思差不多，但内容不太准确，你的回响可能还需要磨炼一下。"

齐夏将桌面上的纸拿起来，刚要给众人展示的时候，却忽然瞪大了眼睛。那纸上分明写着：安，我想见你。

这五个字确实是齐夏的笔迹，墨都没干。

齐夏难以置信。怎么回事？难道自己刚才记错了？

"骗人仔……你做什么？"乔家劲不解地问，"大婶不是猜对了吗？"

"你……你们难道没有看到我刚才写的是什么吗？"齐夏瞪着眼睛问。

"你刚才写的就是这句话啊。"三个人同时露出疑惑的表情。

"不是……我……"齐夏感觉情况有点怪，"你们说我刚才写的就是这个？"

"你没事吧？齐夏……你看起来好像很累。"林檎说，"人要学会纾缓自己的压力，否则会承受不住的。"

"你以为我疯了？"齐夏皱起眉头看了看自己手上的纸，他知道自己很清醒，绝不可能在这里疯掉。

刚才的钟声一定是童姨发动了能力，她有可能篡改了自己写下的内容。齐夏想，她的能力或许和江若雪的因果能力差不多，无论她说出来的内容是什么，都会影响别人写下的内容。这个能力的可怕之处在于其他人根本发现不了端倪，仿佛在他们的记忆中这段文字本来就该是这样，唯有写下文字的本人才有可能知悉内容发生了变化。

童姨微微一笑，说："原理稍后揭晓，还有其他人需要猜吗？"

在场又有几个人稀稀拉拉地举起了手，童姨毫不犹豫地给出了答案。很明显她的答案与众人记忆中的不同，却与纸片上的内容相同，这让众人不禁窃窃私语了起来。

直到完全没有人举手，童姨才转过身，扫视了一眼众人，然后盯着齐夏淡淡地开口问："小伙子，你觉得我说得对吗？"

虽然齐夏知道她的答案是错的，但现在没有任何证据能够证明这一点。

"对。"齐夏点点头，"可能不能告诉我，你为什么是对的？"

童姨听后微微点了点头："这个问题很巧妙，你是个非常聪明的孩子。"

她转身在黑板上又写下一个字——"信"。

"其实能够听到回响的人非常多，可能够完全操控回响的人非常少。"童姨轻轻地敲了敲黑板上的字，说，"关键点就在于'信'。"

众人听后还是不太明白。

齐夏只知道云瑶曾说过，回响是一种信念，难道这句话是童姨说的吗？

"回响的能力来自母神，她将能力赐予我们，让我们在危难之地得以自保，可有几个人真的感恩母神？那些回响者使用着自己的能力，却未能表现出他们的虔诚。"

听到这句话，齐夏知道自己的推断还是有点乐观了。这个大婶所说的信，是信仰。

童姨继续说："我所见过的回响者中，没有任何人发动回响的成功率高于我，归根结底，是因为我相信母神一定会护佑我，毕竟我是她最虔诚的孩子。"

按照这个说法，齐夏感觉童姨发动回响的成功率确实很高。当时的江若雪仅仅发动了两次因果能力，便说自己运气太好了，可再看童姨，她一连说出了七八个人纸片上的内容，却未曾遭到一次反驳，说明她每一次都成功了。

"信……"齐夏默默地思索了起来。

他感觉自己好像抓住了一丝缥缈的线索，相信母神……

片刻之后，齐夏慢慢地睁大了眼睛……没错……原来这才是童姨出现在天堂口的原因!

她的理论非常重要!

齐夏只怪自己有些先入为主了,刚刚居然一直没有把她说的话当回事。

"大婶……"齐夏再次举起了手,一脸认真地问,"你是说……想要成功地发动回响,我们必须相信这一次回响一定能成功?"

"是,你确实是个聪明的孩子。"童姨笑着说,"你要从心底完全相信母神赐给你的力量,才有可能窥得端倪。"

这样说来的话,一切都变得清晰了。

"如果……"齐夏继续验证着自己的想法,"我的回响是从口袋中掏出一摞钞票,按照您的理论应该如何实施?"

"很简单,那就是你的潜意识认为,你的口袋里真的有这样一摞钞票。不可以有任何的怀疑和顾虑,这样你就可以借用母神的力量,从口袋中掏出钞票。"

"原来如此……"齐夏有些迷茫地低下头,一直喃喃自语。

火车根本不会开进城市里,天空也不可能下起陨石雨,韩一墨是安全的。因为那些匪夷所思的灾难在现实中不会发生,韩一墨的潜意识不相信这些灾难的来临,就算他始终在"招灾",可招来的依然是力所能及的灾难。

房间中的鱼叉乱窜,所以他相信自己会被贯穿,这在合理的范围之内。可七黑剑呢?这个问题很有意思,为什么韩一墨会相信这个世界上真的存在七黑剑呢?

恐怕只有一个答案了。这个作家在写作的时候,为了更好地推进故事,他始终相信这个世界上真有这样一把剑,他尽可能地把自己当成一个故事的讲述者,而不是故事的编造者。

若是一个作家自己都不相信自己所写的东西是真的,读者又怎么可能相信?所以他在那个黎明凭空凝聚了七黑剑,而这把剑也跟他想象中一样,分毫不差地刺死了他。

李警官的行为也同样得到了解释,在他第一次掏出打火机和烟的时候,整个人已经因为失血过多而接近昏迷,那时的他可能连自己身处何方都不知道,所以他的潜意识认为自己的口袋中始终带着打火机和烟。这也证明了他为什么只有在死前最后关头才掏出一颗道，当他清楚地知道自己身上只有三颗道的时候，他绝对不可能掏出第四颗。可当他要放弃时、要死亡时，竟然忘记了自己将其中一颗道交给了齐夏，所以第四颗出现了。

而童姨之所以能够以极高的概率发动回响，其实并不是因为她对潜意识控制得当，而是她完全相信这个世界上有一个母神，一切都是母神的力量，她认为自己只要虔诚地向母神参拜，便会百分之百成功地借用这个力量。这个阴错阳差的巧合使她成了强大的回响者。

这便是所谓的"信则有"。

"这太合理了……"齐夏喃喃自语地说，"这简直是回响最完美的解释了……它不是超能力，确实是一种信念，它是潜在的，它是持续的……"

林檎等人见到齐夏正在沉思，一时间面面相觑，不知道该说什么好。

"林檎……"齐夏忽然扭过头来看着林檎，"你能不能帮我一个忙？"

"帮忙？"

"我想要控制潜意识。"齐夏低声说，"我需要让韩一墨不要去想某些东西。"

林檎微微思索了一下，说："齐夏，你闭上眼睛，我和你做个试验。"

"好。"齐夏点点头，闭上了眼睛。

"齐夏，请你不要去想象一只黑色的猫。"林檎说。

齐夏听后，闭着眼默默皱起了眉头。

"现在，请你不要想象那只黑色的猫正在看你。也不要去想象它有一双棕色的、漂亮的瞳孔。"

齐夏沉默着。

"现在，请你不要想象那只黑色的猫正慢慢地朝你走来。"

"我……"齐夏的眉头慢慢地舒展了，静静地听着林檎讲述。

"也绝对不要想象，那只黑猫蹭了蹭你的腿，似乎是饿了……你没有意识到，那只黑猫的毛发非常柔软。你也不知道，它其实很喜欢你。"

见到齐夏的表情已经完全平静了下来，林檎缓缓地开口问："那么齐夏……你四下看看，你现在站在哪里？"

齐夏听后微微一皱眉，四下一看，他竟然站在家里。

"你如果很累的话，可以在床上休息一会儿。"林檎说。

齐夏慢慢地转过身，发现身后有一张床，可他从来不在床上睡觉。

他愣了愣，瞬间睁开了眼睛。那脸上的平静表情消失殆尽，取而代之的是冰冷和绝望。

"林檎，你在催眠我？"

"也不算催眠，只是个精神放松。"林檎笑着点点头，"齐夏，你看起来非常累，内心也非常压抑，这样你会撑不住的。"

"没必要。"齐夏摇摇头，"我们还是探讨点更重要的事情吧。"

"嗯。"林檎点点头，"其实我已经给你举了一个例子。"

"例子？"

林檎点点头："你发现了吗？人类是听不懂否定词的。"

正如林檎所说，在她一直劝告自己不要去想某些事情的时候，齐夏的脑海中会把它塑造得格外清晰。

"这是一个很典型的心理学现象，人们很乐意用'你别做某件事'来劝说他人，比如'你别太累了你''别太在意别人的眼光了'，在别人耳中就会变成'你很累''你很在意别人的眼光'，劝说效果会适得其反。"

齐夏听后点点头，一脸惆怅地说："所以我们无法干涉别人的思想吗？"

"说实话，我们连自己的思想都控制不了，又怎么干涉别人的？"

问题确实很棘手，韩一墨这条路很难突破，关键点可能还在李警官身上。

齐夏只能又问道："那假如我想让一个人的潜意识相信一件不可能的事情，这样可以做到吗？"

林檎听后眨了眨眼睛，问道："你是不是认识这个大婶所说的回响者？"

"是的。"齐夏点点头，"李警官。"

"他是那个能掏出钞票的人？"林檎又问。

"差不多。"

"那也很难办……"林檎说，"人之所以被称为人，是因为我们都有基本的认知能力，况且一般人在不确定自己口袋中是否带了现金的时候，第一个念头是我口袋中可能有钞票而不是我口袋中一定有一摞钞票，按照大婶的说法，第一种情况是会失败的。"

齐夏点点头："那就没有什么办法可以影响他吗？"

"有两个方法可以试一试。"林檎说，"第一是长期的洗脑，类似于催眠，虽然会浪费大量的时间，但也会让对方永远认为自己的口袋里装着钞票，可这也有弊端，那就是可能会影响对方正常的逻辑思维。他会认为自己的口袋里除了钞票之外不可能存在其他的东西。"

齐夏再次点了点头："第二呢？"

"第二就是……"林檎为难地咽了下口水，说，"让这个人彻底失去正常的认知能力，陷入神志不清或者思维混乱的状态……这样他会永远相信自己。"

"也就是变成一个疯子？"齐夏问。

"没错。"林檎点点头，"你会发现这世上凡是被称作疯子的人都很纯粹，包括精神病人也一样，他们的信念感极强，会对某些奇怪的东西深信不疑。"

若是这样看来，极道的人不正是一群疯子吗？他们发动回响的概率很高，正是因为她们疯得足够纯粹。而眼前的童姨，她深信着母神，看起来也不太正常。

可是林檎为什么会知道这么多呢？

"林檎你……"齐夏有话想说，但思考了一会儿还是没有说出口。

有些话不方便当众讲，或许当二人独处的时候再说会更好。

当几人回过神来的时候，童姨已经结束了对于回响概念的阐述，开始讲起了回响的契机。

按照她的说法，回响通常只有在起初阶段需要借助契机，当一个人多次感受到回响之后，说明他完全获得了母神的青睐，届时可以主动发出回响，从而获得无上的能力。当然，也有些人的回响太过特殊，他们始终都要借助契机。

"那回响要怎么关闭？"齐夏举手问。

"关闭？"童姨盯着齐夏看了看，"为什么要关闭？这世上有谁会主动放弃母神的赏赐？"

"有可能你的母神给的不是赏赐，而是诅咒。"齐夏说，"总会有人想要关闭自己的回响的。"

"孩子，你可以把回响理解成一种声波，在它覆盖到你的时候，你才可以听得到它，但是声波是会散去的。"

齐夏听后顿了顿，问道："你是说回响都是暂时性的？"

"没错。"童姨点点头，"我们从来不需要主动关闭回响，只需要等待它慢慢散去。"

齐夏漫不经心地看了一眼韩一墨，他已经回响了整整一天，那么……他的回响会持续多久？会不会是十天？

接下来童姨又开始宣扬起了母神的伟大，由于她展示出来的回响太过诡异，又有好几个人信服了她的话。

不知为何，齐夏在童姨的宣扬中感受到了更深的绝望。当一个世界只能靠祈祷神明来拯救自己的时候，便证明活在这个世界的人已经完全没有了办法。

他们真的能够从这里逃出去吗？自己还能见到余念安吗？

"我刚要给她更好的生活……"齐夏的眼神落寞起来，心中痛苦至极。

童姨继续对众人说："只要我们摒除了心中的余念，便一定能够得到母神的青睐，最终获得母神的力量！"

齐夏皱了皱眉头，感觉非常不舒服，不由得开口问她："大婶，一般都说摒除杂念，可你为何总要说摒除余念？"

"孩子，你不明白吗？余念就是杂念啊。"童姨缓缓地说。

"你说什么？"齐夏慢慢站起身来，看起来非常不冷静，"不要跟我胡扯……别人的余念才是杂念，我的余念是我的一切……"

"喂……骗人仔你冷静点……"乔家劲伸手拉了拉齐夏，"忽然之间这是怎么了？"

林檎也发现了这一点，齐夏很奇怪。

他的情绪并不稳定，他的心理状态始终是痛苦的、压抑的、焦虑的。

"我的妻子就叫余念安。"齐夏对大婶说,"上一次我回家的时候,她消失了。"

童姨听后略微思索了一下,问道:"孩子,消失是什么意思?"

"她存在的痕迹被抹除了。"齐夏说,"这个确实很像你说的那个变态母神的手段,如果你能感受到她,能不能让我直接和她对话?我有很多事想要跟她问个明白。"

童姨微微摇了摇头:"孩子,虽然你很可怜,但连我都无法跟母神交谈,又怎么帮你建立联系?况且……这也是我第一次听说存在痕迹被抹除的情况。"

"什么?"齐夏皱了皱眉。

"一般来说,回响者回到死亡之前的那一天,是非常明显的神赐,他们可以带着母神的力量享受那一天,可没想到你却感受到了痛苦。"童姨意味深长地看了齐夏一眼,"孩子,你也有记忆,说明你也得到了神赐,那么抹除你妻子存在痕迹的……会不会是你自己?"

齐夏刚要说什么,却慢慢睁大了眼睛。

这段话的信息量实在太大,搞得齐夏一时半会儿没了反应。

原来回响不只是终焉之地的专属能力吗?他们甚至可以带着回响回到现实世界中度过一天?可是这也无法解释余念安为何会消失不见。

"就算我的回响真的是抹除一个人,我又怎么可能抹除我的妻子?我到现在都不能相信我的妻子消失了!"齐夏咬着牙说,"我绝不可能摒除我的余念。"

"那会不会有这样一种可能……"童姨抬起头来盯着齐夏,她的眼神格外深邃,"孩子,你会不会根本就没有妻子?"

"你!"齐夏瞬间愤怒了,"你在说什么胡话?我有没有妻子,难道连我自己都分不清吗?你凭什么说她不存在?!"

林檎和乔家劲赶忙站起身来将齐夏拉住。

"齐夏……你……"林檎始终有话说不出来。

他真的很奇怪。正常人提到自己的妻子时,大多是自豪的、思念的、向往的,可很少有人会像齐夏这般,只要提到"余念安"

三个字,他瞬间就变得敏感、脆弱、易怒。

两个人将齐夏拉着坐下,发现他身体在微微发抖。

童姨盯着齐夏又思索了一会儿,说:"孩子,去问问别人怎么样?"

"问别人?"齐夏一愣。

"当你再回去的时候,问一问你和妻子的共同好友。"童姨端起茶杯,轻轻抿了一口茶,"若他们也记得你的妻子,便说明她的消失确实是被人做了手脚,可能是母神,也可能是回响。可若他们不记得你的妻子,那就只能说明——"

"别说了!"齐夏打断道,"我自然会回去查清楚的。"

话虽这样说,可他却不记得自己和余念安有共同好友。

余念安……有朋友吗?

"不对……"齐夏嘴唇微微动弹了一下,一个更加诡异的念头开始盘旋在他的脑海,"我……有朋友吗?"

童姨无视了这个小插曲,又向众人交代了几句,随后宣布下课。

当众人缓缓离开教室的时候,齐夏依然坐在原地没有动。

"齐夏……你没事吧?"林檎轻轻地拍了拍他。

齐夏回过头来:"我……没事,只是很多事情想不明白。"

"怕什么?"韩一墨忽然插话道,"这不是有一个无所不知的大婶吗?"

齐夏叹了口气,问道:"韩一墨,你真的相信那个大婶所说的?"

"怎么说呢……"韩一墨摸着下巴微微思索了一下,"齐夏,一般像我们这种处境……我是说忽然降临到一个异世界一样的地方,都会有前辈带路和指引的,只要跟着前辈说的做,最后应该会获得很好的结局。我看那个大婶扮演的就是这个角色。"

如果齐夏猜得没错,韩一墨在试图用小说里的桥段解释现在的现象。

"你上次死得早,可能不知道……"齐夏摇了摇头,"我们在终焉之地游荡四天,没有任何指引者和带路者,不仅是我们,就连这里的生肖都一样,他们也始终摸索着前进,大家都在一头雾水中以命相拼,这才是我认为最可怕的地方。"

"啊?"韩一墨稍微一顿,随即又思索了起来,喃喃自语,"那会不会是因为我才是主角?"

"什么?"

"上一次因为我没有出现,所以你们也没有获得指引……"韩一墨组织了一下语言,试图让自己的观点更加易懂,"我是说,这一次主角出现了,所以指引也随之而来了。"

齐夏摇了摇头,一言不发地站了起来,他从来不知道作家的想法会这么诡异。

"韩一墨,虽然我对这里的了解不多,但我知道那个大婶所说的东西有一大半是假的。我建议你不要跟随她的脚步,否则会疯掉的。"

说完他便缓缓地走出了教室。

三个人互相看了一眼,也跟着他一起走了。

现在天色已近傍晚,第一天也要宣告结束。好消息是齐夏得知了许多上一次没有得到的情报,距离那虚无缥缈的逃脱又更近了一步。坏消息是他一天之内痛失了三名队友,甜甜、李警官、章律师。

四个人回到教室的时候,赵医生正坐在里面吃罐头,肖冉不知去了哪里。他见到齐夏和乔家劲,脸上露出一丝尴尬神色,并未打招呼。

韩一墨和林檎不明所以,只能找地方坐了下来。齐夏跟乔家劲给他们二人取了食物,四个人围坐在一起。

没一会儿云瑶从门外进来,向里面打量了一下,说:"齐夏……虽然这么说有点冒昧……但今晚有个迎新会,你们要参加吗?"

齐夏微微思索了一会儿,问道:"迎新会?"

"是的。"云瑶点点头,"本来应该昨晚举办的,可是昨晚我们开车去找小年了……所以推迟到了今天。"

"有这个必要吗?"林檎插话问道,"我们已经损失了很多队友……这个迎新会听起来实在是太讽刺了……"

"我知道,所以我才说有点冒昧……"云瑶苦笑了一下,"没关系,那你们休息吧,我再去问问别人。"

还不等云瑶离开,齐夏又叫住了她,问:"举办这个迎新会主要是什么目的?"

云瑶听后微微思索了一下，说："主要是介绍大家相互认识，方便后期的行动……对了，我们还会拿出啤酒招待大家。"

听到这里，乔家劲噌的一声站了起来。

"我丢……听起来真的很重要啊，我们一定得去。"

韩一墨似乎没听明白："哪里重要了？"

"迎新会啊！写字仔……"乔家劲略显激动地抓着韩一墨的手说，"听起来就很重要啊……"

韩一墨疑惑地看了看齐夏，他还是不明白，迎新会怎么了？

齐夏无奈地叹了口气："你以为乔爷能有什么深远的打算？他都快把'想喝啤酒'四个字写脸上了。"

"是啊……"乔家劲不好意思地笑了笑，"我这四年来就喝过一次啤酒，还是来这儿之前喝的……"

虽说齐夏并不想参加这个迎新会，但毕竟乔家劲想参加。齐夏知道他很少会这么有主见，所以决定满足他的心愿。

四个人出发时，韩一墨执意要拉上赵医生。他说赵医生在上一次循环的时候试图救他，不但给他缝合了鱼叉造成的伤口，还一直陪他聊天让他不要失去意识，所以一定是个好人。

齐夏不敢说赵医生是不是个好人，但至少赵医生是一名合格的医生，在救人的时候展现出了非常专业的一面。至于做人方面……人都是复杂而多面的，他只能不予评判。

迎新会在学校的食堂举办。

众人将食堂中的所有的桌子堆到一起，摆成了两条长桌，长桌上点着不少蜡烛，将这不大的食堂照得灯火通明。

许多罐头、膨化食品、干果和饮料堆放在桌子上，看起来颇为壮观，不知道楚天秋到底从哪里找到这些东西的。

五个人找了个位置缓缓坐下。现场已经有三十多个人了，此时楚天秋、张山、云瑶站在众人的最前方，正在跟来往的人一一打招呼。

看来正如"小眼镜"和金元勋描述的一样，这里的所有人都是楚天秋找来的。

"怎么一直没有看到那个肖老师？"林檎问道，"她出去了吗？"

齐夏和乔家劲同时扭头看向赵医生。

"我不知道……"赵医生摇了摇头，"我也有一会儿没见到她了。"

"没了更好。"乔家劲拿起桌子上的饮料看了看，"那个靓女都快烦死人啦。"

话虽这样说，但齐夏心中总有一股不安的感觉。

乔家劲没在意，只见他翻弄了一会儿桌面，忽然面色严肃起来："糟了……我们被摆了一道！"

"啊？"坐在他身旁的韩一墨被他吓了一跳，赶忙四处张望着，"怎……怎么回事？谁摆了我们一道？"

乔家劲一脸认真地回过头来，说："写字仔，这里没有酒啊！我们被骗了！"

看着乔家劲的表情，齐夏恨不得揍他一顿。面对黑熊的时候也不曾见他露出这副表情，没有酒难道比面对黑熊还可怕吗？

"我说……你最好别吓唬韩一墨……"齐夏劝说，"他胆子小，吓坏了可就麻烦了。"

"胆子小？"乔家劲伸手搂住了韩一墨，"写字仔，有我和骗人仔在这里，难道还会遇到对付不了的事？"

韩一墨听后微笑一下："被你这么一说还真是……"

众人纷纷落座之后，站在最前面的楚天秋开口了。

"各位……虽然我们都已经见过面了，但我还是要做个自我介绍。"他冲众人儒雅地点头行礼，"我叫作楚天秋，目前是整个天堂口的领路人。"

说完他又向旁边一伸手："这位是云瑶，她是天堂口的副首领，若我不在这里的话，一切后勤、安排任务等都由她做主。"

众人见状也向云瑶打了个招呼。在座的大部分人都见过楚天秋，可并不是所有人都见过云瑶。她那人畜无害的气质和平易近人的笑容，给众人都留下了好感。

"左边这位叫作张山。"楚天秋继续介绍道，"他也是天堂口的副首领，主要负责带领大家参与游戏。"

张山向众人点了点头。

"没必要太压抑了。"楚天秋说,"无论你们循环几次,都会被我带回天堂口,你们永远都是这里的一分子。所以你们可以抛开人世间的一切顾虑,专注地完成我们的任务。"

说罢,他扭头看了一眼张山,给了他一个眼神。张山心领神会地点点头,从一旁的桌子底下搬出了两箱啤酒。

"今天是迎新会,我们会拿出大量的食物资源招待大家。从明天开始,每个人都需要花费道来购买食物,做不到的人可以随时退出天堂口,这里不养闲人。"

乔家劲此时默默举起了手。

"怎么?"楚天秋看向他。

"道可以买酒吗?"

"可以。"楚天秋点点头,"但酒比一般食物贵。"

"那没关系。"乔家劲笑了笑,"我比一般人厉害。"

"很好。"楚天秋笑了一下,"从明天开始,将由张山带队进行地级游戏,高风险有高回报,有想要参与游戏的可以联系他。不过明天不建议新手参与,只招收记忆保留者。"

齐夏记得上一轮的第二天,也是由张山带队参与游戏,他们与自己在地牛的游戏中碰面了。

张山将啤酒发到桌子上,每人一瓶。

齐夏和韩一墨都不喝,让给了乔家劲,乔家劲看起来格外开心。

他用牙咬开瓶盖之后咕咚咕咚地喝了好几口,露出了享受的表情,可过一会儿便有些失落地说:"常温的,不好喝。"

"差不多得了。"齐夏摇摇头,"去哪里给你找冰的?"

在众人几瓶啤酒下肚之后,原本有些沉默的气氛逐渐变得热闹起来,不少人开始拿着自己的酒瓶与其他人碰杯,然后做着自我介绍。

在接下来的日子中,众人将会成为一起赴死的战友。

"乔家劲。"齐夏吃着花生问,"你不得不出去的理由是什么?"

"我也不知道。"乔家劲看着远方热闹的人群,缓缓地开口说,"报恩吧?或是报仇?我也不清楚。"

平日里嬉皮笑脸的乔家劲此时好像换了个人，他猛喝了一口啤酒，表情十分平静。

"你呢，韩一墨？"齐夏又看向韩一墨。

"我想完结我的小说。"韩一墨回答道，"我只差最后一个章节就可以结束这段故事，就算是要我死，我也想完结了小说之后再去死。"

"那也太绝对了。"齐夏摇摇头，"小说比你的命还重要？"

"那倒不是。"韩一墨苦笑了一下，"谁会真的想死呢？可是地震来了啊，我定然是要死的……我真后悔为什么不直接发表那一章……"

齐夏听后无奈地叹了口气。韩一墨说的并不是出去的理由，反而更像死前的愿望。

此时一个黑瘦的女生和一个穿着西装的大叔拿着酒瓶肩并肩走了过来。

齐夏记得这二人，他们参加过童姨的课程。

"各位，认识一下吧。"黑瘦女生笑着说，"你们是来自同一个房间的人吗？"

"是的。"林檎在一旁点点头，"你们也是吗？"

"嗯，我叫李香玲。"黑瘦女孩冲着林檎伸出了手。

林檎也伸出手，二人简单地握在了一起。接触的一瞬间，林檎发现这个女孩的手掌上有不少老茧。

"我叫钟震。"西装男人朝着几人点头。

齐夏面带疑惑地看着二人，然后问道："你们的其他队友都死了吗？"

"没有。"叫李香玲的姑娘摇了摇头，"我们存活了五个人，剩下的三人不想来到天堂口，所以只有我和大叔过来了。"

"我叫乔家劲。"乔家劲拿起自己的酒瓶，碰了钟震的酒瓶一下，"叫我阿劲就行。"

"好的，兄弟。"

二人和林檎、乔家劲、韩一墨交谈起来。

原来他们的队友是三个罪犯，那三人从到达城市开始便一直在寻找防身用的匕首，钟震和李香玲自知跟对方不是一路人，本想单独行动，却遇到了前来游说的张山。在短暂的沟通之后，二人便决定来天堂口看看。

"三个都是罪犯？"齐夏皱了皱眉头。

"是啊……他们当中有两个人是刑满释放的，还有一个人是从监狱里来的……"李香玲不由得露出一丝后怕，"感觉真是好吓人。"

齐夏自然知道对方说的这三人是谁。

童姨说，来到这里的人全都有罪，可齐夏已经亲眼见到了许多人并无悔过之心。对于阿目他们三个来说，这里不像是让他们赎罪的地方，反而是让他们完全解放的地方。

云瑶此时走了过来，见到齐夏一直在吃花生，不由得有些疑问："齐夏，你怎么不喝酒？"

"因为我要保持清醒。"齐夏说，"你们喝吧。"

"何必那么累？"云瑶坐到了齐夏身边，给他打开了一瓶酒，"我们本来就身处一个必死的地方，还有什么是需要处处小心的吗？"

齐夏感觉云瑶说的话不无道理，可是这么多年来他已经习惯了。

"还是算了，我吃花生就好。"

齐说完他便继续剥起了花生。

云瑶感觉齐夏很奇怪，他面前的花生壳都快堆成小山了，这个人是有多么喜欢吃花生？

"哼，不喝算了。"云瑶一撇嘴，扭头又看到了林檎，"小姐姐，你是做什么的？"

"我是心理咨询师。"林檎微笑了一下回答道。

"呀……"云瑶高兴地跟她碰了一下酒瓶，"我们团队以前也有专业的心理顾问。"

"团队？"林檎顿了顿，"那你是？"

"我们是少女偶像团体，叫'奇思妙'。"她笑了一下问道，"我们在二〇二七年就已经出道了，小姐姐你了解过我们的组合吗？你是来自哪一年的？"

听到这句话，林檎面露一丝尴尬："没……没听过……我的时间比较往后……"

齐夏无奈地摇摇头，也替云瑶尴尬。林檎来自二〇六八年，她追星的时候估计云瑶都要退休了。

云瑶看起来毫不在意，拉着林檎滔滔不绝地聊了起来，从生活起居到哲学思想，也幸亏林檎肚子里有东西，无论什么话题都能聊上几句。

没一会儿的工夫，一个天堂口的人拿来了几节电池交给云瑶。她见状开心地转身离开，走到一个老式收音机面前，装上电池，按下了播放键，然后回过身来对在场的众人说："各位各位！今天的迎新会，我们招纳了几个之前没有见过的队友，我很喜欢他们，所以心情特别好，准备给大家演唱一首歌。"

众人听后赶忙热情地鼓掌。

乔家劲、韩一墨、钟震、李香玲、赵医生纷纷凑上前去，找了个位置极好的座位坐下了。

随着收音机里老旧的旋律传出，云瑶也非常大方地跟着唱了起来。她长相甜美，台风也很好，不太像是偶像团体，反而像是专业的歌手。

收音机放出来的歌声耳熟能详，在场的很多人都会唱。

这场演出从云瑶的独唱，慢慢地变成了大合唱。

其中乔家劲唱得最起劲。

　　在你身边路虽远，未疲倦。
　　伴你漫行，一段接一段。
　　越过高峰，另一峰却又见。
　　目标推远，让理想永远在前面。

这是邓丽君在一九八三年发行的《漫步人生路》，不知为何，放在这里总感觉很应景。

看着远处高唱的众人，齐夏也被他们感染了，似乎有一瞬间忘记了自己身在何方。看起来，这首歌只有他跟林檎不会唱，二人坐在角落中，仿佛被这个世界孤立了。

"齐夏。"林檎叫道，"我有件事想跟你说。"

齐夏剥花生的手停了一下，随后他若无其事地问："说什么？"

"我是在终焉之地游荡的极道者,我的目的是肃清整个天堂口。"林檎开心地一笑,望着远处的众人喝了一口啤酒。

愿将欢笑声,盖掩苦痛那一面。
悲也好,喜也好。
每天找到新发现。

远处,众人依旧大声地唱着歌,四周洋溢着开心的气氛。

齐夏剥花生的手没停,他将一颗花生上的红色薄皮用手指搓下来,然后吹了口气,扔到了嘴中。

"肃清这里……那你为什么不动手呢?"他问。

"因为我不想那么快暴露。"林檎目视前方,又喝了一口酒。

"我不要听这个答案。"齐夏低着头,看看手中的花生说,"我要听真话。"

"因为我想邀请你加入极道,这样我们才能更好地保护终焉之地。"林檎又说。

"这也不对。"齐夏摇了摇头,"再换个理由。"

林檎沉默了。

齐夏比她想象中更有城府。

"齐夏,要不然你说说你的想法?"林檎将这个问题抛了回去,"在你的推测中,我是一个什么样的人?"

"你很怪。"齐夏面无表情地说,"你曾多次出手帮助我们,所以我很难推断你的动机,我只知道你没有恶意,只是在计划着什么东西。"

"你连这也能推断出来?"林檎笑了一下,"你不会是在唬我吧?"

齐夏又吃了一颗花生,回头说:"林檎,你根本不可能肃清天堂口,因为你的回响是'激发'。"

"什么?"林檎先是一愣,随后很快冷静下来,只见她苦笑了一声,摇摇头问道,"你怎么可能知道这个?"

"所以你想做什么呢?"齐夏低着头说,"你是我的敌人,还是队友?"

"我并未确定我的立场。"林檎依然挂着笑容,对齐夏说,"真亏你沉得住气,猜到了我的身份却一直不说。"

齐夏顿了顿:"书上说'昔之善战者,先为不可胜',在你没有进攻之前,我不会主动露出破绽。"

"哈哈!"林檎捂着嘴笑了一下,"我不信《孙子兵法》,我只信《战争论》,因为《战争论》说进攻才是最好的防守。"

齐夏并不想跟对方扯皮,他拍了拍手上的花生碎屑,扭头问:"所以你主动混入了我们的队伍,并且'激发'了三个回响者?这是你的进攻手段吗?"

"是。"林檎点点头,"我是整个房间中最早苏醒的,我触碰了身旁的男人,所以他回响了。我站起身来之后触碰了韩一墨,所以他也回响了。我们上一次找到李警官的时候,我第一时间跑上前去查看他的伤势,也让他成功得到了回响。"

林檎所描述的"激发"和齐夏所想的没有什么不同,队伍中的每一个回响者获得能力的时候,林檎都触碰过他们。

林檎继续说:"本来我可以不触发钟声的,可谁知那个叫潇潇的女人执意要杀了你,于是只能被逼无奈,现出我的能力以证明身份,把你救了下来。可我没想到你会这么狠心,隔了一天就直接离家出走了,我和章律师足足找了你七天。"

"哦?"齐夏眉头一皱,林檎所说的话似乎有两个疑点,他准备逐一问个明白,"林檎,你和潇潇同为极道组织,却互相不认得?"

林檎从旁边又拿来一瓶啤酒,递给齐夏:"能帮我打开吗?"

齐夏拿起身边的开瓶器打开了瓶盖,递给了她。

只见她喝了一大口酒,随后说:"首先,极道并不是组织,我们没有首领,没有规章,没有固定的成员也没有固定的计划,我们除了一句'极道万岁'之外一无所有。"

"什么?"

齐夏本以为终焉之地是生肖、参与者、极道者三足鼎立,可现在看起来似乎并不是这样。

"其次,每一个自称极道的成员都在用自己的方式保护这里,我根本不知道其他的极道者是谁。也根本不知道他们的计划。"

林檎有些惆怅地看了齐夏一眼："似乎不只我想对你下手，那个叫江若雪和潇潇的二人组也看好了你。"

齐夏不再纠结于这个问题，话锋一转又问："为什么你在使用能力的时候可以不触发钟声？"

"这个问题就很有意思了。"林檎坐在椅子上伸了个懒腰，漫不经心地说，"齐夏，听到钟声则必然有人回响，可是有人回响却不一定有钟声。"

"你是说……"齐夏仔细理解了一下这段话，推断道，"这里有些人回响的时候根本不会惊动那个巨钟？"

"没错。"

齐夏感觉自己有些先入为主了。

毕竟每一次钟声响起的时候都会伴随回响，可谁说有人回响的时候钟声必须响起？

当时他问过江若雪钟声响起的原理，对方也只是回答听到回响或回响消失，她也未曾说过回响和钟声是必然关系。

"这是巴甫洛夫的狗……"齐夏皱起了眉头，"有人在用钟声耍我们？"

"并不算是耍你们……等你可以操控回响时，自然会明白我的意思。"林檎轻轻地擦了擦嘴，又问道，"那么齐夏，你猜你的队友中……有没有人明明是回响者，却始终隐瞒着自己的身份呢？你猜会不会有人一直都在欺骗你？"

不得不说林檎的话让齐夏后背一寒，如果真有这样一个人，那此人的城府未免太深了。

可是林檎的话又有几分能信？

在这个鬼地方遇到的每一个人都在说谎，到底要如何才能破解？

"我连队伍中有极道者都可以不在乎，又怎么可能在乎一个隐瞒身份的回响者？"齐夏意味深长地看了林檎一眼，"现在我不想和你谈论别人，只想问问你的立场，接下来的日子，我应该怎么对待你？"

林檎低头思索了一会儿，说："齐夏，我有一个大计划，但我自己做不到，想拉你入伙。"

"什么计划？"

"正如我所说，极道一直都在保护这个地方，但我觉得他们错了。"林檎露出一脸认真的表情，"我把我的力量借给你，咱们一起毁了这里吧。"

"你是说……"齐夏似乎想到了什么。

"我的'激发'可以极大地增加一个人的回响概率，让我们组建一支回响军队，然后把这里搞个稀巴烂，最后回到现实世界去吧。"

齐夏听后沉默了半晌，说："我总结一下你的意思，你是说所有的极道者都想保护这里，可你不想。"

"是。"

"你准备走一条和他们完全不同的路，毁了这里。"

"是。"

"既然如此……你为什么还自称极道者呢？"齐夏向林檎投去了怀疑的目光，"你现在的目标和天堂口或是所有的参与者们一致，你直接隐瞒下去，当个彻头彻尾的参与者不好吗？"

"在你面前我瞒不住的。"林檎说，"在给你阐述疯子才能使用回响的时候，我感觉你看透了我。与其在将来的某一天被你狠狠揭露，不如我直接告诉你答案。"

"是吗？"齐夏点点头，"我本来以为你不是疯子，可你却比极道疯得更厉害。"

"我是清醒的。"林檎继续喝着酒，脸颊也开始泛红了，"我在现实世界主修心理学，又怎么可能变成疯子？"

"可你为什么不'激发'我呢？"齐夏面无表情地问，"你没有拿出你的诚意，我又如何跟你合作？"

"谁说我没试过？"林檎叹了口气，"我每次触碰过你之后，都会问你在想什么，可你的思绪被锁住了，你每次都在思念你的妻子，根本感受不到我的'激发'。"

见到齐夏没说话，林檎又补充道："我想和你统一战线，齐夏，我没有其他的退路了。"

听到这句话，齐夏又沉默了。他默默地吃着花生，林檎则喝着啤酒，两人看起来就像认识了很久的老朋友。

过了一会儿，齐夏问："你上次说要回到现实世界去确认一件事，那是什么事？"

"我忘了告诉你，那件事改变了我。"林檎开心地笑了一下，"齐夏，你最终走出了这里，虽然活得像一具行尸走肉一般的悲惨，但你确实出去了。"

齐夏一顿，缓缓问道："你在现实世界中见过我？"

"那倒没有。"林檎笑着说，"我只是听说过你。在我的时间里，你住在我朋友工作的医院里，是一个彻头彻尾的疯子。你不断地宣扬着'终焉将至、无人生还、神之欺诈'等诡异的理论，让整个医院的人头痛不已。"

齐夏面色一沉："那你想回去确认的是什么？"

"我想确认那个人是不是你。"林檎笑得更开心了，"毕竟我朋友在给我描述那个老者的时候，我始终感觉他和你很像。那个老者逻辑思维非常强悍，可惜他疯了。"

"那么他是我吗？"

"大概率是。"林檎点点头，"虽然那个老者无名无姓，叫他齐夏他也没有任何反应，可只要在他耳边提到'余念安'三个字，他就会陷入完全崩溃的状态。"

说这里，林檎嘿嘿一笑，扭头对齐夏说："我让我朋友试了很多次，在他耳边不停地叫着'余念安'，结果很好玩呢。"

齐夏捏碎了一颗花生。

"这就是你说的……我活得像一具行尸走肉一般的悲惨……"齐夏神色绝望地说，"你认为只要跟着我，就一定能找到逃出去的办法……"

"是啊！"林檎开心地点点头，"你活到了二〇六八年，这不正是最好的证据吗？七十二岁的老爷爷。"

"你不了解我。"齐夏摇摇头，"若我真的从这里回到了现实，却丢了余念安，我不可能活到二〇六八年。"

"那你是说……那个老人不是你？"林檎笑着举起酒瓶晃了晃，"说不定未来会发生什么变故，让你失去余念安也必须活下来呢？"

齐夏盯着林檎的眼睛思索了很久，才微微点了点头。

他露出一丝冷笑，说："好，我答应联手，就让我看看未来的变故。"

原来在这里想要活下去，最重要的就是欺诈吗？

林檎也笑着看了看齐夏，二人交换了一个眼神，仿佛达成了共识。

云瑶唱完了一首歌，在众人的呼唤下又打开录音机重新唱了一遍。看来她只找到了这一首歌的录音带。

"林檎，你在这里游荡多久了？"齐夏漫不经心地问。

"你觉得我的回答会是真话吗？"林檎问。

"我可以通过你的回答来判断真假。"

"很久，比你想象中的还要久。"林檎嘿嘿一笑，"我可是资深的极道者。"

"那你曾经见过我吗？"齐夏又问。

"没有。"林檎摇摇头，"我在终焉之地游荡的时间比楚天秋还要长，可我从未见过你。"

齐夏微微一皱眉头，感觉事情又有些超出预料了。

"这个问题对我很重要，我希望你说真话。"齐夏盯着林檎的双眼问。

"真的。"林檎点点头，"我知道你在想什么，所以不会在这个问题上欺骗你，齐夏，我至少有七年的时间没有听过终焉之地有你这号人物。至于七年之前……我甚至都不知道终焉之地存不存在。"

"七年？！"齐夏一愣。

难道自己的推断错了吗？

他本以为按照白虎的说法，自己应当在终焉之地游荡了很久，可是七年是怎么回事？

齐夏知道只要他能在终焉之地醒来，以他的头脑则必定能通过面试房间，若是遇到城市中的生肖，也定然会去碰一碰。运气再好一点，能够保留记忆的话，他知道自己完全可以把终焉之地搞得天翻地覆。他会认识很多人，也会杀死很多生肖。

可为什么这种情况在长达七年的时间里都没有发生？

"难道我在这七年之中，没有一次通过面试？"齐夏眼神一冷，忽然扭头看向林檎。

"那你又是从什么时候开始潜入我们的面试房间的?"齐夏说,"若你从来都没有见过我,又为什么要潜入我们的房间,甘愿成为我的队友?"

林檎慢慢地伸出自己的手,掰了掰自己的手指。

"我们的相遇算是有三次吧。"她看向齐夏,"第一次我在游戏中见到了你,可惜你死了,第二次我便进入了面试房间,这是第三次。"

她又笑了笑:"我从未见过一个人在没有回响的情况下接连和生肖搏命,可你做到了,只可惜啊,最后你死在了一个寻常的地鸡游戏中。"

"也就是说……"齐夏面色沉重地看向林檎,"我来到终焉之地仅仅三次?"

"有可能。"林檎点点头,"你在第一次的时候大放异彩,不仅吸引了天堂口的注意,更引起了极道的注意。"

"原来是这样……"齐夏眯起眼睛思索着,"也就是说我已经来到这里一个月了……"

那余念安……消失了一个月吗?

"还来得及……"齐夏最终默默念叨着,"一个月的时间并不长,我会把你找回来的……"

"齐夏,我之所以想要成为你的队友,还要一个很重要的原因。"林檎说。

"什么?"

"你太过聪明了,这会让你显得并不聪明。想要成功逃离这里,你需要万事小心。"

齐夏稍微一顿,不了解林檎的意思。

"你从不收敛自己的锋芒,也不懂得藏起自己的智慧,这样的行为太危险了。"林檎喝光了手中的酒,又说,"我若是你,可能会把自己装成一个傻子,最后关头再显露自己的智慧。"

"没有必要。"齐夏说,"如果我会遇到危险,只能说明我的智慧远远不够,只要我能从谋略上碾压对方,便根本不需要隐藏。"

"真是个怪人。"林檎笑了一下,"你从来都不把天堂口、极道、生肖放在眼里吗?"

"并不是不放在眼里,我只是想出去。"齐夏说,"不论是谁,只要是和我有相同目标的人,都是我的盟友。"

"那……"林檎放下酒瓶,伸出手指擦了擦嘴唇,"我的回响者军队计划已经告诉你了,现在想听听你的想法,你有计划吗?"

"计划……"齐夏远远地望了一眼楚天秋。

如果真的要制订一个计划,楚天秋的立场至关重要。

这个男人在盘算什么?他的笔记里又是什么内容?

想到这里,齐夏慢慢地站起身:"林檎,我们今晚的交谈到此结束了,下面还有另一场博弈等着我,当我有计划的时候自然会告诉你。"

他从桌面上抓起一把花生,缓缓地来到了楚天秋身边。此时的楚天秋孤单地坐在角落里,正面带微笑地望着云瑶所在的方向。

"齐夏……"楚天秋注意到了走来的人,扬了一下眉头,"怎么了?"

"我想问你点问题。"齐夏把花生洒在桌子上,拿起一颗剥了起来。

"好啊。"楚天秋笑了一下,"你想问什么?"

"一个参与者拿着自己的道去参与游戏,可路上有一伙奇怪的疯子,他们每次都会抢夺过往参与者身上一半数量的道,然后再返还一个。参与者在这条路上一连走了好几天,多次碰到了那伙疯子,可他的道每次都没有任何损失,请问这是怎么做到的?"

楚天秋听后微微一愣,皱起了眉头。

齐夏低头吃着花生,一言不发。

"他贿赂了疯子。"楚天秋说。

齐夏面无表情,仍然没有说话。

见到齐夏的样子,楚天秋知道自己的答案与正确答案有偏差,他又低头思索了一会儿,说:"那个参与者把他们都杀了。"

齐夏点了点头,又开口问道:"好,我再问你,两个人一起杀人,其中一人被血液溅了满脸,而另一人没有。可是杀人之后,为什么是脸上干净的人立刻跑去洗脸?"

"因为他有洁癖。"楚天秋答道。

"哦?原来是这样?"齐夏的表情变得黯然,"参与者是杀人犯,杀人犯有洁癖,原来是这样?"

"哈哈!"楚天秋笑了一下,"齐夏,你是想考我吗?这些问题可难不住我,你要喝酒吗?我给你拿一瓶。"

他刚要站起身来离开,齐夏却忽然伸手抓住了他的胳膊。

"坐下。"齐夏冷冷地说。

"什么?"

"我要和真正的楚天秋谈话,接下来的事情你做不了主。"齐夏说。

"真正的楚天秋?"楚天秋的脸上露出疑惑的表情,"齐夏,你在说什么?难不成我还是个假的楚天秋吗?"

"你说呢?"齐夏缓缓地抬起眼,"我问你的两个问题很显然是逻辑问题,可你回答问题的思路却完全不使用逻辑思维,纯粹是靠着自己的臆想瞎猜。曾经有不少人和我说过楚天秋是个极其聪明的人,可这就是你的聪明吗?"

楚天秋听后默默地叹了口气,说:"齐夏,我确实不如你聪明,虽然我承认这一点,但我的确是楚天秋。"

听到这句话,齐夏感觉情况不妙。

这个人真的是太奇怪了。

再高明的骗子都一定有破绽,可楚天秋偏偏没有。既然他是楚天秋,他不聪明,可是楚天秋很聪明……那么会不会有另一种情况?

"你说你是楚天秋……"齐夏默默地问,"那么这世上有两个你吗?"

"什么?"

"一个你在明处挡枪,另一个你在暗处谋划……"齐夏推断着现在的情况,感觉自己离真相又近了一步,"因为某些回响……这世上出现了两个你?"

楚天秋的眼角微微跳动了一下,让齐夏抓住了致命的破绽。

"原来如此……如果楚天秋的回响是创造另一个自己……显然不太合理。"齐夏继续说,"他理应创造一个完美的自己,而不是愚笨的自己,否则太容易露出破绽了。"

213

楚天秋的表情慢慢变了。

"让我猜猜……"齐夏慢慢敲打着桌面,"所以发动回响的人并不是楚天秋,而是另一个人,对吧?"

楚天秋沉默。

"假设这个人的回响是变成另一个人……那限制条件就有点苛刻了,他必须完全相信自己就是楚天秋,回响才可以一直成功……"齐夏抬起头来盯着楚天秋的双眼,"这样的话一切就成立了,无论我们如何审问你……你都是楚天秋,不存在任何破绽,因为你打心底里就相信这件事。可你偏偏做不到和楚天秋一样聪明。"

"齐夏……你……"楚天秋此时有点慌乱了起来。

"可是在天堂口……有谁可以把自己百分之百地当成楚天秋呢?"齐夏嘴角一扬,"这个人对楚天秋非常了解,拥有回响,并且相信自己可以扮演他……"

"你先别说了……"楚天秋伸出手来拦住齐夏。

"所以你到底是什么时候回到了天堂口的?"齐夏慢慢地凑近了眼前的人,缓缓开口道,"曾经是演员的许流年女士?"

齐夏的话音刚落,眼前的楚天秋陡然变成了许流年。

她完全不像电视剧中演出的那般,或是逐渐变化,或是撕下面具,她整个人只是在半秒钟之内瞬间变成了另一个人。

齐夏一眨眼,眼前之人又变回了楚天秋。

眼前之人仿佛正被一层窗帘盖着,掀开窗帘他便是楚天秋,拉上窗帘她就成了许流年。

"齐夏,别闹了。""楚天秋"定了定心神,低声说,"我不能在这里暴露身份。"

"你帮过我一次,所以我不为难你。"齐夏说,"让我见楚天秋。"

"不行!""楚天秋"压低声音说,"你应该知道他的记忆是逃出这里的关键,他已经整整两年没有失忆过了!你这么做是要把他置入危险的境地里。"

"我知道,但我想和他商讨的正是逃出去的事。"齐夏说,"我不管他在布什么局,都别把我当成棋子,否则场面会失控的。"

"楚天秋"听后咽了下口水,缓缓说:"齐夏,你确实不能见他,若你有什么计划，我可以帮你转达。"

"转达……"

齐夏听后嘴角一扬："也罢，你帮我问他一个问题就好。"

"什么问题？"

"帮我问问楚天秋，你来这里多久了。"

"什么？""楚天秋"一愣，"你……"

"若是楚天秋这一次回答错了，我便让他彻底出局。"齐夏站起身来，不再理会眼前的人，走向了自己的座位。

林檎见到齐夏走来，微微一笑："聊妥了？"

"聊崩了。"齐夏回答道。

"哈哈。"林檎拿着酒瓶哑然失笑。

二人随后不再说话，反而继续看着喧闹的众人。

没一会儿的工夫，云瑶唱完了歌，在众人经久不息的掌声中退回了座位，观众此刻也陆陆续续地坐回了原先的位置。

"骗人仔！偶像女真的好厉害啊！"乔家劲说，"我还以为放的是磁带，结果真的是她唱的啊！"

"是啊，她唱歌很好听。"齐夏点点头。

看到赵医生也面带尴尬地坐了回来，齐夏忽然有了一个新想法。

"赵医生，明天我想和你一起组队参加游戏。"齐夏说。

"我？"赵医生愣愣地回头看向齐夏，"为什么？"

"因为我觉得你是个好人。"齐夏嘴角一扬，"在这里……我比肖冉更可靠吧？"

赵医生盯着齐夏看了一会儿，问："还有谁？"

"就你和我。"齐夏说，"我们不带其他人。"

"什么？"赵医生一愣，"就你和我？"

乔家劲和林檎听后也一愣。

"骗人仔，你要单飞？"

齐夏摇了摇头："不，这只是暂时的。"说完他扭头看了看林檎，低声说："明天我把乔家劲托付给你，若是他没回来，我们的合作就终止了。"

"明白。"林檎点了点头，"乔家劲，明天我和你一起走吧。"

"嗯……"乔家劲看起来非常不解，"这是什么分队？"

"'拳头'，就这么定了。"齐夏拍了拍他的肩膀，"我和赵医生两个大男人应该遇不到什么危险，你去保护一下林檎。"

乔家劲无奈地点了点头："好吧，可是像我这么厉害的人，出场费是很贵的。"

"知道了知道了。"林檎也点点头，"赚了道就给你买酒。"

迎新会在快乐的气氛中落下帷幕。

从明天开始，众人便再也没有了快乐可言，他们将会不停地投入到游戏当中，直到天堂口空无一人。

齐夏让众人先回去休息，自己却迎着夜色来到了学校后面的荒地。

他手里拿着一罐饮料和一包零食，走到张丽娟的墓前缓缓放下了。

齐夏抬起头看了看漆黑的天空，又听了听远处的虫鸣，眼神格外绝望。

"甜甜，那把刀子是故意放在你面前的。但……我让你死在游戏中只是为了让大家出去，你不会怪我的，是吧？"

END
ON THE
TENTH DAY

第 7 关

地鸡·
兵器牌

次日，众人组成了各个小队，再度出发。

齐夏和韩一墨虽然留有记忆，但并未加入张山的队伍。韩一墨保留的记忆很短，况且他胆子也小，无论如何他都不可能与张山一起参与地级游戏。所以，他选择跟随林檎和乔家劲的队伍行动，前去攻略人级游戏。

齐夏跟赵医生也收拾好了东西准备出发，让齐夏在意的是肖冉整整一夜都没回来，不知去了哪里。她有可能离开了天堂口，也有可能躲在暗处策划复仇。

"呵呵……"齐夏露出一丝冷笑，"你要是能耐再大点，最好帮我引出楚天秋。"

"你说什么？"赵医生在一旁问道。

"没事，我们走吧。"

二人迎着土黄色的太阳走出了学校大门。

"齐夏……"赵医生缓缓扭过头看着他，"为什么是我？"

"因为我了解队伍中的大多数人，唯独不了解你。"齐夏淡然地说，"赵医生，你是个什么样的人？"

"我是个很现实的人。"赵医生回答道，"我通常只会做对自己有利的事情。"

"原来如此。"齐夏点点头，"我也一样，这世上没有人是为了别人而活，是吧？"

赵医生听后不再讲话，只是静静地跟着齐夏。

二人花了半个小时深入了城市中心，其间遇到了很多的生肖，可齐夏看都未看一眼。

赵医生不由得感觉有些奇怪。难道齐夏带着自己不是为了参与游戏吗？

"齐夏，你在找什么？"

"我在找这一次的目标。"齐夏说。

"你看起来很了解这里，短短一天的时间已经有了目标吗？"赵医生问。

"是啊。"齐夏点点头，"只可惜目标看起来有些稀少，至今都没有出现呢。"

　　赵医生狐疑地看了齐夏一眼，再次沉默了起来，他心中感觉不太妙。整整两个小时的时间，二人遇到了二十多个生肖之后，齐夏才终于找到了目标。

　　那个生肖有一颗栩栩如生的公鸡头颅，他头顶的鸡冠像一颗肥硕的肿瘤一般晃动，脸上的毛发白得发亮。

　　"有了。"齐夏说。

　　"这……"赵医生见到这个场景慢慢地后退了一步，"齐夏，这个东西看起来太可怕了，我们换一个吧……"

　　"是吗？"齐夏扭头问道，"鸡而已，十二生肖当中鸡听起来是很安全的动物了，你怕什么？"

　　"可……可这个世界上哪有这么大的公鸡？"赵医生头摇得像拨浪鼓，"总之它看起来很诡异，我们还是换个……"

　　"我已经决定是他了。"齐夏说，"赵医生，咱们的目标是逃出这里，无论是三千六百颗道还是攻破所有的游戏，地鸡都必须要拿下，是吧？"

　　"可……可是齐夏……你……"赵医生慢慢地往后退了一步。

　　齐夏此时却上前一把抓住了他的胳膊。

　　"赵医生，就算把你打昏，我也要带着你报名地鸡的游戏，到时候你可能连自己因何而死都不知道。"

　　"你……齐夏，你已经疯了吗？"赵医生眼神一冷，猛然推了齐夏一把，"你到底有什么目的？"

　　"我的目的是逃出这里。"齐夏说，"若你能为我所用，我便带着你一起逃出这里。"

　　赵医生的眼神慢慢冷峻下来。他看了看眼前的齐夏，又看了看远处的地鸡。

　　"可是你有把握吗？"赵医生问道。

　　"我不好说，但我一定尽力。"齐夏回答。

　　赵医生摸着自己的下巴思索了一会儿。

　　这个动作让齐夏嘴角一扬。

　　"如果你真的想参与鸡类游戏，我建议去找一个看起来破烂一些的面具。"

"不，就这个。"齐夏说，"赵医生，我再给你一次思考的机会。"

赵医生痛骂一声："你怎么这么不听劝呢？！你知道这个栩栩如生的'鸡'代表什么吗？！"

"这不是听不听劝的问题。"齐夏露出了一副诡异的表情，"赵医生，我想跟你结成深厚的友谊，所以必须要和你共同经历生死。"

"深厚的友谊？"赵医生愣了愣，"你认真的？"

"算是吧。"齐夏模棱两可地点点头。

只见赵医生低下头又沉默了很久，不知在思索什么。

"齐夏，这个游戏是不是需要很多人参加？"

"应该是。"

"会有女孩吗？"

齐夏眉头一皱，感觉这个问题很诡异。

"我怎么知道？"齐夏答道，"这又不是我能决定的事情。"

半晌，赵医生抬起头看了看空无一人的远方，然后说："好，就去试试吧。"

齐夏无奈地摇了摇头，他感觉自己和赵医生似乎不是一路人，完全猜不到对方在想什么。

二人缓缓地来到地鸡面前。

"二位！快参加！"地鸡瞬间喊出了声，吓了二人一跳，他应当是个男人，可是说话的音调很高，"就等你们俩了！"

"哦？已经有其他人了吗？"齐夏问道，"怎么参加？"

"每人五颗道！赢了就每人十五颗道！"地鸡大喊道，"每组两个人就能参加！"

"还挺贵……"齐夏慢慢扭头看向赵医生，"就让我们赌一把吧。"

"随你便。"赵医生无奈地说。

齐夏从口袋中掏出全部的十颗道递给了地鸡，然后回头问道："赵医生，鸡是什么类型的游戏？"

"鸡是……"赵医生顿了顿，"我怎么知道？！"

"我是争斗类型的游戏！"地鸡忽然插话道，"每次都会有少量玩家参与，进行精彩的争斗！"

齐夏听后眉头扬了扬："那这一次——"

"二对二！"地鸡大喊道。

看起来他的性子非常急躁，每一次都会直接给出答案。

"这不正好吗？"齐夏回头拍了拍赵医生，"就看看你和我能配合到什么程度。"

"你死了可别后悔。"

"好，谨遵教诲。"

二人跟着地鸡进入了房间。

这里是一个改装过的棋牌室，装修非常豪华。整个场地只有中央放着一张精致的方桌，桌子中央摆着一摞卡牌。

这个房间有三面墙都是由古香古色的白桦木板搭建的，第四面墙却让人感觉十分奇怪。

在方桌的左侧，立着一面完全由透明玻璃建成的墙。房间像是录音棚，坐在方桌旁，可以清楚地看到玻璃墙后面的情况。

"地鸡，不是说就差我们俩了吗？我们的对手呢？"齐夏问。

"其他人还没来啊！"地鸡着急地说，"你们来了就行！骗来一个算一个！我们慢慢等啊！"

齐夏无奈地叹了口气，心说这地鸡还真是急躁。

他嘴上说着慢慢等，可是他始终都在来回踱步，不停地去门外张望，希望马上能找来下一组人。

"我们已经交了门票，能先跟我们说说规则吗？"齐夏问。

"太麻烦了！"地鸡大吼一声，"我设置的规则太麻烦了！所以只能说一遍！等人来齐了一起说！"

齐夏微微点头，然后看了看桌子上的卡牌。

"规则不能说，那我们能先看看道具吗？"

"不行！你太赖皮了！"地鸡大吼一声，"你再吵我会杀了你！"

听到这句话，齐夏微微咽了下口水。对方无论看起来再怎么疯癫，也是地级生肖，这种经过强化的怪物想要杀人只需要动动手指。

既然地鸡不准备透露规则，齐夏只能大体推断一下。

这张方桌的中央摆着一副牌，难道是四个人围坐在一起打牌吗？可是这样的话……争斗如何体现？一旁的玻璃房间又是做什么的？

思来想去，齐夏根本揣摩不到眼前的疯子会设计出什么样的游戏，于是只能无奈地摇摇头，闭目养神。

赵医生则紧张地环视着四周的环境。他的表情有些复杂，看起来既期待又恐惧。

等了大约半个小时，他们终于迎来了第二组参与者。地鸡又像打了鸡血一样连哄带骗，将那一男一女带进了房间。

男生身材很高大，身高应该接近一米九。女孩看起来很文静，眼神格外深邃。

他们走进屋里之后紧张地看了看齐夏和赵医生，然后也来到了桌子旁边坐下。

"你……你们好。"男人开口说。

齐夏和赵医生谁都没有回话，只是冷眼望着这二人。既然是争斗类游戏，自然不需要问好。

"没必要打招呼。"女孩来到桌子旁边坐下，"估计他们是咱们的对手。"

"哦……是吗？"男生尴尬地笑了一下，"这是个对战卡牌游戏？"

"太好啦！"地鸡大吼一声，"四个人齐了！下面宣布游戏规则！"

齐夏、赵医生、男生、女孩围坐在了方桌周围。

地鸡则伸手拿起了桌子上的卡片，只见他从卡片之中抽出了五张放在桌子上。

众人探身看去，这五张卡片上分别画着图案：一把刀、一根棍子、一条绳索、一块石头、一面盾牌。

"我的游戏叫作兵器牌！"地鸡笑着吼道，"你们将在我的面前，进行最精彩的争斗！"

齐夏看了看这五张牌，不由得陷入沉思。用牌……进行争斗？

"下面的时间里，你们每个队伍当中只有一位可以坐到方桌旁边！"地鸡说，"而剩下的一位，则要进入玻璃房间之中！"

众人同时扭头看了看一旁的玻璃房间。

"进入房间的人,称之为搏斗者!留在桌旁的人,称之为策划者!"地鸡手舞足蹈地继续介绍着规则,"策划者会在每一回合打出卡牌,卡牌上的道具便是搏斗者使用的道具!"

"原来是这样……"齐夏慢慢地眯起了双眼。

"游戏开始时,每个策划者摸五张卡牌,往后每回合打出一张卡牌,下一回合再摸一张卡牌,直至一方或双方的搏斗者死亡!顺带一提,牌堆中还有两张生牌和一张死牌,当你们摸到的时候自然会发现它们的不同之处!"

此时赵医生和那对情侣的面色慢慢变了。

"一方死亡?"女孩问,"你是说搏斗者是真的在里面搏杀?!"

"没错!"地鸡大吼道,"游戏若是失败了,死的可不仅仅是搏斗者!"

话音一落,几个人的椅背上忽然弹出了什么东西,扣在了众人的脖子上。

是个金属项圈。

齐夏和赵医生脖子上的项圈亮起了红色灯光,而那对男女脖子上的项圈亮起了蓝色灯光。

"诸位,你们按颜色分成两队,若是项圈感应到有任何一个人的脉搏停止跳动,队友的项圈便会爆炸。"

几人用力拽了拽自己脖子上的项圈,发现它格外坚固。

"赵医生,现在我们生死与共。"齐夏低声说。

赵医生没有说话,只是面色不太好看。

一旁的高个子男生坐不住了,他看起来非常紧张,四下环视着问:"怎么回事?为什么这个游戏这么危险?!之前那些游戏明明都……"

"子晨,没事的,有我在……"女生拍了拍他的肩膀,"不管这里的游戏多么困难,我们一定会活下去的。"

叫子晨的男生看了女孩一眼,慢慢地点了点头。

听到这句话,齐夏不由得对眼前的女生有些好奇。她看起来虽然也有些紧张,但面色如常,此时正在不停地查看着四周的环

223

境和桌子上的纸牌。在这种环境之中能够立即思索对策的人，定然是个既冷静又聪明人。

"下面请分配搏斗者和策划者。"地鸡说。

齐夏慢慢举起了手，问道："请问这些图案的卡牌各有几张？"

"不好意思，不能说！"地鸡用力地摇摇头，"你们只能自行推断！"

"那么所有的卡牌总共有几张？"女生举手问道。

"也不能说！"地鸡看了看二人，然后将桌面上的卡牌全部收好，重新洗牌之后放在了桌子中央，"请分配角色！"

齐夏慢慢地站起身，给赵医生使了个眼色，二人来到了一旁。

"赵医生，你平时有锻炼身体吗？"

"不……不是吧？你让我进去？！"赵医生一愣，偷偷地看了一眼旁边一米九的男生，着急地对齐夏低声说，"你觉得我能打赢他？！"

"要不然……"齐夏挠了挠头，"你留在这里动脑筋，我进去？"

"这……"

赵医生自然知道齐夏的头脑比自己的更加灵光，齐夏留在这里当作策划者应该是最好的选择。可一想到自己要跟那个身高一米九的男生进行搏斗，赵医生还是免不了双腿打战。

"我会被他打死的……"赵医生小声说，"我被打死了怎么办？！"

"你被打死了我也会死。"齐夏说，"我会尽量避免这种事情发生的。"

"你有把握吗？"

"没有。"齐夏摇摇头，"我只是想来体验一下地鸡的游戏，据说我和他有些渊源，所以这次的游戏我完全没有把握，你和我随时都会丢掉性命。"

"你真是个疯子！"赵医生骂道，"你这一次体验会害死咱俩的！"

"不一定吧？"齐夏说，"反正没有退路了，不如我们试试看。"

听完齐夏的话，赵医生思虑再三，还是颤颤巍巍地答应了下来。

事情已经到了这个地步，只能由齐夏作为策划者了。

那一男一女也分配完毕，高个子的男生作为搏斗者，将会和赵医生进行搏斗。他的表情看起来比赵医生还要害怕。二人几乎是全身发抖地站到了玻璃房间之中。

"二位，既然你们是搏斗者，接下来有一些关于搏斗者的规则需要告知你们！"地鸡说，"当策划者出牌完毕，天花板会立即掉下你们的道具，你们也会获得十秒钟的行动时间！"

"十秒？"二人对视了一眼，又看了看地鸡。

"十秒之后请立刻停止行动，无论对方死亡与否，都需要将道具扔进你们身后的窗口中！"地鸡摇头晃脑地问，"行动时间之外，任何的搏斗都被视作违规，请问有没有问题？"

二人回身一看，背后果然有一个小窗口。

"没……没有问题……"赵医生答道。

"很好！"地鸡点点头，又回身看了看坐在桌子旁边的齐夏和女生。

"至于策划者，我再重申一次规则！一开始你们每人持有五张牌，每回合打出一张，下一回合再摸一张！"地鸡的声音很吵，吵得二人难以静心，"要打出一张牌，请把它摆放在桌面上，有没有问题？"

"没有问题。"二人异口同声地说。

游戏开始了。

作为争斗游戏，地鸡将争斗发挥到了极限。一对斗智，一对斗勇，双方只要有一环出现问题，则定然双双殒命。

在压抑的气氛之中，对面的女生开口说话了："你先摸牌还是我先摸牌？"

"无所谓。"齐夏说，"你先吧。"

女生点点头，摸起一张牌，但她没看牌的内容，只是扣在了自己的面前。齐夏也伸手摸起一张牌，扣在了面前。二人在摸牌的时候都没有看牌的内容，一直都在盯着对方的双眼。

这次的卡牌游戏已经关乎性命，所以博弈从摸牌阶段就已经开始了。二人轮流往自己面前放着卡牌，没有露出丝毫破绽。

玻璃房间内赵医生和高个子的男生见到这一幕都紧张地咽了下口水。

摸了五张牌之后,齐夏把五张牌拿在手中,慢慢地打开看了看。

情况非常不妙——"盾牌""石头""绳子""绳子""绳子"。

说是兵器牌,但看牌面简直像是石器时代的工具。他把牌慢慢地合在一起,然后抬头望向眼前的女孩。

女孩依然面色如常,她淡淡地看了手中的卡牌一眼,随后抬起头来跟齐夏对视。

"我叫齐夏,怎么称呼?"

"苏闪。"女孩答道。

"闪?"齐夏感觉这个名字有点意思,"闪亮的闪?"

"是。"女孩应道。

"幸会。"齐夏敷衍地点了点头,然后看了看桌面上的牌堆。

他手中有三张"绳子",有可能是因为牌堆中"绳子"的比例更多。如果这样想的话,所谓兵器牌,自然是杀伤力越高的卡牌越稀少。"棍子"应该比"石头"还要少,而"刀子"最少。

当然也有第二种情况——那就是所有的牌数量一样,只是自己的运气很差。那么……眼前这个叫作苏闪的女孩又摸到了什么牌?

她会有"刀子"吗?她会有两张生牌和一张死牌吗?

"二位,若是决定好了就请出牌!"地鸡打断了二人的思路,伸手敲了敲桌面。

齐夏思索了一会儿,默默地拿出一张牌放在了桌面上,然后抬起头问道:"苏闪,你说有没有这么一种可能?"

"什么?"

"那就是我们打光了所有的牌,游戏未分出胜负,我们打成平手?"

"会吗?"苏闪敷衍地回答了一声,而后掏出一张卡牌,"平手的话……那最好了,不是吗?"

"所以我们都温柔一点,没必要致对方于死地。"齐夏说。

"好啊。"苏闪点点头,将盖住的卡牌往前一推。

齐夏也点点头,同样将自己面前的一张卡牌推了上去。

出牌完毕。

赵医生和那位叫子晨的男生已经紧张得快要停止呼吸了,见到远处的二人面色如常地选定了卡牌,他们立刻来到天花板下盯着上方的窗口——这里会掉下他们的第一个兵器。

"请开牌。"地鸡说。

话音一落,齐夏和苏闪同时翻开了面前的卡牌。

赵医生和子晨头顶的两个窗口也在此时打开,黑乎乎的东西掉了下来。

二人慌忙万分地上前去捡起自己的兵器,可赵医生直接傻了眼——掉下来的是一根绳子。

他立即将绳子捡起来,然后马上扭过头,却发现十步之外,那个一米九的男生缓缓地捡起了一把砍刀。

"啊!"赵医生撕心裂肺地大叫一声,"这是什么破东西?!齐夏你要我?!"

他二话不说来到玻璃墙边,拿着绳子不停地拍打着玻璃:"齐夏!你要我?!"

这面玻璃墙看起来是专门定做的,非常坚硬,无论赵医生怎么拍打都没有出现裂痕。

齐夏慢慢地皱了一下眉头。对方果然摸到了"刀子"。因为她料到自己不会在第一回合出"盾牌",所以果断赌上了"刀子"吗?

齐夏深呼了一口气,说:"用剪刀、石头、布的逻辑来玩这个游戏固然没错,可惜还有其他的东西需要考虑。"

"比如说?"苏闪问。

"比如说……人心。"

地鸡此时拿起身旁的一个对讲机,开口说:"第一回合,请搏斗者开始行动。"

赵医生和子晨的房间里响起了广播。

一旁的十秒倒计时也开始了。

"开……开始?"赵医生听后赶忙连退了好几步。

"啊——"子晨大叫了一声给自己壮胆,拿着砍刀往前走了一步。

赵医生双手攥着绳子,浑身都在发抖。他知道自己不是黄飞鸿,不可能用一根绳子抽掉对方手中的刀。子晨的身高体重完全在他之上,现在还拥有了比他更厉害的兵器,这要怎么打?

227

"我……我！"子晨拿着砍刀不停地发抖，看起来比赵医生强不了多少。

"你……你别乱来啊！"赵医生带着哭腔大吼道，"你这是在杀人啊！"

"我知道！就算杀了你……我也……我也……"子晨咬着牙往前走。

可他根本下不了手。

齐夏面无表情地透过玻璃墙看着那个高大的男人。

十秒钟的时间实在是太短了。由于灾难偏误，他还没有做好足够的心理建设，总以为情况不会差到如此地步。可殊不知苏闪早就规划好了一切，她度过了灾难偏误时期，并设计好了完善的战术，准备在开局时杀招尽出，试图一举赢下游戏。

对方的合作思维出现了断层。或者说，他们的智商不在同一个维度。

第一张牌打出"刀子"，对于斗智者来说是上上之策，这张牌会断送掉对方的反应时间，如果玻璃房间内是两个没有思维的虚拟角色，齐夏现在已经输了。

可惜人心是复杂的。

十秒的时间一眨眼就过，行动时间结束了。

这十秒之内叫子晨的男生除了往前走了三步之外再无其他的动作。这是一个正常人在当前情况下所能做出的全部努力。

"请二位将道具丢进窗口。"地鸡拿着对讲机说。

"子晨……你！"女生着急地拍了桌子一下，看起来非常不甘，"你怎么这么傻？"

齐夏无奈地摇了摇头，这个游戏不必说里面那个看起来顶多二十岁的男生，就算换成身经百战的张山，也不见得能在第一回合果断地杀死对方。

子晨一脸懊恼地将砍刀丢进窗口，而后生气地抽了自己好几个耳光。

赵医生像捡了一条命一样，也浑身颤抖地把绳子丢掉了。

从第二回合开始，这场游戏会变得越发困难。

子晨的懊悔已经冲淡了许多的迷茫，若是在这一回合苏闪依然能打出"刀子",对方有可能会动手。虽然不见得能让赵医生死亡,但足以让他受伤。

齐夏当务之急是把手中的几张"绳子"全部消耗掉,否则他和赵医生就会陷入被动。

"请摸牌。"地鸡说。

苏闪并未客气,二话不说摸起了一张新的卡牌放入手中。齐夏也在她之后拿取了自己的卡牌——"石头"。

"麻烦……"齐夏心中略微有些烦躁,但还是将这张"石头"收了起来。

现在就算让赵医生用刀子,子晨用绳子,赵医生也不见得能够取胜,更何况至今为止齐夏连一张"刀子"都没有摸到。

"你说你叫齐夏,是吧?"苏闪问。

"是。"

"刚才你为什么会出'绳子'呢?"

齐夏扬了扬眉毛,说:"我们刚才不是商量着要平局吗?所以我只能打出一张没有杀伤力的牌。"

苏闪顿了顿,又问:"那这次呢?你还是'绳子'吗?"

"是。"齐夏说,"我依然是'绳子'。"

齐夏说完便将一张牌放在了桌面上。

"苏闪,这张牌代表着我的合作意向。"

"是吗?"

苏闪顿了一下,略微思索之后也将一张牌放下了。

赵医生和子晨再度紧张地看着二人,不知他们到底做何打算。

"请开牌。"地鸡伸手示意。

二人再度掀开各自的卡牌,齐夏的依然是"绳子",可苏闪的是"石头"。

赵医生离桌子尚有一段距离,根本不知道齐夏出了什么,但还是立刻回到窗口底下等待着自己的道具。当再一次见到一根老旧的麻绳掉下来的时候,赵医生气得咬牙跺脚:"齐夏……你是不是真的想让我死?!"

他拿起绳子回过头,发现子晨手中是一块砖头。

"你个浑蛋!"赵医生连忙退到墙角,一脸惊恐地盯着对方。

双方又进入了尴尬的僵持状态，直到时间飞速流逝。

子晨知道这一次无论如何都不能再辜负苏闪的心意了，于是一咬牙一跺脚，往前跑了几步之后用投棒球的姿势将砖头狠狠地扔向了赵医生。

赵医生缩在角落中，用手护住自己的头，腿也蜷缩起来护住自己的要害。在他惊恐的叫喊声中，那块砖头砸在了他的大腿上。

赵医生哀号一声，砖头滚到了一旁。

"时间到，请搏斗者停止行动，将道具丢进窗口。"

子晨刚刚激起气势，听到这句话之后似乎又忽然泄气了。

他有些尴尬地朝赵医生低了下头，然后走到他旁边弯腰去捡地上的砖头。

在这个瞬间，赵医生的面色冷峻了下来。他缓缓握紧了手中的绳子，一个大胆的想法在他的脑海当中蔓延——可不可以在这个时候勒死对方？

可若真的这样做，规则怎么办？

他最终还是没有下手。

二人都悻悻地退到一边，各自拿起自己的道具，扔进了窗口里。

齐夏看着那个高大的男人，嘴角慢慢地一扬，嘴中默念："一鼓作气，再而衰，三而竭。"

赵医生揉了揉被撞痛的大腿，伸手按了几次，检查了一下，发现骨头没有受伤，顶多是皮外伤，于是也放下心来，抬起头来一脸愤懑地盯着眼前人。

"大个子……你真的要动手吗？"赵医生问。

"大哥……对不起……但我不能死，更不能让苏闪死啊……"

"你……"赵医生咬着牙，嘴中嘟嘟囔囔地骂着什么。

而玻璃房间之外是另一幅景象。

齐夏和苏闪安安静静地看着对方，眼神中藏着杀机。

"我付出了两次真心，得到的是'刀子'和'石头'。"齐夏说，"我很失望。"

"真心？是吗？"苏闪摸了摸下巴，说，"让我猜猜，齐夏，会不会有另一种可能呢？"

230

齐夏扬了一下眉头："洗耳恭听。"

"会不会你起始的五张牌里有很多张'绳子'，导致你不得不连续两回合都打出'绳子'？"

听到这句话，齐夏的瞳孔微微收缩了一下。

"因为你不得不打出'绳子'，于是计上心头，顺势和我提出合作，若是我答应了，你便可以稳稳地消耗掉手中的'绳子'，之后再找个机会置我于死地。若是我不答应，你也可以用付出真心这套说辞来影响我下一次出牌。"苏闪抬起一双明眸看了看齐夏，问，"不知道我这么猜，会不会有些唐突，让你难堪？"

"完全不会。"齐夏面露欣喜，随后伸手敲了敲自己的太阳穴，"我很喜欢和聪明人博弈，若我死不了，就会变得更强。"

"谢谢你说我是聪明人。"苏闪挤出一丝微笑，"我们继续吧。"

说完，她便伸手摸了一张牌，翻开看了看，又放入了手里的牌中。

齐夏始终无法从她的表情中读取出有用的信息，于是只能低下头也摸了一张牌。

"拜托了，给我'刀子'。"齐夏心中暗道。

他把这张牌慢慢地拿起来看了看，眉头微不可见地抖动了一下。

"刀子"！

苏闪盯着齐夏的表情，不由得嘴角一扬。

这个男人露出破绽了。

齐夏静了静心，慢慢地把这张牌放入手牌中，盯着它看了很久。

既然摸到了"刀子"，那么接下来的战术需要重新制订了。

齐夏抬起头，问："苏闪，我非常认真地再问你一次，你真的不跟我合作吗？"

"不合作。"苏闪说，"规则里从未说过两支队伍可以合作，况且我也不可能完全相信你。"

"既然如此，那你可别后悔。"齐夏拿出一张牌狠狠地拍在桌子上。

231

"呵呵，谁后悔还不一定呢。"

苏闪没有犹豫，也拿起一张牌扣在了桌子上："我选好了。"

地鸡上前一步："请开牌。"

二人翻开了卡牌。苏闪面前赫然放着一张"盾牌"。

她面露一丝冷意，看了看齐夏："你想要拼命，我偏偏让你扑个空。"

齐夏点点头，翻开卡牌——又是"绳子"。

"什么？"苏闪一下子站了起来，"你明明……"

齐夏伸出一根手指，指着自己的眉头，眉头又微不可见地跳动了一下。

"你说这个？"齐夏问，"被你注意到了？"

苏闪盯着齐夏，思忖了片刻，缓缓地坐下了。

她承认自己轻敌了。

她和子晨在这个鬼地方已经转悠了一天多，遇到了不少对手，这是第一次遇到会在游戏中丧命的情况，也是第一次遇到像齐夏这般聪明的人。他居然使用微表情控制对手的思路。

为什么这个游戏跟之前遇到的不同？为什么这次的对手也明显厉害了许多？

现在情况非常棘手。

按照争斗的属性来看，盾牌一定非常稀少，若是牌堆中拥有足够数量的盾牌，很有可能会使双方无人受伤。所以如何巧妙地使用盾牌，成了保护己方搏斗者的主要策略。

现在摆在她面前的正是最差的情况——"绳子"对上了"盾牌"。

对苏闪来说，现在的情况如同用她的上等马对上了对方的下等马。

"现在就有点意思了。"齐夏把所有的卡牌都握在手中，问，"通过我的表情，你猜猜现在我的手中有没有'刀子'？"

苏闪慢慢皱起眉头，她知道若是想要赢过眼前的人，必须思考得再周到一些才行。

此时无论如何都不能跟着对方的思路走。不管他的手中有没有"刀子"，都一定要比他想得更多。

玻璃房内，二人的头顶再度落下道具。子晨的面前哐啷一声巨响,落下了一面圆盾。这是一面有着金属包边的木制盾牌,直径差不多一米。他赶忙捡起盾牌立在自己眼前,然后紧张地看了看对面的赵医生。

赵医生低头看了看地上的绳子,表情格外复杂。这是第三次掉下绳子了。

"齐夏……你个浑蛋给我这么多绳子,是想让我给你编张网吗?!"

他怒气冲冲地把麻绳拿起来,盯着眼前那举着木盾的男人。他好不容易得到了一次宝贵的进攻机会,却没想到是用绳子去抽木盾。他越想越气,扭头看向玻璃房间外的齐夏。

"你小子手气到底有多差啊?"

齐夏在玻璃房间外面,冲着赵医生无奈地耸了耸肩,然后动了动嘴唇,用唇语说:"抽他。"

"抽他?"

赵医生刚才被那块砖头打到了大腿,此时正有一肚子火没处撒,他看到对面的男人用一面盾牌挡住自己,像只缩头乌龟一样的躲在那里,不由得越看越气。

"浑蛋,抽就抽……"

他往前走了几步,抡起了手中的绳子,在空中转了几圈之后狠狠地抽向了对方的木盾。

只可惜赵医生三十年来从未体验过用一根麻绳去抽别人,这一下挥舞虽然荡起了不小的风声,角度却偏得离谱。只见他拽着绳子的一头,从上方挥下,待绳子中段与盾牌接触之后,绳子末端竟然鬼使神差地抽在了对方头上。

"啊!"

子晨发出哀号,手中的盾牌也直接掉在了地上。

赵医生不可置信地看着对方,刚才绳子挥动的时候他听到了类似巴掌的声音。难道他抽到了对方的脸?

齐夏回过头,看了看苏闪,发现这个女孩已经惊呆了。

用绳子抽盾牌,结果却能抽到盾牌身后的人,概率有多大?

苏闪此时眉头紧皱。

拿绳子的人打伤了拿盾牌的人,这岂不是用上等马出战结果

233

却输给了下等马？

子晨捂着自己的眼睛慢慢抬起头来，整个人的表情已经有些癫狂了。

他把手放下，赵医生发现他左侧的整个眼球已经变得通红，仿佛有些内出血。

"哎！"

赵医生一愣，心说刚才那根绳子难道正好抽打在了他的眼睛上？

"你……你……"子晨伸手指着赵医生，"你要杀了我？！"

"不……不是，我没有……"赵医生赶忙摆了摆手，然后往前走了几步，仔细盯着对方的眼睛看了看，"哥们，你现在应该是眼球轻度破裂，需要马上闭上眼休息，否则伤口有可能恶化，你的眼睛就保不住——"

"胡说！"子晨大叫一声打断了赵医生的话，"你……你给我等着！"

在地鸡的指挥之下，二人又将道具扔掉了。

齐夏嘴角一扬，感觉现在的场面很有趣。他本来只是想让赵医生给对方一个下马威，结果却打伤了对方的眼睛。这并不算一件坏事。

就像斗蛐蛐儿，罐中的蛐蛐儿没有外力干扰，很难自相残杀。

如果事情是这样发展的话，齐夏之前制订的战术就失效了，接下来对方的状态会如同一只疯狗，寻常战术不再有用。

"请摸牌。"地鸡说。

苏闪听后伸手抓起了一张卡牌，齐夏也紧随其后。他把牌拿在手中看了看。是"棍子"。

现在齐夏的手牌堪称完美——"刀子""棍子""石头""石头""盾牌"。这五张牌能攻能守。

前期最困难的"绳子"阶段已经度过了，接下来只要齐夏稳住手中的牌，及时打出摸到的"绳子"，他便会完全掌握主动权。

从斗智层面来说，齐夏已经完成了前期的布局，渐渐处于上风。

若他猜得不错，苏闪手中应当积攒了不少"绳子"，要怪只能怪她前期的攻势太猛，葬送了沉淀的机会。看起来她没有读过兵法，不懂厚积薄发，接下来她会进入短暂的弱势期，变得只有杀心却没有杀招。

但这个游戏并不是只靠斗智就能赢。

从斗勇层面来说，赵医生已经完全处于下风了。现在的子晨看起来非常生气，估计能够把石头发挥出刀子的效果。

只是不知道对方的手中……还会有"石头"吗？

"第四回合，请出牌！"地鸡再次挥了挥手。

齐夏微微思索了一下，抽出了一张"石头"扣在了面前。

"现在赵医生的杀意不足，只能这样了……"他嘴中默念一句，将卡牌推了出去。

苏闪也在短暂思索之后，打出了一张卡牌，二人同时掀开，牌面上都是石头。

"苏闪，你在孤注一掷，这会害了你的。"齐夏说，"当你要制订战术时，最好从敌人的角度审视战局。"

"是吗？"苏闪不痛不痒地回了一句，"你在教我如何使用策略吗？"

玻璃房内，随着一声脆响，二人的头顶同时落下了一块砖头。

这是赵医生第一次见到可以防身的东西，他赶忙上前将砖头捡了起来。可他刚一抬头，就看到眼前有什么东西飞了过来，于是下意识地伸手一挡，只感觉被一股蛮力撞到，退了几步之后摔倒在地。

子晨骑在了赵医生身上，拿起砖头狠狠地朝赵医生拍了下去。赵医生赶忙丢掉了手里的砖头，伸手护住自己的脑袋。

眼前这个高大男人的攻击毫无章法地落在他的手臂上，他生前从未挨过这种打，只感觉自己的手臂好像断了。

"啊——"赵医生慌张地大喊，"杀人了！杀人了！"

子晨像是疯了一样砸了好多下，直到赵医生的惨叫都变成了带着哭腔的哀号，地鸡的声音才缓缓响起："时间到，请停止行动。"

听到这句话，子晨微微一愣，然后回过神来看了看身下被自己打得连连哀号的男人——他虽然用手臂护住了头部，但嘴巴和鼻子都在流血。

235

"你……"子晨想说什么,但还是咽了下去,缓缓地站起身,将手中的砖头拿回去扔掉了。

齐夏无奈地叹了口气,正如他所料想的一样,在打出同样卡牌的情况之下,赵医生必败。

正在他思索之时,地鸡慢慢地拿起对讲机,语气冰冷地说:"请马上丢掉道具。"

齐夏一愣,赶忙扭头看去,赵医生此时正躺在地上翻来覆去地哼唧着——他只顾着浑身的疼痛,根本无暇顾及砖头。

"喂……"齐夏站起身,来到了玻璃墙旁边,伸手拍了拍,"赵医生,你没事吧?你需要马上丢掉道具。"

"老子不干了……"赵医生闷闷的声音从玻璃房间内传出,"你一直都在耍我,再打下去我会死的……"

"我没有耍你。"齐夏说,"如果你现在放弃了,咱俩就真的死了。"

他知道这场游戏最难的地方在于策划者和搏斗者几乎没有沟通,双方只能凭借自己独立的战术进行合作。一旦双方的意见出现分歧,十死无生。

"请策划者远离玻璃。"地鸡冷冷地说。

"赵医生。"齐夏冷冷地说,"你先站起来。"

"那你答应我……下一回合给我刀!"赵医生躺在地上说,"我要杀了他,你给我刀!"

齐夏听后,微微捏了一下手中的牌,他确实有一张"刀子",可它作为制胜的关键,绝对不可以贸然被打出。

"赵医生……出什么牌,是由我来决定的。"齐夏说,"我才是策划者。"

"我管你是不是策划者,你要是不给我刀!下一回合我就让咱俩都死!"赵医生躺在地上撒泼打滚地吼道。

"请策划者马上远离玻璃!"地鸡扯着嗓子大喊一声。

齐夏的眼神忽然之间暗淡下来。他心想跟赵医生这种人合作果然还是有些不妥,赵医生并不相信他。

或者……

想到这里,齐夏顿了顿,开口说:"好,赵医生,我知道了,你先起来。"

听到这句话,赵医生才缓缓站起身,捡起地上的砖头,骂骂咧咧地走向了身后的窗口。他脸上痛苦的表情在转身之后消失殆尽,表情也瞬间冷漠下来,给了齐夏一个意味深长的眼神。

小子,明白了吗?赵医生心中暗道。

看到赵医生的表情,齐夏嘴角一扬:"我就知道……"

赵医生丢掉了砖头,齐夏也坐回了方桌旁边。

第五回合要开始了。

"请摸牌。"地鸡伸手示意。

每一次都积极摸牌的苏闪这一次却没有着急行动。齐夏好奇地抬头看了看她,问:"怎么了?"

"你先吧。"苏闪冷冷地说,"每次都是我先,似乎不太公平。"

"不公平?"

齐夏思索了一下,也不再犹豫,果断伸手摸了一张卡牌,是数量最多的"绳子"。

这是一张坏牌吗?不,这是一张恰到好处的牌。

齐夏将所有的牌在手中洗乱,然后抽出"绳子"扣在了桌面上。

赵医生能够成为脑科医生,自然不是什么蠢人,刚才他的苦肉计是为了骗出对方所有的"盾牌"。这张"绳子"来得恰到好处,就让它发挥超乎寻常的作用吧。

苏闪思索了一会儿,也扣下了一张牌,她的表情看起来格外谨慎。

"请开牌。"

二人同时掀开手牌,居然是两张"绳子"。

"齐夏,你让我猜到了。"苏闪低声说。

齐夏见到对方的牌,并未露出意外的表情。这个叫苏闪的姑娘本来就非常聪明,看破赵医生的伎俩也在预料之中,只可惜这一次的策略让对方成功消耗了一张"绳子"。

赵医生自然不会矫情到用两个人的性命赌一张"刀子",可他的战术有些着急。

玻璃房间内掉下两根绳子。

赵医生面无表情地上前把绳子捡了起来，他知道齐夏明白了他的意思。可是对方为什么也是绳子？难道对方已经没有盾牌了吗？还是说那个女孩看破了这个计策？

子晨第一次拿到绳子，面色非常不自然。前面四个回合中他获得的道具不是刀子就是石头，现在却拿到了最没有杀伤力的绳子。

正当他犹豫的时候，赵医生却挥舞着手中的绳子抽了过来。还不等子晨伸手阻挡，那绳子就抽在了他的胳膊上。这感觉比被一根铁棍打到还要痛。

"啊——"子晨大叫一声，绳子差点脱了手，"你个浑蛋……"

他把绳子在手中对折了一下，然后怒气冲冲地往前走了两步："你敢抽我！"

子晨知道绳子在他手中无法挥动自如，只能尽量缩短它的长度，让它像根鞭子一样，然后用它狠狠地抽了赵医生几下。

赵医生也不甘示弱，用胳膊阻挡了几次之后，同样将绳子对折之后抽了回去。

齐夏见到这一幕点了点头。

原来绳子并不是一无是处的武器，当二人的手中都有绳子时，他们会不自觉地保持距离。

这种情形使得双方不得不抡起绳子抽对方，而一旦发生这样的场面，游戏就会进入失控状态。

"原来如此……"齐夏点点头，心说设计这个游戏的人非常聪明。

绳子看起来是一个胆小鬼专用的武器，可偏偏能够让对方感受到超乎想象的痛。

当两个胆小鬼拿着绳子搏斗时，其中一方极有可能被激怒。人类若是被激怒，便有可能杀死对方。所以在这副卡牌之中，看起来最人畜无害的绳子反而有可能成为一切的导火索。

二人忍着剧痛互相抽了对方几次，十秒的时间也已经结束了。

他们停了手，怒气冲冲地将自己的道具丢掉，随后站回原位。

赵医生一直捂着自己的小腹，而子晨一直捂着手臂。他们的眼神都变了，似乎正在慢慢接受这个十秒搏杀的规则。他们此刻正在蓄势待发，只等下一回合道具来临。

"第六回合，请摸牌。"

齐夏抬眼看了看苏闪，见她没有摸牌的意思，于是毫不客气地伸手摸了一张新的卡牌。

现在他手中的卡牌依然稳定："盾牌""刀子""棍子""石头""石头"。这一张新的卡牌无论是什么都不会让他陷入被动，他会根据牌面来制订新的战术。

可当齐夏真的看到这张牌时，瞳孔却不受控制地收缩了一下。那牌上画着一把手枪，手枪上方还写着"JOKER"[①]。

"这是……王牌？"

他回过神，将卡牌慢慢收入手中，脑海里开始思考对策。

地鸡说过这副卡牌当中还有两张生牌和一张死牌，可这一张写着"JOKER"的王牌究竟是生牌还是死牌？

"慢点，等一下……"

齐夏用手微微地抚摸了一下额头，然后再一次仔细地看了看这张牌。

这情况真是太出乎意料了。手枪杀人只需要一瞬间，无论拿到手枪的人是胆小鬼还是真正的杀人犯，他们只需要有一秒的杀心就够了。就算他们会后悔，那也是开枪之后的事。

想到这里，他又扭头看了看玻璃房间。

这房间并不大，赵医生和子晨相隔最多十几步的距离，在这种距离之下手枪的优势很大。

那么……下一回合自己要打出这张"枪"吗？如果对方有盾牌的话又该怎么办？

齐夏不得不承认这张"手枪"确实不在他的想象范围中，他一时之间没有将微表情控制好。若是苏闪抓住了这个破绽顺势打出盾牌，情况会有些棘手。

"不对……"齐夏忽然想到一个问题，这个游戏里的盾牌是木质的！

它挡不住子弹！这张牌是必胜的！

正在齐夏出神的时候，苏闪将一张牌扣在了桌面上。

[①] JOKER：王牌，小丑，爱开玩笑的人。

"我选好了。"她说。

齐夏抬起头，他自知这一回合自己露出了破绽，并不适合打出枪牌。

虽然子弹可以贯穿木头，但杀伤力仍然会下降。如果要万无一失地杀死对方的搏斗者，现在还不是时候。

齐夏只能将一张"棍子"扣到了桌面上。

"请开牌。"

苏闪打出的依然是"绳子"。

正如齐夏所料，现在是对方的"绳子"阶段。他有些后悔没有直接打出枪牌，但仔细想想，每一次的出牌都关乎着自己的性命，谨慎一点不是错事。

赵医生学聪明了，他直接举起手，在棍子落地之前抓住了它，然后二话不说冲了上去。还不等子晨捡起地上的绳子，赵医生便一棍将他打翻在地，紧接着又抢起了棍子冲着他狠狠地挥了五六次。

只能说一切都是因果报应，若不是子晨拿着砖头将赵医生按在地上打，赵医生也不可能发这么大的火。

"子晨……"苏闪一脸担忧地站起身来向玻璃房间内张望。

她有些慌乱了。

"别打了……让他别打了……"苏闪扭头对齐夏说，"让他住手！"

"时间到了他自然会住手。"齐夏说。

苏闪听后面露一丝不悦，然后缓缓地坐下，说："齐夏，你认输吧，我摸到了生牌。"

"嗯？"齐夏一愣，随即看向对方，"你觉得我会相信你？"

"不管你信不信，我第二回合就已经摸到了生牌，只是我一直在寻找两全之法，所以没有贸然打出。"苏闪说，"我一度以为可以让所有人都活下来。"

齐夏看了看苏闪的眼睛，无法根据她的表情判断这句话的真伪。这女孩的心思隐藏得很深。

十秒的时间已过，地鸡让二人收了手，但齐夏和苏闪依然没有动弹。

"你说你摸到了生牌,那你说说生牌的牌面是什么?"齐夏问。

苏闪听后,慢慢地伸出拇指和食指,比成了一把手枪的形状。

"是一击必杀的东西。"她说,"任何道具都挡不住的。"

齐夏听后微微一顿,脑海中再度盘算起来。

这句话有可能是假的,因为她完全可以说这是枪,可她却选择了更笼统、更安全的说法。

如果是假的,情况更加不乐观。因为眼前的女孩太聪明了,她居然靠自己的推测猜到了生牌的内容。

"所以你现在认输,我们就不必厮杀了,说不定你们也不用死。"苏闪说。

齐夏知道不管这个女孩有多么聪明,她的经验毕竟浅薄,她甚至不知道这个鬼地方有自己的规矩。

参与者既然提着自己的人头来参加地级游戏,那就不得不做好死亡的准备。

游戏失败是死,中途逃脱依然是死。

"我不会认输的。"齐夏说,"我来参与这只鸡的游戏,为的就是杀死对手赢下游戏。"

"你们都是精神病人吗?"苏闪情绪有些失控了,"如果我们在游戏中自相残杀,最后怎么可能有人出去?!我们参与者杀到最后,真的会有人收集到三千六百颗道吗?!"

齐夏没有回答对方,他来到这个鬼地方已经两次了,不,不止两次。

他早已没有了心中的迷惘。现在只想遵循此地的规则集齐三千六百颗道,期待有朝一日能够活着出去,找回余念安。

"别说了,苏闪,继续吧。"

齐夏默默地摸起了一张新的卡牌。苏闪也在沉寂了半天之后摸起了一张牌。

二人看了看自己的牌,同时皱起了眉头。苏闪真的摸到了枪牌,而齐夏摸到了死牌。

该说这是好运还是厄运?

齐夏在两回合内接连摸到了生牌和死牌。死牌的牌面是一个闹钟，闹钟上方清清楚楚地写着"死牌"两个字。卡牌的下方还有一行很小的字：当打出这张牌时，需丢弃另外两张卡牌，双方强制休息五分钟，策划者可与搏斗者会面。

"什么？"齐夏皱着眉头又把这段话读了一次，虽然他了解了这句话的意思，但他捉摸不透这张死牌的意思。

自己打出这张牌居然需要额外丢弃两张牌，换言之打出这张牌之后，自己的手牌会永远只有三张，直到游戏结束。

有谁会在这么危险的环境之中将手牌上限降到三张？更何况这张牌写得很明白，自己丢掉两张手牌换来的是双方强制休息。对方会在毫无损失的情况之下获得一次跟搏斗者商讨战术的机会。

打出这张牌将会增加己方的死亡概率，这就是死牌的意义吗？

齐夏抬头看了看苏闪，她也微微皱着眉头。齐夏心中暗道死牌只有一张，她的表情为何会变化？

这只能说明一个情况，她真的摸到了生牌。她发现生牌居然真的是一把手枪，此刻心中正在犹豫。

接下来极有可能是生牌对生牌。

若是齐夏猜得不错，游戏有可能在三个回合之内结束。

"不太妙……"齐夏再次看了看自己的生牌，假如自己和对方同时打出生牌，赵医生存活的概率有多大？

"等等……手枪？"一个念头忽然在齐夏的脑海当中徘徊。

片刻之后，他抬起头，感觉自己的思绪被打开了。这场游戏想要赢的话……靠的并不是生牌！

苏闪此时拿出一张牌扣在桌子上，说："开始吧，我选好了。"

齐夏思索了一会儿，面色一沉，随后同时掏出了三张牌：死牌和两张"石头"。

想要赢，必须要打出死牌！死牌才是这场游戏胜利的关键！策划者必须要将生牌的内容告诉搏斗者！

"三张牌？"苏闪看到齐夏的出牌略微一愣，规则里从未提到可以一次性打出三张牌。

地鸡在一旁点了点头，说："请开牌。"

二人翻开牌面，苏闪打出的是一张"棍子"，齐夏是一张死牌。

苏闪有些疑惑地拿过齐夏的死牌看了看，读了几遍上面的文字，露出一脸的不解。

"强制休息？"

"有人打出死牌，游戏进入休息阶段。"地鸡挥了挥手，玻璃房间内的门打开了。

齐夏立刻站起身，走到玻璃房间内，拉着赵医生来到角落中。

"搞什么……齐夏？"赵医生看起来依然很不冷静，"怎么还有休息时间？"

"赵医生，你若是有什么手段的话……现在趁早使出来吧。"齐夏环视了一圈，尽力保持淡然地说，"再不使出来就没机会了。"

"我……"赵医生面色尴尬地咬了咬牙，"齐夏，我也不瞒你了，我确实有手段，但现在使不出来。"

"需要什么？"

"需要……"赵医生慢慢地低下了头，"需要女人。"

"我真是不该问你……"齐夏低声骂了一句，"算了，长话短说，我有几句话要和你交代一下。这是我们唯一一次沟通的机会。"

"还需要什么沟通？"赵医生问，"你已经摸到'刀子'了吧？你给我，我杀了他。"

"你杀不掉他的。"齐夏说，"除非一刀封喉，否则寻常的刀伤不可能让他马上毙命"

"一刀……封喉？"赵医生是医生，自然知道这句话的意思。

如果只是用刀砍伤对方，那么直到游戏结束他都不会死，游戏获胜的规则是其中一方的搏斗者脉搏停止跳动，这是真正意义上的死亡。当面对一个全力防守想活下去的高大男人时，杀死对方并不是那么容易达成的。

"所以你有什么主意？"赵医生问。

"接下来三个回合至关重要。"齐夏说，"赵医生，现在我的手中有一张'手枪'、一张'刀子'、一张'盾牌'。"

…………

"子晨，你怎么样？"苏闪一脸担忧地看着眼前的男生。

"我没事……"子晨苦笑了一下，"苏闪，多亏了你一直给我提供强于对方的武器，目前我还没事。"

苏闪发现对方的眼睛看起来非常骇人，左眼的眼白表面已经有了肉眼可见的裂痕。

"子晨，你看起来不太好……"

"没事。"子晨眨了眨眼，总感觉眼睛里像是有沙子，"苏闪，接下来还有厉害的道具吗？"

"嗯……"苏闪点点头，"我的运气还算不错，现在手中有'手枪''刀子''石头'以及两张'绳子'。"

"手枪……"子晨顿了顿，问，"那你……有战术了吗？"

"我……"苏闪微微沉思了一会儿，说，"跟我对赌的男人非常聪明，我不确定能不能赢下他。"

"没关系，苏闪，我相信你。"子晨点点头，"你就按照自己的想法去做，就算输了我也没有怨言。"

"可是输了的话咱们就死了。"苏闪一脸失落地说。

"没有你带我走出房间，我早就死了。"子晨说，"不管对方的战术是什么，给我刀子吧，就算他拿的是手枪，我也有把握杀死他。"

苏闪的眼神闪烁了一会儿，点头说："我知道了。"

五分钟的时间一晃而过，直到时间结束，齐夏依然在跟赵医生交代着什么，而赵医生已经是一脸大脑死机的表情。

"你这说的都是什么……"赵医生喃喃自语地打断了齐夏，"你精神真的正常吗？"

"信我……"齐夏拍了拍赵医生的肩膀，"我们只能这么做了。"

四个人回到了原位，每个人的表情都有些不同。

当地鸡说出游戏继续时，子晨的头顶落下了一根棍子，而赵医生的头顶空无一物。赵医生见状直接后退了几步开始围着房间狂跑。

子晨没有想到几分钟之前还气势汹汹的男人此刻竟然撒腿就跑，于是只能提着棍子追了上去。可十秒钟的时间太短了，子晨虽然追上了赵医生，可接连两次挥动棍子都被他躲过了，并未给他造成伤害。

"你居然逃跑……"子晨愤懑地看了赵医生一眼，将棍子丢到了身后的窗口中。

"怎么？"赵医生喘着粗气，"换作是你的话……你不跑吗？"

"下一回合我就让你死。"子晨冷冷地说。

"谁会死还不一定呢。"赵医生也不甘示弱地回道。

地鸡再度伸手示意："第八回合，请摸牌。"

苏闪伸手抓起一张牌，齐夏也紧随其后。

这一张牌的牌面是什么都无所谓，二人的战术早已确定了。

齐夏将"手枪"放在桌面上，而苏闪放下了一张"刀子"。二人谁都没有隐瞒，竟是直接牌面向上地将牌推了出来。

"苏闪，我是枪，你是刀。"齐夏说。

苏闪点了点头，说："齐夏，你开过枪吗？"

"开枪？"

"你知道我们的卡牌打出之后，会掉下什么型号的手枪吗？"苏闪继续问，"而这把手枪怎么上膛，保险要怎么解除？"

齐夏略微皱了一下眉头，并未回答。

"我赌你的队友无法在十秒钟之内扣动扳机，就算他真的成功开枪了，也不会直接打死子晨。"苏闪故作镇定地说，"十秒钟的时间太短了。"

说完，她又拿出一张"手枪"，翻开给齐夏晃了晃。

"而只要子晨还有一口气在，我就会在第二回合让他拿到手枪，那时才是分出胜负的时候。"

齐夏盯着苏闪的眼睛看了很久，说："我真的希望你不要死在这里。"

"是吗？"苏闪冷笑一声，"可你却接连痛下杀手，我们之间一定会有人死在这里的。"

"我不是这个意思。"齐夏挠了挠头，说，"这样吧，这场游戏之后……若你想明白了什么事，可以去西边的学校找我。"

"什么？"苏闪微微一愣，"这场游戏之后？"

"解释起来挺麻烦的。"齐夏摇摇头说，"也可能你永远也

245

不会记得我……"

"别再岔开话题了。"苏闪打断他,"我的眼前只有胜负,让我们开始吧。"

地鸡看到二人的卡牌之后挥了挥手,玻璃房间内的道具掉了下来。

子晨立刻伸手拿起地上的砍刀,正要跑上前去的时候,一个乌黑的枪口已经对准了他。

"不要动。"赵医生说。

"你……"

子晨见到眼前男人持枪一侧的肩膀微微后倾,双臂弯曲,两手持枪,姿势非常专业。

此时的赵医生脑海之中回响着齐夏说的话:"当我打出手枪牌时,切记不要让手枪掉到地上。"

现在的情况和齐夏预料的完全相同。

"这把格洛克19跟我射击课程用的那把一样。"赵医生咬着牙说,"我已经瞄准了你的胸腔,人类的上半躯干中了枪,在没有医疗措施的情况下存活概率极低。"

子晨见状微微咽了一下口水,他感觉对方说的大概率是真的。但现在认输绝无可能,于是他嘴唇微微一动,挤出四个字:"你在唬我……"

"你可以试试。"赵医生一动不动地盯着对方,双手丝毫不抖,"把刀子放下,作为交换,这一回合我不开枪。"

"放下?"子晨一直都在思索着,对方手中明明有枪,为何执意要自己把刀子放下?

"我数五个数,你若不放下刀子,我就马上开枪。"赵医生顿了顿,嘴中念叨着,"五、四、三、二……"

"我不可能放下!"子晨大喝道,"我要杀了你!"

他举着刀子刚要往前,一个冰冷的广播声却缓缓响起:"时间到,请停止行动。"

"什么?"子晨茫然地抬起头,发现十秒时间已过。

不管对方说的话有几分真几分假,方才都是在拖延时间。可他拖延时间的目的是什么?

"请二位丢掉道具。"

赵医生毫不犹豫地转过身,将手枪丢入窗口之中,子晨见状甚是不解,只能将刀子也丢到了自己身后的窗口里。

这是他第二次拿到刀子,可惜每一次都动弹不得,这种感觉让他难受不已。

"齐夏,你在打什么鬼主意?"苏闪问道。

"我……"齐夏思索了一会儿,说,"我准备和你赌一把,赌上我们台面上的一切。"

"赌一把?"

"若是有可能的话,我还想把你逼入绝望的境地。"齐夏说。

"你是真的不正常……"苏闪的双手都有些发抖了,她根本不知道眼前的男人在想什么,"你不仅要杀了我,还要让我绝望?"

"我……"齐夏没有继续说下去,只是点了点头。

"第九回合,请摸牌。"

齐夏听后直接摸起一张牌,连看都没看地丢在了一边。苏闪也缓缓摸起一张牌,她知道不管对方在想什么,眼下都是杀死对方的最佳时刻。

她按照自己的策略,将"手枪"摆了出来,而齐夏则打出了一张"刀子"。

二人完全不掩饰自己的策略,双双将牌面亮了出来。

"立场颠倒了,苏闪。"齐夏说,"这一回合拿枪的是你,你会怎么办?"

"我会毫不犹豫地杀死你们。"苏闪说。

地鸡挥了挥手,第九回合的道具也掉了下来。

当子晨看到手枪时,以最快的速度伸手捡了起来,对准了赵医生,可是半秒之后,他的额头就流下了冷汗。

手里的这把枪……太轻了。

赵医生不紧不慢地捡起刀子,抬起头说:"得罪了。"

话音一落,他直接冲了上去。

"这是什么东西?!"

子晨大叫着扣下了扳机,枪口处喷射出了肉眼难寻的小水柱。

苏闪慢慢地瞪大了双眼,她完全没有思考过这个问题。

这个游戏中所有的道具都是为了杀人才存在的,棍子打磨过,刀也开了锋,枪却是玩具?!

片刻的工夫,赵医生已经来到了子晨的面前,挥起一刀直接砍在了对方的大腿上。

"啊——"子晨吃痛惨叫一声,原地跪了下来,腿上哗哗流着鲜血。

他认为自己死定了。

可赵医生砍完一刀之后并没有其他的行动,反而面色凝重地慢慢后退了几步,等待十秒时间过去,然后将砍刀扔到了身后的窗口里。

子晨咬了咬牙,站起身,忍着剧痛也将手中的手枪扔了出去。

"原来你们早就知道枪是玩具……"子晨喃喃自语地说,"所以你要在手枪落地之前接住它……否则我会听出它是塑料制品。"

"你可能还不知道我们的策划者有多么可怕。"赵医生微微叹了口气,"他指挥我用一把滋水枪,成功卸掉了你的刀子。"

此时的苏闪也明白了事情的严重性。看起来最厉害的生牌竟然是一块毫无作用的塑料,它的杀伤力甚至不如绳子。

"这只公鸡居然在这副牌里面给我留下了缥缈的希望……"苏闪慢慢地抬起头,感觉自己被摆了一道,"他在耍我……"

"他没有耍你。"齐夏摇摇头,指了指牌面上的字,"这张牌叫作生牌,而且上面一直都写着'JOKER'。"

"什么?"

"你仔细想想,这游戏中的盾牌是木质的,也就是说手枪必胜。"齐夏冷静地说,"既然有必胜牌,那我们为何还要费这么多周折斗智斗勇?谁摸到枪谁就赢,这可不是地鸡期望看到的画面。看看我们手中的牌吧,他想让我们在漫长的厮杀中折磨对方,所以手枪只是个恶作剧,打出这张生牌,没有人会死。"

苏闪沉默了一会儿,感觉自己始终静不下心。

是啊,若是仔细想想就可以明白了。为什么生牌写的是"JOKER",而死牌写的是"死牌"?

苏闪拿起刚刚摸的牌看了看——"绳子""绳子""绳子",她手中除了一张"石头"之外剩下的全部都是"绳子"。这样她还有胜利的希望吗？

齐夏见状翻开了之前扣下的牌看了看，也是"绳子"。

"就出这个吧。"齐夏将"绳子"直接明牌打出，扔在了苏闪面前。

"你……"苏闪眨了眨眼，一丝冷汗从她的额头滑落，"我好像明白你的计划了……我已经要输了……"

"没错。"齐夏点点头，"眼下你还有一次赌上性命的机会，那就是打出'石头'。"

苏闪听后默默地拿起了手中的"石头"，她虽然不想跟着齐夏的计划走，但眼下真的没有别的办法了。

想要杀死对方的搏斗者，这张"石头"是最后的希望。毕竟用"绳子"在十秒之内将人杀死的概率太小了，再拖延下去，子晨也会因为失血而死。

她慢慢地把"石头"放了下来，眼神当中带着一丝绝望。

"齐夏，为什么你们会毫不犹豫地杀人呢？"苏闪声音颤抖着问。

"总有一天你会和我一样的。"齐夏冷言道。

苏闪理解不了，她也不想理解，人和人之间毫无理由地互相厮杀本就是一种错误。

"我相信子晨。"苏闪将"石头"放到了桌面上。

齐夏感觉有口难言，思索再三还是开口说："你的那个队友会害了你的，想要在这里活下去，没必要一直照顾弱者。"

地鸡面带微笑地挥了挥手，玻璃房内二人的道具随之掉落。

赵医生把手高高举起，在绳子落地之前一把抓住了它，而子晨也忍着腿上的剧痛从半空中接住了砖头。

他自知脚上有伤行动不便，只能握住砖头做防守姿态，可让他未想到的是赵医生并没有拿着绳子进攻，反而一转身就把绳子扔到了身后的窗口里。

"哎！"子晨微微一顿，却又见到赵医生拔腿就跑，远离了子晨的攻击范围。

"你在搞什么？"子晨咬着牙说，"你准备接下来的时间一直都逃跑吗？"

"没错。"赵医生擦了擦脸上的鼻血,"你已经被砍伤了,流血而死是迟早的事,我没必要把自己搭上。"

"原来你砍我的腿是早就计划好的……"子晨一时之间气不打一处来,他捂住受伤的腿,一瘸一拐地朝着赵医生走去。

赵医生一转身,又跑远了几步。

"别傻了!你放弃吧!"赵医生大叫道,"接下来的时间你不可能有机会抓到我。"

子晨跟着赵医生追了半天,直到大腿上的血灌进了鞋子里。

"你……你……"子晨知道时间将至,此时不做点什么就真的让对方得逞了。

现在只能……

苏闪立刻站了起来,大叫一声:"子晨!不要!"

说时迟那时快,子晨将手中的砖头掂量了一下,狠狠地抛向了赵医生。

齐夏叹了口气,盯着眼前目瞪口呆的女孩说:"结束了,苏闪。"

只见赵医生侧身一躲,然后立刻捡起了地上的砖头,紧接着把它揣到怀里,趴到了地上。

"什么?"子晨有些不解地眨了眨眼睛,"你拿我的砖头做什么?"

"子晨!"苏闪连忙跑到了玻璃墙边,一边伸手拍着玻璃一边大声叫道,"快把砖头抢回来!他想要害死你!"

地鸡不动声色地冷笑一声,开口说:"十秒时间已到,请双方丢掉道具。"

听到这句话,子晨感觉自己的血都凉了,一股极度不安的感觉开始在他心中蔓延。

"喂……你把砖头还给我!"他瘸着一条腿跑上前去,伸手去拉扯赵医生,可赵医生趴在地上将身子缩了起来,把砖头稳稳地藏在怀中。

赵医生一言不发,一动不动。

"浑蛋!"子晨的声音颤抖着,"你快点给我!你再不给我我就要死了!"

赵医生紧闭双眼，将头深深地埋在双臂中，任由子晨拳打脚踢。

"我再说一次。"地鸡冷笑道，"请马上丢弃道具。"

"喂！"子晨带着哭号声叫道，"你给我啊！"

苏闪浑身不停地颤抖着，她从来没有想过自己会死在这个诡异的地方。

"苏闪，挑一个舒服一点的姿势等待死亡。"齐夏也在一旁故意说。

苏闪抬起一双绝望的眼睛看着齐夏，她的死亡倒计时已经开始。

她还有很多事要去做，又怎么可能在这里死掉？可是谁又能来救她？

想到这里，苏闪脑海当中有一根弦嘎巴一声断掉了，她那双闪亮的眸子也在此时变得更加璀璨。

铛！

震耳的钟声在远处回荡，齐夏慢慢露出了心满意足的笑容。

"对不起，之前说了很多可怕的话，那不是我的真心话。"齐夏站起身，缓缓地说，"苏闪，记好了，西边、学校、天堂口，我叫齐夏。"

还不等苏闪反应过来，地鸡已经走进了玻璃房间内，继续冰冷地说："请马上丢弃自己的道具。"

"你……你等一等！"子晨双手慌乱地挥舞了一下，"再给我点时间，我……我马上就好！"

"最后五秒。"地鸡慢慢地闭上双眼。

"喂！哥！大哥！"子晨不再殴打赵医生，反而带着哭腔跪了下来，"求求你还给我吧……我不想死……"

"对不起……"赵医生捂着砖头低声说，"我也不想死。"

五秒的时间一晃而过，地鸡以极快的速度伸手贯穿了子晨的身体。

"蓝色方犯规，接受制裁。"地鸡说。

苏闪的项圈此刻也闪起了蓝灯，那蓝灯越闪越快，似乎正在进入倒计时。

"苏闪，我说的话你都记住了吗？"齐夏扭头看着眼前的女孩。

苏闪盯着齐夏的眼睛看了几秒，仿佛忽然想通了什么——原来是这样？！

"城市西边、学校、天堂口。"苏闪说，"齐夏，我记得了。"

"下次见。"齐夏说。

"下次见。"苏闪苦笑一声。

END ON THE TENTH DAY

第 8 关

极道·
天堂口

楚天秋坐在昏暗的房间中吃着早餐，忽然听到了微弱的敲门声。

"怎么？"他问。

"他有个问题……想要问你。"门外的黑影说。

"让我猜猜……"楚天秋缓缓摸了一下下巴，"该不会……是想问问我来这里多久了吧？"

"没错。"门外的黑影点了点头。

"真是太有意思了。"楚天秋露出一丝意味深长的笑容，"齐夏，这样才对啊……"

"都是我不好……"门外黑影的声音听起来支支吾吾，"没想到让齐夏看出了破绽。"

"和你无关。"楚天秋摇摇头，"就算可以瞒住所有的人，也不可能瞒住齐夏。他早晚都会发现的，只不过比我预计的早不少。"

"所以这个问题要怎么回答？"门外的黑影有些为难地说，"他说若是你答错了，就让你彻底出局。"

"是吗？"楚天秋微微点了点头，来到了桌子旁坐下，那里有一个笔记本。

笔记本上写了许多不明所以的词汇。

有"愤怒""绝望""恐惧""不舍""思念""骄傲""悲伤""悔恨"等诸多代表情绪的词语，满满当当地写了一整页，可奇怪的是许多词语都被人划掉了。

"齐夏还未回响吗？"楚天秋问。

"没有。"门外说。

楚天秋面色一沉，拿起笔将"悔恨"也划掉了，现在本子上仅有"悲伤"一个词语。

他将笔帽盖上，用手指轻轻地点了点"悲伤"二字，开口说："我可能找到答案了。"

"是吗？"门外的黑影也思索了起来，"可会不会……是我们给齐夏的悔恨根本不够？"

"哦？"楚天秋微微思索了一下，"你是说……他根本不在乎队友的性命？"

"我不好说。"门外回答道，"我从他的表情之中什么也看不出来。"

"有意思。"楚天秋点点头，"也就是说他是故意中计的……明知不可为而为之，哪怕损失队友也想钓出我的存在。"

"损失队友……"门外的声音听起来有些犹豫，"天秋，我们也损失了两个队友……那个叫齐夏的人，有那么重要吗？他甚至重要过金元勋？"

楚天秋并未回答这个问题，只见他沉默了一会儿之后又问："林檎是不是加入天堂口了？"

"是。"

"真是百年难得一见的场面啊……"楚天秋敲了敲桌面，"我准备见见她。"

"可……可她是极道者啊！"门外的声音听起来有一丝慌乱。

"资历这么深的极道者不多了。"楚天秋慢慢站起身，"她跟那些新晋的疯子还是有区别的。"

门外的黑影沉默了半响，说："我知道了。"

楚天秋微微一笑："被齐夏打伤的嘴巴还在痛吗？"

门外的黑影没答话，过了半天才缓缓问道："齐夏的问题你到底要怎么回答？"

"这不难，你告诉他……我从未离开。"

乔家劲拿着一个布包，心情格外美丽。

"心理医生、写字仔，你俩也蛮聪明啊。"

他打开布包数了数，这一次参加人狗的游戏居然赚了六颗道。只是不知道六颗道够不够买酒？

林檎微微皱了皱眉头，伸手拿过布包，其间又不经意间碰了一下乔家劲的手指。乔家劲也没在意，见到布包被拿走，双手插进了兜里。

林檎微微叹了口气，问道："乔家劲，你在想什么？"

"我在想什么？"乔家劲眨了眨眼，反问，"怎么问得这么直白？"

他想拿着道去买酒，可惜不能直说。

"我……"林檎感觉乔家劲有些奇怪，他和齐夏一样，无论她如何触碰都完全没有回响的征兆。

林檎觉得想要完全激发乔家劲的能力，应当要释放自己的全部回响，可那样就会激起钟声，事情会变得有些棘手。

"你在压抑自己的内心吗？"林檎问道。

"咩？"乔家劲愣了一下，"我压抑自己的内心做什么？"

虽然乔家劲矢口否认，但林檎还是发现了端倪。她感觉乔家劲并不是真正的乔家劲，或者说他并没有在做自己。

"乔家劲，想想你自己是谁。"林檎说，"不要压抑自己内心的想法。"

"我自己？"乔家劲的眼神慢慢冷峻下来。

"你是谁？来到这里之前还有什么心愿没有完成吗？"

"我……"

乔家劲的耳边似乎有若隐若现的钟声响起。

"我自己本来就是这样。"乔家劲露出笑容扭头说，"心理医生，我没钱给你，所以你不用给我看病啦。"

他懒洋洋地伸了下胳膊，然后径直向前走去。

乔家劲的回响难以触发，对林檎来说并不是一件坏事，这说明他的回响非常强大。

林檎扭过头无奈地看了看韩一墨，口中喃喃自语："至少比'招灾'强大得多。"

三个人漫无目的地在城市中游荡，正准备前往下一个游戏时，却忽然听到了剧烈的钟声。

"什么？"林檎略微愣了一下，这钟声听起来离他们很近。

谁回响了？是自己人吗？

"我们去看看。"林檎朝着钟声响起的地方指了指，三人随即改变了方向。

当他们走到巨大的显示屏旁边时，震耳欲聋的钟声再度传来。

回响结束了，屏幕上只留下了孤零零的一行字：我听到了"招灾"的回响。

"刚才是濒死之人的回响？"林檎嘴巴微动，自言自语地念叨着。

乔家劲盯着屏幕微微思索了一会儿，问道：" '招灾'是谁的回响？为什么一直都在？"

"是……"林檎瞥了一眼韩一墨，发现他并没有反应，只能悻悻地说，"我也不知道。"

三个人在屏幕前面等待了片刻，并无其他发现，正准备离去时，那屏幕却如同刷屏一般出现了好几行字。

紧接而来的是震耳欲聋的、接连不断的钟声，站在巨钟前面的三个人被这钟声震得难以站稳。

"我听到了'嫁祸'的回响。"

"我听到了'因果'的回响。"

"我听到了'原物'的回响。"

加上原先的"招灾"，此刻同时有四行字闪烁在屏幕上，看起来格外骇人。

"怎……怎么回事？"韩一墨愣在了原地。

齐夏和赵医生拿着三十颗道刚走出地鸡的棋牌室，齐夏的脸色就沉了下来。

"赵医生，你到底是个什么变态？"他回过头问。

"啊？"赵医生一愣，"我？变态？"

"你的回响需要女人才可以发动。"齐夏露出一脸鄙夷的表情，"你是武侠故事里滋阴补阳的魔头吗？"

"你这说的都是什么啊？不过回响……"赵医生眨了眨眼睛，"你是说……我这个就叫回响？"

"你说什么？"齐夏微微一愣，"都已经到了这个阶段，有必要继续隐瞒吗？"

"我……我没有隐瞒的……"赵医生面色尴尬地说，"我真的不知道这是什么东西，但我似乎可以按照自己的意识对周遭的环境进行破坏……"

"破坏？"

齐夏的面色迟疑起来，这可真是个出乎意料的答案。也就是说人兔的逃生游戏并没有鱼缸倒塌这个解决方案，只是赵医生的

257

回响发动了。

可赵医生为什么不知道自己有回响？

"我只要触碰到女孩，便会短暂地获得一些奇怪的能力……"赵医生尴尬地说，"上一次我想和肖冉深入交流的时候……被你打断了。"

齐夏面色难看地捂住了额头，他总感觉这件事情很离谱。

那天的赵医生马上就要获得回响时，却被自己打断了？

"难怪啊……"齐夏点了点头，"那天我和林檎去找你们，你躲在暗处用一块木板挥过来，是真的想杀了我吧？"

"我……"赵医生默默地低下了头。

"因为我阻拦了你，没让你变成超人。"齐夏叹了口气，紧接着眼神一冷，问道，"赵医生，你一直都留有记忆吗？"

"我……"赵医生警惕地看了看齐夏，说，"齐夏，虽然我不懂什么叫一直留有记忆，但我记得上一次发生的所有事。"

"什么？"

"但是有个人明确地跟我说不要告诉任何人我还记得……所以我……"

齐夏微微一顿，原来赵医生并不是房间内一直都留有记忆的那个人。

他单单保留了一次记忆而已。

"我好像猜错了……"

铛！

铛！

铛！

齐夏还没想明白，就被接踵而来的钟声吓得心头一颤。

二人茫然地抬起头，三个人从暗处慢慢地现出身形，站在了齐夏身后。

"齐夏，你听，钟响了。"一个熟悉的声音缓缓响起。

齐夏浑身一怔，随后僵硬地转过身，那张让人不寒而栗的脸浮现在眼前。

是潇潇。是那个毫不留情杀死乔家劲和甜甜的潇潇。

齐夏看了看站在潇潇左右两侧的一男一女，一人是曾经见过一面的江若雪，而另一个人是一个陌生男人。

"咦？奇怪……"潇潇盯着齐夏的双眼看了看，"你看起来像是记得我……你果真回响了吗？"

齐夏没有说话，只是略带敌意地盯着对方。

"既然如此，沟通起来就方便多了。齐夏，我上次说的话你领悟了吗？"潇潇摆弄着肥大的T恤慢慢地走上前来。

"齐夏……这是？"赵医生慢慢地往后退了一步，他感觉不太妙。

齐夏没回答，反而咽了下口水，问："你们到底想做什么？"

"本来是想混入地鸡的游戏里，没想到却遇到了你。"潇潇露出一脸为难的表情，"我什么都不想做啊，就只是偶遇。"

江若雪听后甜甜地一笑，跟齐夏招了招手："嘿！好久不见。"

"明明是偶遇，你三人又为何要回响？"齐夏问。

"还不是想拉拢你？"潇潇笑了一下，开口说，"上次我告诉你，这里的人死不足惜，我想你应该也理解了吧？在这种地方，只有回响者才有资格存活下来，剩下的人无论死掉几次都是一样的结局。"

齐夏听后也慢慢地走上前去，与潇潇面对面站着。

潇潇面色不改，依然笑着说："我们在这里发动回响，目的就是为了告诉你，我们比大多数人都强得多，就算这样你还不想加入我们吗？"

"潇潇，你给我听好了。"齐夏面色冷峻地说，"我这辈子最讨厌的事就是超出我预料的事，你胆敢当着我的面杀死我的队友，就要做好跟我永远为敌的准备。"

"哦？"潇潇顿了顿，收起了笑容，"你是不是觉得我对你说话很客气，所以有些蹬鼻子上脸了？"

"我对你的态度始终这样。"齐夏说，"有什么事情你就冲我来，不论你杀掉我几次，我都不会妥协。"

"你以为我不敢？"

气氛一时之间紧张了起来，众人都站在原地对峙着，赵医生则一直都在盘算逃跑的路线。

"啥玩意？"站在潇潇身后的陌生年轻男人忽然开口打破了

气氛,"小江,这都是啥玩意?"

"哎呀,你别着急。"江若雪拉了拉陌生男人的衣角,小声说,"潇潇应该有计划的。"

"那能行吗?"男人不耐烦地瞪了瞪眼,"别搁这儿欺负人啊。"

"老孙,我什么时候欺负人了?"潇潇皱着眉头回身说,"你不知道情况就别说话。"

"咋的,我还用知道情况吗?"年轻男人立刻走了上来,站在了潇潇和齐夏之间,看起来有些不悦,"你都杀了人家队友了还谈什么情况?下手咋还不知道轻重呢?"

"老孙,你——"

"亏我还被小江骗得开启了回响,咋的,就干这事啊?"被称作老孙的年轻男人感觉自己被耍了,"玩儿呢?我搁这儿陪你俩站街撑场子呢?"

气氛一时之间掺杂了几分尴尬的气息。

潇潇和江若雪无奈地对视了一眼:"老孙,我们想拉这个叫齐夏的人入伙。"

"那你就好好跟人说啊!"老孙用恨铁不成钢的表情瞪了一眼潇潇,"你杀人干啥?"

"我有好好跟他说啊。"潇潇漫不经心地摇摇头,"我说这些人死不足惜,可他不信。"

"你这话我咋听着硌硬呢?"老孙回过头,看了看齐夏,说,"哥们,你别听她胡咧咧①,你队友那事我先替她给你道个歉,我替你出头。"

齐夏和赵医生顿时面面相觑。这是在做什么?演戏吗?

"我说……你们不是一伙的吗?"齐夏皱了皱眉头。

"咋的?"老孙上下打量了一下齐夏,"我们一伙的就不能干仗了?"

齐夏感觉眼前的男人身上有一股和乔家劲非常相似的特质,只是这个特质结合了南北差异之后在二人身上呈现出了完全不同的效果。

---

① 山东方言,意为胡说八道。

"谢了,但我不需要有人给我出头。"齐夏说,"如果没什么事的话,你们打你们的,我们俩先走。"

"走?"老孙的表情有点愣,"我替你出头……结果你要走?"

齐夏感觉自己又陷入了秀才遇上兵的境地之中。

"我说过我不需要有人替我出头。"齐夏说,"你们如果想演戏给我看,趁早免了。"

"演戏?!"老孙一瞬间气不打一处来,"来来来,你看看我是不是演戏!"

说完他就把手握起来,对齐夏说:"这石头给你防身,一会儿要是打起来了你看看我下不下死手。"

他把手往前一递,看起来似乎把什么东西递到了齐夏手中,可齐夏知道他手里是空的。

"我说你……"

齐夏还没来得及提出异议,赫然发现自己的手中多了一块石头。这石头安安静静地躺在他手上,仿佛早就在这里一样。

"这?"齐夏一愣,"凭空变石头?"

老孙没有迟疑,伸手一握,一根粗壮的石棍就出现在了他的手中:"潇潇!你快给这哥们儿道歉,一直得罪人家的话咱怎么拉他入伙?"

"我才不道歉,我又没做错。"潇潇说,"要不是托我的福,齐夏能这么快了解终焉之地吗?"

齐夏面色一沉,将手中的石头扔到了一旁,说:"你们实在太荒唐了,我重申一次,我不会入伙的,你们俩就算在这里因为我打死对方,我也不可能入伙。"

"哎哎哎!哥们儿!"老孙回过头来拉住了齐夏的胳膊,"有话好说嘛!你要是觉得不解气,这根棍子给你!"

齐夏冷哼一声:"果然是在演戏……我不想和你们扯上关系。"

"嗐,我真不是演戏。"老孙见到齐夏不吃这套,将手中的石棍也随手丢了出去,"我一直都很不满意潇潇的做法,她太偏激了。"

齐夏给了赵医生一个眼神,二人不想纠缠,准备绕过几人离开。

"哥们儿啊!"老孙依然没有放开拉住齐夏的手,"你真的不考虑入伙吗？"

齐夏停下脚步，看了看眼前的老孙，问道："你要杀我吗？"

"啥？"

"不杀我就别耽误时间了，我的态度已经非常明确了吧。"齐夏扭头看了看潇潇，"我不可能与这种疯子为伍。"

潇潇听到这句话，面色略带一丝失落。老孙此时也一脸尴尬地愣在了原地，不知如何是好。

江若雪慢慢地走上前来，笑着说："算了，老孙，让他走吧。"

"哎！小江……你不是说这个人很厉害吗？"

"但是他对潇潇的第一印象已经差到了极点，没必要再纠缠了。"江若雪苦笑着回头对潇潇说，"潇潇，我之前找到的那瓶锂盐你吃了吗？"

"吃了，每天午夜我都在吃。"潇潇低着头说。

"啥玩意儿？！午夜吃？！"老孙瞬间吓了一跳，"麻烦你看准了再吃啊！我就说怎么一到了半夜我就吐酸水，合着你都吃我肚子里了是吧？！"

"啊？"潇潇一愣，"不……不是吧……嫁祸给你了？"

齐夏看着这群疯子，感觉自己的忍耐已经到了极限。这难道又是一场戏吗？

"走。"他低声跟赵医生说。

"好好好。"赵医生一路小跑着就要离开。

"不……不行……"潇潇忽然转过头来，表情呆滞地看向齐夏逃跑的方向，"若雪，不能让他走，他太聪明了，他会收集到三千六百颗道的……"

"你冷静一点，潇潇。"江若雪皱着眉头说。

"我很冷静。"潇潇深呼吸了一口气，说，"所有人都死不足惜，可齐夏不一样，他注定要和我们一样在这里生活下去的……"

话音一落，她就脱下了自己的上衣，露出了穿在里面的运动背心和一身横练出的肌肉。这景象把赵医生吓了一跳。

"我的妈……"他从未想到潇潇的T恤下竟然会是这副强健的躯体。

潇潇从一旁拿起了齐夏刚才丢掉的石头。

"潇潇！"江若雪有些着急地拉住了她，"你别冲动！不是说好了有事一起商量吗？"

"我先把齐夏留下……"潇潇露出诡异的笑容，"我先让他留下，然后我们再商量！"

说完她就狠狠地把石头砸到了自己的脑门上，这个举动把齐夏和赵医生都看呆了。

一击下去，潇潇的额头已经开始哗哗地流血。

"她……她在干吗？"

"别管了，快走！"

齐夏拉着赵医生转身就跑。

潇潇的脸上慢慢露出了失落的神情："失败了吗？没关系……"

她再一次举起石头，又狠狠地在脑袋上砸了一下。

随着一声闷响，齐夏身旁的赵医生直接原地飞了出去。

"啊——"赵医生躺在地上捂住了自己的额头，"这是什么啊？！"

他眉头紧锁，感觉自己被一块石头击中了，可是他的额头上只有痛感，并没有任何外伤。

看到赵医生在地上不停地打滚，齐夏咬着牙看着眼前的三人："疯子……你们没完了？"

潇潇见状，摇摇晃晃地丢掉了石头，看起来状态也不太好。

"老孙，快把他绑起来……"

"啊？"老孙一愣，"不是，你真要绑他啊？"

"别废话了……快点……"潇潇捂着额头说。

"那……那对不住了哥们儿。"老孙左手上凭空出现一根石棍，右手从口袋里掏出一小卷绳子，朝着齐夏缓缓地走了过去。

齐夏面色一冷，撸起了袖子。

"绑我？你试试。"

江若雪的面色也不太自然。她赶忙上前扶起了赵医生，感觉事情有点难以控制了。

"那个……你还好吗？"

赵医生捂着额头看了看现在的状况，慢慢地站起来，不怀好意地笑着说："我没事……没事……"

话罢，他下意识地摸了摸江若雪的手："谢谢啊！"

刚刚还带着微笑的江若雪瞬间收起了笑容，毕竟无意碰到和故意抚摸有着本质上的区别，这个男人给他一种非常怪异的感觉。

齐夏敏锐地注意到了赵医生和江若雪之间的古怪氛围。他和赵医生交换了一个眼神，微微点了点头，向着面前的老孙走了过去。

"哥们儿，我是真不想动你啊，不再考虑考虑了？"

"不考虑了。"齐夏冷言道，"说也说不听，不如直接动手。"

话音一落，不等老孙反应过来，齐夏已经向前猛蹚一步，旋转出拳。老孙错愕了一瞬间，也下意识地抡起自己手中的石棍向齐夏头上挥去。

按理来说此时不论是谁都应该赶忙护住自己的头部，否则就算打到了对方自己也定然受伤。

可齐夏偏偏没有躲避，用天灵盖生生地挨了这一击。

说来也奇怪，老孙手中的石棍像是用沙子制成的，在接触到齐夏天灵盖的瞬间居然如同泡沫一般散乱成无数碎屑。

"啊？"

老孙还未来得及惊诧，下巴就结结实实地挨了一拳。这一拳打得又重又准，他只感觉两眼发黑，瞬间失去了平衡。他慢慢地向后倒去，竟然坐在一块石头上，那块石头像个座位一样，正好接住了老孙。

齐夏皱了皱眉头，感觉那块大石头像从刚才开始就放在这里，但仔细想想又不可能。这是马路正中央，怎么可能放着一块大石头自己却没有看见？

下一刻，石头陡然发生变化，好似被白蚁侵蚀了一般慢慢碎裂成沙子，紧接着老孙也倒了下去。当他就要摔到地上时，沙子再次凝结成石头，片刻又再次化成了沙子。

见到老孙一屁股坐在了地上，赵医生长舒一口气。

齐夏感觉自己可能神志不太清醒了。这都是什么情况？回响斗法吗？

见到老孙被齐夏一拳撂倒，潇潇也变了脸色。

"有意思……"她缓缓地走上前来，身上的肌肉如同一块块宝石一般在暗红色的天空之下发出光芒，"齐夏，看起来你练过两下子。"

"我现学现卖，只是你的朋友轻敌了。"齐夏甩了甩右手，额头上流下了一丝冷汗。

他知道眼前这个女人不好对付，她有着非常强悍的肉体力量，更有着名叫"嫁祸"的回响，作用在她身上的伤害极有可能转移到其他人身上。他一拳下去，就算能够伤到她，倒下的也可能是自己。

既然如此……要怎么打？

可是潇潇看起来完全没有顾虑，她双拳一握猛然冲了上来。齐夏面色一紧，赶忙故技重施，再度摆好了出拳姿势，向着她的面部甩出一拳。

齐夏的出拳速度远不如潇潇，仅仅一个错身就被她击中了胸膛。

这一拳硬得像铁。

"喀！"

齐夏被打翻在地，他感觉自己在长达十秒钟的时间里都无法呼吸，滋味难受至极。

面对这种赤手空拳的敌人，赵医生破坏周遭环境的回响也无法发动了。

"老孙，把他绑起来。"潇潇说，"他必须成为极道者。"

"喀喀……好……"老孙慢慢站起身，看起来并未受伤，"我真没想到这小子的进攻这么有技巧啊，下次得谨慎点了。"

正当老孙拿着树藤慢慢靠近齐夏的时候，一个低沉的声音在不远处响起。

"我干，真是嚣张……"

几人一愣，向声音传来的地方看去，只见一个身高一米九的大汉缓缓朝此处走来，他的身后还跟着两个女人。躺在地上的齐夏也艰难地扭过头，瞬间感觉安心了不少。

"张山、童姨……云瑶？"

"干，你们三个是干什么的？想要绑走我们天堂口的人？"张山来到潇潇面前，面色异常阴冷。

他的身上沾了不少血迹，应当是刚刚参与了什么游戏。

潇潇感觉有些不妙。上一次见到这个男人时，他没有回响就能够徒手打死一头熊。

张山从上到下地打量了一下潇潇，不由得露出一丝笑容："很漂亮的肌肉啊，就用来干这些肮脏事吗？"

潇潇迫于张山的气势，竟然一句话都说不出来。而一旁的云瑶也见到了熟悉的面孔，可说实话，这个面孔她并不想见。

"嘿，云瑶。"江若雪微笑着挥了挥手。

"别嘿了，我不想跟你交谈。"云瑶有些冷淡地移开眼神，"你们到底要做什么？抢人可不是你们极道的作风。"

赵医生把齐夏扶起来，二人慢慢向着张山三人的位置移动。

"孩子，你没事吧？"童姨上前搀住齐夏。

"我没事。"齐夏摆摆手。

江若雪继续笑着看向云瑶："抢人不是我们极道的作风？那你说说看，我们的作风是什么？"

"我不说。"云瑶略带不悦地看着江若雪，"你个欺骗感情的坏女人……我不想跟你说话。"

"哈哈！"江若雪被云瑶逗笑了，"小云你还是那么可爱。"

云瑶冷冷地看了看眼前的三人，说："劝你们赶紧收手吧，咱们六个如果真的动起手，你们应该知道后果。"

老孙在身后扯了扯潇潇，小声说："这个大汉是谁？以前交过手吗？"

"是……"潇潇小声回答道，"如果他这次获得了回响的话，咱们估计要交待在这儿了……"

"三个都是回响者？"老孙又问。

"是，个顶个的高手。"潇潇慢慢往后退了一步，眼下的情况虽说有些棘手，可她实在不想放弃齐夏。

童姨微笑了一下，开口说："孩子们，你们明明获得了母神的眷顾，为什么要用来做错事？"

"错事？"潇潇冷哼一声，"凭什么你们做的是正确的事，我们做的就是错事？"

"赶紧滚。"张山摆了摆手，"今天的事不与你们计较，若是以后再敢绑人，老子可真不客气了。"

见到张山的态度，潇潇却犹豫了起来。

若这人已经获得了回响，为何会这么客气？难道他在虚张声势？

但虚张声势有时也是一种战术，万不可掉以轻心。

"张山……"潇潇叫道，"不如我们打个赌吧？"

张山和云瑶对视了一眼："你们想做什么？"

"我们是极道，自然不可能这样放弃。"潇潇说，"可是我们很想拉齐夏入伙，不如我们对赌一场。"

"对赌？"

"我知道一个可以互相厮杀的地级游戏，就让我们在游戏中见分晓，如何？"

就算张山没有保留记忆，他也听说过极道是一群疯子，可是这群人未免也太疯了。

"为什么一定要在游戏里决胜负？"张山问道。

"因为有裁判。"潇潇笑着说，"若是在游戏里杀掉你们，其他的天堂口成员就没有理由报复了吧？"

齐夏越听越感觉不对。

"等……等下……"他茫然地抬起头，"你们这是以我为赌注在打赌吗？"

"没错。"潇潇点头。

"你以为我是什么？"齐夏说，"你就算赢了又怎样？我不想加入你们，听不懂吗？"

"若不答应，我们见你一次杀你一次，除非你永远窝在天堂口一步都不出来，否则你就在这里一次次地腐烂吧。"潇潇笑着说。

齐夏被这疯子气得牙痒，可又不知道该怎么阻止他们。

云瑶思索了一下，问道："若我们赢了呢？赢了的话你们就再也不会骚扰齐夏吗？"

潇潇微微思索了一会儿，说："若是你们赢了，我答应你们以后不会用武力绑走他。"

这个回答让张山变了脸色。

"干，你在跟老子玩文字游戏？"他皱了皱眉头，"你们不用武力，还可以用别的方式是吧？"

267

"这可是我身为极道者有史以来做出的最大让步了。"潇潇笑着说,"你们要怎么选?无尽的厮杀?还是一次性的厮杀?"

云瑶微微思索了一下,她知道极道的人是什么德行。若是不答应,估计齐夏再也没有好日子过了。

"你们要进行什么游戏?"云瑶问。

"我知道前面路口有一个刚刚建成的地虎游戏,三对三,至今无人涉足。"潇潇说,"明天天亮,我们在那里决一胜负,如何?"

"虎……"齐夏顿了顿,小声问道云瑶,"虎到底是什么类型的游戏?"

"说是体力型却比牛轻松一些,说是争斗型却比鸡温柔一些,说是团队型却又不必像狗那般配合。"云瑶说。

云瑶连续举了三个例子,都在说虎的不足,可齐夏却从中听出了一丝异样的感觉。

"也就是说……虎是同时包含体力、争斗、团队的游戏?"

"不错。"

潇潇见到二人正在窃窃私语,又开口说:"我可先说好,齐夏本人不准参加,否则我们没法下杀手。他若参加,这场比赛直接作废。"

云瑶等人听后互相看了看对方,并未做出回应。

"接受还是不接受,我只要你们一句话。"潇潇说。

这道题并没有什么选择的余地。

云瑶自然知道齐夏的实力非同小可,想要逃出终焉之地,必须要把他留在天堂口。可是为了这个理由贸然参加地虎的游戏,值得吗?

"你们派谁参加?"云瑶问,"就你们三个吗?"

"这你就不必打听了。"潇潇回答道,"你们可以派出你们的最强阵容,我们也不会干涉。"

听到这个回答,云瑶扭头看向齐夏,小声问道:"你怎么看?"

"我有的选吗?"

齐夏感觉现在的情况有点让人反胃,一群疯子获得了超能力,他们的目的居然是想方设法纠缠自己,期待自己变成和他们一样的疯子。

但他转念一想，这……又何尝不是一件好事？

天堂口和极道进行堂堂正正的厮杀，自己不必参与，孰强孰弱一目了然。这是一个置身事外却又可以见识双方手段的绝好机会。

"你们想答应吗？"齐夏问。

"楚天秋不在，一切由我做主。"云瑶说，"我们定然要留下你。"

"那你们答应就是了。"齐夏满不在乎地说，"若是输了，下次再见面我就送你一句'极道万岁'。"

"有病。"

云瑶无奈地撇了撇嘴，转头又对潇潇说："那就这么定了，明天日出时分，前面路口的地虎游戏见。"

众人在一种微妙的气氛下离开了现场。

事关重大，云瑶只能带领众人立刻回到天堂口，商议接下来的事宜。

楚天秋听几人说了事情的经过，表情严肃至极，之后便立刻召集天堂口现有的人手，聚在一间教室中开起了紧急会议。

由于一部分人外出参与游戏，现场只有十多个人。

"地虎？"老吕问道，"这儿以前有谁参加过地虎的游戏吗？"

在座所有的人竟然无人搭话。

"张山参与过。"楚天秋说，"他很适合虎类游戏。"

"是吗？"张山并不记得这件事。

"是的，这一次还需要你带队。"楚天秋点点头，"由于某些需要，我们不能放弃齐夏，所以辛苦你了。"

"没事。"张山点了点头，"可我该选哪些队友？"

楚天秋环视了一下屋内的众人，发现第二个合适的人选并不在这里："齐夏有个队友叫乔家劲，把他也带上。"

齐夏听后微微一愣："乔家劲？凭什么？"

"凭什么？"楚天秋看了齐夏一眼，"凭他现在是天堂口的成员，理应听我差遣。况且他的争斗能力异常强悍，跟虎很契合。"

齐夏本想拒绝，可转念一想，今天的乔家劲和林檎一起行动了。林檎无论如何都会想办法触碰到他，接下来乔家劲回响的概率将大幅提升，这次地虎的游戏正是一个极好的契机。

白虎曾经说过想要逃脱此处，乔家劲的能力至关重要。可是安全性又该怎么办？

　　齐夏一抬头，一眼瞥到了如同巨人一般的张山，他忽然感觉自己有点多虑。

　　若是乔家劲和张山组成一队都赢不下这场厮杀游戏的话，那潇潇可以算是天下无敌了。

　　乔家劲跟张山组队，甚至比跟自己组队还要安全，可是第三个人选……齐夏也在此时盘算起来，这个队伍现在欠缺的是什么？

　　只见楚天秋思索了一会儿，喃喃自语："真可惜，金元勋不在……"

　　金元勋就算在这里，情况也不太乐观。他的性格和张山、乔家劲太像了。

　　楚天秋顿了顿，又看向了角落里坐着的一个黑瘦女孩。

　　"李香玲。"他叫道。

　　"在。"女孩如同一阵风，噌的一声站了起来。

　　"思来想去还是你最合适了。"楚天秋冲她微微一笑，"两个粗莽的大男人组队总会有些不妥，他们的不足就由你来弥补吧。"

　　女孩干练地一笑，竟然行了一个练家子的拱手礼："得令！"

　　齐夏定睛一看，那女孩的手心手背全都是老茧。

　　楚天秋选定了出战人选，乔家劲、林檎、韩一墨三人正好推门进来。他们没想到屋内坐着十多个人，被吓了一跳。

　　"什么情况？"乔家劲环视了一圈，目光停在齐夏身上，赶忙走过来对他说，"骗人仔，刚才你听到了吗？连续三次钟声啊！"

　　"是，我听到了。"齐夏点点头，"我们聚在一起就是因为这件事。"

　　"你叫乔家劲是吧？"张山带着李香玲缓缓地走了过来，"明天咱们三个人一队，进行一场厮杀类游戏。"

　　"咩啊？"乔家劲有点摸不清状况，"怎么又不让我带'大脑'出门？这样很危险的……"

　　"大脑？"张山也愣了愣，"谁是你的'大脑'？"

　　乔家劲伸出大拇指，撇向身边的齐夏："我跟骗人仔合作了，他就是我的'大脑'。"

"有意思。"张山笑着点了点头,"他是'大脑'的话,你又是什么东西?"

乔家劲微微思索了一会儿,说:"如果非要说的话……我是他的'拳头'。"

"那就对了。"张山点点头,"现在你的'大脑'遇到了危险,能不能解决……就看你这'拳头'挥得狠不狠了。"

"嗯?"乔家劲扭头看了看齐夏,"骗人仔,你被人扁了吗?"

"情况比这要复杂得多。"齐夏说,"明天的厮杀游戏跟我有关,但我参与不了,只能由你帮我了。"

"帮你?那好说。"乔家劲微微伸了个懒腰,"所谓厮杀,也就是说对手是人吧?"

"没错。"

"放心吧,搞得定。"

楚天秋见状也点了点头:"既然选完了,乔家劲也回来了,那——"

"等一下……"云瑶慢慢举起了手。

"怎么?"楚天秋问。

"我冒昧地问一句,这三个人当中谁回响了?"

三人互相望了一眼,表情都有些不自然。

"楚天秋……"云瑶感觉不太妥当,"三个人现在都没有回响。"说完她就狐疑地看向楚天秋。

"你这是什么安排?"云瑶感觉这次的战术非常奇怪,"我跟你说了……对面是极道的人,那是三个货真价实的回响者啊。"

"这……"楚天秋面色迟疑了一下,"没问题,我相信他们三个人。"

"相……相信?!"云瑶以为自己听错了,"天秋……你在说什么?你指派这三个人……就是因为相信他们?难道没有其他战术了吗?"

张山感觉气氛有点微妙,于是拍了拍云瑶的肩膀,说:"没关系,我觉得楚天秋肯定有他的安排,再说搏斗和厮杀的游戏对我来说也不是难事。"

楚天秋见到有人替自己说话,表情也放松下来:"既然如此,散会吧，你们三个趁机认识一下，毕竟明天就是队友了。"

"你们三个先别走。"齐夏小声对云瑶、张山、李香玲说，"有些事情我想交代一下。"

三个人听后默默点了点头。

待到众人稀稀拉拉地走出房间，云瑶忍不住开口了。

"张山，你不觉得楚天秋很奇怪吗？！"她看起来非常生气，"昨天他的计策害死了金元勋和'小眼镜'，今天又安排你们三个去对付回响者……不，不只这一次，他上一次就很奇怪……"

张山苦笑一下，说："云瑶，你忘了？上一次我也没有回响，我的记忆里已经没有楚天秋原本的样子了。"

"这……"云瑶环视了一圈，发现现场的众人里似乎只有自己认识原本的楚天秋，一肚子的话说不出来，憋得难受。

在她的印象中，楚天秋的计策都向来都以稳健为主，他从来都不会给出这样莽撞的计策。

之所以这一轮的天堂口有这么多人失去记忆，正是因为上一轮楚天秋在最后几天中几乎是自我毁灭式地安排众人前去参与游戏。

在云瑶的记忆里，每一轮按照楚天秋的安排参与游戏，天堂口之中十之八九的人都可以获得回响，毕竟楚天秋清楚每一个人回响的契机。

可是上一轮到底是发生了什么？为什么楚天秋忽然改变了战术？难道有什么变故是自己不知道的吗？

"等等……"云瑶缓缓扭头看向了齐夏。

说起来……上一轮最大的变故正是齐夏。齐夏来拜访楚天秋，楚天秋拒绝见他。那之后的第二天，楚天秋就像完全换了一个人。

"这到底是怎么回事？"

云瑶感觉自己好像发现了一件很恐怖的事情，但她摸不到答案的影子。

众人没有理会云瑶，正在有一搭没一搭地聊着天。

张山双手环抱在胸前，说："咱自我介绍一下吧，你俩都擅长什么？"他上下打量了一下乔家劲，"你小子是不是练过？"

乔家劲点了点头，说："大只佬，我不仅练过，而且很有一手的。"

"哦?"张山瞬间来了兴趣,"我练过一些散打,你练的是什么?"

乔家劲伸出自己的手,数着自己的手指头说:"拳击、散打、摔跤、柔道、咏春、泰拳、擒拿、太极、截拳道、巴西柔术……"

"停停停……"张山伸手打断了乔家劲,"谁问你格斗的分类了?老子问你练的是哪种?"

"都练过。"乔家劲说。

"都……"张山一愣,"我干,你小子吹牛也得有个限度啊,你年纪也不大,怎么可能练这么多种?"

齐夏挠了挠头,和林檎交换了一下眼神。

只有他们二人知道这件事情有多么匪夷所思,因为乔家劲说的都是实话。

"我练了十多年了。"乔家劲说,"都只会些皮毛吧。"

"你……"张山又语塞了,难怪之前要绑住这个人的时候差点吃了大亏,"那你每天都练多久?"

"从十一岁开始,没日没夜,只要我有一只手能动,我就在练拳。"

张山微微咽了一下口水,又问:"那你实战过吗?"

"来这里之前每天都在实战,从未有一天间断。"乔家劲面色如常地回答道。

张山感觉眼前的男人实在是有点可怕。他每天都在实战,来这里以前到底是做什么的?

"我……"张山有些尴尬地说,"那我也介绍一下自己吧,我叫张山,学过点散打和擒拿,我当过三年兵,退伍之后成了一名厨师。"

"厨师?"几人听后都愣了愣。

张山的气质确实和厨师不符。他的身材非常高大,浑身都是健壮的肌肉,要说他是健身教练都有人信,没想到他居然是个厨师。

齐夏微微点了下头,难怪上一次的张山执意要取下熊掌……原来是出于职业本能。

"那你呢?"

二人同时扭头看向了那个黑瘦的女孩,李香玲。

273

这个女孩有着小麦色的皮肤，五官非常精致，最惹人注目的无疑是她的那一双眼睛，齐夏似乎能从这双眼睛当中看到闪闪的亮光。她穿着寻常的运动装，非常挺拔地坐着。

见到众人望向自己，李香玲又噌的一声站了起来。她的一举一动都充满力量，行动起来如同刮过一阵风。

"我叫李香玲，生长在武术世家，从小练习六合枪，距今也有二十年啦。"她向众人行了一个拱手礼，"幸会。"

"六合枪？"乔家劲露出了一脸惊诧的表情，"所谓精气神内三合，腰手眼外三合的六合枪？"

"正是正是！"李香玲看起来很高兴，"你了解过六合枪吗？"

"是啊，我本来要练的，只不过长枪这种东西对我来说不是很实用，最后放弃了。"乔家劲说。

"现在又不是战争年代，长枪当然不实用啦，我们习武是为了强身健体和锻炼自己。"李香玲笑着说，"你要喜欢的话，有机会我教你一套枪法。"

"嗯，好啊。"乔家劲点点头。

齐夏听后慢慢扬起了眉头，难怪这个女孩的精气神看起来比寻常人强大许多，她是基本功极其扎实的传统武术练习者。虽说传统武术已经不再注重杀人，但练了二十年的武术，她的灵活性、协调性、反应能力、身体素质应当都是顶尖的。

"这样看起来……这个队伍真的不错。"齐夏点了点头，"力量、技术、灵巧全都有。"

"齐夏……你还是过于乐观了。"云瑶说，"对面可是回响者，更何况他们有充足的时间准备，说不定明天我们要对战的极道者都是擅长战斗的回响者。"

"是吗？"一旁的林檎微微思索了一下，说，"我感觉他们很难找到其他的同伙。"

云瑶一愣，回头看向林檎："你怎么知道？"

"猜的。"林檎说，"你们今天见到了几个人？分别都是什么能力？"

云瑶听后回忆了一下，说："我只知道其中一个人的能力，江若雪，其回响为'因果'。"

齐夏补充道："还有潇潇，'嫁祸'。"

说完他就意味深长地看了看林檎，林檎心领神会地点了点头。她与潇潇跟江若雪都有过一面之缘，但看起来只有潇潇适合参与虎类游戏。

江若雪如果上场的话，就算她的"因果"再强大也不可能对抗张山。若她不慎被打伤，甚至可能会因为"因果"而反噬自己。毕竟她会认为自己受伤了，所以会死。

云瑶继续说："至于第三个人，看他的表现似乎加入极道不久。"

说完她又转头看向齐夏："齐夏，你跟他动过手，看清他的能力了吗？"

"说到他的能力……那可太奇怪了。"齐夏回答道。

"怎么奇怪？"林檎问。

"他能够凭空变出石头。"齐夏说，"可是石头的造型似乎可以随心变化。"

林檎听后点点头，说："他的名字叫'原物'。"

"原物？"云瑶眉头一皱，"你怎么知道？"

韩一墨在一旁插话道："我们三个人当时在显示屏前，正好看到了他们三个人的回响。"

"原物……"齐夏默默地念道了一下这两个字，感觉还是没有头绪。

林檎又继续说："我认为'原物'和'嫁祸'有可能会参与明天的比赛，但'因果'不会，也就是说他们最多找来一个帮手。"

"是吗？"云瑶将信将疑地看了林檎一眼，"你怎么知道？"

"猜的。"林檎说，"我感觉极道的人缘不会太好，所以他们的预备役也不会很多。"

"这样说的话也对……"云瑶点点头。

众人陷入了沉默。

"不过也有好消息啊。"云瑶话锋一转，说，"极道者都是一群疯子，他们喜欢彰显个人能力，所以根本不会考虑团队配合，这是我们最大的优势呀！"

说完她就看了看张山、乔家劲、李香玲。

气氛有点尴尬。这三个人之前几乎都不认识，能比极道的合

275

作强到哪里去？

乔家劲憨憨地笑了一下，说："原来我们还需要配合啊？哈哈……"

这个男人曾经一个人打倒了三十七个人。

张山也为难地挠了挠头："干……我还以为是三对三单打独斗呢……"

这个男人曾经一个人打死了一头熊。

这二人在面临危险境地的时候，从来都没有指望别人会来帮助他们。

齐夏也慢慢地捂住了额头。

这支队伍现在是两个"拳头"外加一杆"兵器"，拼的又何尝不是个人能力？

齐夏知道如果明天的游戏真是三对三单挑的话反而更好，纯粹比拼格斗技术的话，就算潇潇也不可能占到便宜。

可是云瑶说过，地虎的游戏带有一定程度的团队合作，他们三个真的能行吗？

云瑶思索了半天，说："要不然这样吧……我这里有一些培养团队信任感的小游戏，以前我们组合刚刚成立的时候经常做，现在我教给你们，你们临时抱佛脚培养一下团队默契吧。"

"嗯……"三个人露出了为难的表情，"培养团队默契的小游戏？"

就在一天以前，乔家劲还想踹张山一脚，现在刚过了一天，二人竟然要培养出团队的默契。

齐夏见状伸手拦住了云瑶，对三人说："我觉得没必要，临时组成的团队力量远不如发挥极致的个人能力，你们三个明天就用尽全力施展自己的本领吧。"

给几人安排完了战术，天色也逐渐变黑了。

说起来张山、乔家劲、李香玲三个人也根本没有商讨战术，他们只是锻炼了一下身体，闲聊了几句。等到张山和李香玲离开后，齐夏环视了一下屋内的几人，感觉场面颇有些讽刺。

现在留在这里的人除了自己之外，只有乔家劲、林檎、韩一墨、赵医生。

短短两天，就只剩这几人了。除了乔家劲，没有一个是正常人。或许真如潇潇所说，在终焉之地只有回响者才有资格活下去。

"乔家劲。"齐夏坐在角落中轻声叫道。

乔家劲听后也来到了齐夏身边坐下："怎么了，骗人仔？"

"明天你们的对手是极道，所以有几句话想和你单独交代一下。"齐夏说。

"是什么？"

"你还记得童姨的课程吗？"齐夏问。

"嗯……"乔家劲挠了挠头，"记得一部分吧。"

"嗯。"齐夏思索了一会儿，说，"回响发动成功的前提是信念，若是走投无路，可以想办法让对方自我怀疑。"

"哦？"乔家劲听后也微微思索了一下，"可是具体要怎么做？"

"这我也说不准。"齐夏抚摸着额头说，"毕竟我们不知道明天游戏的具体规则。"

"那也没关系，明天你也会去的吧？"乔家劲问，"不参赛，只是在一旁出谋划策。"

"我当然想去出谋划策，只是地级生肖都格外狡猾，不知道会不会让我有开口的机会。"

"安啦①，明天我给你露一手。"乔家劲面色如常地拍了拍齐夏的肩膀，"不要担心。"

"我不管你要露几手，切记无论是极道还是天堂口，都不能完全当成自己人。"齐夏低声说，"地级游戏虽然有危险但也不是必死无疑，你的最终目的是活着，就算游戏输了都没关系，明白吗？"

乔家劲仿佛又在齐夏的身上看到了九仔的影子。

九仔曾经说过："阿劲，打不过就要跑，只要活着就行啊，明白吗？"

"别担心。"乔家劲回过神来说，"骗人仔，就算对手是终结者，我也有办法扭断他一只胳膊。"

---

① 意为安心、放心。

话虽如此，可齐夏怎么能不担心？若没有极深的城府，又要怎么在终焉之地活下去？越是善良的人，在这里死得就越惨。

乔家劲不适合活在这里。

入夜之后，几人简单吃了点东西，然后将桌子拼在一起躺下了。

齐夏拿起一个打火机，给韩一墨生起了火，希望这样能让他的幽闭恐惧症缓解一些，接着将打火机轻轻地放在门把手上，最后找了一个远离门的角落坐下。

第三天也要过去了。

今天的好消息是没有损失任何的队友，坏消息是齐夏被极道钉上了，接下来的日子还不知道要怎么办。

夜晚时分，楚天秋站在走廊上敲了敲窗户。齐夏面无表情地将窗户拉开。

"怎么了？"齐夏问。

"齐夏，他说'我从未离开'。"楚天秋低声说。

这个答案让齐夏面色一怔，但又很快回过神，说："我知道了。"

楚天秋不再言语，转身离去了。

而齐夏也坐在椅子上，慢慢闭上了眼睛。他很累，脑海中有许多根弦都在紧绷着，一刻都不能放松。

"夏，你知道吗？这世上的道路有很多条，而每个人都有属于自己的那条。"

"是，我知道。"齐夏在睡梦中点点头，眼角含着泪，"我一直都知道。"

这一夜那个黑影没有出现，门把手上的打火机自始至终都在，直到黎明时分才被一阵低沉的敲门声震掉。

"起床啦！"张山在门外大喊道。

齐夏立刻睁开眼，教室内的几人也都缓缓坐了起来。

虽然住在天堂口很安全，可坚硬的桌板依然让他们感觉腰酸背痛。

"我丢……"乔家劲活动了一下四肢，感觉浑身难受，"这才几点啊？"

"别睡了！"张山推门进来，打火机也掉在了门后，"楚天秋说了，因为地级游戏交了门票才能知晓规则，所以我们早点去交门票,看看到底玩什么。"

乔家劲慢慢打了个哈欠:"好,你们先去……三个小时之后我——"

张山叹了口气,伸手捏住乔家劲的脖子,像捏了只宠物一样把他从桌子上提了下来。

"哎哎哎!"乔家劲愣了一下,瞬间清醒了不少,"大只佬你有点过分了啊……"

"事关紧急,咱们早点出发吧!"张山丢给乔家劲一包饼干,然后问齐夏:"老齐,你也要一起去吗?"

"是。"齐夏点点头,"我去帮你们出出主意吧。"

韩一墨听后也来了兴趣:"我能去吗?"

齐夏一顿:"不,你先别去了,今天你跟林檎和赵医生走吧。"

"啊?"林檎扬了下眉毛,"让他跟赵医生吧。"

赵医生一惊:"啊?"

"嗯……"韩一墨没想到自己会被这么多人嫌弃,表情有点尴尬。

"那就这么说定了,我们四个人去就行。"张山说。

一语过后,乔家劲慢慢地走到了门口,可他一回头却发现剩下三人谁都没有跟上来。他有些不理解。

"怎么?不是要走吗?"乔家劲打了哈欠。

"走是可以走……"张山点点头,"可是你小子不穿衣服就去吗?"

"嗯……"乔家劲一低头,发现自己光着上身,立刻灰溜溜地跑到一边穿上了衣服。

告别了几人之后,齐夏与参与游戏的三人组迎着土黄色的朝阳出发了。

清晨的终焉之地很奇怪,这里并不寒冷,也没有清晨专属的朦胧雾气,只是一切风景都有些昏暗。

众人走了大约半个小时,直到天色逐渐放亮,小巷里偶尔能够见到原住民走动。

这一路上的气氛都有些怪异,齐夏感觉好像有哪里不对。他看了看眼前这三个人,他们的表情完全不像是去参加地级游戏,反而像是去旅游。

他们太放松了。

张山此时似乎也意识到了什么，于是挠了挠头，回头问乔家劲："小子，你紧张吗？"

"什么？"乔家劲一顿。

"我问你紧张不紧张？"张山又问了一遍。

"我……是不是应该紧张一下？"乔家劲有些摸不着头脑。

"干……这可怎么办？"张山显得有点为难，"楚天秋可是再三叮嘱我，这次游戏一定要小心谨慎，可是我一直紧张不起来。还寻思让你给我带动带动气氛呢。"

乔家劲慢慢地打了个哈欠，说："原来是这样啊。是，其实我挺紧张的。"

这个哈欠把张山都打困了。

"你呢，李香玲？"张山回过神来，扭头问身边的女孩。

"我？"李香玲干练地一笑，"从小爷爷就教育我，习武之人最重要的就是心性，就算泰山崩于前也要心不乱，所以我不太知道紧张是什么意思。"

见到三个人这副样子，齐夏总感觉自己有点多余。

这毕竟是地级游戏，他们的对手是极道。

齐夏心里的弦绷得很紧，与眼前的三人格格不入。

大约一个小时的工夫，齐夏凭着记忆来到了昨天遇到潇潇的地方，然后顺着小路转到街角，终于看到了地虎。

他有一颗白色的虎头，每一根毛发都如同长在了脸上一般逼真。跟其他生肖不同的是，地虎并不是负手而立地站在门口，而是没精打采地坐在地上。

地虎的身后是一栋老式住宅，足有五六层楼高。见到有四个人走来，他懒洋洋地抬起眼皮看了看，然后继续低头沉默着。

"喂。"张山叫道，"来活了。"

听到这句话，地虎慢慢抬起头来瞥了一眼张山，可还是没有说话。

"你这生肖怎么回事？"张山不解地打量了他一番，"之前遇到的生肖都巴不得有人上门，可你看起来好像不太欢迎我们啊。"

"滚。"地虎说。

"嗯?"张山一愣,"什么叫滚?"

地虎叹了口气,慢慢站起身来,他的身形虽然不如张山高大,但也足够强壮了:"我的游戏会死人,听明白了就快滚。"

他本以为说完这句话会让几人知难而退,可面前的四个人没有一人露出惊诧的神色。

"门票怎么收?"张山淡然地问。

地虎依次看了看眼前的几人,表情依然很不耐烦:"你们是听不懂我的话吗?参加我的游戏有可能会死。"

"是,我们知道。"张山点点头,"所以门票是多少?"

地虎的表情微变,他低吟了一声之后回身把大铁门关上了,说:"不好意思,今天不开门,滚吧。"

齐夏摸着下巴看了看眼前的地虎,觉得现在的情况有点意思。当所有的生肖都在热情地招揽顾客时,这只白色老虎却给出了截然相反的态度。

在以往的遭遇中,无论游戏的难易程度如何,地级生肖都希望参与者死在游戏中,可地虎却偏偏以"我的游戏会死"来劝退玩家。

齐夏忽然想起昨天潇潇提到,这个地虎的游戏场地是刚刚建立的,换言之眼前的地虎是刚刚晋升的?所以他与其他的地级生肖不同,毕竟他还留有人的一面。

"喂喂喂……这场游戏对我很重要啊。"乔家劲说,"这可是我的'大脑'保卫战,你这个裁判能不能配合一点?"

"我听不懂。"地虎摇摇头,"这附近那么多的生肖,你们随便去就是,只要不进我的地盘,爱去哪儿去哪儿。"

乔家劲和张山面面相觑,感觉事情有点难办。

齐夏走上前去问道:"地虎,为什么你不希望我们参与你的游戏?"

"我不想杀人。"地虎想了想又补充道,"暂时不想。"

"为什么?"齐夏问道。

"我有必要和你解释吗?"

见到对方没有回答问题的意思,齐夏又说:"那假如我们自己想死呢？"

"你……"地虎看起来被气到了，"这里道路四通八达，你明明有很多地方可以去，结果偏偏想死？"

"嗯。"齐夏点点头，"这世上的道路有许多条，而每个人都有属于自己的那条路，我们选择的道路就是参与你的游戏。"

听到齐夏说的这句话，地虎忽然浑身一颤。

他的眼神变了。只见那双棕色的虎眼内露出不可置信的光芒，然后盯着齐夏从上到下不停地打量。

"不好意思……"地虎声音颤抖地说，"你刚才说什么？"

"我说这世上的道路有许多条，而每个人都有属于自己的那条路。"

地虎半晌都没说话，只是微微咽了一下口水。

"每人五颗道即可参加游戏。"地虎低声说，"每组三人，需要两组。"

张山从口袋里掏出一大把道，随意丢给了地虎。

"那我们进去了啊。"他摆摆手，带着几人推开门走进了室内。

齐夏没有进门，他心里有股非常不祥的预感。

"地虎，你曾经听过这句话吗？"他问。

地虎思索了一会儿，点了点头。这个动作轻微的点头让齐夏心头一惊。

他走上前去一把就抓住了地虎的肩膀："她在哪儿？！"

"什么？"地虎愣了一下。

"跟你说这句话的人在哪儿？！"齐夏的神色一下子激动了起来，"你在哪里见到的她？！"

"你这么激动做什么？"地虎伸手推开了齐夏，他的力气很大，齐夏完全没有反抗的余地，"你认识那只羊？"

"什么？"齐夏忽然瞪大了眼睛，"你是说……你从另一个生肖那里听到了这句话？！"

地虎感觉自己说得有点多，不由得面色一冷。

"我说，这和你有什么关系吗？"他慢慢地靠近了齐夏，"你的问题是不是太多了？"

"我……"

齐夏还想问点什么,却感觉天旋地转,之前收集道的那些自以为是的线索全都断了。

一只羊?余念安是羊?

现在的情况有点过于诡异了。

难道将自己带到终焉之地的人是余念安?她本来就是这里的一分子吗?可是这一切的目的是什么?

齐夏慢慢瞪大了眼睛。

难道"余念安"三个字就是羊的谎言吗?

这只生肖所说的谎言已经不局限于游戏,甚至可以影响一个人的记忆。不,不仅是记忆……

她曾真的出现在现实世界中……她给自己亲手缝下了羊头的卡通图案。

这种强大的能力远超地级,难道余念安是……

"喂……"齐夏声音颤抖地问道,"你所说的那只羊……是天羊吗?"

"应该是吧。"地虎眼神迷离地看了看天空,又补充道,"原先不是……但现在应该是了。"

齐夏伸手捂住自己的额头,感觉头很痛。

"她是天羊……我被骗了?"

齐夏抬起头慢慢地看向这一张毛茸茸的虎脸,很快就露出痛苦的笑容。

为什么他要在这个诡异的地方相信一个虎头人身的怪物所说的话?

齐夏跟余念安从十九岁就认识了,如今他二十六岁。就算她是天羊,又怎么会花费七年的时间来骗一个普通人?

骗一个社会最底层的人,需要天羊花费这么久的时间吗?!

"要么我被骗了……"齐夏喃喃自语地说,"要么我疯了。"

"哟,聊着呢?"

一个熟悉的声音从背后响起,将齐夏的思绪拉了回来。

第9关

地虎·
狭路相逢

潇潇带着她的队伍来到了游戏场地,她身后跟着两个男人。其中一人是昨天见过能变出石头的老孙,而另一人是个从未见过的高挑年轻人。那年轻人穿着黑色皮衣,戴着金色耳钉,看起来十分懒散。

齐夏的表情瞬间冷峻下来。

眼下还有更现实的问题需要处理,他并没有理会门外三人,而是直接进了建筑物。进门之后是一眼就能望到头的空间,目光所及之处只有一台电梯和一扇木门。

"五六层的高度居然有电梯?"

齐夏虽说有些不理解,但还是走上前查看了一下木门,却发现这扇门锁着,根本打不开,于是只能走进电梯。

电梯面板上只有两个按键,一楼和六楼。齐夏思索了一下,按下了六楼。

电梯的速度很快,几秒钟的工夫就把齐夏送上了天台。

天台平坦且广阔,张山三人也早就站在了这里,正一起商讨着什么。

齐夏下了电梯,慢慢朝三人走了过去,问道:"怎么样?"

"你来啦?"李香玲说,"我们大约知道玩什么了,是独木桥啊。"

齐夏点点头,看了看游戏场地。

这栋建筑物的天台十分平整,但中央被挖空了。齐夏站在挖空的边缘往下一看,下方是纵横错落的许多麻绳,这些麻绳占满了视野,一眼望不到底。

一股阴风从下方吹上来,散发着铁锈的味道。如果摔下去,不是直接摔死就是被麻绳缠绕致死。而在整个空洞的中央位置,横着一根细长的钢材,钢材的直径大约一米,跨度至少二十多米。

只看场地的话,这里确实像是独木桥的玩法。

趁着地虎和极道的人还没上来,齐夏果断站上了独木桥。他感受了一下这根钢材的硬度,又试了试在上面行走的难度。

"若这真是独木桥的话，未免太简单了。"齐夏站在钢材上，伸手抚摸着下巴。

他认为一米的直径虽说不宽，但让一个人在上面行走绰绰有余，况且这根钢材质地坚硬，搭建得也十分稳当。

既然如此的话……厮杀、团队、体力要怎么展现？

"我知道了……"齐夏低声喃喃道，"有一种规则可以全部满足这些条件。"

"喂，骗人仔，你快下来吧，危险啊。"乔家劲说。

齐夏点点头，走下了钢材，然后对三人说："我大约猜到了游戏规则，现在和你们说一下战术。"

"游戏规则？"张山眨了眨眼，"不就是独木桥吗？还有什么需要猜的？"

"不，叫独木桥不太准确，应当叫狭路相逢。"

…………

齐夏跟几人交代了几句，地虎已经带着三个极道者上来了。

说来也奇怪，六个参赛者看起来都完全不紧张，表情一个比一个轻松。

地虎下了电梯之后看了齐夏一眼，露出了不悦的神色："你们不是只交了三个人的门票吗？谁让你进来的？"

"我想在一旁观战。"齐夏说。

"没这个规矩，滚。"地虎冷喝道。

"我……"齐夏还想说什么，却隐隐地从地虎身上感受到了杀气。

"没事的，老齐，你下去等我们就是了。"张山说，"你刚才说的话我都记住了。"

"是啊，骗人仔，放心吧。"乔家劲微微一笑，"你也可以把大只佬和功夫妞带下去，这里留我一个就够了。"

"你这小子说什么呢？"张山没好气地说，"你咋不下去呢？"

乔家劲抻了抻胳膊，说："因为我有一手。"

"老子也天生神力。"张山回道。

齐夏严肃地看了三人一眼，说："我的作用就到这儿了，剩下的只能靠你们了。"

"嗯。"乔家劲点点头。

"要保命,记得吗?"齐夏说。

"我知了。"

齐夏面色复杂地走进了电梯,电梯门关上时,又再一次看了看己方的三个队友。这一次只能将一切都交给他们了。

齐夏来到一楼的大厅,找了个木箱坐下,然后靠在墙上闭目养神。他虽没有参与游戏,但比参与游戏的人还要紧张。

楼上,地虎已经开始给众人讲述游戏规则了。

他先是走到独木桥的一端,在这里插下了一面红色旗子,然后又来到另一端,插下了一面蓝色旗子。

"我的游戏叫狭路相逢。"地虎说,"游戏开始时,双方需要按队伍分组站在独木桥上,队伍分为左右两侧,获胜规则是某一方存活的全部人员到达了对方的一侧,摸到对方的旗子。"

张山有些忐忑地看了乔家劲一眼,这个规则和齐夏方才预测的几乎一样,唯一不同之处在于齐夏多说了一句:"虽说规则大致如此,但应当还有隐藏的规则,只能在游戏当中发现了。"

地虎见到无人提问,又继续说:"下面说一下注意事项,首先,要到达对方的一侧,必须经过独木桥,从独木桥以外的路线到达视为违规,将会受到制裁。"

李香玲看了看场地,猜测这条规则应当是为了避免有人从天台上直接绕到对方身后而定的。

"其次,参赛者可以根据个人需要退出独木桥到一旁休息,不会被视为中途放弃,要再次参赛,则需要重新从己方一侧进入独木桥。"

六个人还是没有说话,只是沉默着看着场地,思考着战术。

"最后,禁止任何人对场地进行破坏。"地虎说,"规则都清楚了吗?"

"清楚了。"张山回道。

"还有其他问题吗?"地虎问。

李香玲此时开口问:"这场游戏有时间限制吗?"

"没有。"地虎摇摇头,"只要己方的全部存活人员同时摸到对方的旗子,则游戏结束。获胜者每人获得八颗道,以及对方队伍身上的道。"

众人点了点头。

"既然没有问题,游戏将在三分钟之后开始。"地虎说完之后退到了一边,"请双方队伍站到独木桥两侧。"

乔家劲、张山、李香玲三人慢慢地走到了红色旗子一侧,而对面三人远远地站在另一侧。双方的眼神都格外冷峻,他们似乎一句话也不想多说。

极道队伍中新加入的高挑男生看了看场地,又看了看潇潇,懒洋洋地说:"不是吧,就这?"

潇潇一边做着伸展运动一边问:"怎么?"

"听那老虎的意思,我们可以下死手,是吧?"男人问。

"当然。"潇潇点点头,"这一次我们的目标就是杀死对方。"

"有必要这么麻烦吗?"男人摇摇头说,"咱们在楼下直接杀了他们不就得了?"

"事情那么容易的话又何必把你叫来?"潇潇没好气地说,"我们可是付了定金的,你要用心服务。"

"好好好,我知道了。"

"唉……"老孙在一旁唉声叹气地说,"这不是搁这儿欺负人吗?咱仨儿都回响了啊。"

"谁欺负谁还不一定呢。"潇潇远远地看了看张山,说,"要小心那个大个子和那个姑娘。"

"那个小姑娘也很厉害?"老孙问。

"没错。"潇潇点点头,"虽说她的回响不强,但她本人带着功夫,一对一交手的话连你都不是对手。"

"嚯……"老孙惊叹一声,"那我可得小心点了。"

"中间那个'花臂'呢?"高挑男人问道,"不用管他吗?"

"应该不用管。"潇潇说,"上次他被我直接杀掉了,八成是来凑数的。"

潇潇回忆起那花臂男人虽然和自己一起参与过地牛的黑熊狩猎,可他全程都只负责举着铁板,极有可能是个有勇无谋的莽夫。

"行。"老孙点点头。

三个人着重钉着张山和李香玲,都在心中盘算着对付他们的手段。

"怎么说？"高挑男人问,"咱们是一个一个上,还是三个一起上？"

"那得看对面了。"潇潇说,"我打头,无论对方第一个人是谁,我都会直接把他推下去。"

二人点了点头,一起看向对岸。

张山缓缓地站上了独木桥,说:"你俩准备好了吗？"

"没问题。"乔家劲和李香玲点点头。

"那走吧,一起让这群极道的疯子吃点苦头。"张山活动了一下肩膀,朝着独木桥的中间缓缓走去。

潇潇面色一冷,脱下了自己的外衣,也走了上去。

对岸的乔家劲见到这一幕不由得骂出声来:"我丢……这女仔练的是什么肌肉啊？"

李香玲看后瞪大了眼睛,露出一脸羡慕的神情:"好厉害啊……"

随着踩踏钢铁的脚步声响起,一男一女站在了独木桥中间。

铛！

钟声响起,潇潇面露笑容。

"张山,亮出你的本事吧。"潇潇说。

"对付你,还不值得我发动回响。"

"哦？"潇潇的笑容越发诡异,"你不会要靠自己的肉身来硬碰我的回响吧？"

"别废话了！"

张山立刻伸出双手,绷起如同顽石一般的肌肉去推对方。潇潇也不甘示弱,抬起双臂握住了他的手掌。

二人两根如同大腿一般粗壮的胳膊僵持不动,而胳膊上面青筋暴起,他们脚下的钢材发出吱嘎吱嘎的骇人声音。

张山双腿分开,与肩同宽跨立,而潇潇双腿则一前一后蹬住,二人全都选择了最容易发力的姿势向前推去。

这种纯粹的力量比拼规则很简单,哪一方先耗尽了力气,哪一方就落败。

僵持了差不多一分钟，乔家劲扭头说："功夫妞，该你了。"

"得令！"李香玲微笑一下，腾空而起跳到独木桥上，然后以极快的速度跑向了二人。

"哎！"另一侧的老孙看到这一幕不由得一惊，"他们又上了一个人啊。"

"没关系。"高挑男人懒洋洋地说，"潇潇撑不住了会叫我们的。"

"可她能打赢俩人吗？！"老孙问道。

"这桥太窄了。"高挑男人说，"没有位置让对方两个人并肩作战，况且这是力量比拼，那女孩帮不上忙的。"

老孙将信将疑地看着桥上的情况，可几秒之后就瞪大了眼睛。

只见李香玲快步跑到张山背后，压低姿态滑铲而行，直接从张山跨立的双腿之中穿了过去，来到了张山与潇潇之间。

张山见状立刻松手，往后退了一步。

李香玲则躺在地上使出了一招五龙绞柱。她的双腿如螺旋桨板一样盘旋一圈，而后狠狠地踢在了潇潇的双腿之上。

"下盘不稳！"李香玲喝道。

只见她左腿踢左腿，右腿踢右腿，干净利落地踢歪了潇潇的重心。

潇潇根本没料到这突如其来的一击，只感觉自己的双脚忽然离开了地面，身体也不受控制地向后倒去。

李香玲一个鲤鱼打挺翻身而起，紧接着使出腾空飞蹬，在空中自上而下冲着潇潇的胸膛踩下。潇潇反应非常速度，将双手交叉环抱在胸前护住自己。

李香玲见状将脚尖一挑，反而用脚掌踩向对方的手臂，随后借力使力，使出一招兔子蹬鹰，猛地向下一踏，整个人再次跃起，在空中翻了一个跟头之后直接跨越了潇潇，朝着桥的另一端跑去。

"嘿！"乔家劲在一旁兴高采烈地看着，"功夫妞！好犀利[①]啊！"

张山也不再犹豫，趁着潇潇没起身，立刻上前抓住了潇潇的肩膀想要把她推下桥。但潇潇的双手死死地扒住独木桥的边缘，

[①] 粤语中，"犀利"表示厉害。

巨大的力量让张山根本无法推动她。

张山暗骂一句，只能暂且放弃，绕开了潇潇跟着李香玲朝桥的另一端跑去。桥另一侧的老孙见状不妙，立刻上了桥，挡住了李香玲的去路。

"喂！快停下！"老孙着急地喊道。

铛！

又是一阵钟声。

李香玲并未将老孙放在眼里，正在脑海中思索要如何将对方撂倒时，却忽然脚下一绊，整个人不受控制地向前扑去，好在她反应迅速，顺势一个前滚翻站起身来。

她回头一看，刚才绊倒她的居然是几块石头——几块放在钢材上的石头。

"什么？"她疑惑地看着这一幕，不由得有些纳闷。

这石头本来就在这里了？若是平地上有石头她应该早就看到了，又怎么会被绊倒？

"哎呀……"老孙无奈地摇摇头，"早就让你停下了，没摔疼你吧？"

李香玲慢慢地后退一步，张山也停在了她身后，二人面带警惕地盯着老孙。

此时潇潇也慢慢站了起来，她转过身，和老孙形成了包围之势。

"虽然很谨慎，但还是小看了你们啊。"潇潇说，"这下好了，既然进入了包围圈，就别怪我们无情了。"

张山和李香玲微微咽了下口水，现在前有狼后有虎，情况格外难办。潇潇还想说什么，却感觉有人拍了拍自己的后背。

"大只女，等一下……先听我说。"

"嗯？"潇潇回过头，却发现一个花臂男站在自己背后，面带一丝微笑。

"都先别动手啊，先听我说。"乔家劲冲着远处招了招手，"喂，那个谁，先把石头踢下去，别绊倒了。"

"滚。"潇潇没理会乔家劲，伸手猛地推了他一把。

可没想到这一伸手，却猛然被对方扼住了小臂，紧接着她感觉自己被人往前拉了一步，一只手掌刮着狂风呼啸而来，停在了她的下巴前。

这只手掌距离她的下巴只有几厘米，可强而有力的掌风已经划过了面庞。若对方没有停手，她现在应该已经被击倒了。

天台上狂风刮过，气氛有些安静。

乔家劲微笑一下，慢慢缩回了手，一脸为难地说："伤脑筋啊……第一个对手是女孩。我可是跟关二爷发过誓的，老弱妇幼一概不打。"

潇潇面色一沉，将手抽了回来。

刚才那一掌是什么鬼东西？如此强而有力的掌风若是击中了下巴，自己岂不是死了？是巧合？这个看起来痞里痞气的男人随意挥出了一掌，却没有下手，难道是在虚张声势吗？

无数个念头绕过潇潇的脑海，让她的面色复杂了起来。她慢慢地放低身形，压了压腿。

她心想，不管眼前的男人是不是在虚张声势，接下来的一击必须要让他从桥上坠落，否则包围之势无法形成，两个队友也危险了。

乔家劲开口说："大只女，不想受伤的话就往后退一退，一会儿让我们组的功夫妞陪你练练，我先去收拾那两个衰仔[①]啊。"

"你没机会了。"潇潇压完了腿，又站起身活动了一下指关节，"连我都放不倒，不要妄想过桥了。"

"嗯……你怎么这么固执？"

潇潇没再回答，反而冲上前去想要抱住乔家劲。她知道自己的体重在乔家劲之上，若是能使出抱摔，对方定然无法抵抗。

仅仅眨眼的工夫，潇潇已经压低重心来到了乔家劲面前，她的双手如同钳子一般从左右两侧搂向对方的腰部。

乔家劲面色一冷，两只腿同时向后撤去，让对方暂时无法搂住自己的腰，接着上身用力往下一压，右手顺势锁住了潇潇的脖颈。此刻乔家劲以四十五度角压在对方身上，双方同时呈斜角站立，力量都被锁住了。

潇潇未料想到对方竟然如此精通格斗，随后立刻改变战术，不再去抱对方的腰，反而伸手击向对方的腋下。

[①] 粤语，意为败家子、倒霉鬼。多为年长者责骂晚辈的用语。

乔家劲变掌为拳，以一记直冲拳击打在对方小臂上阻截了这次攻击，紧接着重心继续后移，大撤了两步之后把潇潇拉倒在地。

潇潇正面扑倒，感觉自己被撞得生疼，可更棘手的是乔家劲一直压在她的脖颈上方，此时呼吸有些困难。

她不断使出摆拳，从右侧打向乔家劲。可眼前的男人格斗经验实在是太丰富了，每一次都在自己的拳头马上落下之前阻截攻击。

十几次挥拳之后，潇潇只感觉自己的体力快速流失，连眼前都有些发黑了。

"大只女，服了吗？"乔家劲问。

潇潇咬着牙："不服。"

"怎么就说不听呢？"乔家劲看了看对方强健的后背，开口说，"你的肌肉这么发达，为什么不去做点行侠仗义的事？"

"行侠仗义……你有病吗？"潇潇用力地推了一把乔家劲，却依然无法挣脱开。

乔家劲还想说什么，忽然感觉自己的脖颈被什么东西锁住，眼前一黑。他咳嗽一声，立刻松开了手，然后挥舞了一下手臂，他以为有什么人从背后袭击了他，可挥舞了几次手臂后发现背后根本没有敌人。

刚才那脖颈被锁住的感觉是怎么回事？

潇潇见到自己的"嫁祸"发动成功，嘴角一扬，立刻站起身来使出一招正蹬，冲着乔家劲的小腹狠狠地踢了过去。

她本以为这一击应当可以毫无悬念地踢倒对方，可没想到乔家劲虽然闭着眼，却在受击的同时抓住了她的脚背。

乔家劲根据手中抓着的脚背判断出了潇潇的位置，立刻伸腿使出低位侧蹬，蹬在了潇潇另一条腿的膝盖处，接着将手中的脚背往上一抬，又向前一推。

身材强健的潇潇两条腿都难以稳定，一时之间失去重心，翻倒在地。

乔家劲的双眼此时才慢慢看清了附近的环境。刚才他进入了缺氧的状态，但那个状态稍纵即逝。

"这是你的特异功能吗？"乔家劲活动了一下自己的脖子，"蛮厉害。"

"我也发现自己小看你了……"潇潇缓缓地站起身来,"下面我准备好好地和你过几招。"

乔家劲听后面无表情地脱下了自己的上衣,露出了龙飞凤舞的文身。

"俗话说得好,事不过三。"乔家劲将上衣丢到一旁,"你已经多次发出单挑邀请,我也不该继续把你当成一个女孩了。"

"很好。"潇潇站起来揉了揉被踢痛的膝盖,说,"我从小最讨厌的事就是被当作一个弱女子,你现在的状态让我很满意。"

"现在满意,待会儿可要后悔了。"乔家劲双脚前后分开,跳动了几下,然后又变换了一下步伐,似乎在测量脚下的钢材可以接受的移动幅度。

"不管打赢打输我都不会后悔。"潇潇回道,"能够和一个这么厉害的人动手,我三生有幸。"

乔家劲听后点了点头:"那就来对对拳头。"

…………

老孙和高挑男人已经在此处僵持了一会儿,他们被张山挡住视线,完全不知道桥的那头发生了什么事。

"潇潇咋了?"老孙想要探头去看,张山却往旁边挪了一步。

"喂,你俩的对手是我们。"张山说,"不想死的话趁早让路吧。"

"让路是不可能了。"老孙摇摇头,回身对高挑男人说,"罗十一,动手吧。"

被称为罗十一的年轻男人点了点头,然后双眼一闭,迎来了一阵钟声。

"要什么价格的服务?"罗十一问。

"你不是明知故问吗?!"老孙骂道,"全部!火力全开的服务!"

"没问题,价钱我记上了。"罗十一微微一笑,盯着眼前的二人看了看,"一个虚壮的男子,一个瘦成柴的姑娘,估计拳头软绵绵,打在身上不痛不痒。"

"哈哈!"张山被气笑了,"不痛不痒?你来试试!"

"试试就试试。"罗十一将老孙推到一旁,走到了桥上。

此刻六人已经全部上桥,只是阵型有些混乱。从左至右分别是乔家劲、潇潇、张山、李香玲、罗十一、老孙。双方的队伍已经被打乱,目前最重要的是哪支队伍能够打开突破口,带领己方获得胜利。

张山和李香玲已经把自己的后背完全交给了乔家劲,二人正全神贯注地面对着眼前的对手。

"张山,我来试试吧。"李香玲说。

"好。"张山点点头,"万事小心。"

李香玲应了一声,缓缓地走上前,开口说:"大个子,你说我瘦成柴,不知道能不能接住我的招式?"

只见那位名叫罗十一的年轻人并未回答,反而一直在默念:"虚壮,骨瘦如柴,不痛不痒。虚壮,骨瘦如柴,不痛不痒。"

他仿佛入了魔。

李香玲不再理会眼前男人的默念,反而往前一个跳步,猛蹬地面之后给了对方一个扫堂腿。这一击冲着对方最柔软的腹部扫去,寻常人绝对会受伤。

可是罗十一连挡都没挡,用自己的腰身生生地接下了这一击,紧接着抡起拳头打在了李香玲的脸颊上。

"啊!"

李香玲被打倒在地,张山立刻将她扶了起来。

"没事吧?"张山问。

"没……没事……"李香玲自小练武,身体素质自然强于一般人,可她实在理解不了对方为什么会第一时间出手反击。

"小心点。"张山说,"这些疯子有回响。"

"是的,很奇怪……"李香玲揉了揉自己的脸颊,她清楚刚才那一脚的触感,自己明明用了很大的力气踢中了对方的身体,按理来说绝对伤到了对方的内脏,可对方完全没有感觉。

"我说你不行就是不行。"罗十一伸出一根指头摇摆了一下,"想要打赢我还早得很。"

李香玲眼神一沉,再度摆出攻击架势,说:"不管你多么皮糙肉厚,只要我一直打,你早晚会露出破绽的。"

"那你就来试试。"罗十一招了招手。

李香玲说干就干,一个侧身上前,双脚大开扎稳马步,右手手肘猛然向前一挥,正中对方的胸膛。这大开大合的招式乃是李香玲闲来无事跟村子中的其他伙伴学来的八极拳顶心肘。

罗十一根本没想到这一击的力量会如此强悍,虽说他没有感受到疼痛,但巨大的冲击力让他直接拔地而起,在空中飞了小半米才摔倒在地。李香玲当机立断跑上前去,她的目的从来就不是杀人,而是过桥,只要能够跨越对方,眼前的对手就只有一个了。

可没想到这一次她的脚下又凭空出现了什么东西,再一次阻拦了她的去路。她低头一看,她的脚被一堆乱石围了起来。

这些乱石上面长着青苔,有一些青苔已经爬到了她的腿上,就好像这些乱石摆放了许多年,而她也在这里站了许多年。她眨了眨眼,确定自己神志清醒之后赶忙低下头清理乱石,她知道必须要趁对方不能动弹的时候占领先机,否则一切都是徒劳的。

"小心!"张山大叫一声,立刻扑了上去。

原先被李香玲打倒的罗十一居然第一时间若无其事地站了起来。他的双手握在一起,仿佛抓着什么东西一样地朝李香玲的头部挥了过去。

李香玲眼睛一瞪,明明看着对方挥舞着空气,却猛然感觉有一块石头打在了自己的头上。

接着,她看到罗十一的手中拿着一根断掉的石棍,那石棍似乎凭空出现,又好似早就握在手中。

刚才的击打使得沙石乱飞,直接将李香玲从桥上打飞了出去。

张山大呼不妙,立刻扑倒在地,在千钧一发之际伸手拉住了李香玲的手腕,这才没有让她直接坠入深渊。

"喂!丫头!"张山大叫道,"你没事吧?"

李香玲甩了甩头,慢慢睁开眼,感觉自己头晕得厉害。

"我没事……山哥。"李香玲苦笑一下,可下一秒却看到罗十一拿着另一根断掉的石棍出现在了张山背后,朝着他的脑袋猛然挥了下去。

"山哥小心啊!!"李香玲大叫一声。

张山面色一冷,头顶结结实实地挨了一击。

"山……山哥……"李香玲虽然有些担心,却发现张山抓住自己的手依然有力。

"我还以为多大力气呢……"张山冷笑一声,"这才叫不痛不痒啊。"

罗十一愣住了,回头挥了挥手,老孙又递过来一根石棍。

他运足了力气,将石头高高举起之后又狠狠地砸了下去。石头飞溅,张山依然毫无反应。

罗十一后退了好几步,惊诧道:"这男人是个什么东西?!"

张山若无其事地站起身,用一只手把李香玲提了上来,放在了他身后,然后伸手清理了一下头顶的石屑。

"打架也就算了,居然对小姑娘下死手。"张山表情略微有些愤怒,"来,用你的棍子打我试试,但凡我躲一下都跟你姓。"

他慢慢地向前走去,逼人的气势压得罗十一连连后退。

罗十一向后伸出手,老孙又凭空摸出一根石棍。他挥舞着石棍刚要上前,张山立刻一拳狠狠地抡在了他脸上。罗十一脸庞上的肌肉全都跟着这一拳荡漾了起来,几颗牙齿如同木屑一般飞了出去。

这一拳打得太重了。张山知道就算是乔家劲也绝对不可能硬接这一拳。

可没想到罗十一挨完了这一拳之后立刻回过头,将石棍狠狠地挥下,再一次打在了张山的头顶。

张山依然没躲,一丝鲜血从他头上缓缓流下。这一次受击仿佛让他明白了什么。

"你小子的回响……是没有痛觉吗?"张山抹掉额头上的血,冷冷地问。

"幸会……"罗十一咧开满是鲜血的嘴笑了一下,"我是'忘忧'罗十一,不仅是痛觉,所有不好的感觉我都接收不到。"

"哦?"张山微微点了点头,"所以你打算凭借这个能力打赢我?"

"是。"罗十一笑着点点头,"这一次极道开好了价钱,所以你必须死,下次价钱合适的话,我也可以替你卖命。"

"有意思。"张山点了点头,"让我看看你这竹竿一样的身

298

材需要几棍子才能撂倒我。"

躲在最远处的老孙看到这一幕脸色都变了。

潇潇曾经说过,若是这个叫作张山的男人获得回响,便没有人可以打倒他了。可现在看来就算他不回响,战力依旧非常强悍,这种一米九几浑身肌肉的壮汉绝对不是两个普通男人可以撂倒的。

罗十一此时伸手将他皮衣的拉链拉开,露出了精壮的上身。

"潇潇!"他大叫道,"我需要'嫁祸'!"

潇潇躺在地上骂了一声,"我也需要'忘忧'……这个人太强了……"

罗十一听后感觉不妙,侧身一看,潇潇居然已经被撂倒了。

那个花臂男是什么来头?他居然可以撂倒潇潇?这么能打的一个男人,为什么自己从未听过?

他仔细看看潇潇痛苦的脸色,她似乎已经被撂倒了很多次。

"喂……潇潇,你是认真的吗?"罗十一有些疑惑地问,"你不是格斗教练吗?"

"闭嘴……"潇潇慢慢站起身,露出一脸痛苦的表情,"尽管给我'忘忧',我要让他死。"

"那个花臂男看起来那么瘦,他不可能有打倒你的力气。"罗十一说。

听到这句话,潇潇的嘴角慢慢露出了一丝笑意:"谢了。"

"还不放弃?"乔家劲笑着说,"虽然我并不想把你推下去,可我的手上已经沾了不少血了,不在乎再多沾一点。"

"你可以试试。"潇潇再次活动了一下四肢,将双手缓缓举起,双臂微曲,与肩齐平,显然是柔道的姿势。

乔家劲无奈地叹了口气,慢慢地屈起双臂和右腿的膝盖。他心想,单挑进入了关键时刻,对方应当会拿出全部的看家本领。若柔道便是潇潇的绝招,自己只能使用泰拳了。

快刀斩麻,以刚破柔。只要能够一击必杀,再多的技巧都是徒劳的。

"十七岁时,我在街上用泰拳险些打死人。"乔家劲说,"从那之后再没用过。"

"哼,当今社会还能当街打死人?真是低劣的谎言。"

潇潇冷笑一声，立刻跑上前来，右手挥舞而下想要抓住乔家劲的胳膊。

乔家劲立刻原地跳起，用左侧的手肘自上而下地撞在了潇潇的右手上，紧接着飞出右拳，势大力沉地打中了潇潇的脸颊。他整个人的姿势非常奇怪，完全不考虑自身破绽，反而一招一式都是为了击杀对方。

潇潇闷哼一声，不受控制地向后退去。

可乔家劲并未停手，他助跑了两步之后再次单腿跳起，两只胳膊从左右两侧挥出，用拳头打向潇潇两侧的太阳穴，同一时刻，他的膝盖也撞在了潇潇的下巴上。

人类头部的三处要害被同时击中，这样的伤害放在任何环境中都是致命的。

由于完全舍弃重心，乔家劲落地之后挪动了好几步才稳住身形。可没想到潇潇受到如此致命伤却未受任何影响，她趁着乔家劲站立不稳，立刻从背后抱住了他。她的两只手臂呈垂直状锁在了乔家劲的喉咙上。

裸绞。

乔家劲没有犹豫，第一时间伸手握住了潇潇的手指，用力向下一掰，嘎巴一声脆响清清楚楚地传来，可潇潇并未松手。

"什么？"乔家劲愣了一下，一般人都会因为疼痛而立刻松手，潇潇却像没有任何感觉一般继续锁住他。

"痞子，你输了！"潇潇怒笑道。

乔家劲挪动着身体，想找办法脱身，可以他的实战经验，所有的脱身方法都是让对方感受到疼痛然后知难而退。现在的潇潇看起来完全免疫了疼痛，他又要如何破解？

潇潇见到乔家劲一直都在扭动身体，只能向后一仰。她躺在独木桥上，将乔家劲放于自己身前，然后死死地锁住他的喉咙。

此时的乔家劲双脚脱离了地面，更加难以发力，他知道再这样下去自己将会进入休克状态，这场比赛必输无疑。想到这里，他将自己的右腿高高抬起，然后猛然落下，用脚后跟踢向潇潇的小腿，这一击的力量很大，可想象之中的惨叫未曾传来。

他连续踢了好几次，每一次的力气都非常大。

潇潇感觉不太妥当，她虽然没有感受到疼痛，但也要感受不到右腿的存在了。

她将两只腿蜷起，狠狠地夹住了乔家劲的腰部，然后整个人向上一拉，剧烈的痛感让乔家劲的面色通红。

"出老千是吧……"

乔家劲可从未想到一个人居然会完全感受不到疼痛，寻常的破敌之法完全不能生效。

他再次伸出手肘撞向潇潇的肋骨，可是潇潇就像一具假人一样毫无反应。

"喂！乔哥！"

李香玲注意到了正在地面厮杀的二人，立刻跑了过来，此时她的身后有张山，正巧可以脱身。

"小心……"乔家劲咬着牙说，"她出老千……"

看着地上的两人，李香玲面色一冷，伸出两根手指冲着潇潇的眼睛直接插了过去。潇潇大惊失色，立刻将头扭到一边，虽然没有了疼痛，但她依然有着下意识的反应。

这个小小的举动暴露出了很大的破绽。

趁着对方重心不稳，乔家劲立刻伸手拉住了潇潇的手臂，用力向下一掰，潇潇的手臂终于从他的脖颈上脱离了。

"喀喀！我丢……"乔家劲咳嗽了几声站起身来，感觉事情非常难办，"这大只女已经没有弱点了……"

"需要我帮你吗？"李香玲问道。

"不必。"乔家劲摇摇头，"你去帮大只佬就好，我不会再被锁住了。"

"真的没问题吗？"李香玲问。

"放心。"乔家劲说，"刚才有点出乎预料，现在我已经有战术了。"

"那……那你自己小心。"李香玲点点头。

李香玲重新回到了张山身后，而潇潇也在此时站起身，她看起来依然没有受到影响。

"痞子，你不可能打赢我的。"潇潇一边笑着一边往前走，"接下来我会让你……嗯？"

她忽然发现自己的右脚不受控制了,走起路来一瘸一拐,完全使不上力。

"有一种病叫作无痛症。"乔家劲说,"这种病听起来像是个特异功能,让喜欢打架的我憧憬了很久。可后来有个聪明的家伙跟我说,患上这种病的人死亡概率极高。"

潇潇面色阴沉,没有说话。

"因为患上这种病的人根本意识不到危险,疼痛是人类的自我保护意识,你却把它丢掉了。"乔家劲活动了一下脖子说,"我把你的腿踢断了你都不躲避,这真的是特异功能吗?"

"我的腿……断了?"潇潇愣了愣。

乔家劲往前一步,笑道:"大只女,我再说一次,认输吧。"

潇潇感觉对方的气场完全变了,此刻他的危险气息上升了不止一个档次。

"认输,就不用死。"乔家劲说。

思索了几秒钟之后,潇潇慢慢咽了下口水,现在只有一个办法能够打倒眼前的男人了。

"罗十一,把'忘忧'收走!"潇潇冷喝道。

"收回来可以,钱照收的啊!"罗十一在远处喊道。

"少废话。"

没过几秒,潇潇感觉自己浑身都在痛。她的腿、下巴、太阳穴、肋骨、手指同一时刻传来了撕心裂肺的痛感。

"嗯……"她闷哼一声,用了好几秒的时间才冷静下来,紧接着又抬起眼,冷冷地看向乔家劲。

乔家劲冷哼一声,他刚想上前彻底结果潇潇的时候,却忽然感觉不太对。此时他的腿、下巴、太阳穴和手指居然也隐隐传来了痛感。

乔家劲面不改色地往前走了一步,发现自己的右腿也失去知觉了。

他中招了。

乔家劲不由得心跳加速,此时对方身上的伤痛都转移到了自己身上。

"骗人仔,是时候借我大脑用用了。"乔家劲心中暗道。

齐夏的声音在乔家劲耳中缓缓响起："若是走投无路，可以想办法让对方产生自我怀疑。"

乔家劲深呼吸了一口气，他定了定心神，忍住一身的剧痛，迈步就向前走去。

见到眼前的男人面不改色地向自己走来，潇潇感觉情况不太对。她伸出右手，狠狠地击打在了自己的腿上。乔家劲在她出手的瞬间已经明白了一切，他停下脚步，站在原地没有动弹。

果然，这一击让他的大腿传来剧痛，可他依然面无表情。

"你在做什么？"乔家劲故作疑惑地开口问道，"打不过我就自残，这样好吗？"

"什么？"潇潇瞪大了眼睛，她感觉她的回响应当成功了，可为什么对方完全不受影响？难道"嫁祸"给了其他人？

她来不及多想，又从裤子口袋中掏出一大把胶囊扔进了嘴里。

"痞子……你可能不记得上一次自己是怎么死的了……"说完她就将胶囊咬碎，全部吞入了腹中。

这是过量服用会导致四肢麻痹、感觉异常、精神错乱的甲硝唑胶囊。

没多久，乔家劲感觉自己的大脑传来一阵剧烈的眩晕，手脚也渐渐地失去了知觉，可他脸上依然露出疑惑的表情。

"服毒？"他顿了顿，笑着说，"大只女，你直接认输就可以了，没必要服毒。"

他虽这么说，但额头上慢慢流下了一丝冷汗，此刻他正打起十二万分的精神保证自己不会摔倒，这感觉比喝了一百瓶啤酒还要难受。

他想伸出右手，却亲眼看到自己伸出了左手，他并未表现出异样，反而用左手狠狠地推了对方一把。

"我没工夫跟你耗。"乔家劲说，"你到底认不认输？"

潇潇不可置信地看着眼前的男人，感觉自己的回响好似失效了一般。但……对方有没有可能在硬撑？

乔家劲也敏锐地注意到了潇潇的表情，他知道对方的信念动摇了。距离对方信念破碎，只差最后一步。

可这最后一步太难了。

俗话说得好，富贵险中求。

乔家劲努力控制着自己的左腿和右腿，慢慢地后退了几步，在潇潇的一脸震惊中，急速跑向了她。而后双脚猛地一踏地面，整个人飞身而起，膝盖撞在了潇潇的胸膛上。

他脑海中的计划是用右腿击中潇潇的下巴，结果却是用左腿击中了潇潇的胸膛。

乔家劲落地之后又趔趄了几步，这才站稳身形。

他浑身都痛，痛得不得了。最痛的莫过于他的胸膛，这一击差点让他的呼吸都停止了。

他在心中骂骂咧咧：就算我练了这么多年拳，也没试过自己给自己一个膝撞……原来我的力量这么强大吗？

乔家劲顿了顿，深呼一口气，问道："大只女，你……服不服？"

潇潇听到这个问题之后，表情一变，露出惊恐的神色。而下一秒，乔家劲身上的伤痛陡然消失。回响解除了。

"呼……"乔家劲笑了一下，"真是不容易啊……"

他缓缓地朝着潇潇走去："我听说这一战若是我们输了，你们就会带走骗人仔，是吧？"

"骗……骗人仔？"

"我曾丢过一次'大脑'，这一次说什么也不会了。"乔家劲抓住潇潇两只手的手腕，将她从地上拉了起来，"你们若是带走我的'大脑'，我就变傻了。"

他抓着潇潇的手腕，拉着她一步一步走到了独木桥的边缘。

"你……你等一下……"潇潇惊恐地说。

她发现乔家劲扼住自己手腕的姿势非常刁钻，这个姿势让她的两只手抓不住任何东西。

乔家劲的眼神里渐渐透露出一丝悲伤。

"抱歉。"

他猛然向外一推，潇潇双手张开，身体向后倒去，她慌乱地想要抓住什么，可四周都是空气。

"啊——"

随着一声惨叫传来，潇潇向下坠落，惨叫声在中途被打断，看来她应该是撞到了麻绳上。

沉闷的声音一声接一声地传出,潇潇的惨叫也断断续续地传来。

潇潇坠桥了。远处的罗十一和老孙都被这一幕震惊得说不出话来,他们可以接受有人能够杀死潇潇,但难以接受眼前的男人看起来居然毫发无伤。

乔家劲活动了一下酸痛的脖子,冲着远处冷冷地说:"既然开了杀戒,今天就不收手了,你们二人谁先来?"

乔家劲带着冰冷的气势向前走去,中途的李香玲和张山纷纷让路。

张山当过几年兵,他认得这种眼神。这是杀过人的眼神。

老孙和罗十一并不替潇潇惋惜,只是觉得问题有些棘手。潇潇不仅是终焉之地出了名的格斗专家,本身还拥有非常适合格斗的"嫁祸",可她居然被一个从未见过的普通人毫发无伤地干掉了。这说明对方的身手、城府都强于她。

老孙缓缓地走上前,伸手冲着乔家劲打去。

乔家劲左手一挥,挡住那根凭空出现的石棍,接着一记正蹬踢在了对方的胸膛上,直接将老孙踢翻在地。

"粉肠,如果你们的本事只有这样,那这场游戏要结束了。"

齐夏坐在一楼的大厅中,感觉有些无奈。

他虽然给三个人布置了开局抢占先机的策略,但后面的发展瞬息万变,他不清楚对面的疯子会做出什么事,更不清楚他们的回响会使比赛走向怎样的局面。

齐夏正闭着眼,却听到门外传来了沙沙的脚步声。他扭头看去,楚天秋正站在门外面带微笑地看着他。

齐夏虽说有些疑惑,但并没有说话,再一次把眼睛闭上了。

楚天秋走进房间,从一旁拖过来一个破碎的木箱,坐到了齐夏面前。齐夏没睁眼,但是皱了皱眉头,他不太喜欢有人忽然靠得这么近。

"怎么了?"他问。

"齐夏,队友对你来说意味着什么?"楚天秋问。

听到这个问题,齐夏缓缓地睁开了眼。

"队友……"齐夏微微思索了一会儿,"他们是我生死相依的伙伴。"

"是吗?"楚天秋面带笑容地说,"云瑶说你每次失去了队友就会头痛,所以你是痛心疾首吗?"

"你到底想说什么?"齐夏问。

"我怀疑我们是一样的人。"楚天秋轻轻地拍了拍自己衣服上的灰尘,说,"当我们没有明确的目标时,队友就是我们的一切;可当有了明确的目标时,队友就成了棋子。"

听到这句话,齐夏慢慢地露出了笑容。

"楚天秋,你可让我好找啊……"

"哈哈!"楚天秋笑了一下,"给你造成困扰了吗?实在抱歉。"

齐夏慢慢伸出一根指头,指着天花板说:"这里有三个极道者,你猜他们会不会想要你的人头?"

"别这样。"楚天秋像是跟朋友开玩笑似的挥了一下手,"本来我确实不该现身,但我真的很想见见你。咱们好不容易有个说话的机会,你不会要找人来打扰吧?"

"那你说,我听着。"齐夏说。

"我和你都是没有感情的冷血动物,终焉之地里的所有人对我们来说都死不足惜,是吧?"楚天秋问。

齐夏没有回答,只是慢慢托住了下巴。

"你明知道人龙的游戏是我的陷阱,却仍要参与其中,甚至为了脱身还主动牺牲了一个队友。"楚天秋非常满意地点点头,"真是个不错的对手啊。"

"过奖。"齐夏说。

"你为了能活着走出这里,撒了许多谎。"楚天秋继续说,"你甚至和林檎那个疯子联手,你想害死她……你的阴狠毒辣远在我之上。"

"所以呢?"齐夏面无表情地问。

"所以……我想引火自焚,跟你合作。"楚天秋说,"在整个终焉之地,想要做出什么成绩的话,唯独你和我二人联手才有可能做到。你要知道,我比林檎还要疯。"

齐夏当然知道楚天秋有多么疯。人命对他来说真的是棋子,随时都可以抛弃。

"我要看看那本笔记。"齐夏说。

楚天秋听后微微一笑，将手伸进口袋中，掏出一本老旧的笔记本随意抛给了他。

"齐夏，你可要小心一点，这是天堂口的核心秘密啊，只有少数成员看过，记得不要弄坏了。"

齐夏沉默着接过笔记本，打开看了看。

这是一本以第一人称记录的日记，日记开头大概是这样的："我"发现终焉之地里的物品不会重置，所以只要写下笔记，放在一条"我"的必经之路上，那么"我"就永远不会失去记忆。

再往后翻，内容基本是"我"和生肖赌命的心路历程，虽然没有写明具体参与了什么游戏，但翻了翻，每一天都有生肖被"我"赌死。

日记的最后，"我"赌死了终焉之地的全部生肖，一个衣着华美的女人从天而降，她说"我"是整个终焉之地最强的存在，已经可以自由出入此地。于是，"我"出去了。

齐夏面色沉重地看完了这本笔记，感觉自己被摆了一道。

"楚天秋，这份笔记是你自己写的吧？"他问。

"当然了。"楚天秋一脸认真地点点头，"齐夏，你不会真的以为会有这么一个神通广大的前辈，独自一人通过时间的积累赌死了所有的生肖吧？这只是引导天堂口的众人甘愿赴死的小小计谋啊，哈哈哈……"

齐夏深叹了一口气，他早就料到这本笔记有可能是假的，但没想到假得这么纯粹。

楚天秋伸手拿回笔记本，小心翼翼地装进了口袋中，生怕弄坏了："现在天堂口的核心秘密都告诉你了，你还不相信我吗？"

"真是有趣，你拿出一个骗局来跟我换真心。"齐夏笑了一声说，"是想要再换一个骗局吗？"

"哦？不行吗？"楚天秋露出一脸惋惜的表情，"就算这是骗局，那也是我的秘密。"

"既然赌死所有的生肖并不可行，而你又一直让天堂口的人前赴后继，你的目的是什么？"齐夏问。

"我需要尸体。"楚天秋毫不避讳地回答。

这个答案再一次超出了齐夏的预料。

"你……在创造尸体？"

"该怎么说呢……齐夏。"楚天秋摸着自己的下巴微微思索了一会儿，"这件事要告诉你的话，我可就彻底没有秘密了。"

"那你想告诉我吗？"齐夏问。

"嘿嘿……"楚天秋露出了一丝癫狂的笑容，"当然，要不然我冒着生命危险来这做什么？"

"那你说，我听着。"齐夏点点头。

"齐夏啊……"楚天秋喃喃自语，"终焉之日来临的时候，所有活着的人都会化作血红色的粉末，随风飘散而去。"

"哦？是吗？"齐夏扬了下眉头，看起来并不惊讶。

"这蓝色的天空上方，飘满了活到第十天的人，如今连天空都被染成了暗红色。"楚天秋像欣赏美景一样地看向门外的天空，又说，"我虽然不知道自己之前的尸体飘在哪里，但它们都在这天空之上。"

"那还真是值得同情。"齐夏不痛不痒地回道。

"可是啊……"楚天秋收回目光，对齐夏说，"你知道吗？只有活着的人才会化作粉末，那些在第十天之前死掉的人却是在空气中腐烂。"

齐夏皱了皱眉头，感觉这段话有点诡异。

"也就是活着的人会灰飞烟灭？"齐夏问。

"不是活着的人会灰飞烟灭。"楚天秋摇摇头，"确切来说，是活着的参与者会。"

只有参与者会灰飞烟灭。

齐夏明白这句话的意思是原住民和生肖并不会随着终焉而消失。

"可你怎么知道原住民不会？"齐夏问，"我们所见到的他们……会是原本的他们吗？"

"我做过实验。"楚天秋笑着说，"为了搞清楚那些疯子会不会重生，我用了十个月来做实验。"

"十个月……"齐夏眉头一皱，好像明白了什么。

"这是一个肮脏的故事,你可能不会想听。"楚天秋笑着说,"我们跑题了。"

"你继续说……"齐夏露出鄙夷的目光,如此看来楚天秋比他想象中的更疯。

"你也知道,我们参与者每次在终焉之地死掉之后,一个全新的自己会再次出现……"楚天秋继续一脸认真地说,"那么一定会有这么一种情况……某天,一个叫老A的人获得了回响,但他没有见证终焉,在第十天之前死亡了。"

"是。"齐夏点点头,"这是很正常的情况。"

"好,既然如此……"楚天秋伸出自己左手的拳头,说,"假设这是老A的尸体。"说着,他慢慢地伸出一根左手大拇指,"这是老A曾经获得的回响。"紧接着他又伸出另一只手,同样握成了拳头,"这是一个新的老A。"

他再一次伸出大拇指:"这是新的回响,你看看这个场面,不觉得奇怪吗?"

齐夏看着楚天秋摆在眼前的两个竖起大拇指的拳头,思索着他想要表达的意思。

还没等他想明白,楚天秋便开口问道:"齐夏,既然人可以复制,那么回响是不是也可以复制?"

"你……你等一下……"齐夏感觉自己正在被一个疯子洗脑,好在他很快打断了思路,反驳道,"你这段描述好像有个误区。"

说完他就指了指楚天秋的左手,说:"既然这是老A的尸体,在他死亡的时候,回响也应该随之消失了,你这个假设不能成立。"

"不不不……"楚天秋摇着头说,"齐夏,你这个说法才是错误的,老A尸体的回响只是听不到了,而不是消失了,明白吗?"

"听不到了?"齐夏顿了顿,又说,"你给我举这个例子是想说明什么?"

"这么说吧……"楚天秋把手放下,说,"我收集了很多尸体,正在想办法把他们身上的回响弄下来,只可惜这个地方没有太平间,尸体没几天就会腐烂,所以我至今还没有成功。"

这句话直齐夏说愣了。

"还记得吗?齐夏。"楚天秋继续说,"无论我们去询问哪个生肖,得到的答案都是他们要创造一个'万相',一个和女娲一样伟大的'万相'。所以当我可以把所有人的回响都聚集在我自己身上时,那我就成了一个无所不能的'万相',这个地方也没有存在的必要了,因为举办者已经达成了目的。"

齐夏的表情非常严肃。

他曾多次揣摩过楚天秋的计划,可没想到对方疯得太彻底,根本无法用寻常的思路推断。

他既不收集三千六百颗道,也不攻破所有的游戏,而是要不断地创造尸体,让他研究出成为"万相"的方法。所以他会毫不犹豫地害死队伍中的任何人。

可是这一次……楚天秋说的会是真话吗?

"当我成了那个无所不能的'万相',便可以把你们送出去了。"楚天秋笑着说,"这就是我的全部计划,成交吗?"

"所以你不想出去,只想成为'万相'?"齐夏问。

"当然。"楚天秋高兴地点点头,"做人有什么意思?我有成为'万相'的机会,结果却要回到现实世界经历生老病死?别傻了。"

齐夏慢慢坐直了身体,下意识远离了楚天秋,又说:"可是由于上帝悖论存在,这个世界是不会出现全能神的。"

"上帝悖论是人类提出的。"楚天秋说,"毕竟人类根本无法理解全能神,他们站在狭隘的角度嘲笑神的自我矛盾,可是神为什么要向人类证明自己?神又为什么要回答人类的问题?"

齐夏深呼了一口气,现在他的脑海中只有一个念头——他要跟时间赛跑,否则他迟早会变成楚天秋这样的疯子。

楚天秋和林檎一样,表面上看起来正常,可内心都有着极端疯狂的念头。

林檎七年,楚天秋两年。他们日复一日地在终焉之地醒来,渐渐地舍弃了人性、道德、法律。

长久地保留记忆到底是好事还是坏事?

沉默了很久,齐夏缓缓地开口问:"楚天秋,'我从未离开'是什么意思?"

楚天秋听后再度露出笑容。

"齐夏,我认为我是从终焉之地创立之初就存在的人。"

"哦？"

"我不确定我丢失了几次记忆，但我一定在这里很久了……"楚天秋苦笑道，"这里到处都能找到我的字迹，最久远的字迹看起来有好多年了，我好像曾经调查过什么东西，如今只能从我留在终焉之地的痕迹里找到一些调查的结果，可我想不出调查的原因了。"

"调查？"齐夏知道，若楚天秋回响的契机真的是见证终焉，那么独自调查对他来说极其危险，"那你调查的结果是什么？"

"我曾亲手写下一句话，'我一定要让齐夏获得回响'。"楚天秋笑着说，"不知道你是不是我成为'万相'路上的垫脚石？"

"垫脚石吗？"齐夏也露出笑容，问道，"楚天秋，你跟我合作，为的就是创造尸体吗？"

"不……"楚天秋摇摇头，"不是那么简单的，我们可以双管齐下，如今通过出售食物，天堂口已经收集了两千九百颗道，我成为'万相'，你集道，无论我们二人接下来如何行动，都是在增加出去的概率。我说过，在这个地方，只有你和我有资格活下来、有资格走出去。"

"可如果最后只有一个人能出去，我怎么确定你不会除掉我？"齐夏又问。

"这个问题很好，我不得不和你提前讲明。"楚天秋收起笑容，面色慢慢严肃起来，"若真有那样一天，我会倾尽我的所能除掉你。同样，你也可以除掉我。"

齐夏点了点头。

楚天秋刚才说的这句话，终于让齐夏嗅到了真心换真心的味道。

"既然如此，那就说好了。"齐夏微微伸出手，"你成为'万相'，我集道，我们合作。"

楚天秋也伸出手，和齐夏握在了一起："成交。"

二人都用复杂的眼神看着对方，气氛居然安静了下来。

他们二人谁也不敢确定对方说的话有几分真，此刻的握手也显得有些无力。没过几秒，一阵仓促的脚步声从门外传来，二人扭头一看。

又一个楚天秋来了。

"真是吓死我了，你果然在这儿。"门外的楚天秋说。

"别担心，我有分寸。"

"快走吧……这里有不少极道者，你的处境很危险。"

"好。"屋内的楚天秋点点头，转身走了。

而门外的楚天秋也在此时变成了许流年，紧张地四处张望着。

楚天秋走了几步之后停了下来，回头对齐夏说："齐夏，应该是悲伤。"

"什么？"

"你回响的契机是极度的悲伤。"楚天秋解释道，"这是我找到的答案，但我找不到解决办法。"

齐夏顿了顿，问道："你是说……你找不到办法让我陷入悲伤？"

"没错。"楚天秋点点头，"所以我把这个答案告诉你，这道题由你来解开吧。"

齐夏没说话，只是沉默地点点头。

楚天秋看后叹了口气，扭头问许流年："张山在上面吧？"

"是的，我安排他过来了。"

楚天秋微微颔首，对齐夏说："别担心了，张山如果在上面，这场游戏很难输。"

"很难输？"齐夏抬起头，看向楚天秋，"为什么？"

"因为他要回响了。"

齐夏沉默了一会儿，问道："张山回响的契机是什么？"

"是想要赢。"楚天秋大笑一声，随后摆了摆手，和许流年一起离开了。

齐夏望着地面怅然若失。

"想要赢……"

如果有这样的契机，何愁没有回响？那么自己呢？

"悲伤……"他面无表情地看了看门外暗红色的天空，"我的悲伤……"

还未等他思考明白，屋内忽然传来了窸窸窣窣的声音。齐夏一愣，慢慢站起身来。

这声音离得很近，仿佛是从电梯里传来的？他走到电梯旁边，按下了电梯的上行键。电梯门打开，里面空无一物，可那窸窸窣窣窣的声音依然在。他又扭头看向了电梯旁边的木门，感觉声音是从门里传来的。

"有人？"

他朝着门把手慢慢伸出手，可下一秒门居然自己打开了。潇潇正站在里面。

她看起来不太好，浑身上下多处都受了伤。

"齐夏？"她也愣了一下，仿佛不知道自己身处何方。

"你……"齐夏皱着眉头看了她好久，感觉非常疑惑，潇潇明明在天台，怎么会从这个门里出来？

潇潇回过神，不再理会齐夏，反而转身走进了电梯，二话不说就按下了六楼。

齐夏这才恍然大悟："这就是游戏的隐藏规则……"

他见到潇潇上了电梯，回过头想进入木门一探究竟的时候，木门却自动关上了。

END ON THE TENTH DAY

尾声

天行健·
破万法

乔家劲静静地站在桥上，浑身都在流血。

不知道老孙用了什么招数，现在乔家劲的四肢分别插在了四块石头中，他拼命想挪动双脚，可是一步都动不了。他身后的李香玲和张山看起来情况更加不妙。张山被一块像小山一样的石头压住，整个人扑倒在桥面上昏了过去，不知生死；李香玲浑身是血，正在想办法挪动着石头。

"老孙……看不出来啊……"罗十一有些敬佩地拍了拍老孙的肩膀，"你这回响在整个终焉之地排得上号吧？"

老孙看起目光有些呆滞，只能愣愣地点点头。

想要释放如此强大的回响，他险些把自己变成疯子。如果不够疯狂，是无法想象出人的身体能够长出石头的。

老孙努力地控制着自己的思绪，让自己保持清醒："喂，花臂男，我不欺负人，你自己跳下去吧……"

"不可能。"乔家劲低着头，胸膛起伏地喘着粗气，"'大脑'有'大脑'的使命，而'拳头'有'拳头'的责任。骗人仔帮了我很多次，这次我一步都不会退。"

他用力地举起了自己几十斤的手，苦笑了一下说："不就是一副石头拳套吗？全当给我增加力道……"

老孙听后甩了甩头："拳套？"他的思维有些迟钝，过了几秒之后才说，"不……这不是拳套，是大石头。"

话音刚落，乔家劲陡然发现自己手上的石头又变大了，刚刚举起来的右手也再度垂了下去，这次直接掉到了地上，让他整个人蹲了下来。

"我丢……真是难办啊……"乔家劲用余光看了看李香玲，她依然无法挪开压住张山的石头。

"乔哥……"李香玲露出一脸焦急的表情，"到底要怎么办？"

现在唯一没有被控制的人就是李香玲了，虽说她功夫不错，可若是贸然攻击，不见得能够赢得过这二人的回响。他们一个人可以免疫疼痛，每一次攻击都痛下杀手；另一个人可以凭空在任何地方变出石头，她稍不留神就会被砸到。

明明是三对三的战斗,眼前这两人却一直都在出老千。

"骗人仔……要是你的话……会怎么做?"乔家劲环视了一圈,表情格外严肃。

还不等他思考出对策,一旁突然传来了一瘸一拐的脚步声。

"呵呵……你们这不是挺能干的吗?"潇潇缓缓地走了过来,重新站上了独木桥,"现在杀掉他们就易如反掌了……是吧?"

乔家劲面如死灰,他看了看深渊,又看了看眼前的潇潇。

这个女人为什么没死?她摔下去之后又回来了?难道这也是一种回响?

现在乔家劲比陷入泥潭更加痛苦,毕竟四肢都被巨石锁住了,他抽离不了,强硬地挣脱只能让他的皮肤大面积受挫,血流满地。

这场游戏该怎么赢?

"痞子,你刚才的气势呢?"潇潇走上前,蹲在了乔家劲身前,露出一脸狂傲的表情。

"嘿嘿……"乔家劲笑了一下,"我气势依然在,你能拿我怎么样?"

"怎么样?"潇潇冷笑一声站起身来,"我能杀你一次就能杀你第二次。"

她向后一伸手,对老孙说:"给我石头。"

老孙呆滞地看向潇潇,愣了半天才回答说:"你别搁这儿欺负人……"

"老孙!"潇潇怒喝道,"你清醒一点,我们这次来的目的就是杀死他们三个!"

"咱赢了就行……你别欺负人……"老孙两眼无神地摇摇头,"我不给……说什么都不给。"

"哼……我用拳头也能打死他。"潇潇不再理会老孙,慢慢举起了拳头,"痞子,你不是很灵活吗?这一拳你能躲得开吗?"

"躲开?"乔家劲咧了咧嘴,"你这大只女出拳软绵无力,我根本不需要躲。"

"哈哈哈!好!"潇潇笑着说,"那你就接接看!"

说话的工夫,那粗壮的手臂挥舞着拳头已经冲着乔家劲的面门砸了过去。刹那间,一个矫健的身影飞身而出,一脚踢开了潇潇的拳头,紧接着再次腾空而起,连续几次蹬腿,生生把潇潇踢退了五步。

这个身影落地之后扎稳马步,随后右脚前移呈吊马势,接着一手横摆显鹤状,一手前置握虎形。

"哟!"潇潇活动了一下被踢痛的手臂,说,"我差点忘了还有个你。怎么,你一个人准备打倒我们三个人?你觉得有胜算吗?"

李香玲的额头上慢慢流下冷汗。

"我不知道能不能行,但我绝对不会认输。"她深呼一口气,嘴中喃喃自语道,"爷爷,对不起,我心境乱了,但这一次我确实没有办法了。"

罗十一笑着摇摇头,说:"潇潇,你没必要出手,我来吧。"他活动了一下四肢,站到了潇潇身前。

"怎么?你有兴趣?"

"我很喜欢这样的对手……"罗十一笑着说,"尤其还是个长得精致的女人。"

老孙呆滞地看了看他:"你别欺负人啊……"

"闭嘴。"潇潇冷喝道。

李香玲没有受影响,只见她活动了一下两只手的手腕,自言自语道:"只可惜我连根棍子都没有……用来用去都是我不熟悉的功夫。"

"哈哈!"罗十一被逗笑了,"怎么?你不会指望我们变一根棍子给你吧?"

变根……棍子?李香玲看了看一旁的老孙,忽然想到了什么。

"喂!"她冲着老孙喊道,"看好我的招式!"

一语过后,李香玲默默闭上眼,放弃了虎鹤双形,反而将手慢慢地握了起来,好似握住了一杆长枪。

"童姨说过……回响要发动,最重要的就是信……"

想到这里,她自顾自地耍起了这根不存在的长枪。

"眼与心合……"她将空握的双手猛然向前一戳,大喝一声,"气与力合!"

接着她双手不断变化，好似将长枪旋转了起来。

"步与招合！"

凭借着肌肉记忆，李香玲双眼微闭，挥舞着枪法，随后猛地抛向天空，而后跳起身又伸手接住。

"精气神内三合！"她腾空跃起，双手稳定的挥舞而下，姿势漂亮至极，"腰手眼外三合！"

"功夫妞……你……"

乔家劲眨了眨眼，似乎想到了什么，如果真的能成功……这简直是绝杀。

老孙呆呆地看着这一幕，慢慢皱起了眉头。这个女人在做什么？她在挥舞什么？为什么看起来这么奇怪？

她的样子好像……

"坏了……"潇潇终于有所反应，赶忙转过头伸手去捂老孙的双眼，"老孙！别看！"

她知道老孙过度使用了回响，整个人的思维认知出现了极大的问题。虽然双眼被捂住，但老孙还是露出了一丝笑容。

"是了……她在挥舞棍子啊……"老孙笑着说，"原来是棍子……我就说嘛……"

话音一落，一根细长的石棍出现在了李香玲手中。

李香玲猛然睁开眼，将石棍往前一送，右手抓住石棍末端直挑而上，冲着潇潇的脖颈飞去。

"青龙献爪！"

这一枪扎得又准又快，潇潇连躲避的机会都没有，只感觉喉咙被什么东西撞到，整个人都呼吸不了了。

罗十一见状不妙，趁机冲上前，可是石棍的攻击范围太大了。李香玲将石棍收回，在腰间转了一圈，而后狠狠地扫向罗十一的腿。

"拨草寻蛇！"

罗十一没有痛感，却忽然之间丢了重心，整个人咣当一声摔在了钢材上。

他立刻爬起身，再度跑向李香玲。

"二郎担山！"

319

看到势大力沉的石棍从上方劈下，罗十一忽然之间有了主意。这一次他并没有躲避，竟然用自己的头部迎着棍子顶了上去。

啪！

随着一声脆响，那根石棍从中间断开了。石棍的质地毕竟太过脆弱，击打在坚硬的物体上极易折断。

"不好……功夫妞！快跑！"乔家劲大喊道，"往桥下跑！"

"糟了……"李香玲面色一变，却见到罗十一已经冲了上来。

她赶忙将剩下的一截石棍重新握好，再度摆开架势冲着对方的胸膛刺去。

咚！

一声闷响，石棍撞在了对方的胸膛上。

罗十一微微一笑，嘴中喷出一口血，但脚步未停，上前一把就抓住了李香玲的衣领，将她猛然推倒在地。

"功夫妞！"乔家劲扭动了一下身躯，发现自己完全动不了。

"让我抓住你了……"罗十一狞笑着说，"可惜啊，你就算刺穿了我的心脏我也不会停下。"

李香玲真的有些害怕了。

眼前的人……真的还是人吗？

"这次的目标是杀死你们……"罗十一大笑着，"我死不死根本无所谓啊！"

李香玲咬着牙，继续拿着剩下的一截石棍抽打对方的身体，可对方完全不受影响。

"来来来……让我们一起死……"

罗十一抓着李香玲的脖子将她一步一步地带到桥边。

"你……你这疯子……放开我……"李香玲挣扎着说，那眼神之中已经满是恐惧了。

乔家劲此刻也艰难地回过头："喂……不要这样……你们先杀我……杀了我之后才可以杀她……"

"放心放心，你们谁都跑不了……"罗十一笑着对潇潇说，"那我就先带她走，剩下的事交给你们了。"

还不等潇潇回答，罗十一面露笑容，带着李香玲纵身一跃，双双跳下了桥。

"搞什么?"乔家劲嘴唇微微颤抖着,"你们实在是太疯了……"

潇潇大笑几声,说:"痞子,我们随时都可以去死,可你呢?"

乔家劲没回答,反而扭头看向张山:"大只佬……这块石头看起来顶多三四百斤,这就把你打晕了?"

张山被压在石头下,一动不动。

"我丢……你不会死了吧?"乔家劲苦笑一声,再次活动了一下手脚,"这下我可不好交代了。"

话音一落,一个拳头就飞到了乔家劲脸上。乔家劲的头猛然垂到一边,随后咳嗽了几声。

"痞子,不是一直想让我认输吗?"潇潇冷笑道,"同样的话送给你,你现在认输的话,我就给你一条活路。"

"活路?"乔家劲嘴角一扬,回过头来说,"你以为我要的是活路?"

"哦?就是说你也不怕死?"

"死有什么好怕的?"乔家劲摇摇头,"我怕的是失去。"

潇潇面色一冷,反手抽了乔家劲一耳光。

"故弄玄虚。"她抓着乔家劲的肩膀想把他推下桥,却发现这人身上的石头非常重,如同树根一样扎在地上一动不动。

"这么重的石头挂在身上,你手脚没断吗?"潇潇笑着问。

"托你的福,我手脚还硬朗着。"乔家劲说,"你呢?右腿还疼不疼了?"

"你……"

潇潇摸了摸她那断掉的右腿,显然被乔家劲激怒了,随后抡起拳头狠狠地打在了他的胳膊上。

由于乔家劲的手臂一头埋在岩石中,这一击除了疼痛感之外又加强了拉扯感,他感觉快要失去这条手臂了。

"还嘴硬!"潇潇冷喝道,"我今天就打断你的四肢,让你还嘴硬!"

乔家劲听后无奈地笑了一下,回头看着张山:"大只佬……你说咱俩该怎么办?"

趴在地上的张山此刻终于慢慢睁开了双眼,他感觉自己五脏六腑全都在痛。

"喀……"张山一口血喷在了地上。

"哟……早上好啊……"乔家劲笑着说。

"我……死了没?"张山咳嗽了几声,低声问道。

"估计是死了吧。"乔家劲点点头,"你现在算是显灵。"

张山艰难地回过头,看了看桥面上的状况。李香玲已经不在这里了,而乔家劲看起来也撑不了多久。

"我们……要输了?"张山不可置信地问。

潇潇听后,一瘸一拐地走了过去,随后一脚踢在了张山头上。

"难不成你们要赢了吗?!"潇潇冷喝一声,"这场战斗之后,齐夏就是我们极道的人了。"

她想将张山也推下去,可是张山身上的石头比乔家劲身上的还要重,居然一时半会儿无法动他分毫。

乔家劲慢慢抬起了头:"大只女,你……在说什么鬼话?骗人仔怎么可能成为你们这样的疯子?"

"他若不答应,我们只能见他一次杀他一次,直到他答应为止。"

乔家劲的面色冰冷,耳边嗡嗡作响。

"上一次因为我不在,所以没有保护好九仔……他跟错了人,信错人了……所以连死掉之后都没人收尸……"乔家劲慢慢抬起头来,仿佛下了什么决心,"这一次我在这里……绝对不会允许同样的事情发生……"

张山也在连续咳嗽了几声之后露出苦笑:"看来……我们真的要输了啊……"

两个人的眼神都变了。

"姓乔的,你想不想和我大闹一场?"张山问道。

铛!

震耳欲聋的钟声从远处震荡开来,这声音奇大无比,仿佛巨钟就在眼前。

乔家劲听着钟声思考了片刻,最终卸掉了伪装,面色如同一潭死水:"大闹一场……我真是求之不得。"

铛!

又是一阵钟声响彻云霄，比起刚才的声音有过之而无不及。

…………

楚天秋和许流年正朝着广场上的告示牌走去。

"天秋，你这样贸然露面……实在是太危险了。"许流年一脸担忧地说。

"没关系。"楚天秋摇摇头，"托你的福，现在的极道就算发现了我，也会认为我是冒牌货。"

许流年低头沉默了一会儿，问道："可是他们真的没有问题吗？那个叫张山的男人……"

"小年，你刚刚回来，所以不了解张山。"楚天秋露出一抹意味深长的笑容。

"我知道他是回响者，可是那又如何？"许流年担忧地问，"对面也是三个回响者啊……一对三，他不可能占到便宜的。"

"我在一年多以前偶然发现了张山。"楚天秋说，"他的能力实在是太强大了……虽然只能持续很短的时间，但也足够他百战百胜。我认为就算是回响者，也有属于回响者的等级。"

"回响者的等级？"许流年不是很明白，"我们的能力看起来或多或少都有些弊端，又怎么分得出等级？"

楚天秋沉默了一会儿，开口说："小年，我带你去个地方，当你亲眼见到张山的回响时，自然会发现他的与众不同。"

"你是说……"许流年微微思索了一下，"张山的回响从名字上就跟其他人的不一样吗？"

"没错。"

二人说话间已经来到了广场上，面前是巨大的屏幕和悬在屏幕上方的铜钟。

楚天秋找到一把老旧的长椅坐了下来，冲着许流年招了招手："过来坐。"

许流年面带不解地坐了下来，感觉有些不安。她愿意为了楚天秋舍弃生命，可她感觉自己从来都走不进对方的心里。这个面带微笑的男人每天都在思索什么？

楚天秋怅然地望了望天空，然后从怀中掏出一张老旧的纸片。这张纸片像是从某本笔记本上撕下来的，已经泛黄发旧，看起来很多年了，上面写着一句话：

我绝对不能让齐夏获得回响。

他又从左边口袋中掏出另一张字条，两张字条的字迹一样，内容却不一样：

我一定要让齐夏获得回响。

这两张字条都是楚天秋曾经写下的，可他不知道哪张字条上面的内容才是真的。既然是完全相反的答案，那必定有一个是假的。
自己……和自己说谎？
楚天秋略微一抬头，发现不远处的铜钟晃动了起来。
"捂住耳朵，小年。"他将字条收好，伸手堵住了自己的耳朵，许流年见状也有样学样。
铛！
震天的钟声在面前响起，声波在整个广场盘旋了一圈后冲上了云霄。这阵钟声大到可以将一个人的灵魂原地震飞。
许流年和楚天秋根本睁不开双眼，只能等那阵钟声自行散去。
片刻之后，二人抬起眼，看了看显示屏，一行带着闪光的文字映入了眼帘——我听到了"天行健"的回响。
"天行健……"许流年一脸震惊地望着屏幕，这是她第一次见到一个人的回响名字有三个字，也是第一次听到如此强烈的钟声。
"他的能力究竟是什么？"她开口问道。
"他是……"楚天秋还未回答，却看到巨大的铜钟再次大幅度摆动了起来，"什么？！"
"快！快捂住耳朵！"他大叫一声。
许流年赶忙捂住耳朵闭上眼睛。
下一瞬间，一个比之前更加强大的声音激荡开来，广场四周的枯树全都因为这一次激荡而颤了几下。
许流年紧闭双眼，感觉头晕目眩，就算声音已经开始消散了，可那阵眩晕感依然挥之不去。

楚天秋顾不得太多，竟然瞪着眼睛慢慢站起身来。

"这什么鬼东西？"他一步一步地往前走着，死死地盯着屏幕上的字，"我要找到这个人……"

许流年茫然地抬起头，赫然发现屏幕上又多了一行闪耀着光芒的字：我听到了"破万法"的回响！

楚天秋一步一步靠近屏幕，嘴中不断呢喃着："'破万法'……妙……太妙了……只要有了这个人的能力……那我就……可你到底是谁？"

一旁的许流年感觉楚天秋有种说不出的感觉。

他似乎有点可怕……

到目前为止，可以公开的设定：

　　从神秘老人白虎那里可以得知，齐夏等人很早之前就来过终焉之地，不过以前的记忆都没有保留下来。想要解放终焉之地的所有人，齐夏和乔家劲似乎是关键人物。

　　拥有足够强大信念的人才能听到回响，从而获得回响的能力，而每个回响者听到回响的契机也不尽相同，只有在循环中成为回响者才能保留这次循环的记忆。

　　作为天堂口的首领，楚天秋似乎一直在寻找拥有某些特定回响的人，为此他才成立了天堂口。他回响的契机是见证终焉，只要他活到了第十天并见证了终焉就必定能保留记忆，至于他具体保留了多长时间的记忆目前还是一个谜，他的回响是什么也不得而知。

　　楚天秋和齐夏似乎早有渊源，两人如同棋盘上的两个王，各自为营。两人彼此试探，都不坦诚，又似乎都需要对方——齐夏想要通过楚天秋对终焉之地有进一步的了解，而楚天秋似乎知道齐夏的回响是什么，可这个回响让他有所忌惮……

《十日终焉·不息》正在加载中，敬请期待……

"哥，你到底在那下面做什么？"

"我当然是要离开这个鬼地方。我只是在做实验……做各种实验罢了。"

"那些面具……还有那个哥的尸体……都是实验？"

"当然。之前我就和你说过了，我是生物学博士。"